Elle Casey

Falscher Weg, richtiges Ziel

W0333589

Montlake
Romance

Das Buch

Tamika führt ein gefährliches Doppelleben: Sie arbeitet für einen russischen Mafiaboss – und für die Polizei. Nur noch wenige Tage, dann wird sie durch ein Zeugenschutzprogramm ein neues Leben fernab von New Orleans beginnen. Doch es kommt alles anders.

Thibault, der Mitbesitzer der Sicherheitsfirma Bourbon Street Boys, läuft ihr vors Auto. Dank seiner kompakten Muskelberge passiert dem Typen mit dem unwiderstehlichen Lächeln nichts Schlimmeres. Oder doch? Beide geraten unvermittelt in eine äußerst heikle Lage, die ihr Leben für immer verändern wird.

Tamika hat den falschen Weg genommen. Wird sie sich von Thibault zum richtigen Ziel führen lassen?

Die Autorin

Elle Casey, eine frühere Anwältin und Lehrerin, ist eine amerikanische Autorin, die mit ihrem Mann, drei Kindern und einer Reihe vierbeiniger Freunde in Südfrankreich lebt. Ihre Bücher erscheinen regelmäßig in den Bestsellerlisten der New York Times und von USA Today. Sie hat Titel aus mehreren Genres veröffentlicht und bringt im Schnitt einen Roman im Monat auf den Markt.

ELLE CASEY

Die Bourbon Street Boys

FALSCHER WEG
Richtiges Ziel

Roman

Aus dem Amerikanischen
von Julia Becker

Montlake
Romance

Die amerikanische Ausgabe erschien 2017 unter dem Titel
»Wrong Turn, Right Direction« bei Montlake Romance.

Deutsche Erstveröffentlichung bei
Montlake Romance, Amazon Media EU S.à r.l.
38, avenue John F. Kennedy, L-1855 Luxembourg
Oktober 2019
Copyright © der Originalausgabe 2017
By Elle Casey
All rights reserved.
Copyright © der deutschsprachigen Ausgabe 2019
By Julia Becker

Die Übersetzung dieses Buches wurde durch AmazonCrossing ermöglicht.

Umschlaggestaltung: bürosüd° München, www.buerosued.de
Originaldesign: Lisa Horton
Umschlagmotiv: © Chris Moore - Exploring Light Photography / Getty;
© Jacob Lund / Shutterstock; © iko / Shutterstock;
© Suzanne C. Grim / Shutterstock
Lektorat und Korrektorat: Verlag Lutz Garnies, Haar bei München,
www.vlg.de
Gedruckt durch:
Amazon Distribution GmbH, Amazonstraße 1, 04347 Leipzig /
Canon Deutschland Business Services GmbH, Ferdinand-Jühlke-Straße 7,
99095 Erfurt /
CPI books GmbH, Birkstraße 10, 25917 Leck

ISBN 978-2-91980-816-8

www.montlake-romance.de

Für Sidney

Schwer zu sagen, wer hier wen gerettet hat, aber ich bin unheimlich froh, dass wir uns gefunden haben.

Kapitel 1

»Wo willst du hin?«, fragt Pavel vom Sofa seines Lagerhausbüros aus und hebt dabei den Kopf, um mich anzusehen. Ich kenne diesen Mann jetzt seit sechs Jahren, habe die letzten fünf davon für ihn gearbeitet und habe trotzdem jedes Mal Todesangst, wenn ich seine Stimme höre.

Ich ziehe den Trageriemen meiner Tasche höher über die Schulter. »Ich gehe nur schnell zum Arzt.« Mit einer Hand reibe ich meinen extrem geblähten Bauch. Meine Verdauungsbeschwerden werden mit jedem Tag schlimmer. Im Ernst, manchmal habe ich regelrecht das Gefühl, jeden Augenblick zu explodieren. Der Stress, ein Doppelleben führen zu müssen, bringt mich langsam, aber sicher um.

Sogar meine Knöchel sind angeschwollen.

»Zu welchem Arzt?«

»Äh …« Darauf habe ich erst mal keine Antwort parat, weil ich ihm nur etwas vorlüge. Ich habe keinen Arzttermin, auch wenn ich wahrscheinlich mal einen machen sollte. Erst heute Morgen ist mal wieder eine Packung Tums leer geworden, das ist ein Mittel gegen Sodbrennen. Die vom Staub der Kautabletten innen milchig gewordene Plastikflasche steht neben meinem Computer und macht mir nur allzu deutlich, dass ich allein in der vergangenen Woche ungefähr zwei Kilo von diesem Zeug zu mir genommen habe. Dabei handelt es sich mit hoher Wahrscheinlichkeit nur um gefärbte Kreide.

»Zu dem … in der Oak Street?« Ich kann nur hoffen, dass es da wirklich irgendwo einen Arzt gibt, weil es nicht ausgeschlossen ist, dass Pavel meine Angaben überprüft.

»Ist der gut?«

Sein verrückter russischer Akzent und sein selbstgefälliges Grinsen machen es mir unmöglich herauszufinden, ob Pavel tatsächlich an der Qualität meines Arztes interessiert ist oder mich gerade nur aufs Glatteis führen will. Bei ihm kann man das nie so genau wissen. Er überfährt ständig Leute ohne Vorwarnung, und wenn das passiert, braucht man hinterher definitiv einen Tatortreiniger. Nachdem ich ihn einige Male falsch eingeschätzt und mir dafür jede Menge blaue Flecken eingehandelt habe, habe ich meine Lektion gelernt. Pavel wird mich nie wieder hinters Licht führen. Mittlerweile gehe ich bei ihm immer vom Schlimmsten aus, und wenn es wider Erwarten einmal nicht eintrifft, feiere ich das, indem ich mir den Stress ausgiebig von der Seele heule. Wer mit Pavel zu tun hat, ist Kummer gewöhnt, aber manchmal weine ich auch Freudentränen, weil ich den Tag immerhin überlebt habe.

»Weiß ich noch nicht.« Zögerlich bleibe ich im Türrahmen stehen, obwohl mich mein Instinkt dazu antreibt, sofort die Flucht zu ergreifen. Pavel darf meine Angst auf keinen Fall spüren, denn das macht ihn geil. Sie erregt ihn im wahrsten Sinne des Wortes, nicht nur mental, sondern auch sexuell. »Soll ich dir irgendwas mitbringen?«

Er schürzt die Lippen, starrt mich eine gefühlte Ewigkeit einfach nur an und nickt dann langsam. »Ja. Einen Kaffee. Besorg dir selbst irgend so ein Diätgetränk. Kein Zucker. Du wirst langsam fett.«

Ich brauche einen Augenblick, um diese seltsame Aufforderung und die angehängte Beleidigung zu verdauen. Pavel trinkt keinen Kaffee. Als waschechter metrosexueller Russengangster hält er sich strikt an Vitamindrinks und Wodka. Und seit wann interessiert er sich eigentlich für mein Gewicht? Das ist neu. Er stellt mir definitiv eine Falle. Ein eiskalter Schauer läuft mir über den Rücken. *Weiß er, was ich getan habe?*

Ich muss mich dumm stellen und mitspielen. Mir bleibt gar nichts anderes übrig. Er hat recht, ich habe wirklich ein bisschen zugenommen, aber das liegt einzig und allein daran, dass er ein psychotisches Arschloch ist, und ich den Stress nun mal mit Essen kompensiere. Meine Rache wird süß. Außerdem werde ich zur Feier des Tages einen riesengroßen Donut mit Zuckerguss verputzen, wenn ich meinen Plan erst in die Tat umgesetzt habe. Der hat ja Nerven, mich fett zu nennen, wo doch sein Ochsenschädel kaum durch die Tür passt.

»Gerne … was für einen Kaffee?«, frage ich. »Aus einem bestimmten Laden?«

»Keinen besonderen. Egal von wo. Deine Entscheidung. Er sollte nur gut sein.« Sein Lächeln verheißt nichts Gutes.

Mir rutscht das Herz in die Hose. Das ist ein Test. Er wird irgendwas an dem Kaffee auszusetzen haben und mich fertigmachen, einfach nur, weil ihm heute danach ist. Woher soll ich denn wissen, was für ein Arschloch wie Pavel einen guten Kaffee ausmacht? Ich habe keinen Schimmer, und das wird er ausnutzen.

»Klar, kein Problem. Wird erledigt.« Ich schenke ihm mein strahlendstes Lächeln, was insgeheim so viel bedeutet wie: *Eines Tages werde ich dich für all das drankriegen, du mieser Dreckskerl.*

Er lacht. »Du bist ein braves Mädchen, Tamika. Kann ich mich darauf verlassen, dass du dich gut um mich kümmerst?«

Ich antworte ihm, als ich schon halb aus der Tür bin, und mir kommt dabei fast die Galle hoch. »Immer doch, Pavel. Immer doch.«

Kapitel 2

»Hol mir einen Kaffee … Du wirst langsam fett … Kein Zucker … Für wen hält der sich eigentlich?«, murmle ich in meinem Auto vor mich hin, nachdem ich dem Polizeirevier umsonst einen Besuch abgestattet habe, weil Detective Holloway nicht da war und auch nicht die Notwendigkeit gesehen hatte, irgendwem Bescheid zu sagen, wo er ist. *Idiot.* Dass er mir strikt verboten hat, telefonisch Kontakt mit ihm aufzunehmen, ist echt zum Kotzen.

»Pavel kann mich mal gehörig am Arsch lecken. Ich bin weder seine Sklavin noch seine Dienerin. Ich bin nur seine Buchhalterin, und noch dazu eine verdammt gute. Weiß er das zu schätzen? Natürlich nicht. Er wird mich zur Schnecke machen, aus purer Langeweile, oder weil er gerade sauer auf jemand anderen ist.« Ich habe es so satt, den Prügelknaben zu spielen. Oder eher das Prügelmädchen.

»Ach, du Scheiße. Meine Güte, tut das weh.« Ich reibe mir den Bauch, während sich meine Magensäure wieder einmal gegen mich wendet. Ich habe vergessen, eine neue Packung Tums zu kaufen. Das muss ich unbedingt erledigen, nachdem ich diesen dämlichen Kaffee besorgt habe. Kaum zu fassen, dass mich ein Heißgetränk so aus dem Konzept bringt. Ich war auf dem College, da sollte es doch wohl kein so großes Problem sein, jemandem einen Kaffee zu kaufen.

»Okay, Schluss mit der Selbstzerfleischung.« Ich klammere mich an das Lenkrad, als sich meine Organe wieder verkrampfen und ich diesmal vor Schmerz in kalten Schweiß ausbreche. »Ich muss an etwas Schönes denken. Die Kraft des positiven Denkens ist schließlich nicht zu unterschätzen, stimmt's? Hm, was fällt mir denn Positives ein?« Während ich darauf warte, dass die Ampel auf Grün schaltet, durchwühle ich mein Gehirn auf der Suche nach dem Guten in meinem Leben. »Oh, ich hab's!« Ich strecke mahnend den Zeigefinger in die Höhe, als die Glühbirne in meinem Kopf angeht. Den Rest denke ich mir lieber, statt ihn laut auszusprechen, denn wer weiß … vielleicht hat Pavel mein Auto verwanzen lassen. *Das einzig Gute, das ich gerade zu verzeichnen habe, ist die Tatsache, dass ich sämtliche Daten über Pavels Finanzen in eine Cloud hochgeladen und mittels einer Software kodiert habe, damit ich sie Detective Holloway zugänglich machen kann, wenn er seinen Hintern irgendwann mal wieder in sein Büro schleppt, und dann haue ich so schnell wie möglich aus Pavels Drecksloch ab und beginne ein neues Leben.* Bumm. Wenn das nicht mal positive Gedanken sind.

Sobald ich einen Deal mit der Polizei ausgehandelt habe, der mir einen Platz im Zeugenschutzprogramm und damit auch eine neue Identität verschafft, bin ich weg. Auf Nimmerwiedersehen, New Orleans, danke für nichts. Auf mich wartet ein Neuanfang, wohingegen Pavel den Rest seines Lebens im Gefängnis sitzen wird.

Booyah. Das hast du nun davon, dass du dich mit mir angelegt hast, Pavel. Ha! Ich fühle mich unheimlich stark. Außerdem habe ich schreckliche Angst. Schon bald werde ich der Polizei sämtliche Geheimnisse und Geschäftsbücher eines hochrangigen Mitglieds der russischen Mafia überlassen, »des *Wor*«, wie ihn seine Schergen gerne nennen – das heißt Dieb und mag harmlos klingen, bedeutet im Russischen aber weitaus mehr, als lediglich Dinge zu stehlen. Es bezieht sich auch auf Leben.

Ich weiß, dass Pavel mehr als zehn Leben gestohlen hat, denn er gibt damit gerne an. Außerdem erinnert er mich andauernd daran, wie viel Macht er über mich hat. Das steckt vermutlich auch hinter der seltsamen Aufforderung, ihm einen Kaffee mitzubringen.

Die Ampel springt auf Grün, und meine Gedanken kreisen wieder um die unmittelbar zu klärenden Angelegenheiten: Wo soll ich bitte einen »guten« Kaffee herbekommen, der lecker genug ist, um dem Teufel höchstpersönlich zu schmecken? Ich schaue mich um, und mein Blick bleibt an einer blinkenden Neon-Kaffeetasse hängen. In diesem Stadtteil kenne ich mich nicht besonders gut aus, aber ich erkenne einen Coffee-Shop, wenn ich einen sehe. Es ist auch kein schlechtes Zeichen, dass die Stühle davor alle belegt sind. »Jackpot.«

Ich ignoriere das Gehupe der Leute hinter mir, als ich rechts abbiege. Die sind doch bloß neidisch ob meines geschmeidigen Fahrmanövers. Was macht es schon, dass ich ein winziges Stückchen über den Bordstein schramme? Niemand kann so fließend die Gänge wechseln wie ich. Mein kleiner Toyota mag nicht mehr der Jüngste sein, aber er fährt noch immer wie eine Eins. Pavel hat mir mindestens fünfmal angeboten, mir einen neuen Wagen zu kaufen, was ich jedes Mal abgelehnt habe. Ich möchte nicht noch tiefer in seiner Schuld stehen. Bei Pavel hat alles seinen Preis. Außerdem gibt es in meinem Auto kaum elektronischen Schnickschnack, Pavel kann sich also auch nicht in mein Navigationssystem einhacken, um mich zu orten. Seine technischen Mittel sind quasi unbegrenzt. Deshalb habe ich auch noch ein Klapphandy.

Eine Frau auf dem Gehsteig gestikuliert wild in meine Richtung, legt die Stirn in Falten und ruft mir wahrscheinlich eine Beleidigung zu. Die Spannungen zwischen den ethnischen

Gruppen haben in letzter Zeit stark zugenommen, also ist sie vielleicht nur eine von dem dummen Rednecks, die Menschen nach ihrer Hautfarbe beurteilen. Ich ignoriere sie, damit die Situation nicht eskaliert. Auch wenn ich New Orleans bald den Rücken kehren werde, bedeutet das noch lange nicht, dass ich mir wünsche, dass die Stadt danach vor die Hunde geht.

Ich bin so kurz davor, endlich frei zu sein, dass ich lieber den Kopf unten halte. So ziemlich das Letzte, was ich jetzt brauche, ist ein handfester Streit mit einer dahergelaufenen Frau, der mich ins Gefängnis bringt. Nach einer Verhaftung würde Pavel mich danach mit Adleraugen bewachen, und er bekommt ohnehin schon zu viel mit. Es war lebensgefährlich, all die Informationen über ihn in die Cloud hochzuladen, und dass mir das so reibungslos gelungen ist, spricht deutlich dafür, dass Gott seine Hände im Spiel gehabt haben muss. Ich möchte mein Glück nicht überstrapazieren und den Allmächtigen um weitere Gefallen bitten müssen. Allein der Gedanke daran, von Pavel ausgequetscht zu werden, warum ich verhaftet wurde und was ich der Polizei gesagt haben könnte, lässt meine Innereien wieder krampfen.

Ich klammere mich ans Lenkrad und konzentriere mich voll und ganz auf das Ladenschild des Coffee-Shops zu meiner Rechten. Er heißt Lotta Java.

Sämtliche Leute vor dem Laden starren mich an, aufgeschreckt von der Frau, die mich noch immer anbrüllt. Da die Fenster zu sind und die Klimaanlage läuft, verstehe ich kein Wort, aber das ist auch sicher besser so. Solche Menschen sind unbelehrbar. Ich werde die Gäste nach einer Empfehlung für Pavel fragen. Vielleicht habe ich ja Glück, und der Kaffee schmeckt ihm so gut, dass er davon absieht, mich für was auch immer ihn nervt niederzumachen.

Ich lege die Stirn in Falten, als mein Magen wieder krampft. Schmerz schießt durch meine gesamte Körpermitte.

»O Scheiße«, entfleucht es mir, und ich umklammere meinen Bauch. Ich werfe einen kurzen Blick nach unten und kann tatsächlich sehen, wie sich darin etwas bewegt … als hätte ich einen Alien an Bord. Auch wenn ich zu meinem Leidwesen schon viele Gasblasen in meinem Bauch gespürt habe, ist das die erste, die ich sehe. *Vielleicht ist es ein Tumor.*

Plötzlich ertönt ein lauter Knall unmittelbar vor meinem Auto. Instinktiv und ohne aufzuschauen trete ich die Bremse durch, mein Herz rast. Zuerst sehe ich gar nichts, dann erhebt sich wie aus dem Nichts ein Typ vor meinem Toyota von der Straße.

»Was zum Teufel …?«, brüllt er mit hochrotem Kopf in meine Richtung. Er stützt sich auf die Motorhaube meines Wagens, und dann trifft es mich wie der Schlag: *O Scheiße!* Der Typ ist mir direkt vor den Wagen gelaufen! Was ist das denn für ein Hornochse?

»Heilige Scheiße!« Ich kurble hektisch das Fenster herunter. »Haben Sie noch alle Tassen im Schrank? Was rennen Sie denn einfach so auf die Straße?«, schreie ich. »Sind Sie voll oder was?« Ich schiele zum Lotta Java und frage mich, warum die dort so früh am Morgen Irish Coffee servieren. Das muss doch wohl gesetzlich verboten sein.

Der Mann funkelt mich wütend an, und wenn ich mir seinen Prachtkörper so anschaue, fehlt ihm rein gar nichts. Zugegeben, er hat ein wirklich schönes Gesicht, und seine Muskeln und der knackige Hintern in der eng anliegenden Jeans sind auch nicht zu verachten, aber das gibt ihm noch lange nicht das Recht, sich aufzuführen, als hätte ich etwas falsch gemacht. Schließlich ist er wie ein Vollidiot mit seinem Bodybuilderkörper einfach vor mein Auto gelaufen. Einen hellgrünen Toyota kann man ja wohl kaum übersehen. Dass man vor dem Überqueren der Straße erst mal nach links und rechts schaut, weiß doch jedes Kind.

Wahrscheinlich ist er einer von den Leuten, die systematisch Versicherungen prellen, um sich mit dem Schmerzensgeld ein schönes Leben zu machen.

»Sie haben mich gerade angefahren, meine Liebe!« Er legt sich die Hand auf den Oberschenkel, beugt sich vor und murmelt schnaufend ein paar Worte, wahrscheinlich Flüche. Im nächsten Augenblick richtet er sich wieder auf und hält humpelnd auf mein Fenster zu. Was für ein Schauspieler.

»Sie spinnen ja wohl.« Hektisch suche ich nach meinem Portemonnaie. Ich werde langsam panisch, weil er ziemlich sauer aussieht und ich mit Bauchkrämpfen aus der Hölle in meinem Auto festsitze. Allerdings habe ich im Augenblick mehr Angst davor, mir gleich in die Hose zu machen, als vor ihm. Der Druck in meinem Unterleib ist kaum noch auszuhalten.

Scheiß auf den Kaffee! Ich fahre sofort zum Arzt. Pavel kann warten.

Ich kurbele das Fenster ganz herunter. Der Typ macht mir keine Angst. Ich habe es tagtäglich mit russischen Gangstern zu tun, dagegen ist dieser Fitnessstudio-Junkie mit seinem engen T-Shirt und den Cowboystiefeln ein Waisenknabe. »Bleiben Sie, wo Sie sind«, warne ich ihn mit funkelnden Augen.

Er humpelt weiter auf mich zu.

»Glauben Sie bloß nicht, Sie könnten es jetzt auf die grobe Tour versuchen. Ich habe Pfefferspray und schrecke nicht davor zurück, es zu benutzen.« Ich halte demonstrativ ein Mückenspray in die Höhe, weil ich leider kein anderes Schädlingsbekämpfungsmittel dabeihabe. Hoffentlich erkennt er den Unterschied nicht.

Er deutet auf ein schwarz-weißes Straßenschild an der Kreuzung, das so weit weg steht, dass ich die Augen zusammenkneifen muss, um es zu erkennen. »Sie sind verkehrt herum in eine Einbahnstraße gefahren, meine Liebe. Sie haben mich angefahren! Sie hätten mich beinahe überfahren!« Er hüpft auf einem Bein. »Sie haben mir ganz schön das Knie zertrümmert.«

O, verdammt. Er hat recht, und jetzt kommen mir auch einige Autos entgegen. Außerdem wirkt er in der Tat zumindest leicht verletzt. Aber meine Güte, er hätte mir auch nicht geradewegs vors Auto rennen müssen! Ich mag den falschen Weg eingeschlagen haben, aber er ist der Depp, der ohne zu schauen einfach auf die Straße gelaufen ist. Es ist seine Schuld, dass er verletzt ist, nicht meine. Wenn Pavel von alldem Wind bekommt, wird er wissen wollen, was ich so nah beim Revier getrieben habe, wo ich doch eigentlich zum Arzt gehen sollte. Ich muss sofort hier verschwinden.

Ich verziehe den Mund, während ich einen Plan schmiede. Zeit für eine kleine Showeinlage. Im Notfall kann ich ziemlich gut schauspielern. »Für wen halten Sie sich eigentlich, dass Sie mich *meine Liebe* nennen? Dass Sie behaupten, ich hätte Sie angefahren? Sind Sie bekloppt? Ich habe Sie nicht angefahren. *Sie* sind mir vors Auto gelaufen. Einfach so. Dafür gibt es Zeugen, also versuchen Sie gar nicht erst, die Fakten zu verbiegen.« Ich schiele in Richtung der Menschenmenge, die sich auf dem Gehweg versammelt hat. Wenn mich meine Augen nicht trügen, sind einige der Leute definitiv auf meiner Seite, manche lächeln mich sogar an. Ich hebe die Stimme, damit mich alle hören. Meine Halsschlagader pocht wie wild, und meine Eingeweide krampfen wie Hölle.

»Wenn Sie ein großes, altes grünes Auto übersehen, das direkt auf Sie zuhält, sollten Sie in Zukunft besser einen Blindenstock mitnehmen, wenn Sie das Haus verlassen.« Ich setze mich auf und nehme durch die Frontscheibe meine Motorhaube in Augenschein. »Sie haben bestimmt die Stoßstange beschädigt. Und Kratzer in den Lack gemacht.« Ich starre ihn mit zusammengekniffenen Augen an. »Aber darüber werde ich heute mal hinwegsehen, weil ich es echt eilig habe.«

Mit einer wegwischenden Handbewegung mache ich ihm deutlich, dass er sich verziehen soll. »Schaffen Sie sich weg. Ich muss noch wohin, und zwar *bystro* … sofort.« Der ganze Stress setzt mir derart zu, dass sich russische Wörter einschleichen, und das versuche ich normalerweise tunlichst zu vermeiden. Panik überkommt mich. Hechelnd versuche ich, sie zu vertreiben: »Hah-hah-hee! Hah-hah-hee!«

Er sieht mich komisch an.

Ich öffne den Mund, um weiterzusprechen, aber ich zucke nur zusammen und drücke eine Hand auf meinen Bauch. Der Schmerz ist … *heilige Scheiße* … *sterbe ich?* Ich halte das nicht mehr für ausgeschlossen. »O, Jesus, Maria und Josef …« Ich schwitze plötzlich wie ein Schwein. Es riecht metallisch in meinem Wagen, ich spüre etwas Warmes zwischen meinen Beinen. *Heilige Mutter Gottes, ich habe mir gerade in die Hose gemacht.* »Was zum Teufel passiert denn hier?«, schreie ich mit einem Blick auf meinen Unterleib, ehe ich wieder den Mann ansehe, der mich jenseits der Wagentür anstarrt.

Der Schmerz nimmt mir die Sicht, Verwirrung und Angst vernebeln meinen Geist, als mein Kopf nach hinten gegen die Nackenstütze sackt. Die Wagen vor mir verfallen in ein Hupkonzert, mehrere Leute nehmen uns mittlerweile mit ihren Handys auf. Der wütende Mann hängt noch immer halb in meinem Fenster und macht keine Anstalten, sich zu verziehen. Ich habe Zweifel, dass das Mückenspray ihn verscheuchen wird. *Warum passiert mir das?* Wenn Pavel im Internet über eines der Handyvideos stolpert, die diese Lotta-Java-Freaks gerade aufnehmen, bin ich geliefert.

»Wohin wollten Sie denn so eilig?«, fragt der Typ.

Ich kann nur noch grunzen: »Das geht Sie einen feuchten Dreck an«, so starke Schmerzen habe ich. Ich funkle ihn an und bin unsagbar wütend, dass er einer einfachen Aufforderung nicht nachkommen kann. »Wenn ich bitten darf?« Ich starre erwartungsvoll auf seine Hände, die sich auf meinen Wagen stützen.

Er öffnet den Mund zu einer Antwort, doch ich kann mich nicht mehr auf ihn konzentrieren. Mein Ende naht.

»O Gott, erbarme dich meiner.« Ich verdrehe unwillkürlich die Augen und umklammere so fest das Lenkrad, dass meine Finger taub werden. Es fühlt sich an, als würden meine Organe explodieren. Ich hätte mir sofort neue Tums besorgen sollen. Jetzt scheiße ich mich gleich vor einem völlig fremden Mann ein, mit dem ich mir an jedem anderen Tag ein Date gewünscht hätte.

»Was ist denn los mit Ihnen?«, fragt er.

Die Verzweiflung und der Schmerz treiben mir Tränen in die Augen. Ich kann nur noch seinen Blick erwidern und weiterhecheln, damit der Schmerz mir nicht vollkommen den Verstand raubt. »Ha-ha-*hee*! Ha-ha-*hee*!«

Er stützt sich mit beiden Händen auf die Fahrertür und beugt sich vor, um mich so eindringlich zu mustern, dass er höchstwahrscheinlich sogar meine Sommersprossen sieht, die ich unter dem Make-up zu verstecken versuche. Dann öffnet er den Mund und stellt mir die verrückteste, lächerlichste Frage, die ich je in meinem Leben gehört habe.

»Das soll nicht blöd klingen, Ma'am, aber bekommen Sie gerade ein Kind?«

Kapitel 3

»Nein, nein, nein«, stöhne ich kopfschüttelnd. Das kann nicht sein. Das kann überhaupt nicht sein! Ich bin nicht schwanger! Das ist unmöglich!

Der Mann streckt den Arm durch die Fensteröffnung und berührt meine schweißnasse Stirn.

Instinktiv schlage ich seine Hand zur Seite. »Finger weg!« Ich funkle ihn wütend an, und er kann von Glück reden, dass ich keine Schusswaffe habe. »Wer hat Ihnen erlaubt, mich anzufassen?«

Er spielt das Unschuldslamm. »Entspannen Sie sich, ich wollte nur wissen, ob Sie Fieber haben.«

Immer mehr Menschen versammeln sich auf dem Gehweg und glotzen uns an. Gut, dass ich Zeugen habe. Ich hebe wieder die Stimme, damit sie mich auch ja gut verstehen.

»Entspannen? Sie möchten, dass ich mich … nein. Ganz bestimmt nicht. Das lasse ich nicht mit mir machen. Ich rufe jetzt die Polizei. Das ist Körperverletzung.« Er soll einfach nur verschwinden, damit ich hier wegkann. Wenn nötig, mache ich einen Umweg über den Gehweg, um an den anderen Autos vorbeizukommen. Mein Körper versagt mir den Dienst, und wenn ich völlig zusammenbreche, will ich allein sein, weil das ganz sicher nicht schön wird. Mein Sitz ist völlig durchgeweicht und stinkt so übel, dass ich gar nicht erst darüber nachdenken möchte, was das ist.

»Genau genommen begehe ich eine Tätlichkeit«, korrigiert er mich wie ein aufgeblasener Besserwisser, »aber vielleicht möchten Sie erst noch meine Frage beantworten, ehe Sie mich verhaften lassen.« Er lässt den Blick über die Leute auf dem Gehsteig schweifen, die wie bei einem Fußballspiel mit uns mitfiebern, bevor er sich wieder auf mich konzentriert. »Bekommen Sie ein Kind? Ich meine, haben Sie Wehen?«

Meine Stimme klingt wie das Knurren eines Tiers. Ich kann nichts dagegen tun. »Nein, ich habe ganz bestimmt keine Weh...heeen!« Mein Satz mündet in einen Schrei, und ich hechle wie wild, um nicht ohnmächtig zu werden. »Ho, ho, hee! Ho, ho, hee! Scheiße, tut das weh!« Es fühlt sich an, als zöge sich eine glühende Eisenschlaufe um meinen Bauch zusammen.

Der Fremde reißt die Tür auf und beugt sich so dicht über mich, dass sich unsere Köpfe fast berühren. »Selbst wenn Sie nicht in den Wehen liegen, haben Sie ein ernst zu nehmendes medizinisches Problem, Ma'am.«

»Ach ja?«, krächze ich leise und würde ihm am liebsten die Nase brechen, doch ich habe solche Schmerzen, dass ich mich nur noch ans Lenkrad krallen kann. »Und was gedenken Sie dagegen zu unternehmen?« Mein ganzer Bauch krampft plötzlich, und ich schreie laut auf. »Ahhh! Neeein!«

Der Typ schnallt mich mit rasender Geschwindigkeit ab, seine Arme gleiten unter meine Beine und an meinen Rücken. Dann hebt er mich mühelos aus dem Auto, als wäre ich leicht wie eine Feder.

»Von wegen keine Wehen«, knurrt er und dreht sich zum Gehsteig um, wodurch ich auf mein Auto schaue. »Rufen Sie einen Krankenwagen!«, befiehlt er den Gaffern. Dann setzt er sich humpelnd in Bewegung.

Aus dem Augenwinkel sehe ich den Stau vor meinem Wagen, der immer länger wird. Er will meinen Toyota einfach mitten auf der Straße stehen lassen. Wenn er abgeschleppt wird, stecke ich in ernsten Schwierigkeiten.

Pavel wird alles herausfinden. *Alles.* Seine Befragungsmethoden sind in gewissen Kreisen legendär.

»Lassen Sie mich runter, Sie Neandertaler!« Ich will ihn ohrfeigen, erstarre aber auf halbem Weg, weil mich eine neue Woge des Schmerzes überkommt. Also packe ich stattdessen sein Ohr. »Auuu, Scheiße, tut das weh«, zische ich.

Warme Flüssigkeit quillt zwischen meinen Beinen hervor. Die Worte des Fremden hallen durch meinen Geist. *Sind Sie schwanger?* Mir bleibt für einen Moment das Herz stehen.

Neeein ... das kann nicht sein. Oder doch?

Er dreht den Kopf in meine Richtung. »Könnte ich mein Ohr wiederkriegen?«

»Entschuldigung.« Ich lasse sein Ohr los, kralle mich stattdessen in sein T-Shirt und balle die Fäuste, als der Schmerz wieder über mich hereinbricht.

»Sie kriegt ein Kind!«, keucht eine Frau.

»Schnauze!«, schreie ich. »Das ist nicht wahr!« Ich packe noch fester zu. »Auuu! Es tut so weh!« Flehend starre ich zu dem Mann empor, der mich trägt. Er muss unbedingt verstehen, wie ernst es mir ist, und mir glauben. »Es ist nur eine Blasenentzündung. Oder eine Verdauungsstörung. Ich habe die Gallenblase rausgenommen bekommen ... seitdem habe ich chronische Verdauungsbeschwerden. Wirklich. Es tut ständig ...« Der Schmerz überkommt mich wieder. »Hah, hah, hee!«

»Treten Sie bitte zur Seite«, fordert er die Leute auf, die uns im Weg stehen, während er auf den Gehsteig humpelt.

»Wohin bringen Sie mich?« Es fällt mir schwer, die Frage zu formulieren, so schwach und verloren fühle ich mich. Ich bin in großer Gefahr und habe keine Kontrolle mehr über meinen Körper oder mein Leben. Ich muss sofort hier weg. Ich habe Todesangst, doch die Schmerzen sind so groß, dass ich aus eigener Kraft nichts mehr ausrichten kann. Ich habe mich noch nie so verletzlich gefühlt.

»An einen Ort, an dem Sie sich hinlegen können.«

»Ich will wirklich nicht unhöflich klingen«, ich mache ein kurze Pause, um gegen den Schmerz anzuhecheln, »aber ich muss wirklich dringend mal auf die Toilette.«

Er schüttelt stumm den Kopf.

Ich öffne den Mund, um ihn anzuschreien, weil er nicht auf mich hört, nicht tut, was ich will, nämlich mich absetzen und in Ruhe lassen, doch mir entfährt nur ein einziger Schrei.

Kapitel 4

In dem Nagelsalon stinkt es nach giftigen Chemikalien, ein Sturmangriff auf meine Sinne, der meine Nasenflügel beben lässt, aber das ist mir alles egal, solange der Schmerz aufhört. Von mir aus könnten sie mir Nagellackentferner einflößen, wenn das helfen würde. Ich habe das Gefühl, jeden Augenblick in zwei Stücke gerissen zu werden.

»He! Was Sie machen?«, ruft eine zierliche Asiatin mit schwerem Akzent, die in Flipflops auf uns zugeschlurft kommt.

»Ich brauche einen Ihrer Massagesessel«, sagt der Mann, der mich trägt. Als er mich herumwirbelt, sehe ich drei davon, die in der hinteren Ecke des Raumes nebeneinander stehen.

Die Besitzerin des Salons schüttelt energisch den Kopf. »Nein! Nein! Die nur für zahlende Gäste!«

»Ich bezahle dafür«, erwidert er, humpelt an ihr vorbei und bleibt vor dem ersten Stuhl stehen. Vorsichtig setzt er mich darauf ab.

Ich halte mich an den Armlehnen fest und schiebe mich so weit wie möglich hoch, dankbar, dass er mich auf einer unbeweglichen Oberfläche abgelegt hat. Dieses Auf und Ab seines holprigen Ganges hat mich umgebracht. Für einen Augenblick beruhigen sich meine Eingeweide, und ich seufze erleichtert.

»Danke«, sage ich und zucke zusammen, als ich versuche, mich zurechtzurücken. Alles in mir tut weh, und meine Kleidung ist durchtränkt von Schweiß und Gott weiß was noch.

Mehrere Menschen sind uns in den Salon gefolgt. Die Inhaberin beginnt wieder zu brüllen. »Hier niemand ohne Nageltermin! Sie wollen Nageltermin, Sie reinkommen! Sie nicht wollen Nageltermin, Sie draußen bleiben!«

»Ich möchte einen Nageltermin«, verkündet eine Frau und setzt sich rasch in einen der anderen Massagesessel.

»Ich auch«, sagt ein junger Mann, der die ganze Zeit mitgefilmt hat, und löst sich aus der Menge. Auf dem Weg zum letzten Sessel stolpert er über einen Rollcontainer mit Nagelpflegeutensilien, was einen Höllenlärm verursacht.

Die Inhaberin des Salons hebt einen Fächer im viktorianischen Stil und droht, jeden damit zu verprügeln, der auch nur einen Schritt weiter in den Raum kommt.

»Rufen Sie die Polizei!«, schreit der humpelnde Mann, der sich über mich gebeugt hat, sie an. Er legt mir die Hand auf den Arm und sagt leise: »Machen Sie sich keine Sorgen. Hilfe ist unterwegs.« Sein Tonfall und sein Gesichtsausdruck verdeutlichen mir, dass er mir nicht wehtun will. Er möchte mir wirklich helfen, und verdammt noch mal, ich brauche dringend Hilfe.

Wie ein Blitz aus heiterem Himmel direkt ins Hirn trifft mich die Erkenntnis, und mit ihr kommt ein Gefühl der Furcht, wie ich es noch nie empfunden habe, nicht einmal, als Pavel über mir stand und mit einer Waffe auf meinen Kopf zielte. Ich lege die Hand auf meinen riesigen, runden Bauch. Hier geht es nicht um Verdauungsprobleme, einen Tumor oder Nachwirkungen meiner Gallenblasenresektion. Ich habe auch nicht durch Stressfuttern fünf Kilo zugenommen. Nein, ich mache mir seit Monaten etwas vor, ignoriere alle Warnzeichen und zwinge mich, meine eigenen Lügen zu glauben, weil die Wahrheit einfach unvorstellbar schrecklich war: *Ich bin schwanger.*

Ich bekomme hier und jetzt ein Baby. Sofort baut sich Druck zwischen meinen Beinen auf, und obwohl ich noch nie ein Kind bekommen habe, weiß ich, was das bedeutet.

»Der Krankenwagen ist auf dem Weg«, sagt er und tätschelt mir die Hand.

»Er wird nicht rechtzeitig hier sein.« Angst überkommt mich, und ich erkenne mich selbst nicht wieder: Ich bin plötzlich so schwach, fühle mich so verloren und bin nicht mehr sicher, ob ich das alles schaffe. Ich klammere mich an den Arm des Mannes. »Helfen Sie mir.«

Er zögert mehrere Sekunden lang, schaut zuerst panisch, danach verwirrt, und dann nickt er schließlich. »Was kann ich tun?« Er legt mir die Hand aufs Bein.

»Ziehen Sie mir die Hose aus«, ordne ich an. Als mir klar wird, wie seltsam das klingt, füge ich hinzu: »Aber kommen Sie ja nicht auf blöde Gedanken.«

»Alles klar. Ihnen die Hose ausziehen, aber keine blöden Gedanken.« Mit einem leichten Lächeln nickt er. »Das kriege ich hin.«

Dann bemüht er sich, meiner Aufforderung nachzukommen. Ich versuche, ihm behilflich zu sein, aber es fällt uns auch zu zweit nicht leicht. Meine Schmerzen sind einfach zu groß, um zu kapieren, warum das so ist, aber als er die Hände unter mein weites Flanellhemd schiebt, fällt es mir wieder ein.

»Da hält etwas Ihre Hose geschlossen«, sagt er und sieht sich meinen Hosenbund an wie ein komplexes Rätsel. Er zückt ein Messer und nähert sich mir damit.

In meiner Panik komme ich auf den Gedanken, er sei ein Freund Pavels und werde jetzt gleich seine Loyalität der Bruderschaft gegenüber beweisen, indem er dieses kleine Problem – mich – aus der Welt schafft.

»O Gott, er will mich abstechen!« Ich kralle mich in die Armlehnen und versuche, mich aus dem Sessel zu wuchten. Es gelingt mir nicht. Der Schmerz ist zu groß, mein Bauch ist inzwischen zu schwer. Er hält mich in dem Sessel wie ein Anker.

Er legt die Stirn in tiefe Falten und weicht zurück. »Nein, will ich nicht!« Er senkt die Stimme. »Das würde ich niemals tun. Ich will Ihnen helfen, nicht wehtun.«

Keuchend vor Schmerz, starre ich ihn an, während er langsam das Messer in Richtung meines Hosenbundes bewegt. Ich beobachte jeden Zentimeter, den die Klinge zurücklegt, und warte darauf, dass er sie aus dem Handgelenk dreht und damit zustößt. Ich traue niemandem, nicht mal diesem Typen, der mich aus meinem Auto befreit und zugelassen hat, dass ich ihm beinahe das Ohr abgerissen habe.

»Ich will nur die Kordel durchschneiden, die Ihre Hose geschlossen hält.«

»Oh, ja, okay.« Weil ich überzeugt war, ich hätte von all der Stressfresserei zugenommen, habe ich angefangen, meine Hosen offen zu tragen und mit einer Kordel zwischen Hosenknopf und Knopfloch zu schließen. Ich wollte keine neuen Klamotten kaufen, denn ich wusste ja, der Stress würde bald vorbei sein, und dann würde ich rasch wieder abnehmen. Meine Panik lässt nach, als mir klar wird, dass ich nicht als Opfer einer Messerattacke enden werde ... sondern nur als Opfer meiner eigenen Dummheit. »Machen Sie nur. Aber verletzen Sie mich nicht.«

»Ich bin ganz vorsichtig, versprochen.«

Ich lege die Finger auf seinen muskulösen, kräftigen Arm. Er ist warm ... Mit ruhiger Hand schneidet er meinen Hosenbund auf. Es ist total seltsam, hier zu liegen und einen Fremden mit einem Messer so nah an mich heranzulassen. Lange haben Messer in der Hand von Männern in meiner Nähe nur eines bedeutet: Schmerz. Doch sobald meine Hose offen ist, verspüre ich Erleichterung.

»Oh, Gott sei Dank.« Ich seufze tief.

Er hüpft ein wenig auf einem Bein, um sich anders hinzustellen, und verzieht das Gesicht, als er das Messer wieder in die Tasche gleiten lässt.

Mein Körper spannt sich an, als ich eine weitere Woge des Schmerzes herannahen spüre. »O Gott, irgendetwas passiert gleich.« Wieder kralle ich mich in seinen Arm, meine Nägel bohren sich in seine Haut. Ich kann nichts dagegen tun. Es fühlt sich an, als würde ich innerlich entzweigerissen.

Er zerrt an meiner Hose, zieht sie mir rasch bis auf die Knöchel herunter und streift sie dann ganz ab, obgleich sie klatschnass sind. Unvertraute Gerüche dringen an meine Nase, metallisch und sauer.

Igitt. Wenn ich nicht solche Todesqualen leiden würde, wäre es mir peinlich, dass dieser Mann quasi mitten in meiner Intimzone steht und solche intimen Dinge tut. Mein Atem geht zischend, als der Druck wächst und meinen gesamten Unterleib erfüllt.

»Ich brauche Handtücher«, bellt er.

Die Frau in dem Sessel neben uns springt auf, um uns zu helfen.

Sobald sie und die Ladeninhaberin wieder da sind, schiebt er mehrere Handtücher unter mich und bedeckt mit ein paar weiteren meinen Unterleib. Ich weiß seinen Versuch zu schätzen, meiner Intimsphäre ein Mindestmaß an Schutz zu gewähren. Ist ohnehin nicht mehr viel davon übrig, weil ich von der Hüfte abwärts nackt dasitze und Gott weiß was über den Sessel und den Boden dieser asiatischen Dame verteile.

»Wie heißen Sie?«, fragt er und taucht wieder neben meiner Schulter auf.

»Tamika. Aber Mika reicht.« Ich versuche, ihn anzulächeln, doch meine Gesichtszüge verrutschen zu einer Grimasse.

»O lieber Gott im Himmel. Bitte lass mich nicht sterben.« Ich kralle mich auf Brusthöhe in sein Hemd, als ginge es um mein Leben.

Er legt seine Hand auf meine, und die Wärme seiner Finger und die Kraft seiner Berührung schenken mir für einen Augenblick das Gefühl, geborgen zu sein. Dann kommt der Schmerz wieder und reißt mich in Stücke.

Ich presse die freie Hand gegen meinen Bauch. Er hat sich in einen harten Ball verwandelt. Es macht mich völlig fertig zu sehen und zu spüren, dass mein Körper das ohne meine aktive intellektuelle Mitwirkung tut. Mir ist die ganze Sache entglitten, und ich schlingere eine dunkle Straße entlang, deren Ende ich nicht erkennen kann. *Was, wenn mit dem Baby etwas nicht stimmt? Oder mit meinem Körper? Werden wir beide sterben?*

Der Schmerz antwortet: *Ja. Du wirst gleich sterben. Verabschiede dich von deinem Leben.*

Ich fange an zu weinen. Ich musste seit meiner Geburt ums Überleben kämpfen, und der Gedanke, bei der Geburt meines eigenen Kindes zu sterben, nachdem ich die russische Mafia überlebt habe, ist einfach zu viel für mich. Ich war so lange allein ... was, wenn ich sterbe und mein Baby überlebt? Dann wird es allein sein, und es wird alles meine Schuld sein!

»O mein Gott, ich sterbe!« Ich schaue zu ihm auf. Verzweifelt. Sterbend ...

»Sie werden nicht sterben. Sie bekommen ein Kind. Kann ich irgendjemanden für Sie anrufen? Haben Sie einen Mann? Einen Freund? Eine Freundin?«

»Nein«, ächze ich, und Schweiß rinnt mir über Gesicht und Rücken, »rufen Sie niemanden an. Ich habe niemanden. Nur mich.« Der Druck zwischen meinen Beinen ist unvorstellbar. Unwillkürlich balle ich die Faust an seiner Brust.

»Da passiert irgendetwas!«

»Süßer, Sie sollten sich besser mal weiter runterstellen und den Fänger spielen«, sagt die Frau neben uns zu dem Mann.

»Krass«, meint der filmende junge Typ. »O Mann, sie kriegt ihr Kind im Nagelsalon.«

Der Mann beugt sich dicht über mein Gesicht. Seine haselnussbraunen Augen sind umgeben von den dunkelsten, dichtesten Wimpern, die ich je gesehen habe. Sein Gesichtsausdruck ist ruhig. Entschlossen. Furchtlos. Ich gleite in eine Ohnmacht, während ich mir vorstelle, was er mit diesen Augen sieht, wenn er mich anschaut und weiß, es ist nichts Gutes. Wie könnte es auch?

»Mika, ich muss mir einen Überblick verschaffen ... muss nachschauen, was da unten abgeht. Ist das in Ordnung für Sie?«

Er legt die Hand an meine Wange, und seine Berührung reißt mich aus dem Dämmerzustand zurück, in den ich abzugleiten drohte.

Ich blinzele, um ihn klarer zu sehen. »Was?«

»Ich muss einen Blick in Ihren ... Intimbereich werfen. Okay? Ich will nur mal nachschauen. Ich werde Ihnen nicht wehtun, versprochen.«

»Tun Sie, was Sie tun müssen.« Ich lasse ihn los und umklammere die Armlehnen, dann kneife ich die Augen zu, als sich mein Rücken vor Schmerz krümmt. »Auuu, Scheiiiiße!« Ich ziehe die Beine ein Stück an, als die Wehe nachlässt, und mache mich bereit für das Unvermeidliche. Es passiert. Es passiert wirklich. Ich werde gleich in diesem gottverdammten Nagelsalon ein Kind bekommen.

Er stellt sich neben meine Füße und lehnt sich ungeschickt gegen den Stuhl. »Können Sie die Beine ein bisschen spreizen?«, fragt er.

Ich spreize die Knie, es ist mir nicht mehr peinlich, dass ein Fremder sieht, was auch immer es da unten zu sehen gibt.

Es soll einfach nur vorbei sein, und wenn er mir dabei helfen will, umso besser. Er kann von mir aus alles sehen – meine Mumu, meinen Hintern, wie sich mein Innerstes nach außen kehrt ...

Er beugt sich nach unten und zuckt zurück.

»Was ist los?«, frage ich ängstlich, als ich seinen Gesichtsausdruck sehe, gleichermaßen erfüllt von Angst um das Baby und der Befürchtung, ich könnte der asiatischen Dame auf den Stuhl gekackt haben.

Er hebt den Blick und sieht sich im Salon um, die Stirn vor Konzentration oder Sorge – das ist schwer zu sagen – gerunzelt. Ich keuche vor Schmerz, starre ihn an und hoffe, er wird gleich etwas sagen, woran ich mich klammern kann, etwas, das mir Hoffnung gibt.

»Es ist Zeit.« Fast ohne zu humpeln eilt er zum Waschbecken hinüber, wäscht sich energisch die Hände, schnappt sich dann einen Hocker und zieht ihn heran. »Okay. Los geht's.« Er setzt sich und sieht zu mir auf. »Mika, ich sage es Ihnen nur ungern, aber Sie kriegen definitiv ein Baby. Ich kann den Kopf schon sehen. Wir haben es fast geschafft.« Dann wendet er seine Aufmerksamkeit wieder dem Bereich zwischen meinen Beinen zu.

Ich muss mich zurücklehnen, weil mich der Schmerz schon wieder erfasst und ich dem Drang zu pressen nicht mehr lange widerstehen kann. Ich kralle mich in die Armlehnen. »Ich sterbe! Ich sterbe!«, mehr bringe ich nicht heraus. Im Versuch, die Qualen loszuwerden, die meinen Körper schütteln, werfe ich wild den Kopf hin und her. »Ich sterbe.«

»Nein, nein«, sagt die Frau an meiner Schulter mit einem Lächeln in der Stimme. »Sie werden Mutter. Haben Sie schon ein Kind? Oder ist das Ihr erstes?«

Obwohl mir völlig klar ist, dass die Frau nur nett sein will, würde ich sie am liebsten ohrfeigen.

»Halten Sie einfach ihre Hand«, würgt der Mann sie ab, wofür ich ihm extrem dankbar bin. Ob er gespürt hat, dass ich gleich rabiat werde? Er zwinkert mir zu, ehe er den Blick wieder zwischen meine Beine richtet.

»Okay, Mika. Los geht's … bereit?«

Ich schüttle tränenüberströmt den Kopf. »Nein!«

Er schenkt mir ein Lächeln, das so strahlend ist, dass er damit geboren sein muss. »Das ist schon in Ordnung. Ich bin bereit genug für uns beide. Jetzt pressen Sie.«

Ich spüre, wie mich eine Welle erfasst, eine Wehe, die diesen kleinen Menschen aus mir herausdrücken soll, also klammere ich mich mit aller Kraft in die Armlehnen des Massagestuhls und presse so fest ich kann.

Kapitel 5

»Noch einmal pressen, dann ist der Kopf draußen.« Der Fremde berührt mein Knie, während seine andere Hand zwischen meinen Beinen wartet. Ich bete darum, dass er das Kind auffängt, bevor es vom Massagesessel rutscht und auf den Boden knallt.

»O Mann, da ist die nächste Wehe!« Die Worte kommen mir ungewollt über die Lippen, gefolgt von einer Reihe grässlicher Schreie. Nie hätte ich mir das zerrende, brennende Gefühl zwischen meinen Beinen träumen lassen, und es scheint viel zu lange anzuhalten. Ich weiß, dass mein Körper gerade entzweireißt.

»Jawohl!«, schreit der Mann triumphierend. »Fast geschafft!« Sein Gesicht ist vor Konzentration ganz verzerrt, während er mir zwischen die Beine starrt. Dann schaut er zu mir auf und wirkt plötzlich ganz aufgeregt. Er erinnert mich an meinen Volleyballtrainer auf der Highschool, als er ruft: »Pressen! Noch mal! Kommen Sie schon! Sie schaffen das, Mika!«

Er macht mir Mut, heftiger zu pressen, das Unmögliche zu tun, über den heftigen Schmerz zu triumphieren, der sich anfühlt, als wolle er mich zerstören. Ich habe früher nie geglaubt, was Frauen über Geburten erzählt haben. Inzwischen denke ich nicht mehr, dass das mit den furchtbaren Schmerzen übertrieben war. Ich werde nie wieder etwas tun, das so wehtut.

»Los, Mika, los!«, brüllt er, packt mein Knie und drückt es fest. »Pressen! Sie schaffen das!«

»Ich schaffe daaaaaaas!«, schreie ich und presse mit aller Kraft.

Die winzigen Schultern des Babys sind heraus, dann die Beine, und ich brülle auf. Der Mann schließt das Baby in die Arme und sieht dabei aus wie ein Typ, der gerade in der Endzone einen Touchdown-Pass gefangen hat.

»Es ist ein Junge!«, ruft er.

Das Baby gibt ein gurgelndes Geräusch von sich und stößt dann einen leisen Schrei aus. Der Mann richtet sich auf und dreht das blutverschmierte Baby auf den Bauch, um ihm auf den Rücken klopfen zu können.

Ich starre es ungläubig an. *Dieses Ding ... dieses Baby ... war die ganze Zeit in mir?* Ich kann es nicht glauben. *Unmöglich, unmöglich, unmöglich.* Ich habe ja schon Geschichten über Frauen gelesen, die nicht wussten, dass sie schwanger sind, aber ich hätte nie gedacht, dass mir das passieren könnte.

»Alles gut«, keucht der Mann. Er klingt, als sei er gerade einen Marathon gelaufen, und er schwitzt auch so. »Es ist ein Junge. Es ist ein Junge, und es geht ihm gut.« Er presst die Lippen zusammen und bläht die Nüstern, als er die Hände und Füße des Babys nacheinander hochhält und in Augenschein nimmt. »Er hat alle Finger und Zehen.« Dann beugt er sich vor, sieht dem Baby ins Gesicht und hält stirnrunzelnd inne. »Gut, er hat drei Augen, aber das ist ja nicht so schlimm. Dann sieht er eben besser als all seine Freunde, was?« Er hebt den Blick und grinst mich an.

Mir treten die Augen aus den Höhlen. »*Was?*« Ich setze mich auf, so gut ich kann, um das Schreckensbild zu betrachten, das er mir beschreibt.

Er lacht. »War nur ein Scherz. Ich wollte sichergehen, dass Sie noch bei Bewusstsein sind. Er hat zwei Augen. Und was für süße.«

Erleichterung durchflutet mich. Kopfschüttelnd sehe ich den Mann an, nicht sicher, ob ich ihn gerade lieber umarmen oder ohrfeigen möchte. Ich strecke die Arme aus. »Geben Sie mir einfach mein Baby und halten Sie die Klappe.«

Er streckt seinerseits die Arme aus und legt mir das winzige Wesen auf den Bauch, während die Frau mit einem frischen Handtuch ankommt und mir hilft, ihn so gut wie möglich einzuwickeln, obwohl die Nabelschnur im Weg ist. Mein Sohn hat ein winziges Gesicht, ganz dicke Bäckchen, und seine Augen sind zugeschwollen. Er sieht aus wie ein kleiner Preisboxer. Ich kann nicht glauben, dass er mein Kind ist, dass es ihn überhaupt gibt.

»Kann mich mal jemand kneifen?«, bitte ich benommen. »Das kann doch alles nicht wahr sein.«

»Oh, es ist wahr. Das kann ich Ihnen versichern. Er ist wunderhübsch«, sagt die Frau. »Gratuliere.« Sie schenkt mir ein so warmes Lächeln, dass mir Tränen in die Augen steigen.

»Danke.« Ich streichle seine Wange, die die Frau mit dem Handtuch abgetrocknet hat. Seine Haut ist unglaublich weich. »Er ist ziemlich süß, was?« Gefühle kommen in mir hoch, von denen ich nicht einmal wusste, dass ich sie überhaupt in mir trage: tiefe Liebe. Beschützerinstinkt. Angst. Ich stelle mir vor, dass Pavel von meinem Baby erfährt und es mir wegnimmt. Genauso deutlich sehe ich mich selbst zu einer Waffe greifen und diesem bösen Mann eine Kugel genau zwischen die Augen jagen. Ich werde niemals zulassen, dass er diesem Jungen wehtut oder ihn mir wegnimmt.

Wortlos schwöre ich meinem neugeborenen Sohn, während ich ihm tief in die dunkelblauen Augen schaue: *Niemand wird uns jemals auseinanderreißen. Niemand. Das verspreche ich dir aus tiefstem Herzen und ganzer Seele.*

»Ist absolut süß«, stimmt der Mann zu. Er greift zwischen meinen Beinen hindurch, um das Handtuch ein Stück wegzuziehen, damit er das Gesicht des Babys sehen kann. »Goldiges Näschen.«

Ich kann nicht aufhören zu lächeln. Da habe ich zweifellos ein süßes Baby zur Welt gebracht. Ich kann nicht glauben, wie unsagbar klein er ist.

Sein Daumen ist nicht größer als ein Tic-Tac.

Der jüngere Typ mit dem Handy kommt herüber, stolpert dabei über einen Haufen nasser Handtücher auf dem Boden, fängt sich aber wieder. »Der Typ hat Ihr Baby gerade aufgefangen, als wäre er Johnny Bench oder so.« Er kommt näher und richtet die Kamera für ein paar Sekunden auf das Baby und dann auf mein Gesicht. »Möchten Sie Ihren zukünftigen Fans auf YouTube etwas sagen?«

Ich hebe die Hand und versuche, sein Handy wegzuschieben. »Nein, gehen Sie weg. Das ist ein sehr intimer Augenblick.«

Der Mann streckt die Hand aus und nimmt ihm das Handy weg. »Sie hat recht. Machen wir das doch einfach aus.«

»He, Mann, das gehört mir.« Der junge Mann versucht, ihm das Handy wieder abzunehmen, doch er verhindert es mit einem Schlag auf das Handgelenk des jungen Typen, der daraufhin sofort verstummt.

Der Mann sieht mich an und hält das Handy hoch. »Wollen Sie dieses Video behalten?«

Ich schüttle energisch den Kopf. »Bloß nicht. Nein, danke.«

»Wie lösche ich das?«

»He, das dürfen Sie nicht!«, brüllt der Junge und versucht erneut, sein Handy zurückzubekommen, während der Mann versucht, das Video zu löschen. Der Junge bekommt für seine Bemühungen einen Ellbogen gegen die Schulter. »Das ist mein

Video! Ich habe es aufgenommen! Sie haben kein Recht, es zu löschen!«

»Zu spät.«

Die Erleichterung, die mich durchströmt, fühlt sich so gut an wie ein warmes Bad in einer kalten Winternacht. Jetzt muss ich mir keine Sorgen mehr machen, dass Pavel das Video online sehen könnte. Für ein paar Sekunden spiele ich mit dem Gedanken, ihm alles vorzuenthalten, einschließlich der Existenz des Babys, dann hebe ich den Blick und sehe mindestens zwanzig Handykameras, die durch das Fenster des Nagelsalons alles aufzeichnen. Das wird tagelang auf allen Nachrichtensendern laufen. *Ich bin so was von gefickt.* Furcht packt mein Herz und raubt mir den Atem.

Der Mann gibt dem Jungen mit einer Warnung das Handy zurück: »Keine Videos mehr, ohne vorher um Erlaubnis zu fragen, klar?«

Der jüngere Typ schnappt sich sein Handy und murmelt eine Beleidigung, während er sich in Richtung des anderen Massagesessels zurückzieht. Er lässt sich hineinfallen, schreibt wie ein verrückter SMS und ignoriert uns.

»Ich muss die Nabelschnur durchschneiden«, sagt der Mann. Er hält inne und sieht mich seltsam an. »Alles klar?«

Ich nicke und verdränge meine Sorgen bezüglich Pavel. Momentan habe ich größere Probleme, nämlich die Tatsache, dass ich ein Baby in den Armen halte, auf das ich absolut unvorbereitet bin. Ich sehe einen großen Abschleppwagen langsam vorbeifahren.

Der Mann schnappt sich ein Handtuch, um sich die Hände abzuwischen. Er sieht aus, als käme er gerade von einer Schlachtung, seine Arme sind bis zu den Ellbogen mit Blut und wer weiß was sonst noch beschmiert. Ich zucke innerlich zusammen und frage mich, ob ich mich bei ihm entschuldigen sollte, möchte allerdings nicht noch mal zur Sprache bringen, dass er praktisch in mir herumgewühlt hat. Das ist einfach unwirklich. Vor einer halben Stunde habe ich noch versucht herauszufinden, welche Art von Kaffee Pavel glücklich machen würde. Jetzt frage ich mich, wie zum Teufel ich es schaffen soll, Mutter eines Kindes zu sein, von dem ich vor fünf Minuten noch nicht einmal wusste, dass es existiert. Mein Verstand ist offiziell überfordert.

»Ich brauche irgendetwas, um die Nabelschnur abzubinden, bevor wir sie durchschneiden«, sagt der Mann und sieht sich dabei um.

Die Inhaberin des Salons öffnet eine Schublade der Theke neben dem Massagesessel, entnimmt ihr eine Bindfadenrolle und hält sie hoch. »Geht das?«

Ich beäuge sie argwöhnisch. Nie im Leben ist die steril. Muss sie das sein? Ich habe keine Ahnung. Panik überkommt mich wieder, bis der Mann antwortet.

»Na klar. Wären Sie so nett, sie einfach mit Seife und Wasser abzuwaschen und in Alkohol zu tränken?«

Es ist so schön, dass jemand neben mir steht und sich um mich kümmert, ohne dass ich ein Wort sagen muss. Ich bin es so gewohnt, alles allein hinkriegen zu müssen, dass sich das sehr luxuriös anfühlt, und für diesen einen Augenblick kann ich mich diesen Gefühlen hingeben, ohne mir Sorgen zu machen, dass jemand es ausnutzen könnte, wenn ich mal lockerlasse. Ich lege den Kopf in den Nacken und drücke das Baby enger an mich. Es presst den Kopf an meinen Bauch.

»Er will trinken«, sagt die Frau, während die Inhaberin des Nagelsalons mit dem Bindfaden zu einem Waschbecken geht.

Ich schaue die Frau panisch an. »Keine Ahnung, wie man das macht.«

»Wenn Sie warten wollen – die Sanitäter im Krankenwagen können Ihnen sicher helfen«, wirft der Mann ein. Er schaut in Richtung Fenster. »Ich höre die Sirene.«

Ich nicke, denn mir gefällt die Idee, auf Gesundheitsprofis zu warten. Ich habe mich für einen Tag genügend blamiert, und außerdem ist mein Baby wieder eingeschlafen. Eigentlich sollte ich mir über seine super kurze Aufmerksamkeitsspanne Sorgen machen, aber er wirkt unglaublich zufrieden.

Der Fremde richtet seine Aufmerksamkeit wieder auf mich. »Herzlichen Glückwunsch, Mika. Er ist wunderschön.« Er schaut jetzt sanft, ganz entspannt. Das verwandelt ihn im Handumdrehen von einem gnadenlosen, harten Burschen in einen Gentleman. Mir geht das Herz auf. Er hat meinem Baby höchstwahrscheinlich das Leben gerettet. Mir vielleicht auch. Wer weiß, was passiert wäre, wenn ich weitergefahren wäre? Ich hätte einen Frontalzusammenstoß erleiden oder mein Baby kriegen können, während ich noch auf seinem Kopf saß. Für mich und meinen Kleinen hätte heute alles Mögliche wirklich schiefgehen können, aber dann ist dieser Mann auf der Straße aufgetaucht, hat sich vor mein Auto geworfen und dafür gesorgt, dass nichts davon geschehen ist. Ich habe mich vielleicht vor fünfzig Menschen blamiert, aber wenigstens lebt und atmet mein Sohn. Als ich sein schlafendes, unschuldiges Gesicht sehe, weiß ich, was ich tun muss.

»Wie heißt du?«, hauche ich sanft und starre dabei voller Staunen auf meinen Sohn. Irgendwie erscheint es mir passend, diesen Mann zu duzen, der im wahrsten Sinn des Wortes alles von mir gesehen hat.

Stille senkt sich über den Salon.

Ich starre meinen Retter erwartungsvoll an. »Was ist denn? Möchtest du mir deinen Namen nicht verraten?«

»Oh. Doch. Entschuldige. Ich dachte, du sprichst mit dem Baby. Ich heiße Thibault.«

»Wie schreibt man das?«

»T-h-i-b-a-u-l-t.«

»Schön«, sage ich und bewundere wieder meinen neugeborenen Sohn. »Das brauche ich für die Geburtsurkunde.« Ich kann nicht aufhören zu lächeln, und als ich den Blick auf Thibault richte, sehe ich, dass auch er strahlt. Vielleicht verdrückt er sogar ein Tränchen.

Kapitel 6

Die Fahrt zur Klinik im Krankenwagen ist keine große Sache. In der Klinik zu sein hingegen schon. Man bringt mich auf die Entbindungsstation, wo mich eine Schwester nach der anderen nervt, bis ich kurz davor bin, sie alle anzuschreien, sie sollen mich gefälligst in Ruhe lassen. Alle wollen wissen, welche Schwangerschaftssymptome ich hatte, warum ich nicht wusste, dass ich schwanger war, ob ich in pränataler Behandlung war und ob mir klar ist, wie ernst die ganze Sache ist.

»Natürlich ist mir das klar«, sage ich zu der dritten Person, die mich das in der letzten Stunde gefragt hat. »Ich habe ein Baby in den Armen. Glauben Sie, mir ist nicht klar, was das bedeutet?«

»Aber es muss doch jemanden geben, den wir benachrichtigen können«, insistiert das junge Mädchen und lächelt mich ein wenig bemüht an. »Vielleicht den Vater des Kindes?«

Es fällt mir wirklich schwer, meine Gefühle zu zügeln und nicht so zu reagieren, wie mein Herz und mein Hirn das gerne hätten. Sie hat Glück, dass nichts in Reichweite ist, das ich nach ihr werfen könnte, denn ich habe große Probleme, mich zu beherrschen.

»Wie ich Ihnen und Ihren Kolleginnen schon sagte, Sie können niemandem Bescheid geben. Ich wäre Ihnen dankbar, wenn Sie aufhören könnten, mir immer und immer wieder dieselben Fragen zu stellen, als sei ich ein Kind, das nicht begreift, was man von ihm wissen will.«

Sie hält irgendwelche Papiere hoch. »Wir müssen nur die Geburtsurkunde ausfüllen, und dafür brauchen wir den Namen des Vaters.«

Ich nicke zu dem Rolltisch hinüber, auf dem die Reste meines Mittagessens stehen. »Sie können die Papiere da hinlegen. Ich schaue sie mir später an.«

Sie geht hinüber und legt sie auf den Tisch, doch auf dem Weg nach draußen wirbelt sie herum und schaut mich noch einmal an. »Ich hole sie in einer Stunde wieder ab.«

»Sie können wiederkommen, wann Sie wollen, aber ich werde sie ausfüllen, wenn ich so weit bin.«

Sie presst die Lippen zusammen und starrt mich ein Weilchen an, ehe sie weiterspricht. »Wissen Sie, wir versuchen hier alle nur, unseren Job zu machen. Sie könnten ruhig etwas hilfsbereiter sein. Das würde uns das Leben erleichtern.«

Mit hochgezogenen Brauen sehe ich sie an. »Ist das so? Nun, ich werde versuchen, das zu berücksichtigen, während ich hier sitze und meine überraschende Entbindung und das neue Leben, das ich *ganz allein* anfangen werde, verarbeite.« Mein Blick fällt auf meinen Sohn, und ich klopfe ihm sacht auf den Po, während ich ihn stille. Wenn ich die Krankenschwester weiter ansehe, sage ich womöglich etwas noch Unhöflicheres als gerade eben. Ich weiß, sie meinen es alle gut, aber sie bedrängen mich, und das mag ich nicht, vor allem nicht, wenn ich so viel nachdenken muss. Das stresst mich, und das ist schlecht für mich und das Baby.

Ich höre Schritte den Raum durchqueren und gehe davon aus, das bedeutet, dass ich jetzt allein bin, deswegen bin ich überrascht, als von der Tür her eine Männerstimme erklingt.

»Hallo, schöne Frau.«

Sofort hebe ich den Kopf, in der Erwartung, den Pfleger zu sehen, der schon zweimal hier gewesen ist. Die Leute hier sind echt aufdringlich. Aber meine finstere Miene verfliegt, als ich sehe, dass er es ist. *Thibault.* Ich kann nicht glauben, dass er mich besucht. Ich bin glücklich und argwöhnisch zugleich.

»Oh, hey, Thibault. Was machst du denn hier?« Ich lasse den Blick über seinen Körper schweifen und bemerke die Krücken. *Krücken?*

Er wuchtet sich auf ihnen ins Zimmer und bleibt am Fußende meines Bettes stehen.

»Oh, ich erhole mich nur von einem Unfall mit Fahrerflucht. Ich habe für heute Nacht ein Zimmer im zweiten OG. 204, direkt neben dem Schwesternzimmer.«

»Unfall mit Fahrerflucht.« Ich kann nicht glauben, dass er das gerade gesagt hat. Da hatte ich mich so gefreut, dass er mich besuchen kommt, mir eine Chance gibt, ihm noch einmal danke zu sagen, und stattdessen ist er gekommen, um mir Angst zu machen. Gerade, als ich geglaubt hatte, schlimmer könne mein Tag nicht mehr werden.

Er stützt sich mit den Achseln auf die Krücken. »Ja. Irgend so eine Verrückte hat mich angefahren und dann Fahrerflucht begangen. Leider habe ich mir ihr Kennzeichen nicht gemerkt.« Er lächelt.

Ich kapiere einfach nicht, was in seinem Kopf vor sich geht. Sein Gesicht ist freundlich, aber seine Worte sind alles andere. »Worauf willst du hinaus?« Wahrscheinlich will er Geld. Ich habe ein bisschen was gespart, aber das werde ich für Baby Thibault und mich brauchen. Bestechung und deren Vertuschung gehören zu meinem Job als Pavels Buchhalterin. Ich weiß sehr genau, wie es in den dunkleren Ecken der Welt zugeht. Vor fünf Jahren hätte mich dieses Gespräch vielleicht schockiert, aber heute tut es das nicht mehr. Kein bisschen.

Ich recke das Kinn und versuche, ihm zu zeigen, dass ich mich nicht so leicht einschüchtern lasse.

Er lehnt seine Krücken an mein Bett, zieht sich einen Stuhl heran und lässt sich darauf nieder.

»Ich versuche nur, die Dinge einfach zu halten.«

»Ich bin versichert«, entgegne ich. Eine Krankenversicherung habe ich als Teil meiner Abmachung mit Pavel durchgedrückt, auch wenn ich nie geglaubt hätte, ich würde in der Zeit, in der ich für ihn arbeite, das Mutterschaftsgeld in Anspruch nehmen können. Außerdem bin ich auch unfallversichert, auch wenn ich das aus der eigenen Tasche bezahlen muss.

»Kannst du dir eine Verdopplung der Prämien leisten?«, fragt er. Er klingt, als bezweifle er das. Außerdem klingt er sehr selbstsicher. Als spielten wir Karten, und er habe einen Trumpf auf der Hand. Er nimmt wohl an, ich lebe von der Wohlfahrt. *Wie unhöflich.*

Meine Nasenflügel beben, doch ich versuche, zivilisiert zu bleiben. »Das geht dich nichts an.«

Er runzelt die Stirn. »Na ja, ich denke doch, schließlich hast du mich angefahren.«

Ich zucke die Achseln. Er glaubt, er kann mich manipulieren, sich benehmen wie ein Lehrer oder sonst irgendeine Autoritätsfigur, als die er sich da aufspielt, aber das wird nichts werden. Wenn Pavel ein Löwe ist, ist dieser Typ ein neugeborenes Kätzchen. Ich nicke in Richtung Zimmerecke. »Da drüben liegt meine Handtasche. Der Fahrer des Krankenwagens war so nett, sie sich von dem des Abschleppwagens geben zu lassen, ehe der mein Auto aus dem Weg geräumt hat. Hol sie mir, dann gebe ich dir die Versicherungsinformationen.«

Sein Gesichtsausdruck wird sanfter. »Du musst nicht sauer auf mich werden. Ich bin nur hier, um nach dir zu schauen. Ich brauche den Versicherungskram gar nicht wirklich. Das war nur ein Scherz. Das soll einfach meine Krankenversicherung bezahlen.«

Ich zucke die Achseln, glaube ihm aber nicht. Jeder ist sich selbst der Nächste. »Ich bin nicht sauer. Du redest dauernd über meine Versicherung und davon, dass ich dich angefahren habe, obwohl alle gesehen haben, dass du einfach auf die Straße gelatscht bist, ohne nach links oder rechts zu gucken, also bringen wir's hinter uns. Hol mir meine Handtasche, ich gebe dir die Informationen, und du kannst dich vom Acker machen.«

Thibault war nett zu mir, als meine Welt in Scherben ging, was echt cool war und was ich wirklich zu schätzen weiß, aber jetzt will er Spielchen spielen und mich einschüchtern. Na schön. Damit kann ich umgehen. Wieder jemand, den ich von der Weihnachtskartenliste streichen kann, was gut ist, denn dann ist die jetzt wieder leer. Das spart mir Arbeit in der Vorweihnachtszeit.

Baby T im Arm zu halten ist tröstlich – es gibt mir Kraft, auch wenn ich hier einem Mann gegenübersitze, der mich über den Tisch ziehen will. Ich bin jetzt nicht mehr allein und werde es auch nie wieder sein. Ich habe einen Sohn. Mir wird ganz warm ums Herz, als ich in sein Gesichtchen starre. Ich stille ihn gerade, halte ihn mit etwas am Leben, das mein Körper hervorbringt. Es ist ein Wunder ... ich halte ein regelrechtes Wunder in den Armen.

Ich glaube, Thibault versucht, einen besänftigenden Tonfall anzuschlagen. »Tamika ... vor drei Stunden war ich noch bis zum Ellbogen beschmiert mit deinen Körpersäften und habe dir geholfen, den wunderbaren Jungen auf die Welt zu bringen, den du da im Arm hast. Ganz zu schweigen von der Tatsache, dass du mich beinahe überfahren hättest, ehe ich auch nur einen Schluck von meinem Mokka Latte trinken konnte. Ich habe nicht vor, dich anzuzeigen, aber ich finde, ich darf wenigstens nach deiner Versicherung fragen. Du jedoch tust, als wollte ich dir etwas antun. Warum sollte ich?«

Ich schaue ihn mit undurchdringlicher Miene an. »Ich kenne dich nicht, Thibault. Ich weiß zu schätzen, was du für Baby T und für mich getan hast, und wenn du Geld für deine Dienste willst, kann ich dir wahrscheinlich etwas zukommen lassen. Aber ich wüsste es sehr zu schätzen, wenn du jetzt gehst und später wiederkommst. Gerade bin ich ziemlich müde.« Ich lehne mich im Bett zurück und lasse den Kopf aufs Kissen sinken.

»Ich habe dein Gespräch mit der Schwester mit angehört«, sagt er und rückt mit dem Stuhl näher an mein Bett heran.

Ich versuche verzweifelt, mich zu erinnern, worüber wir gesprochen haben, bevor er hereinkam. Vermutlich habe ich nichts allzu Aufschlussreiches gesagt, aber dennoch ... ich hebe den Kopf. »Du hast vor der Tür gestanden und meine Privatgespräche belauscht? Hast du noch nie etwas von Privatsphäre gehört?«

»Das war keine Absicht. Ich wollte dich nur besuchen, und deine Tür war offen. Als ich gerade klopfen wollte, hörte ich wütende Stimmen.«

»Es gab keine wütenden Stimmen.«

»Für mich klang es, als seiest du wütend auf die Schwester, weil sie dich zwingen wollte, irgendwelche Papiere auszufüllen.«

Ich schüttle den Kopf. »Du hast mich missverstanden. Ich habe kein Problem mit den Papieren.« Mein Blick fällt auf sie und dann auf mein Baby.

Er steht auf, aber ich ignoriere ihn, weil ich ihn nicht durch Blickkontakt zu weiteren Unterhaltungen ermutigen möchte. Dann höre ich Papier rascheln, und als ich den Kopf hebe, steht er an meinem Tisch.

»Was machst du denn da?«

»Da geht es um die Geburtsurkunde des Babys.« Er runzelt die Stirn.

Ich setze mich auf und hebe die Stimme. »Leg sie weg! Die gehen dich nichts an.«

Er legt die Formulare weg, humpelt zum Stuhl zurück und setzt sich wieder. »Darf ich dir eine persönliche Frage stellen?«

Er muss wahnsinnig sein. »Nein.«

»Bitte?«

Ich möchte ihm weiter das Recht vorenthalten, sich in meine Angelegenheiten einzumischen, doch das fällt mir schwer, weil er derart höflich fragt und mich so anschaut. Er hat ein so hübsches Gesicht, und ohne ihn würde ich vielleicht nicht hier sitzen, mit einem gesunden Jungen in den Armen.

»Na gut«, sage ich und seufze tief, damit er merkt, wie sehr er mich nervt, »was willst du wissen?«

Er streckt die Hand aus und nimmt sanft die meine. Ich lasse es zu, obwohl mir sofort Zweifel an seinen Motiven kommen. Warum ist er plötzlich so nett? Warum interessiert er sich für meinen Papierkram?

»Hast du jemanden, der dich in ein paar Tagen abholen und dir helfen kann, dich um dich und das Baby zu kümmern?«

»Klar.« Ich zucke die Achseln, als sei das wirklich sonnenklar, obwohl ich bei dem Gedanken innerlich in wilde Panik verfalle. Ich entziehe ihm die Hand und zupfe die Decke des Babys zurecht.

Wen soll ich anrufen? Mir fällt nur Sonia ein. Meine Mitbewohnerin und ich sind nicht gerade Freundinnen, aber vielleicht könnte sie zur Abwechslung mal ihre Loyalität gegenüber Pavel vergessen und mir ein oder zwei Tage helfen, bis ich wieder auf dem Damm bin. Ich war immer nett zu ihr. Mit meiner Hilfe hat sie ein Sparkonto eingerichtet, von dem Pavel nichts weiß. Ich bin sicher, auch sie träumt davon, ihm eines Tages zu entkommen.

»Wen?«, fragt er.

»Ich sagte, du darfst mir eine Frage stellen. Das ist schon die zweite.« Ich gebe es ungern zu, aber ich habe Spaß an unserem Geplänkel. Er wirkt entschlossen, aber nicht auf die hasserfüllte Art und Weise, die Pavel immer an den Tag legt.

»Darf ich dir noch eine Frage stellen?«

»Erst, wenn du mir eine beantwortet hast.«

Er zuckt die Achseln. »Schieß los! Frag, was immer du willst. Ich bin ein offenes Buch.«

»Wer bist du?«

Er sitzt einfach nur da und blinzelt mich an.

»War die Frage zu schwierig?« Ich kann ein Lächeln nicht unterdrücken. Er sieht aus, als habe er seine Zunge verschluckt, und ich stelle fest, dass es mir gefällt, diese Reaktion bei ihm hervorzurufen.

»Nein, ich überlege nur, wie ich sie beantworten soll.«

»Wie auch immer du willst.«

Er nickt langsam. »Okay. Freistil. Das schaffe ich.« Er lehnt sich auf dem Stuhl zurück, ehe er fortfährt: »Ich heiße Thibault Delacroix. Geboren, aufgewachsen und wohnhaft in N'Orleans. Ich habe eine Schwester namens Toni, die mit meinem besten Freund Lucky verheiratet ist. Sie haben zwei Kinder – Zwillinge –, deren Lieblingsonkel ich bin. Ich arbeite bei einer Sicherheitsfirma namens Bourbon Street Boys ...«

»Von der habe ich schon gehört.« Bei dem Namen klingelt etwas bei mir »Aber ich weiß nicht mehr in welchem Zusammenhang.«

»Das würde mich wundern«, gibt er zurück, und sein Grinsen erstirbt.

»Warum?«

»Wir machen hier in der Gegend private Sicherheitssachen, arbeiten aber in den meisten Fällen mit der Polizei zusammen. Das ist kein großes Geheimnis, aber wir arbeiten auf

Vertragsbasis hinter den Kulissen. Über uns steht nie etwas in der Zeitung.«

Jetzt weiß ich wieder, woher ich den Namen kenne. Pavel hat einmal von ihnen gesprochen. Ich erinnere mich nicht, in welchem Zusammenhang oder worum es genau ging. »Oh. Vielleicht verwechsle ich eure Firma mit einer, die so ähnlich heißt. Bourbon Street Billiards oder so.«

»Ja.« Er hält ein paar Sekunden lang die Hände erhoben, dann legt er sie auf seine Oberschenkel. »So viel zu mir. Darf ich jetzt eine Frage stellen?«

»Klar. Solange sie nicht zu persönlich ist.« Ich bin nicht mehr in Stimmung, mit Thibault Wortgefechte zu führen. Er scheint ein ziemlich netter Typ zu sein, und jetzt, wo ich weiß, dass er in der Sicherheitsbranche tätig ist, verstehe ich, warum er möglicherweise motiviert war, mir zu Hilfe zu eilen, als er sah, dass ich leide. Die meisten Männer, die als Gesetzeshüter arbeiten, auch im privaten Sektor, möchten Menschen helfen, im Gegensatz zu Männern wie Pavel, die auf der anderen Seite des Gesetzes stehen und denen es am Arsch vorbeigeht, wem sie wehtun. Doch obgleich ich Thibault gegenüber jetzt weniger argwöhnisch bin, muss ich ja nicht gleich einen Kuschelkurs einschlagen. Meine Rolle als geheime Informantin des NOPD ist so gefährlich, dass ich nicht auch noch mehr Feinde Pavels darin verwickeln muss.

»Nicht zu persönlich … mal sehen … was könnte ich dich fragen?« Thibault sieht mich mit zusammengekniffenen Augen an und nickt. Er hält sich für einen ziemlichen Charmeur. Vielleicht ist er ja tatsächlich charmant. Vielleicht auch nicht. Ich traue meinen Instinkten nicht mehr, was Männer angeht.

Unwillkürlich stelle ich geistig die beiden Männer, die es aktuell in meinem Leben gibt – Thibault und Pavel – nebeneinander. Der eine ist kompakt, hat einen olivfarbenen Teint, dunkles Haar und ist muskulös, gut aussehend, selbstsicher und freundlich ... der andere ist groß, bleich, blond, dünn, nicht besonders gut aussehend, übertrieben selbstsicher und unfreundlich. Hätte ich mich vor Jahren zwischen den beiden entscheiden müssen, weiß ich, wie meine Entscheidung ausgefallen wäre. Ich hatte nie vor, für einen Verbrecher zu arbeiten. Es hat sich nur so ergeben. Ich wünschte, ich hätte einen Job in einem Laden wie Bourbon Street Boys bekommen können statt dem, in dem ich schließlich gelandet bin. Jede Wette, dass es Spaß macht, mit Thibault zu arbeiten. Wahrscheinlich reißt er dauernd Witze – er hat Lachfältchen um die Augen. Aber es hat keinen Sinn, über vergossene Milch zu weinen, denn die Vergangenheit lässt sich nicht ändern.

»Was machst du beruflich?«, fragt er schließlich.

»Ich bin Buchhalterin.«

»Hm. Interessant. Wo arbeitest du?«

»Ich mache die Buchhaltung für den Besitzer einiger Wäschereien. Chemische Reinigungen.«

»Hier in der Stadt?«

»Ja.« Ich schaue hinunter auf das Baby, besorgt, wie weit er sein Verhör noch treiben wird. Jetzt, wo wir ein lockeres Gespräch zwischen uns in Gang gebracht haben, möchte ich nicht unhöflich sein, aber wenn Thibault mit der Polizei zusammenarbeitet, weiß er möglicherweise sogar zu viel über einige Dinge, die ich lieber aus unserer Beziehung heraushalten möchte, obwohl diese ohnehin vor Ablauf des Tages zu enden verspricht.

»Vielleicht könnten wir deinen Chef anrufen. Glaubst du, er wäre bereit, dir zu helfen?«

Ich lache bitter auf, ehe ich es unterdrücken kann. »Äh, nein. Das werde ich nicht tun.« Ich schaue zu ihm auf und versuche zu lächeln. »Hör zu, ich weiß zu schätzen, dass du dir Sorgen um mich machst und so, aber das muss wirklich nicht sein. Ich komme schon klar. Wofür habe ich schließlich eine Mitbewohnerin?«

Er lächelt. »Eine Mitbewohnerin. Super. Soll ich dir dein Handy holen?« Er macht Anstalten aufzustehen.

»Nein, lass nur. Ich rede später mit ihr.«

Er steht neben meinem Bett und starrt auf mich herab. »Weißt du … sie braucht vielleicht eine Art Vorwarnung. Damit sie einen Kindersitz, Windeln und noch eine Menge anderer Dinge, die du brauchen wirst, besorgen kann …«

Ich muss mich wieder bemühen, mich zu beherrschen. Er ist schon wieder aufdringlich. Viel zu sehr. »Thibault, weißt du was? Ich weiß deinen Besuch und deine Sorge um mich wirklich, wirklich zu schätzen, aber im Augenblick bin ich ein bisschen müde und würde gerne ein Nickerchen machen. Wenn du nichts dagegen hast …«

Der Muskel an seinem Kinn zuckt ein paarmal, als er die Hand ausstreckt und sich seine Krücken schnappt, die noch immer an meiner Bettkante lehnen.

»Nein, ich habe überhaupt nichts dagegen. Tut mir leid, wenn ich dich mit meinen Fragen genervt habe.« Er klemmt sich die Krücken unter den Arm und wendet sich ab. »Kann ich dir noch irgendetwas holen, ehe ich gehe?« Er schaut zum Tisch hinüber. »Einen Schluck Wasser?«

Das Nein liegt mir auf der Zunge, aber meine Lippen kleben regelrecht aneinander. »Wasser klingt gut. Das wäre schön.«

Er begibt sich zum Tisch hinüber und bringt mir meinen Thermobecher. Lächelnd hält er ihn mir hin.

»Du weißt schon, dass dich dieser Becher vermutlich fünfhundert Kröten kosten wird? Vergiss ihn bloß nicht, wenn du gehst.«

Ich nehme ihn augenverdrehend. »Ja, ich weiß. Gott sei Dank stand Dr. Thibault Delacroix bereit, um mein Baby auf die Welt zu holen. Sonst müsste ich dafür zwanzig Riesen bezahlen.«

Er lächelt, beugt sich vor und berührt die winzige Faust des Babys. »Ich schicke dir die Rechnung.«

»Ich hoffe, sie ist nicht zu hoch«, sage ich und frage mich, ob er Witze macht.

»Vielleicht kannst du mich ja mal zum Mittagessen ausführen, wenn du wieder auf dem Damm bist, dann wäre alles beglichen.«

Ich möchte am liebsten gleichzeitig lachen und weinen. An einem anderen Ort, zu einer anderen Zeit, in einem anderen Leben hätte ich das vielleicht wirklich gern getan. Aber dazu wird es nicht kommen. Nicht, solange es Pavel in meinem Leben gibt. Ich muss New Orleans so schnell wie möglich hinter mir lassen. »Das wäre nett«, sage ich und seufze wehmütig.

»Schau doch nicht so traurig«, tröstet er mich. »So gemein war ich jetzt auch wieder nicht, oder?«

»Was meinst du damit? Wann warst du gemein?«

»Ich war aufdringlich. Das tut mir leid. Meine Schwester sagt, ich hätte einen Superman-Komplex und könne ein Nein als Antwort einfach nicht akzeptieren. Wenn ich jemanden sehe, der Hilfe braucht, möchte ich dieser Person beistehen.« Er zuckt die Achseln. »Ich schätze, das ist eine Charakterschwäche von mir.«

Daraufhin muss ich unwillkürlich lächeln. Ich kann ihn mir gut mit einem Cape vorstellen, wie er das Verbrechen bekämpft und mit einem einzigen Sprung von einem Hochhaus aufs andere hechtet. »Nun ja, wir alle haben unser Kreuz zu tragen. Meine Oma sagte immer, ich sei stur wie ein Esel. Unabhängiger, als mir gut tut.«

»Wer? Du?«, fragt er mit hoher Stimme. »Neeein …«

Ich schiebe seine Hand weg und deute auf die Tür. »Geh. Verschwinde. Ich hatte einen langen Tag und muss schlafen.«

Lächelnd humpelt er auf seinen Krücken davon. An der Tür bleibt er stehen und dreht sich zu mir um. »Hättest du was dagegen, wenn ich dich noch mal besuchen komme, bevor wir diesem Laden Lebewohl sagen? Nur um zu sehen, wie es dir und dem Baby geht? Ich verspreche auch, dass ich dich nicht drängen werde, jemanden anzurufen oder mit mir Mittagessen zu gehen.«

Mit geschlossenen Augen lege ich meinen Kopf aufs Kissen und nehme Baby T sanft in die Arme. Wahrscheinlich sollte ich Thibault mit seinen freundlichen Gesten nicht noch ermutigen, aber die Vorstellung, ihn nie wiederzusehen, den Mann, der als Erster meinen Sohn in den Armen gehalten hat, ist zu traurig, als dass ich mich einfach so damit abfinden könnte. Üblicherweise habe ich kein Problem damit, allein auf der Welt zu sein, selbst wenn ich von Menschen umgeben bin, aber etwas in mir hat sich verändert. Vielleicht wirkt die Mutterschaft schon ihre mächtige, gefährliche Magie. »Klar. Bis morgen.«

»Ja, okay. Ich komme zum Frühstück und bringe dir einen Donut mit.«

»Mit Schokostreuseln«, sage ich, als er schon fast durch die Tür ist.

Er schmunzelt. »Kriegst du.« Leise schließt sich die Tür hinter ihm.

Kapitel 7

Ich kann mich nicht entspannen. Thibaults Worte hallen in meinem Kopf nach. Wer mich abholt, braucht eine Vorwarnung, um ein paar Dinge zu besorgen. Die Schwestern haben bereits mehr als einmal gesagt, dass sie mich ohne zugelassenen Kindersitz nicht weglassen – Krankenhausvorschriften und so. Andererseits soll ich bis morgen Mittag hier raus sein.

Ich habe den Anruf bei meiner Mitbewohnerin Sonia aufgeschoben, weil das Gespräch zwischen uns nie gut läuft, egal, wie oft ich es im Kopf durchspiele. Pavel belohnt Loyalität und bestraft Menschen, die Geheimnisse vor ihm haben. Ich bezweifle, dass ich einen Stein bei ihr im Brett habe, nur weil sie ohne mich niemals an den hübschen, fetten Anlagefonds auf einem Konto im Ausland gekommen wäre, sicher versteckt vor Pavel, ihre Vorsorge für den Tag, an dem sie seine Kreise hinter sich lässt und auf eigenen Füßen steht. Im Augenblick hat er sie allerdings noch unter seiner Fuchtel, weswegen ihre Loyalität höchstwahrscheinlich ihm gelten wird.

Irgendwo in meinem Hinterkopf regt sich der Gedanke, dass ein weiteres Gespräch mit jemandem, der nichts von mir will und keine Gefahr für meine persönliche Sicherheit darstellt, gut für meine geistige Gesundheit sein könnte. Vielleicht finde ich mich deshalb zwei Stockwerke unter der Entbindungsstation wieder, auf der Suche nach Zimmer 204, wo Thibault die Nacht verbringt.

Es ist erst 19.00 Uhr. Ich werde nicht mal anklopfen, wenn ich vor seiner Tür kein gutes Gefühl habe. Dann gehe ich einfach weiter zu den Aufzügen am anderen Ende des Flügels. Die Krankenschwestern sagen ständig, ich muss mich bewegen, damit ich schneller wieder auf die Beine komme. Zuerst hat es sich schrecklich angefühlt, den kleinen Thibault im Kindersaal zurückzulassen, doch jetzt bin ich froh, ihn nicht dabeizuhaben. Ich bin so schon erschöpft. Im ganzen Leben war ich noch nie so wund, nicht einmal als Kind nach einem zweistündigen Ausritt auf dem einzigen Kindergeburtstag, auf dem ich je war. Ich konnte hinterher tagelang nicht gehen, aber ich fürchte, diesmal wird es mindestens eine Woche dauern, bis ich keine Schmerzen mehr habe und diese Steifheit in den Beinen los bin.

Als ich mich Thibaults Tür nähere, bleiben drei Frauen, die aus der anderen Richtung gekommen sind, davor stehen.

Ich ziehe meinen Bademantel enger um mich und gebe vor, auf das Zimmer gegenüber zuzusteuern, als sie seines betreten und die Tür hinter sich einen Spaltbreit offen lassen.

Ich mache einen Schritt nach rechts, um näher an der Tür zu sein, denn ich kann meine Neugier nicht zügeln. Wer ist das? Ist er verheiratet?

Ist eine von ihnen seine Frau oder Freundin? Kolleginnen? Bekannte? Verwandte? Eine der Frauen war kompakt gebaut und hatte dieselbe Haarfarbe und denselben Hautton wie er. Vielleicht seine Schwester.

Ich sollte mich wahrscheinlich schämen, weil ich lausche, aber das hat er bei mir vorhin auch gemacht. Gleiches Recht für alle, oder? Ich lehne mich so dicht an die Tür, wie es möglich ist, ohne aufzufallen, stütze mich mit einer Hand an der Wand ab und lege die andere auf meinen Bauch. Die Erschöpfung muss ich nicht spielen. Ich wünschte wirklich, ich hätte hier draußen einen Stuhl, um bequemer lauschen zu können.

»Thibault, o mein Gott, wie geht es dir?« Die Stimme der jungen Frau ist wirklich voller Sorge.

»Hey, May, mir geht's gut. Hey, Jenny. Hi, Toni. Was macht ihr denn hier?«

»Wo sind all deine blauen Flecken?«, fragt das Mädchen, das eben auch gesprochen hat.

»Was für blaue Flecken?«, fragt er zurück.

»Du hattest doch einen Autounfall, oder? Wo sind all die Kratzer, Hämatome und so?«

Ich schnaube leise. *Autounfall. Ja, klar.* Es war ja wohl eher so, dass er etwas vergessen hat, was man schon im Kindergarten lernt, nämlich dass man nach links und rechts schaut, ehe man die Straße überquert.

»Ich wurde nicht wirklich angefahren. Nur gestreift.«

»Hey, Brüderchen«, sagt jemand in ernsterem Tonfall. Das muss wohl seine Schwester sein. Ich frage mich, ob es Toni oder Jenny ist. »Wie kann einen denn jemand mit seinem Auto streifen?«

»Das wüsste ich auch gerne, Toni«, sagt eine Stimme, die der ersten ähnelt – offenbar Jenny. Ich hätte gewettet, dass sie und May Schwestern sind. Sie haben sich auch ähnlich gesehen. Damit wäre Toni die, die wie Thibault aussieht – seine Schwester.

»Ich habe mir einen Kaffee geholt und bin auf die Straße gelaufen, ohne zu schauen.«

Ha! Ich wusste es. Er hat zuvor nur mit mir gespielt, als er versucht hat, so zu tun, als sei alles meine Schuld. Ja, okay, ich bin verkehrt herum in die Einbahnstraße gefahren, aber trotzdem … er hätte nach links und rechts schauen müssen, und jetzt gibt er es wenigstens zu.

»Was hast du dir dabei nur gedacht?«, fragt May. »Du könntest tot ein. Was, wenn ein Bus dich gestreift hätte?«

»Einen Bus hätte er wahrscheinlich kommen hören«, sagt Jenny. »Was ist mit deinem Knie?«

»Ich warte noch auf die Auswertung des Radiologen, der sich die Röntgenbilder ansehen wollte. Es könnte nur ein Hämatom sein. Der MTA meinte, mein Meniskus könne verletzt sein, aber was weiß der schon?«

»Du wirst eine Weile nicht richtig laufen können«, schlussfolgert Toni. »Weiß Ozzie das schon? Hast du ihm gesagt, dass du nicht wirst arbeiten können?«

Ozzie? Das muss sein Chef sein. Ich habe Schuldgefühle wegen seinem Bein. Mir war bisher nicht klar, wie schwer er wirklich verletzt ist.

»Ich habe ihm eine SMS geschickt. Er hat geantwortet, er käme später vorbei. Außerdem hat noch niemand gesagt, ich könne nicht arbeiten, also mal langsam, ja?«

May schaltet sich ein: »Ozzie denkt darüber nach, Jerry, diesen neuen Typen, einzustellen. Aber er möchte vorher erst mit dir reden. Vielleicht wäre das gar kein schlechter Zeitpunkt, wenn du wirklich für eine Weile ausfällst. Jerry könnte für dich einspringen.«

Toni klingt, als mache sie sich über den Typen lustig, als sie kommentiert: »Jerry? Du meinst *Jericho*?«

»Ach, komm schon, Toni, er ist ein netter Kerl«, sagt Thibault. »Meines Erachtens wäre er eine großartige Ergänzung für das Team, besonders aufgrund seiner Vergangenheit bei den Special Forces. Er kann doch nichts dafür, dass seine Eltern so fromm sind. Hör auf, den Mann wegen seines Namens aufzuziehen.«

»Ich an seiner Stelle würde mich Jericho nennen«, stimmt ihm Jenny zu. »Ich finde den Namen cool.«

Mays Stimme ist sehr piepsig. Sie klingt, als würde sie ständig auf und ab hüpfen. »He, Jenny! Du könntest deinen …« Sie unterbricht sich abrupt und stammelt dann weiter: »Hund … oder deine Katze … oder dein Meerschweinchen Jericho nennen. Wenn du willst. Oder auch nicht.« Sie hält inne. »Was ist denn das da vor dem Fenster? Ein Papagei? Ich glaube, da ist jemandem sein Papagei entfleucht.«

»Die Rollläden sind runter, May«, sagt Toni. »Wie willst du denn da einen Papagei sehen?«

»Also«, kommt Jenny energisch zum Thema zurück, »muss dieses Meniskusproblem operiert werden?« Sie tut, als sei es nicht total merkwürdig, dass May einen unsichtbaren Papagei sieht. Vielleicht ist ihre Schwester geisteskrank, und sie ist daran gewöhnt. Pavel hat einen Cousin mit Problemen, und bei dem merken wir das alle schon gar nicht mehr. *Alexei.* Ich schiebe die Sorgen beiseite. *Eins nach dem anderen …*

»Sie haben so was angedeutet«, sagt Thibault.

»Operiert?«, fragt May. »Echt? Wow! Da musst du aber ganz schön heftig gestreift worden sein.«

Operiert? Ich hatte keine Ahnung, dass Thibault unters Messer muss. Jetzt habe ich richtig heftige Schuldgefühle. Ich dachte, er hätte Männerschmerzen, bei denen aus einem einfachen blauen Fleck eine große Sache wird. Aber ich hätte es besser wissen müssen, als er sagte, sie behielten ihn über Nacht da.

Heutzutage schmeißen sie einen ja immer so schnell wie möglich wieder aus dem Krankenhaus. Ich beiße mir auf die Lippe und frage mich, ob ich mich entschuldigen soll. Immerhin bin ich ja in der falschen Richtung die Einbahnstraße langgefahren.

»Ich weiß es noch nicht genau«, sagt er. »Im Augenblick soll ich das Knie nur ruhighalten.«

»Ich verstehe immer noch nicht, wie du vom Gehsteig einfach vor ein Auto laufen konntest.« Toni klingt richtig genervt. »So unvorsichtig kenne ich dich gar nicht.«

Ich höre Thibault durch die Tür seufzen. »Ich war nicht unvorsichtig. Das Auto ist in der falschen Richtung eine Einbahnstraße langgefahren, okay? Keine große Sache. Sie hat mich kaum gestreift.«

Ein paar Sekunden herrscht in dem Zimmer Stille, dann sagt May: »Oh, ich versteeehe. Es war also eine *Fahrerin*, ja? Langsam kapiere ich.«

»Ist sie süß?«, fragt Jenny mit einem Lächeln in der Stimme.

Ich kriege rote Ohren. Eigentlich sollte ich mich jetzt schleunigst vom Acker machen, aber ich will unbedingt seine Antwort hören.

»Also bitte«, sagt Toni genervt. »Als ob es irgendeinen Unterschied macht, ob ein Mädel das Auto gefahren hat oder ein Kerl. Gib mir ihre Versicherungsinformationen, dann fülle ich schon mal das Schadenersatzformular für dich aus.«

Ich kneife die Augen zusammen. Hat sie nicht gehört, dass er gerade gesagt hat, es sei in erster Linie seine Schuld gewesen? Offenbar liegt diese Aufdringlichkeit in der Familie.

»Das ist nicht nötig. Es ist alles in Ordnung.«

Wieder wird es still in seinem Zimmer. Ich wende mich ab, nur für den Fall, dass sie gleich herauskommen. Thibaults Stimme hält mich zurück. »Hört zu, ich bin ziemlich müde von den Schmerzmitteln, die man mir gegeben hat, wenn ihr mich also einfach ein bisschen ausruhen lasst, bevor ich mich selbst entlasse …«

»Klar, natürlich kannst du dich ausruhen«, antwortet May. »Gute Besserung. Bis morgen.«

Als nächstes spricht Jenny. »Werd schnell wieder gesund. Wir sehen uns morgen. Ruf mich an, wenn du etwas brauchst, dann bringen Dev oder ich es dir vorbei. Er lässt dich übrigens grüßen. Er ist im Augenblick mit Jacob bei der Physiotherapie, aber das dürfte nicht mehr lange dauern. Ich bin nicht sicher, ob er vorbeikommt, aber anrufen wird er auf jeden Fall.«

»Cool. Danke.«

Schritte nähern sich der Tür, also wende ich mich endgültig ab und gehe in die Richtung, aus der ich gekommen bin. Nachdem sich die Tür geöffnet und geschlossen hat und ich gehört habe, wie sich Thibaults Besucherinnen auf dem Gang entfernen, kehre ich zu seiner Tür zurück, um mich dafür zu entschuldigen, was ich mit seinem Knie angerichtet habe. Ich fühle mich schrecklich. Aber als ich im Zimmer eine Frauenstimme höre, erstarre ich vor der Tür und kann mich nicht bewegen.

»Du hast wohl gedacht, du könntest mich einfach so loswerden, was?«, fragt die Frauenstimme.

Toni. Offenbar sind nur Jenny und May gegangen.

»Ähhh, ja.« Thibault klingt enttäuscht.

»So leicht lasse ich mich nicht verjagen.« Etwas quietscht, als hätte sie sich gerade auf das Bett ihres Bruders gesetzt.

»Sag mir, was los ist.«

»Nichts. Ich habe dir schon alles erzählt. Ich habe Schmerzen, findest du das so außergewöhnlich?«

»Blödsinn. Davon rede ich nicht. Was hat es mit dieser Versicherungssache auf sich?«

Verdammt! Sturheit ist offenbar ein Hauptcharakterzug der Familie Delacroix. Ich lächle, denn ich weiß ganz genau, wie es ihm gerade geht. Schön, dass es ihm mal jemand mit gleicher Münze heimzahlt.

»Was für eine Versicherungssache? Ich bin doch versichert«, sagt er.

»Ich rede über die Versicherung der Fahrerin. Hast du ihre Versicherungsdaten oder nicht?«

»Die brauche ich nicht.«

Da haben wir's wieder. Egal, wie oft ich ihm sage, dass ich versichert bin, er will keine Ansprüche gegen mich geltend machen. Er hat gesagt, dann würden sich meine Prämien verdoppeln. Einen Teil von mir nervt es, dass er versucht, mich zu beschützen, wo ich doch gar keinen Schutz brauche, doch der andere Teil von mir erkennt, dass er nun mal so ist. Er hilft anderen gerne. Vielleicht ist das so was wie seine Superkraft. Das kann ich respektieren.

»Ach ja? Wahrscheinlich hast du dir den Meniskus abgerissen, T. Jemand muss doch die OP bezahlen. Du hast Glück, wenn du sie für weniger als fünfzig Riesen kriegst.«

»Mach dir darüber keine Sorgen.«

Ihre Stimme wird sanfter. »Bruderherz, du weißt, ich liebe dich. Du weißt auch, ich würde dir notfalls eine Niere spenden. Aber wenn du glaubst, ich würde zulassen, dass du einen Versicherungsanspruch ausschlägst, nur weil dir irgendein Mädel ihre Titten gezeigt hat, dann kennst du mich aber schlecht.«

Mir bleibt der Mund offen stehen. Die hat ja Nerven. Sie kennt mich nicht, aber das gibt ihr noch lange nicht das Recht anzunehmen, ich würde so etwas tun. Gut, ich habe ihm meine Mumu gezeigt – na und? Das war etwas anderes. Ich habe nicht versucht, damit seine Aufmerksamkeit zu erregen, und selbst wenn, hätte es nicht funktioniert. Schließlich hatte sie in diesem Augenblick wahrscheinlich die Anziehungskraft eines Zugunglücks. Ich hätte ihn vermutlich eher dafür bezahlen müssen, dass er sie sich anschaut.

Thibaults Stimme wird besänftigend. »Hör zu, ich hab's kapiert, okay? Du hast recht, was die Kosten angeht, aber du musst mir glauben, wenn ich dir sage, dass Titten keine Rolle gespielt haben.«

Ich muss unwillkürlich lächeln. Er hat recht. Er hat vielleicht alles gesehen, was es bei mir unterhalb der Gürtellinie zu sehen gibt, aber mein Shirt habe ich anbehalten. Zumindest bis ich im Krankenhaus war.

Es entsteht eine lange Pause, dann seufzt Thibault und spricht weiter: »Okay, sie hat große Brüste, aber ich schwöre, ich habe sie mir nicht angeschaut. Zumindest nicht länger als zwei Sekunden. Ich war anderweitig beschäftigt.«

Ich spüre, dass ich bei dem Gedanken, dass er hingeschaut hat, wenn auch nur für einen Augenblick, leicht rot werde.

»Ich höre.«

»Das wirst du mir niemals glauben.«

»Versuch's.«

Er seufzt. »Erzähl es May nicht weiter. Sie wird total durchdrehen und mir keine Ruhe mehr lassen. Das schaffe ich erst, wenn ich weit weniger Schmerzen habe.«

»Gut. Kein Wort zu May. Was ist passiert?«

»Sie hat mich angefahren, weil sie Wehen hatte. Ich habe ihr in einem Nagelsalon geholfen, ihr Kind auf die Welt zu bringen.«

»Red keinen Scheiß.«

»Nein, ich meine das todernst.«

»Das habe ich auf dem Herweg im Radio gehört!«, brüllt sie. »Das warst du?«

»Ja, pssst, May steht wahrscheinlich draußen auf dem Gang.«

Mein gesamter Körper erstarrt. Ich sehe aus wie eine Statue, doch dann spricht Toni wieder, und an der Lautstärke höre ich, dass sie sich nicht von der Stelle bewegt hat.

»Nein, sie ist im Auto. Sie hat mir gerade eine SMS geschrieben, ich solle mich beeilen.«

Ich seufze tief, erleichtert, dass ich nicht aufgeflogen bin.

»Na, dann geh. Den Rest erzähle ich dir später.«

»Nein, jetzt. May kann warten.«

»Viel mehr gibt es eigentlich nicht zu erzählen. Sie hat das Kind bekommen, und man hat uns mit zwei verschiedenen Krankenwagen hierhergebracht. Die Fahrerin liegt oben auf der Entbindungsstation. Ihr Auto wurde abgeschleppt, und sie hat nicht mal irgendwelche Klamotten, weil ich ihr ihre in dem Nagelsalon vom Leib schneiden musste.« Er seufzt sehr laut. »Sie ist alleinerziehende Mutter, verstehst du? Hart im Nehmen, aber eben allein. Ich bin gut versichert, deswegen werde ich nicht wegen eines kleinen Unfalls, den ich hätte vermeiden können, wenn ich einfach darauf geachtet hätte, wo ich hinlaufe, ihr Leben ruinieren.«

»Oh, du ziehst wieder diese Superman-Nummer durch, ja?«

»Lass gut sein, Toni. Du hättest dasselbe getan.«

»Blödsinn.«

»Ach ja? Nachdem du jetzt seit achtzehn Monaten Zwillinge großziehst und siehst, wie anstrengend das ist und was dir das abverlangt, hast du kein bisschen Mitgefühl mit einem Mädchen, das bis zum Augenblick der Geburt nicht mal wusste, dass es schwanger war? Das weder Freunde noch Familie hat, die ihr beistehen könnten? Bitte. So eiskalt bist du nicht.«

Er verteidigt mich so glühend, dass ich ganz gerührt bin. Es sollte mir egal sein, doch das ist es nicht. Seit Jahren hat niemand mehr für mich gekämpft.

»Wie konnte sie nicht wissen, dass sie schwanger war? Außerdem … keine Familie? Was ist mit dem Kindsvater?«

»Ich weiß nicht. Keine Ahnung. Sie wollte es mir nicht sagen. Aber ich hatte das Gefühl, es geht ihr alles andere als gut.«

Das treibt mir die Schamesröte ins Gesicht. »Es geht ihr alles andere als gut« ist *eine* Möglichkeit, mein Leben zu beschreiben.

Es entsteht eine lange Pause, dann meint sie: »Das ist übel.«

»Ja. Ist es. Also Schwamm drüber.«

»Ich bin immer noch nicht sicher, ob das eine gute Idee ist, obwohl ich kapiere … dass sie in einer schwierigen Lage ist.«

Er stöhnt. »Können wir darüber ein andermal reden? Ich fühle mich gerade nicht so gut.«

»Klar. Aber morgen, wenn ich dich abholen komme, musst du mir alles erzählen.«

»Du holst mich ab?«

»Aber so was von.«

»Was ist mit den Kindern?«

»Lucky kümmert sich um sie. Er kommt übrigens später vorbei, wenn er es schafft. Ozzie hat ihm diesen einen Fall übertragen, und er steckt bis zur Halskrause in Finanzunterlagen, aber er möchte dich sehen. Ich muss los, bevor er auch noch anfängt, mir SMS zu schreiben.«

»Gut.« Thibault klingt wirklich müde. »Sag ihm, er soll meine Zahnbürste und meinen Rasierer mitbringen.«

»Alles klar.«

Ich weiß, dass sie gleich gehen wird, also entferne ich mich, doch ihre letzten Worte bekomme ich noch mit.

»Ich hoffe, sie ist es wert.«

Daraufhin bleibe ich wieder stehen, um seine Antwort zu hören, aber er spricht zu leise. Ich eile den Gang entlang, ohne mich noch einmal umzudrehen, und höre, wie sich hinter mir die Tür öffnet.

Kapitel 8

Nachdem ich das Baby in den Stubenwagen gelegt habe, döse ich ein. Es ist 8.30 Uhr, und ich habe vielleicht drei Stunden geschlafen. Baby T ist ein süßer kleiner Kerl, aber verdammt hungrig. Ich betrachte meine Brust und finde sie grotesk riesig. Im Augenblick könnte ich vermutlich drei Babys stillen, und ich weiß nicht, ob ich einen BH habe, der mir noch passt. Ich bin neidisch auf andere Frauen, die sich monatelang auf diese Dinge vorbereiten können.

Es klopft an der Tür. Thibault und mein Donut sind da. Ich habe darüber nachgedacht, ob ich ihn über das Haustelefon anrufen soll, um ihm zu sagen, er solle sich die Mühe sparen, aber bei genauerer Überlegung ist mir klar geworden, dass das unhöflich wäre. Schließlich hat er mein Baby auf die Welt geholt.

»Herein.« Ich streiche mein Haar glatt und vergewissere mich, dass das blöde Krankenhausnachthemd, das ich tragen muss, weil ich noch nichts zum Wechseln habe, meine Brüste bedeckt. Hoffentlich denkt Sonia daran, mir die Sachen zu bringen, um die ich sie gebeten habe. Sie war nicht glücklich, dass ich sie um 7.30 Uhr mit der Nachricht geweckt habe, ich sei im Krankenhaus und bräuchte sofort jemanden, der mich zur Sammelstelle für abgeschleppte Autos bringt.

Eine Krankenschwester steckt den Kopf herein. »Sie haben Besuch«, verkündet sie.

Ich lächle. »Ist es ein Mann mit einem Donut?«

Sie wirkt besorgt. »Ähm … nein. Es ist ein Mann. Aber er hat keinen Donut.« Sie wirft einen Blick über die Schulter.

Ihr seltsamer Gesichtsausdruck alarmiert mich. Mir vergeht das Lächeln. »Wer ist es denn?«

Sie schlüpft ins Zimmer und hält die Tür geschlossen. »Er sagte, sein Name sei Pavole. Oder Pavelli. Tut mir leid, er spricht mit Akzent.«

Mir gefriert das Blut in den Adern, ich bin plötzlich schweißgebadet. »Nein. Lassen Sie ihn nicht herein«, flüstere ich.

Auch sie senkt jetzt die Stimme. »Er ist noch nicht auf der Station. Man hat ihn noch nicht reingelassen.« Sie zögert. »Normalerweise machen wir uns nicht die Mühe, genauer hinzusehen, wenn jemand eine bestimmte Patientin besuchen möchte und alles über die betreffende Person und das Baby weiß, aber er wusste gar nichts … und er wirkte … wütend.« Sie verzieht das Gesicht.

Ich richte mich auf, und meine Stimme wird lauter. »Lassen Sie ihn nicht herein. Er darf mein Zimmer nicht betreten.«

Sie streckt beschwichtigend die Hände aus. »Ich lasse ihn nicht rein. Bleiben Sie, wo Sie sind.«

Sobald sie weg ist, stehe ich auf und eile so schnell ich kann zu Baby Ts Stubenwagen. Ich nehme den Kleinen heraus, gehe ins Bad und schließe die Tür hinter mir ab. Dort setze ich mich auf die Toilette und warte darauf, dass um mich herum die Hölle losbricht.

Sonia, die Schlampe. Sie hat mich verraten. Ich wusste doch, ich kann ihr nicht trauen. *Warum habe ich sie überhaupt angerufen?* Mir rutscht das Herz in die Hose, als mir die Antwort durchs Hirn zuckt: weil sie die einzige Person auf der ganzen Welt ist, von der ich mir hätte vorstellen können, dass sie mein Geheimnis wenigstens für ein paar Stunden für sich behält, damit ich Zeit habe abzuhauen. Aber jetzt ist klar: Ich habe nur mein Baby. Ich und T … allein gegen den Rest der Welt.

Die hektischen Bewegungen haben ihn geweckt, und er fängt an zu quengeln. Ich lege ihn an und starre dann zur Tür, während ich im Kopf meinen Plan durchgehe: Ich werde mir von einer der Schwestern etwas zum Anziehen leihen. Eine von ihnen muss doch etwas zum Wechseln in einer Sporttasche oder in einem Spind haben. Oder ich gehe einfach in Krankenhausnachthemd und Bademantel. Mir egal. Ich muss weg, bevor Pavel einen Weg herein findet. Sobald ich etwas zum Anziehen und Schuhe habe, von mir aus auch nur Schuhe, nehme ich ein Taxi zum Sammelplatz für abgeschleppte Autos. Vorher rufe ich an, um sicherzugehen, dass Pavel nicht dort auf mich wartet. Dann räume ich mein Konto leer, kaufe mir ein paar Vorräte und eine Karte und fahre los. Der Sozialarbeiter, der mich gestern besucht hat, hat gesagt, man könne mir einen Kindersitz leihen, wenn ich mich bereit erkläre, in die Elternberatung zu kommen. Ich werde das zusagen, den Sitz nehmen und ihn zurückschicken, sobald ich einen Ersatz besorgt habe. Aber auf die Elternberatung werde ich scheißen. Ich muss so schnell wie möglich die Stadt verlassen.

Es klopft an der Badezimmertür, und ich erstarre. Baby T löst sich von meiner Brust und fängt wieder an zu quengeln. Ich lege ihn erneut an. »Ja?«

»Miss Cleary?«, fragt eine Frauenstimme.

»Ja?«

»Könnten Sie bitte mal herauskommen?«

»Ähmmm, nein. Tut mir leid, das geht nicht. Ich bin gerade beschäftigt.«

»Ich bin Joanna Readling, Leiterin des Sozialen Dienstes des Krankenhauses.«

»Es passt gerade wirklich überhaupt nicht.«

Es entsteht eine lange Pause, dann antwortet sie: »Das Sicherheitspersonal des Krankenhauses hat dem Mann, den Sie nicht sehen wollten, Hausverbot erteilt, falls Sie sich deswegen Sorgen machen.«

Erleichterung durchflutet mich so heftig, dass mir die Ohren klingeln. Ich muss mehrfach tief durchatmen, um mich zu beruhigen, ehe ich mir zutraue aufzustehen. Sobald ich stehe, strecke ich die Hand aus und entriegle die Tür. Nach einem prüfenden Blick in den Spiegel und nachdem ich mir ein paar lose Haarsträhnen hinter die Ohren geschoben habe, verlasse ich das Badezimmer, als sei es das Normalste auf der Welt, sich mit seinem Baby im Klo einzuschließen.

Mitten im Zimmer stehen eine Schwester und eine Dame mit einem Klemmbrett. Ich gehe zum Bett hinüber und klettere hinein, wobei ich sorgsam auf Baby T achte. Er nuckelt ununterbrochen mit aller Kraft weiter.

»Hallo, Miss Cleary.« Die Frau mit dem Klemmbrett kommt herüber und streckt mir die Hand hin. »Joanna Readling.«

»Angenehm.« Ich nicke ihr zu, schüttle ihr aber nicht die Hand. Den Flyer, den mir eine der Schwestern gegeben hat, in dem stand, wie ich mein Baby am besten vor Keimen schütze, habe ich genau gelesen. Ich gehe davon aus, dass das als Entschuldigung ausreicht, um diese Leute ein wenig auf Abstand zu halten.

»Sie scheinen ein Problem zu haben …« Die Dame sieht die Schwester an, die ihr zunickt. »… mit jemandem, der nachdrücklich darauf bestanden hat, Ihr Baby zu sehen.« Sie hält inne und schaut gequält. »Er behauptet, der Vater Ihres Kindes zu sein.«

Ich zucke die Achseln »Er kann behaupten, was er will, das bedeutet gar nichts, oder?« Ich habe auch die Willkommensbroschüre des Krankenhauses für junge Mütter gelesen, in der eindeutig stand, dass ich ganz allein entscheiden kann, wer mein Baby sehen darf. Wer das gegen meinen Willen tun möchte, braucht dazu einen Gerichtsbeschluss.

»Technisch gesehen nicht, nein, aber ich habe gehört, Sie haben keinen Kindersitz. Sie haben auch noch keine Vorbereitungen für Ihre Entlassung getroffen. Dafür müssen Sie ein Formular ausfüllen.«

Ich lege T an die andere Brust, um Zeit zu gewinnen und mich zu sammeln. Als er wieder trinkt, hebe ich den Blick. »Warum gehen Sie davon aus, dass ich niemanden habe, der sich um all das für mich kümmern kann?«

Die Schwester, die neben ihr steht, lächelt mich an, aber ihre Augen bleiben kühl.

»Das ist doch völlig egal. Trifft es denn zu? Haben Sie jemanden, der Sie nach Hause bringen kann? Haben Sie überhaupt ein Zuhause? Wenn ja, dann müssen Sie das in unsere Formulare eintragen.« Joanna hebt eine Hand, damit ich sie nicht unterbreche. »Nur damit Sie Bescheid wissen, wenn Sie auf sich gestellt wären, könnten Sie von uns Unterstützung bekommen. Wir möchten nicht, dass Sie den Eindruck haben, Sie stecken in Schwierigkeiten, nur weil Ihre Situation … nicht gerade ideal ist.«

»Meine Situation ist bestens. Ich habe den sozialen Dienst gebeten, mir einen Kindersitz auszuleihen, aber wenn das ein Problem ist, kann ich gerne einen Freund bitten, mir einen zu besorgen.«

»Was für einen Freund?« Joannas Kugelschreiber schwebt über ihrem Klemmbrett. »Ich rufe ihn gerne an, um sicherzugehen, dass er das Erforderliche mitbringt, sodass wir Sie entlassen können.«

Ich löse Baby T von meiner Brust, denn er ist eingeschlafen, und lege ihn über die Schulter, während ich die beiden aufdringlichen Frauen vor mir anfunkle. »Was genau ist eigentlich Ihr Problem?«, erkundige ich mich.

»Bitte?«, fragt die Schwester.

»Warum belästigen Sie mich?« Ich schaue erst die eine und dann die andere an. »Ich kann mir nicht vorstellen, dass Sie das allen jungen Müttern antun, die hier landen. Dazu müssten Sie ja zehn zusätzliche Leute einstellen.«

»Wir belästigen Sie nicht. Wir versuchen, Ihnen zu helfen«, korrigiert mich Joanna.

»Blödsinn. Sie wollen nur sichergehen, dass ich Sie später nicht verklage.«

Joanna räuspert sich und schaut auf ihr Klemmbrett. »Das stimmt nicht. Wir bestehen lediglich auf Vorgehensweisen und Prozesse, die Ihre Sicherheit und das Wohlergehen Ihres Kindes gewährleisten sollen.« Sie schiebt sich eine lange Locke hinters Ohr und schüttelt leicht den Kopf, sieht mich aber noch immer nicht an. »Wir gehen davon aus, dass Sie dasselbe wollen wie wir.«

Ich mustere sie mit zusammengekniffenen Augen. »Wagen Sie es nicht, mir zu drohen.«

»Wer droht hier wem?«, fragt die Krankenschwester. Sie sieht Joanna an. »Ich sagte doch, sie ist schwierig. Sie hat die Geburtsurkunde immer noch nicht ausgefüllt.«

»Ich werde sie ausfüllen, wenn ich so weit bin!«, sage ich ein wenig zu laut. Das Baby wacht auf, deshalb reibe ich ihm besänftigend den Rücken. Ich senke die Stimme und versuche erneut, es ihnen klarzumachen. »Ich werde bald hier verschwinden, Sie müssen sich also keine Sorgen machen, ich könnte länger bleiben als erwünscht. Danke für Ihre Anteilnahme und Ihre Hilfe, aber ich bin ein wenig müde und wäre gerne mit meinem Sohn allein, damit wir uns ausruhen können.«

Joanna schürzt die Lippen. »Tut mir leid, aber wir müssen den Kindersitz abnehmen …«

Sie begreifen es einfach nicht. Egal wie nett ich bin oder wie höflich ich mich auszudrücken versuche, sie nerven mich weiter. *Ich gebe auf.* »Raus.«

Beide bleiben mit offenem Mund stocksteif stehen.

»Sie haben richtig gehört.« Ich deute auf die Tür. »Gehen Sie schon.« Ich schaue in Baby Ts aufgequollenes, zerknittertes Gesicht, wie er da milchtrunken von seiner Mahlzeit im Halbschlaf an meiner Schulter liegt.

»Wie wäre es, wenn wir in einer halben Stunde wiederkommen?«, schlägt Joanna vor. »Wenn das Baby schläft und Sie sich besser auf unser Gespräch konzentrieren können.«

»Ja. Tun Sie das.« Ich sehe ihnen nicht mal nach.

Es ist Zeit, in Sachen Plan etwas Gas zu geben. Ich muss sofort raus. Ist das ideal? Nein. Nicht mal annähernd. Aber diese wichtigtuerischen Frauen werden sich nicht damit zufriedengeben, einfach nur meinen Kindersitz zu überprüfen. Jetzt, wo Pavel aufgetaucht ist und mit roher Gewalt aus dem Krankenhaus eskortiert werden musste, werden sie sich das Maul darüber zerreißen, wie unsicher es für uns ist, das Krankenhaus zu verlassen, vor allem für das Baby. Die Vorstellung, jemand vom sozialen Dienst könnte mir mein Kind wegnehmen, löst beinahe einen Herzanfall bei mir aus. Ich muss hier raus, und zwar *pronto.*

Kapitel 9

Meine Wanderung durch die Flure der Entbindungsstation auf der Suche nach Klamotten führt zu genau gar nichts.

Na ja, eigentlich doch. Ich finde eine Schere, mit deren Hilfe Baby T und ich unsere Krankenhausarmbändchen leichter loswerden. Es gibt hier ein Alarmsystem, das die Schwestern auf den Plan ruft, wenn ein Baby, das noch eines dieser Armbändchen trägt, die Station verlässt. Aber einfach abschneiden reicht nicht, denn das würde ja jeder Babyentführer tun. Das System schlägt Alarm, wenn das Armbändchen nicht korrekt entfernt wird.

Aber für Verbrecher zu arbeiten hat einen großen Vorteil: Viele von ihnen sind Experten darin, Schlösser und Sicherungssysteme zu umgehen, und geben gerne mit ihren Fertigkeiten an. Ich muss nur mit einer Gabel von meinem Frühstückstablett die beiden Schnittkanten überbrücken, damit das System nicht Alarm schlägt, obwohl mein Baby frei ist. Das manipulierte Armbändchen verstecke ich hinter einer eingestaubten Maschine, die nach der Schmutzschicht darauf zu urteilen seit Ewigkeiten nicht mehr bewegt worden ist.

Zu meinem Glück ereignen sich, als ich mich erst einmal entschlossen habe zu gehen, zwei Dinge, die mir in die Hände spielen: Ein Großelternpaar taucht auf, um seinen Enkel zu besuchen, und wird eingelassen, und eine Frau am anderen Ende des Flures schreit in den Wehen wie eine Wahnsinnige, was die meisten Schwestern an ihre Seite ruft. Die Tür steht weit offen, und niemand achtet auf die Kameras.

Ich laure auf dem Flur, die Handtasche, in die ich alles gestopft habe, was sie mir für das Baby gebracht haben, über der Schulter, und als die Tür aufschwingt, um die beiden alten Knacker hereinzulassen, marschiere ich mit hoch erhobenem Kopf hinaus. Die Großeltern freuen sich zu sehr darauf, ihr neues Enkelkind zu sehen, um auf mich zu achten. Ich ernte ein paar seltsame Blicke, als ich durchs Foyer gehe, aber niemand hält mich auf … die Verrückte im Krankenhausbademantel, die mit einem Neugeborenen zur Tür hinausmarschiert.

Vor dem Krankenhaus parken zwei Taxis. Ich gehe zum ersten hinüber und beuge mich hinunter, um mir durchs Beifahrerfenster den Fahrer anzuschauen. »Hallo.«

Der alte Mann reißt sich von seiner Zeitung los und sieht mich gelangweilt an. »Hallo.«

»Ich muss zum Sammelplatz für abgeschleppte Autos.«

»Haben Sie einen Kindersitz für das Baby?« Er widmet sich wieder seiner Zeitung.

»Äh, nein. Aber ich kaufe unterwegs einen.«

»Haben Sie das Baby entführt?« Er sieht mich an und neigt den Kopf, um über seinen Brillenrand spähen zu können.

Ich schaue an mir herunter, genervt, dass ich meine Situation schon wieder erklären muss. »Sehe ich aus wie eine Kindesentführerin oder vielleicht wie das Mädchen, das dieses Baby geboren hat und so schnell wie möglich von hier weg will, weil sie es satt hat, sich behandeln zu lassen, als wäre sie ein Fall für die Wohlfahrt?«

Er legt die Zeitung weg und steigt aus. »Steigen Sie ein«, sagt er und geht ums Auto herum zum Kofferraum.

Ich beiße mir auf die Lippe. *Spielt er Spielchen? Will er mich einschließen, während er den Sicherheitsdienst des Krankenhauses verständigt?*

Sein Kofferraum öffnet sich, und das Auto wackelt, als er etwas darin bewegt. Dann senkt sich der Kofferraumdeckel wieder, und er umrundet sein Auto erneut, diesmal mit einem Kindersitz in der Hand. »Wollen Sie jetzt einsteigen oder nicht?«

So schnell ich kann, gleite ich auf den Rücksitz. »Vielen Dank. Sie können sich gar nicht vorstellen, wie viel mir das bedeutet.« Mir wird schwindlig, solche Angst habe ich plötzlich. Jeden Augenblick könnte jemand auf der Station bemerken, dass ich nicht da bin, und am Empfang nach mir fragen. Das Herz hämmert in meiner Brust, während ich warte, bis der Fahrer den Sitz eingebaut hat. Ich hatte schon oft Angst, aber immer nur um mich. Jetzt, wo es Baby T gibt, kann ich mit meiner Angst viel schlechter umgehen.

»Kann's losgehen?«, fragt er.

Nickend schnalle ich das Baby an. Ich habe keine Ahnung, was ich da tue. Der Taxifahrer steht zögernd neben dem Auto, dann öffnet er die Tür wieder und hilft mir mit den Verschlüssen. »Er muss mit dem Gesicht nach hinten sitzen, bis er größer ist. Wenn Sie einen Kindersitz kaufen, lesen Sie die Anleitung genau, hören Sie?«

»Ja. Danke. Alles klar.« Ich packe das Baby in seine Decken ein und streichle mit dem Finger sein weiches Gesichtchen, während der Fahrer einsteigt.

Er betrachtet mich im Rückspiegel. »Fahren wir zuerst das Auto abholen oder zuerst in den Babyladen?«

Ich nehme Baby Ts Hand und überlege kurz. Normalerweise hätte ich gesagt: Auto abholen. Ich muss so schnell wie möglich die Stadt verlassen. Aber mein anderes Ich, das, das gerade ein Kind geboren hat, weiß es besser. »Babyladen.«

»Braves Mädchen.« Er nickt mir zu, ehe er den Wagen anlässt und ihn aus dem Parkbereich des Krankenhauses steuert.

Ich brauche kein Lob von diesem Fremden, aber es fühlt sich dennoch gut an. Auf dem gesamten Weg zu dem Laden schaue ich in Ts Gesicht, und mir gehen zahllose Pläne und deren möglicher Ausgang durch den Kopf.

Kapitel 10

Der Taxifahrer setzt mich vor dem Büro des Sammelplatzes für abgeschleppte Autos ab. Ich versuche, ihn mit dem restlichen Geld in meinem Portemonnaie zu bezahlen, aber er nimmt es nicht an. Er sagt, er habe Enkel und wolle sich gar nicht vorstellen, seine Tochter müsse sich allein und nur in einem Krankenhausnachthemd um sie kümmern. Das treibt mir Tränen in die Augen, nicht nur wegen seiner Großzügigkeit, sondern auch, weil es mich daran erinnert, in was für einer beschissenen Situation ich mich befinde.

Als ich mit Baby T auf dem Arm den Kindersitz und eine Packung Windeln, die ich gekauft habe, zum Büro des Sammelplatzes für abgeschleppte Autos schleppe, hält ein SUV neben mir an. Es ist einer dieser großen Wagen, die Bundesagenten im Film immer fahren, mit getönten Scheiben. Mir bleibt beinahe das Herz stehen, doch dann sehe ich die Fahrerin aussteigen und auf mich zukommen. Sie ist ein paar Zentimeter kleiner als ich und etwa zehn Kilo leichter.

Ich erwarte, dass sie an mir vorbei ins Büro geht, doch das tut sie nicht. Sie bleibt direkt vor mir stehen, viel zu dicht. Dann erkenne ich sie. *Toni.* Das ist Thibaults Schwester, die Frau, die ich gestern im Krankenhaus gesehen habe. *Was zum Teufel …?*

»Sie sind Tamika«, sagt sie. Keine Begrüßung, kein gar nichts, kommt direkt zur Sache. Jetzt erkenne ich auch ihre Stimme.

»Ja, und? Was geht Sie das an?« Ich drücke mein Baby enger an mich. Wenn sie auch nur daran denkt, mich zu berühren, werde ich dafür sorgen, dass sie sich wünscht, niemals geboren worden zu sein.

»Thibault hat mich gebeten, herzukommen und Ihnen zu helfen.«

Ich runzle die Stirn. »Was? Warum das denn? Woher wusste er überhaupt, dass ich hier bin?« Ich habe langsam ein sehr ungutes Gefühl bei der Sache.

»Weil er sich für einen Superhelden hält und einer Jungfrau in Nöten nicht widerstehen kann.« Sie wirft einen Blick auf das Schild über unseren Köpfen. »Es war nicht schwer, Sie zu finden. Ihr Auto wurde abgeschleppt, und Sie haben das Krankenhaus in einem Taxi verlassen. Mehrere Menschen haben Sie gesehen. Es fällt auf, wenn man in Bademantel und Hausschuhen unterwegs ist. Wo sonst hätten Sie wohl hinfahren sollen?«

Ich denke kurz darüber nach, ehe ich antworte: »Sie haben wohl recht. Sagen Sie Ihrem Bruder, ich brauche seine Hilfe nicht, danke ihm aber für das Angebot.«

»Mache ich.« Toni winkt mir zu und entfernt sich.

Dass sie so leicht aufgibt, ärgert mich. Das sollte es eigentlich nicht, denn sie hat genau getan, was ich wollte. »Wird er sauer auf Sie sein, weil Sie mich hier einfach haben stehen lassen?«

»Wahrscheinlich«, antwortet sie und öffnet ihre Tür.

»Ist Ihnen das egal?«, frage ich laut, um das Motorengeräusch zu übertönen.

Sie lässt das Beifahrerfenster herunter, um mir antworten zu können. »Nein. Aber manchmal macht mein Bruder blöde Sachen, weil er zu sehr damit beschäftigt ist, gegen Windmühlen zu kämpfen, um zu erkennen, was wirklich läuft, deshalb ist es meine Schwesternpflicht, ihn, wenn nötig, vor den Kopf zu stoßen.« Sie fährt das Fenster wieder hoch.

»Nur damit Sie Bescheid wissen – ich bin kein Fall für die Wohlfahrt!«

Das Fenster schließt sich, und sie fährt los.

Ich stehe da und schaue ihr nach. Das Auto entfernt sich und erscheint dadurch immer kleiner. Das dürfte das letzte Mal gewesen sein, dass ich etwas von Thibault Delacroix gehört habe, und ein Teil von mir ist darüber traurig. Er ist ein netter Kerl. Der Mann hat seine Schwester hier rausgeschickt, um nach mir zu sehen, und sie hat es getan, obgleich sie es eigentlich nicht wollte und total unhöflich ist. Es sagt viel über ihn aus, dass Menschen derart loyal ihm gegenüber sind. Es ist nicht dieselbe Art Loyalität, die Pavel einfordert, denn die beruht auf der Angst vor Schmerzen und einem schrecklichen, qualvollen Tod. Die Art von Loyalität, die Menschen Thibault entgegenbringen, entspringt aus Liebe. Ich empfinde einen kleinen Stich im Herzen, als ich mir vorstelle, wie es wohl wäre, zu diesem Kreis von Menschen zu gehören. Ich beuge mich vor und küsse Baby Ts Gesicht, stolz, dass er nach diesem Mann heißt.

Am Ende der Straße sehe ich die Bremslichter des SUV aufflackern. Lange bewegt sich das Auto weder vor noch zurück. Ich sollte den Sammelplatz für abgeschleppte Autos betreten und meinen Wagen abholen, aber es interessiert mich zu sehr, was Toni wohl als nächstes tun wird.

Das Rückfahrlicht geht an, und das SUV kommt wieder angerast, schneller, als ich es im Rückwärtsgang für möglich gehalten hätte. Mit quietschenden Reifen kommt der Wagen neben mir zum Halten und wippt noch ein paarmal leicht vor und zurück, ehe er ganz stillsteht. Es stinkt nach verbranntem Gummi.

Ich warte auf die nächste verrückte Aktion, werde aber enttäuscht. Toni verharrt im Fahrzeug, die Fenster bleiben geschlossen. Achselzuckend wende ich mich ab und schleppe die Einkaufstüten, den Kindersitz und das Baby ins Büro des Sammelplatzes für abgeschleppte Autos. Ich habe jetzt keine Zeit für Spielchen.

Die Frau am Tresen sieht mich nicht einmal an. Ich stehe vor ihr und wiege das Baby ein bisschen, als es zu wimmern beginnt. Dann räuspere ich mich.

»Kann ich Ihnen helfen?«, fragt sie mit einer Stimme, die mir verrät, dass sie jeden Tag sehr viele Zigaretten raucht. Sie hebt nicht den Blick. Ihre gesamte Aufmerksamkeit gilt einem Stoß zerknitterter rosafarbener Formulare. Sie trägt eine Lesebrille an einer langen Kette aus kitschigen türkisfarbenen und gelben Perlen.

»Ähm, ja.« *Deshalb stehe ich hier.* »Ich möchte meinen Toyota abholen.«

Sie seufzt. »Wie lautet die Abschleppnummer?« Sie zieht ein Formular unter dem Tresen hervor, nimmt einen Bleistift, leckt über die Spitze und wartet auf meine Antwort, ihre Hand schwebt schreibbereit über dem Formular.

»Die habe ich nicht. Es ist ein 89er Corolla. Grün.«

Sie sieht mich an, senkt den Kopf, um mich über den Rand ihrer Lesebrille hinweg zu mustern, und seufzt erneut tief. Dann schiebt sie das Formular zur Seite und zieht den Stapel rosafarbener Zettel heran. Sie leckt sich den Daumen und sieht mich erwartungsvoll an. »Wann wurde er gebracht?«

»Gestern. Gestern Morgen. Er stand verkehrt herum vor einem Café namens Lotta Java.«

Sie beginnt, die Zettel durchzublättern, doch dann hält sie inne und legt das Papier weg, das sie gerade in der Hand hat.

»Oh, ja. Ich erinnere mich.« Sie richtet sich auf und wölbt ein wenig die Brust. »Schon wieder ausgelöst.« Dann weicht sie vom Tresen zurück, als wolle sie gehen.

»Schon wieder ausgelöst? Was soll das denn heißen?« Furcht erfüllt mein Herz. Das darf nicht wahr sein.

»Es soll genau das heißen, was ich gesagt habe. Jemand hat schon das Auto abgeholt.«

Ich spüre, wie ich heiße Ohren bekomme, als mir die Bedeutung ihrer Worte klar wird. Mein Auto ist weg. Ich bin gestrandet. »Aber wer denn? Es gehört mir!«

Sie schaut mich seltsam an. »Ich will keinen Ärger.«

Bei diesen Worten begreife ich, was passiert ist. *Pavel.*

»Wie konnten Sie nur?« Ich habe Tränen in den Augen. Tränen des Zorns. Die Ich-möchte-am-liebsten-ein-Loch-in-die-Wand-treten-Sorte Tränen.

»Wenn Sie ein Problem damit haben, können Sie mit dem Inhaber reden: Andreas Polotnikov.« Sie schaut mich an und nickt. Der Name des Mannes verrät mir alles, was ich über diesen Laden und darüber, wie sinnlos meine Bitten sein werden, wissen muss … wie gefährlich es wäre, hier einen Aufstand zu proben und die Aufmerksamkeit eines weiteren Russen zu erregen, der mit eiserner Faust herrscht.

Hinter mir öffnet sich die Tür, aber ich ignoriere es. »Ja, okay. Ich hab's kapiert.« Diese Frau steckt genauso tief in der Scheiße wie ich. »Nur damit Sie es wissen, Sie haben mein Auto einem Verbrecher ausgehändigt, und jetzt bin ich total aufgeschmissen.«

»Brauchen Sie eine Mitfahrgelegenheit?«, fragt jemand hinter mir.

Ich erkenne die Stimme, deshalb mache ich mir nicht die Mühe, mich umzudrehen. »Nein. Ich komme schon klar.«

Die Frau sieht über meine Schulter hinweg die Sprecherin an. *Toni.* »Ja, das glaube ich auch.«

Ich möchte am liebsten schreien, aber das geht nicht, denn das würde das Baby wecken. Langsam drehe ich mich um und schiebe meine Einkäufe aus dem Weg, sodass ich mich Toni zuwenden kann. »Ich brauche Ihre Hilfe nicht.«

»Haben Sie ein Auto?«

Ich beiße die Zähne zusammen und hasse die Antwort, die ich ihr geben muss. »Nein.«

»Haben Sie einen Ort, wo Sie hinkönnen?«

Ich spiele etwa eine halbe Sekunde lang mit dem Gedanken, mit einem Taxi nach Hause zu fahren, ehe ich diese Idee verwerfe. Genau das würde Pavel von mir erwarten: dass ich heimfahre und meinen Kram packe. Entweder er oder diese Verräterin Sonia werden dort auf mich warten und mich nicht weglassen. Damit würden sich meine Träume von Freiheit sofort zerschlagen.

»Nein. Aber ich kann einen finden.«

»Sie wissen, was mit obdachlosen Müttern und ihren Kindern passiert?«, sagt sie sich. Sie steht lässig da, hat die Arme vor der Brust verschränkt.

»Ich kann es mir denken.« Sie versucht, mich zu manipulieren, aber das werde ich nicht zulassen.

»Sie werden voneinander getrennt. Das Jugendamt nimmt ihnen die Kinder weg. Sie haben Glück, wenn Sie ihn unter Aufsicht besuchen dürfen.« Toni schaut mich an, mustert mich von Kopf bis Fuß. »Sie sehen aus, als wären Sie aus der Irrenanstalt abgehauen. Glauben Sie, Sie kriegen in einem Hotel ein Zimmer? Versuchen Sie das gar nicht erst. Dazu sind Sie zu klug. Daraus wird nichts.«

Ich öffne den Mund, um ihr zu sagen, wo sie sich ihr Gequatsche hinstecken kann, aber die Dame hinter dem Tresen unterbricht mich.

»Sie hat recht, wissen Sie? Ist meiner Nichte passiert. Sie hat ihren Kleinen erst wiedergekriegt, als er zwei war. Zwei Jahre. Das ist viel verlorene Zeit.«

Bei dem Gedanken wird mir übel. Ich schaue in Ts Gesicht und kann mir nicht vorstellen, dass eine Fremde ihn mir wegnimmt, ihn mit Fläschchen füttert, ihn in den Schlaf wiegt und bei sich daheim ins Bett bringt. Nicht in meinem, sondern in ihrem Haus.

Ich war im ganzen Leben erst einmal so verzweifelt, und das war damals der Grund, warum ich jetzt hier stehe, im Büro des Sammelplatzes für abgeschleppte Autos, in einem Krankenhausbademantel und Wegwerfhausschuhen, ein Neugeborenes im Arm. Diesmal muss ich eine bessere Entscheidung treffen.

»Was wollen Sie von mir?«, frage ich Toni. »Ich bin nämlich nicht in der Stimmung für Spielchen.«

»Keine Spielchen. Ich tue lediglich meinem Bruder einen Gefallen, das ist alles.«

»Was hat denn Ihr Bruder mit all dem zu tun? Mit all dem hier?« Ich deute mit den Ellbogen auf meinen Kram auf dem Boden, auf die alte Frau, auf mein chaotisches Leben.

»Wie gesagt, Windmühlen. Er kämpft jeden Tag gegen sie an.«

Ihre kryptische Antwort gefällt mir nicht, aber noch weniger gefällt mir die Vorstellung, so verletzlich zu sein.

Vielleicht kann ich einen Teil der angebotenen Hilfe annehmen, ohne mich vereinnahmen zu lassen. Ich muss jetzt an mein Baby denken. Es darf mir einfach nicht mehr so wichtig sein, immer nett zu sein. Ich muss selbstsüchtiger sein – tun, was ich für Baby T und mich selbst tun muss.

»Na schön. Sie können mich mitnehmen.«

»Wohin?«

Ich seufze genervt. Sie ist so was von naseweis. »Das überlege ich mir unterwegs.«

Toni kommt auf mich zu, und ich springe zurück. Sie beugt sich vor, schnappt sich meine Einkaufstüten und sieht mit seltsamem Blick zu mir auf. »Nervös?«

»Machen Sie keine so plötzlichen Bewegungen, dann muss ich das nicht sein.«

Toni zuckt die Achseln und wendet sich ab. »Ich warte im Wagen. Lassen Sie sich nicht zu lange Zeit.« Die Tür fällt hinter ihr zu, und die Glocke an der Klinke schlägt heftig gegen das Glas.

»Viel Glück, Süße«, sagt die Frau am Tresen, und zum ersten Mal klingt ihre Stimme nicht so hart.

»Ja. Vielen Dank.« Ich gehe nach draußen und frage mich, was für negative Folgen es wohl mit sich bringt, Tonis und Thibaults Hilfsangebot anzunehmen, weiß aber gleichzeitig, dass es nicht schlimmer sein kann als das, was mir Pavel antäte.

Kapitel 11

»Also, wohin?«, fragt sie. Wir stehen immer noch vor dem Büro des Sammelplatzes für abgeschleppte Autos. Je länger wir hier stehen, desto größer wird meine Panik. Pavel wird jemanden herschicken, um mich abzufangen, sobald er mitkriegt, dass ich das Krankenhaus verlassen habe. Ich muss weg. Stattdessen sitze ich mit meinem Baby hier, auf dem Rücksitz, wie auf dem Präsentierteller. Die getönten Scheiben bieten uns nur wenig Schutz.

»Fahren Sie einfach.«

»Jawohl, Ma'am.« Sie fährt an, und in dem Moment hält hinter uns jemand in einem restaurierten Chevrolet El Camino an.

Durch die Rückscheibe sehe ich einen Mann aussteigen. Er hat ein auffälliges Doppeladler-Tattoo auf dem Oberarm, das ihn als einen Freund Pavels ausweist. Mir bricht der kalte Schweiß aus, als mir klar wird, wie knapp wir einer persönlichen Begegnung entgangen sind.

Ich schaue zwischen den Rückenlehnen der beiden Vordersitze hindurch meine neue Freundin an und frage mich, ob sie den Typen auch bemerkt hat. Sie fährt weiter, ohne eine Miene zu verziehen oder in den Rückspiegel zu schauen.

»Ich muss Thibault aus dem Krankenhaus abholen«, sagt sie. »Was dagegen, wenn wir auf dem Weg zu Ihrer Wohnung dort vorbeifahren und ihn einsacken?«

»Nein, gar nicht. Kein Problem.« *Zu Ihrer Wohnung.* Ich habe keine mehr. Meine Gedanken überschlagen sich. Ich habe auch kein Auto mehr, bis ich mir einen neuen fahrbaren Untersatz und ein paar Klamotten besorgt habe, bin ich total angreifbar. Ich will wütende, zornerfüllte Tränen vergießen, doch die Mühe kann ich mir sparen. Niemand in diesem Auto schert sich einen Dreck um meine Probleme. Toni hat deutlich zum Ausdruck gebracht, dass sie mich nicht besonders gut leiden kann.

Thibault wartet schon direkt vor der Glastür des Krankenhauses, als wir in den Parkbereich fahren. Er steht auf Krücken und hat an einem Finger einen weißen Kaffeebecher hängen, aus dem etwas herausragt.

Toni lässt das Beifahrerfenster herunter. »Beeil dich.«

»Ich mache schon, so schnell ich kann«, knurrt er. Als er die Tür erreicht, öffnet er sie und schiebt sich herein, wobei er zischt, als er sich das Knie anstößt. »Verdammte …« Sobald er Platz genommen hat, dreht er sich auf seinem Sitz um und schaut mich leise lächelnd an. »Schön, dich hier zu sehen.«

»Ja.« Mehr habe ich dazu nicht zu sagen. Es ist mir peinlich, hier zu sein, und ich hasse das Gefühl, Fremden ausgeliefert zu sein. Jedenfalls praktisch Fremden.

Thibault dreht sich wieder um und klopft auf das Armaturenbrett. »Fahren wir.«

»Wie geht es deinem Bein?«, frage ich nach ein paar Ampeln. Die Stille war zu drückend.

»Gut.«

»Da habe ich etwas anderes gehört«, widerspricht Toni.

»Keine Sorge«, erwidert er.

»Ich gebe dir gerne meine Versicherungsdaten«, sage ich, als ich mich erinnere, welch großen Wert Toni darauf bei ihrem Besuch bei ihm gelegt hat. Ich will nicht, dass sie weiterhin denkt, meine Brüste hätten Thibault dazu inspiriert, nett zu mir zu sein.

»Gut. Das können wir erledigen, wenn wir Sie absetzen.« Sie mustert mich im Spiegel.

»Nein«, widerspricht er und funkelt seine Schwester an. Er wendet sich mir zu. »Ich habe doch gesagt, meine Versicherung kümmert sich um alles.«

Toni und ich seufzen genau gleichzeitig.

Thibault schmunzelt. »Ich bin der Inbegriff von Sturheit.«

»Halt die Klappe«, murrt seine Schwester. »Du bist einfach nur ein sturer Bock.«

Ich schaue zu meinem Baby rüber, das fest in die billige Krankenhausdecke gewickelt ist, die mir die Schwestern geschenkt haben.

Sobald wir irgendwo untergekommen sind, werde ich ihm eine neue besorgen. Er hat etwas Besseres verdient.

»Das Baby sieht gut aus«, befindet Thibault, der zwischen den beiden Vordersitzen hindurchschaut. »Wie heißt er denn jetzt?«

»Du kannst ihn T nennen«, antworte ich. »So nenne ich ihn im Augenblick. Das ist die Abkürzung von Thibault.«

»Der arme Junge«, antwortet er. »Ich hatte um seinetwillen gehofft, du hättest deine Meinung dahingehend geändert.«

»Sie haben Ihren Sohn nach meinem Bruder benannt?« Toni schaut mich wieder im Spiegel an. »Warum denn das?«

Ich hasse ihre Anspielung – als hätte ich es auf ihn abgesehen oder so. »Er hat mein Baby auf die Welt geholt. Das war für mich eine große Sache, aber ich verstehe, dass Sie das nicht nachvollziehen können.« *Bumm. Nimm das, du garstige Hexe.*

»Bist du sicher, dass du das willst?«, fragt mich Thibault. »Es ist ein furchtbarer Name.«

»Ist das dein Ernst?« Ich kann nicht glauben, dass er mein Kind und sich selbst gerade so beleidigt hat.

Er lacht. »Ja, das ist mein Ernst. Er braucht einen ordentlichen Namen. Thibault ist echt mies. Weißt du, wie oft man mich Theobold, Thunderbird oder T-Bone genannt hat? Kinder sind grausam. Es ist noch nicht zu spät, weißt du.«

»Doch, ist es.« Ich schaue aus dem Fenster. Jetzt bin ich noch wilder entschlossen, den Namen beizubehalten. Wenn ich endlich mal dazu komme, die Geburtsurkunde auszufüllen, werde ich es offiziell machen.

»Ich weiß, dass du die Formulare in deinem Zimmer noch nicht ausgefüllt hast, es ist also noch nicht zu spät.«

Es ist, als könne er meine Gedanken lesen. Ich hasse es, wenn ich so leicht zu durchschauen bin. »Da kennst du mich aber schlecht.«

»Haben Sie?«, fragt Toni und wirft mir einen Seitenblick zu, als wir an einer roten Ampel anhalten müssen. »Die Formulare ausgefüllt?«

Ich will nicht antworten, tue es nach einer Weile aber trotzdem. »Nein.«

»Erwischt«, triumphiert Thibault. Er gibt mir etwas – den weißen Kaffeebecher. »Der ist für dich.« Darin befinden sich ein winziger Teddy und Süßkram. »Gratuliere. Es ist kein Donut mit Schokostreuseln, aber etwas Besseres konnte ich auf die Schnelle nicht auftreiben.«

Ich weiß, es ist nur ein albernes kleines Geschenk, aber es bringt mich zum Weinen. Er hat sich auch an den Donut erinnert. Vielleicht hat er sich so darauf gefreut, ihn mir zu bringen, wie ich mich darauf gefreut habe, ihn von ihm zu bekommen, was lächerlich ist, weil es nur ein verdammter Donut war. Der Becher ist bedruckt – rings um ein Herz stehen die Worte *Beste*

Mutter aller Zeiten. Ich wende den Kopf ab und schaue aus dem Seitenfenster, damit meine Mitfahrer meine übertrieben emotionale Reaktion nicht mitbekommen. »Danke«, sage ich, als ich sicher bin, meine Stimme wieder unter Kontrolle zu haben.

»Gerne. Also, wohin fahren wir?« Er schaut zuerst seine Schwester und dann mich an. Wir schütteln beide den Kopf.

»Ähhh … könnte mich mal jemand aufklären, was hier abgeht?«

Ich räuspere mich. »Toni wollte mich absetzen.«

»Bei dir daheim?«, fragt er.

»Ja. Bei mir daheim. Hier rechts.« Während wir die breite Straße entlangfahren, nimmt ein Plan in meinem Kopf Gestalt an.

Bevor wir reingehen, werde ich erst einmal überprüfen, welche Autos auf dem Parkplatz stehen. Wenn Sonias und Pavels Wagen nicht da sind, riskiere ich es. Ich könnte T nebenan bei Mrs Barkley lassen, während ich mir schnell ein paar Sachen hole. Dann könnte ich mit dem Taxi zu einer Bushaltestelle fahren und von hier verschwinden. Oder zuerst zum Polizeirevier, um mit Detective Holloway zu reden. Vielleicht fährt der mich ja danach zur Bushaltestelle.

»Da vorne links und dann rechts auf die Lincoln.«

Toni folgt meinen Anweisungen, während Thibault auf seinen Oberschenkel trommelt. »Ist deine Mitbewohnerin zu Hause?«, fragt er.

»Keine Ahnung.« Ich hoffe nicht, denn sie würde mich nicht nur wieder verraten, ich wäre auch wirklich versucht, ihr für all den Ärger, den sie mir eingebrockt hat, eine zu knallen.

»Ich hoffe, du hast einen Schlüssel.« Thibault dreht sich um und schaut mich an. »Deine Schlüssel steckten im Auto, erinnerst du dich? Ich habe den Motor nicht ausgemacht, als ich dich in den Nagelsalon getragen habe.«

Ich öffne den Mund, um zu antworten, da wird mir klar, dass er recht hat. »Verdammt«, zische ich. Es wird ewig dauern, den Hausmeister dazu zu bewegen, mich reinzulassen.

»Aber wenn Ihre Mitbewohnerin da ist, wird sie Sie reinlassen, oder?« Tonis Frage klingt aggressiv.

»Ja. Klar.«

Ich nehme mein Handy aus der Handtasche. Mein Daumen schwebt über der virtuellen Tastatur. Ich möchte Sonia eine SMS schreiben und fragen, ob sie daheim ist, aber in meinem Kopf schrillen wie wild die Alarmglocken. Statt die SMS abzuschicken, lasse ich das Handy in meine Tasche gleiten. »An der Ampel links, bitte. Ich wohne im zweiten Block.«

Ich bin vom Scheitel bis zur Sohle von Nervosität und Angst erfüllt, als ich darüber nachdenke, was wohl zu Hause auf mich wartet. Als der Parkplatz der Wohnanlage in Sicht kommt, sehe ich drei Fahrzeuge, die mir verraten, dass ich niemals unbemerkt in meine Wohnung kommen werde: Sonias, Pavels und das seines Geschäftspartners Sebastian. Fast, als veranstalteten sie dort eine Party oder so.

Seit wann hängt denn Sebastian bei uns ab?

»Fahren Sie nicht auf den Parkplatz«, sage ich zu laut und zu schnell.

Tonis Fuß stand schon fast auf der Bremse, doch dann lässt sie den Wagen weiter rollen. Wir fahren viel zu langsam.

Man wird uns bemerken.

»Gib Gas!«, befiehlt Thibault, dessen Tonfall plötzlich überhaupt nicht mehr scherzhaft klingt. »Los!«

Toni gehorcht und rast am Parkplatz vorbei, wobei sie sich übers Steuer beugt, als müsse sie den Bullen entkommen.

Thibault lächelt mich um seine Rückenlehne herum an, als habe er überhaupt nicht gemerkt, dass ich gerade fast durchgedreht bin, weil sie bei meiner Wohnung anhalten wollten.

»Möchtest du bei mir noch einen Happen essen? Ich meine, bevor wir dich heimfahren?«

Er rettet mich schon wieder – und wieder gegen meinen Willen. Aber wie beim letzten Mal wird mir klar, dass ich es mir nicht leisten kann, seine Hilfe auszuschlagen. Das nervt ein bisschen, aber eine Mutter muss tun, was eine Mutter tun muss. Das werde ich mir jetzt so lange wie nötig einreden.

»Klar, gerne«, sage ich im selben Tonfall – ahnungslos und glücklich. »Das wäre schön. Danke.«

Toni seufzt tief und schüttelt den Kopf. Ich lasse mich in den Sitz zurücksinken und empfinde zu gleichen Teilen Scham und Angst. Toni und Thibault sehen sich schweigend an.

Ich tue, als hätte ich ihre wortlose Kommunikation nicht bemerkt und konzentriere mich auf mein Baby. Nur so kann ich verhindern, dass die Tränen, die in meinen Augen brennen, salzige Spuren über meine Wangen ziehen.

Nach ein paar Kilometern in eisigem Schweigen fällt mein Blick auf den Sitz neben mir, wo der Becher liegt, den Thibault mir geschenkt hat. *Beste Mutter aller Zeiten. Ja, klar.* Jetzt kommt mir das vor wie ein grausamer Scherz, der gegen mich gerichtet ist. Ich beiße die Zähne zusammen, so unfair kommt mir das alles vor. Meine Oma wäre so enttäuscht von mir. Ich hätte nie in so eine Situation geraten dürfen. Ich hätte es besser wissen müssen. Kopfschüttelnd versuche ich, die negativen Gedanken zu verscheuchen. »Schüttle sie ab«, sagte meine Großmutter immer. »Wenn die dunklen Geister versuchen, sich in dir breitzumachen, schüttle sie ab.«

Der Gedanke an sie und ihre klugen Worte erfüllen mich mit Mut. Ich kann das alles viel besser. Das weiß ich. Ich werde nicht zulassen, dass mein Leben so bleibt, sondern werde tatsächlich zur besten Mutter aller Zeiten werden. T hat nicht darum gebeten, auf diese Welt zu kommen. Er kann für all das nichts. Ich mag mich auch nicht dafür entschieden haben, ihn zu bekommen, aber das ist egal. Als seine Mutter habe ich die Verpflichtung, dafür zu sorgen, dass es ihm gut geht und er eine schöne Kindheit hat, damit er ein guter Mann werden kann, ein guter Ehemann und Vater. Ich glaube, ich kann das schaffen. Irgendwann. Wenn ich erst einmal frei bin.

Ich brauche nur einen Plan, der mich hier wegbringt, weg von all diesem Wahnsinn. Es gibt nur einen sinnvollen Weg, auch wenn ich davor eine Heidenangst habe: Ich muss Kontakt mit Detective Holloway aufnehmen und ihn wissen lassen, dass ich bereit bin, zu liefern und als Kronzeugin gegen Pavel und alle Mitglieder seiner Bande auszusagen.

Kapitel 12

»Hier wohnst du also, ja?« Ich sehe mich in seinem Wohnzimmer um und registriere die Details, während ich T in seinem Kindersitz auf dem Boden abstelle. Dann lege ich die Hände auf meinen Bauch und verziehe das Gesicht, denn die ständigen Krämpfe machen meine Stimmung auch nicht gerade besser. Unmittelbar nach der Geburt meine Tage zu kriegen kommt mir wirklich unfair vor. Nach allem, was ich durchgemacht habe, hätte ich, wie ich finde, mehrere Monate Pause von diesem Quatsch verdient, zumal meine Periode noch nie regelmäßig war.

»Ja.« Er deutet auf die Couch. »Nimm doch bitte Platz.«

Ich nehme das Baby mit, stelle den Kindersitz neben meine Füße und schmiege mich in die Kissen. Es ist keine neue Couch, aber sie ist sehr bequem. Ich könnte problemlos darauf einschlafen. Also setze ich mich aufrechter hin, um genau das zu verhindern. Ich bin so verdammt müde und kaputt.

»Das hier war früher das Gästehaus meiner Eltern.« Er deutet zum Fenster hinaus. »Toni wohnt drüben im Haupthaus mit ihrem Ehemann Lucky und ihren beiden Kindern.«

»Ein schöner Ort zum Aufwachsen.« Ich sehe Stuck an der Decke, eingebaute Bücherregale, eine Kuckucksuhr, die sehr alt aussieht, und an den beigefarbenen Wänden gerahmte Drucke von Sumpflandschaften.

Das größere Haus jenseits des Rasens, auf das er zeigt, ist wirklich riesig, mit einer großen, alten Veranda, die es auf drei Seiten umgibt. Im Gras liegt Kinderspielzeug verstreut. Wenn das Gästehaus innen schon so aussieht, kann ich mir lebhaft vorstellen, wie das große Haus eingerichtet ist.

»Ja, das Haus war hübsch.« Er schnaubt und balanciert auf einem Bein, während er den Kindersitz hochhebt und neben mich auf die Couch stellt. »Die Atmosphäre weniger.«

Es fällt mir schwer zu glauben, dass Thibault mit seinen Eltern nicht ausgekommen ist. Nach dem zu urteilen, was ich bisher von ihm gesehen habe, habe ich ihn mir als Footballstar seiner Highschool vorgestellt, als Musterschüler, der seine Eltern stolz gemacht hat.

»Was stimmte denn nicht mit der Atmosphäre?« Mir kommt das wie eine seltsame Beschreibung ihres Familienlebens vor.

»Meine Eltern waren beide schwere Alkoholiker. Sie haben jeden Tag schon morgens angefangen. Toni und ich waren selten zu Hause. Wir waren lieber mit Freunden unterwegs oder bei unseren Großeltern.«

Ich nicke. Das kann ich nachvollziehen. »Ich habe meiner Oma auch sehr nahegestanden.«

Er geht in die Küche. »Möchtest du etwas trinken? Ich habe Mineralwasser.«

»Gern.« Ich habe das Gefühl, wir spielen ein seltsames Spiel, bei dem wir so tun, als sei alles normal, obwohl das gar nicht stimmt. Ganz und gar nicht. Toni ist wortlos ausgestiegen, um in ihr Haus zu gehen. Thibault hat mich ohne Zögern hereingebeten. Ich weiß, das war ihr nicht recht, aber das scheint ihm egal zu sein. Dabei habe ich keine Ahnung, wie es weitergehen soll, keinen Plan, und das macht mir wirklich Angst.

»Hier«, sagt er, als er mit einem großen Glas Wasser für mich zurück ins Zimmer kommt.

»Danke.« Ich nehme es und trinke es sofort halb aus. »Ich bin zurzeit immer richtig durstig.«

»Ja, so war das bei Toni auch. Nach der Geburt der Zwillinge.«

Sein Gesichtsausdruck ist vollkommen neutral. Er hat sich auf einen Stuhl neben der Couch gesetzt und nippt auch an einem Glas Wasser.

»Was ist?«, fragt er und sieht an sich herunter. »Stimmt irgendetwas nicht?«

»Nein. Ich versuche nur, mir ein Bild von dir zu machen.«

Der Anflug eines Grinsens huscht über sein Gesicht. »Und, klappt es?«

Ich schüttle den Kopf. »Nein, nicht so richtig.«

Er soll nicht denken, dass ich mit ihm flirte, deshalb wechsle ich das Thema. »Toni hat Zwillinge, ja?«

Er nickt. »Ja. Melanie und Victor.«

»Du hast gesagt, du bist ihr Lieblingsonkel. Ich vermute, das bedeutet, ihr habt noch weitere Geschwister. Stehst du ihnen so nah wie Toni?«

»Nein, wir haben keine weiteren Geschwister.«

»Was ist mit ihrem Mann?«

»Er hat seine einzige Schwester vor ein paar Jahren verloren.«

»Dann bist du ihr einziger Onkel.«

»Technisch gesehen ja, in Wirklichkeit aber nicht.«

Ich klopfe gegen mein Wasserglas. »Das musst du mir erklären.«

Er lehnt sich auf seinem Stuhl zurück. »Wir haben wirklich enge Freunde, die oft zu Besuch kommen und eine große Rolle in unserem Leben spielen, die sind quasi auch Onkel und Tanten der Kinder.«

Ein Anflug von Neid macht sich in meinem Herzen breit. Ich wünschte, ich hätte solche Menschen in meinem Leben. »Ah, okay. Und was sind das für Leute?« Es beruhigt mich, mehr über sein Leben zu erfahren, statt über mein weiteres Vorgehen nachzudenken – eine zeitweilige Ablenkung von den sehr realen Problemen, vor denen ich stehe.

»Leute, mit denen wir aufgewachsen sind und zusammenarbeiten und ihre Partnerinnen.«

»Haben sie auch Namen?« Langsam trinke ich einen Schluck Wasser.

Er runzelt die Stirn. »Du interessierst dich wirklich auffällig für mein Leben.«

Ich zucke die Achseln. »Ich bin nur höflich.«

»Wie wäre es, wenn ich dir mal ein paar Fragen stelle? Höfliche natürlich.«

Sofort bin ich wieder angespannt. Ich hätte es besser wissen müssen – das nette Geplauder war keine gute Idee. »Klar.« Wenn ich will, dass er mir weiterhilft, und ich fürchte, ich werde ihn mindestens bitten müssen, mir ein paar Klamotten zu besorgen, muss ich mitspielen.

»Wovor genau fliehst du?«

Ich stelle das Wasserglas auf den Tisch, ziehe den Kindersitz näher heran und mache mich daran, die Schnallen zu lösen, die T darin festhalten. »Vor niemandem. Vor gar nichts.«

»Blödsinn.« Das Lächeln und der lässige Charme, die ihn noch vor wenigen Augenblicken ausgezeichnet haben, sind verschwunden. Er ist jetzt eiskalt.

Ich nehme das Baby aus dem Kindersitz und lege es an meine Schulter. »Vor niemandem, der dich etwas angeht.«

Er schaut etwa eine Minute lang in sein Wasserglas, ehe er das Gespräch wieder aufnimmt. »Ich möchte dir gerne helfen, aber das kann ich nur, wenn ich weiß, was wirklich läuft.«

»Ich brauche deine Hilfe nicht.«

Er seufzt und schaut mich kopfschüttelnd an. »Warum bist du nur so stur?«

»Warum bist du nur so aufdringlich?« Ich klopfe T rasch auf den Rücken und versuche wenig erfolgreich, meine Enttäuschung zu verbergen. Am liebsten würde ich aufstehen und gehen, aber wohin? Ich befinde mich jetzt in einem Außenbezirk, nicht mehr in der Innenstadt. Hier draußen gibt es keine Taxis, und wenn ich in diesem Aufzug an einer Ecke auf eines warte, das ich telefonisch bestellt habe, wird wahrscheinlich jemand die Bullen rufen. Bullen bedeuten Jugendamt, und dann würde man mir T wegnehmen. Ich stecke in der Klemme.

Aber das bedeutet nicht, dass er mich in der Hand hat.

»Ich müsste nicht so aufdringlich sein, wenn du nicht so stur wärst«, erwidert er mit dem Anflug eines Lächelns. Er glaubt, er hätte mich am Haken.

»Oh, dann ist deine miese Einstellung Frauen gegenüber, von denen du denkst, du solltest sie herumkommandieren und herumschubsen können, wie es dir gefällt, deren eigene Schuld?«, schnaube ich. »Bitte. Geht's auch ein bisschen weniger frauenfeindlich?«

Er seufzt tief und lässt den Kopf nach hinten gegen das Sitzpolster sinken. »Herr, errette mich vor streitlustigen, sturen Frauen.« Er hebt den Kopf und schaut mich an. »Du bist genau wie meine Schwester. *Genau.* Ihr gleicht euch wie ein Ei dem anderen.«

»Du machst wohl Witze.« Tatsächlich fand ich seine Schwester unglaublich unhöflich, bin also ziemlich sicher, dass er mich gerade beleidigt hat.

»Nein.« Sein Lächeln ist nur angedeutet, als sei er verwirrt über seine eigenen Worte. »Ihr seid beide stur, nehmt kein Blatt vor den Mund, habt Ecken und Kanten, seid hart im Nehmen und reizbar.«

Mir bleibt vor Schreck der Mund offen stehen. Mir war gar nicht klar, wie viel mir Thibaults Meinung über mich bedeutet. Seine Worte treffen mich härter, als sie sollten. »Also entschuldige mal, ich erinnere mich nicht, einer Psychoanalyse zugestimmt zu haben, als ich dein Angebot einer Mitfahrgelegenheit angenommen habe. Aber unter diesen Umständen verabschiede ich mich besser.« Ich nehme T von der Schulter und lege ihn so sanft es meine zitternden Hände erlauben in seinen Kindersitz. Die Gurte und Schnallen sind alle total verdreht, deshalb ist es keine Kleinigkeit, sie zu entwirren. Ich gebe mir größte Mühe, keine Tränen der Frustration zu vergießen. Heute läuft aber auch wirklich alles schief.

Alles.

Thibault beugt sich vor, obwohl ihm sein Bein dabei Probleme bereitet. »Nein, warte. Tu das nicht.«

Ich halte inne und schaue zu ihm auf, dumme Tränen steigen mir in die Augen. »Was soll ich nicht tun? Für mich einstehen? Mich weigern, mieses Verhalten eines Mannes zu akzeptieren? Einen Ort verlassen, an dem ich unerwünscht bin?« Es fühlt sich an, als stecke eine Glasscherbe in meiner Brust. Die Ablehnung dieses Mannes sollte mir überhaupt nichts ausmachen, aber sie tut mir weh. Da mache ich mir nichts vor.

Er streckt kapitulierend die Hände nach mir aus. »Nein, sag das nicht. Tu das nicht.« Er seufzt tief und wendet den Blick ab. »Ich hab's verbockt.«

Endlich gelingt es mir, die Gurte zu sortieren, und ich schließe sie klickend. »Nein, hast du nicht. Du hast einfach nur die Wahrheit gesagt.«

Er schüttelt den Kopf und antwortet leise: »Nein, das habe ich nicht.«

Ich sehe seine hängenden Schultern, die geblähten Nüstern, das Zucken des Muskels an seinem Kinn. Er ist enttäuscht und möglicherweise verwirrt. Wütend über irgendetwas. Plötzlich sieht er mich an, ertappt mich dabei, wie ich ihn mustere. Ich senke den Blick auf mein Baby und beschäftige mich damit, es gut in seine Decke zu wickeln.

»Ich bin ein Arschloch.«

Damit habe ich nicht gerechnet. Ich schaue zu ihm auf. Blinzle. Mir fehlen die Worte. Ich glaube, die Höflichkeit verlangt, dass ich ihm widerspreche, aber das kann ich nicht. Er hat sich mir gegenüber nicht immer wie ein Arschloch verhalten, aber vor ein oder zwei Minuten ist es ihm ganz gut gelungen.

Er reibt sich immer wieder das Knie und starrt auf den Boden. »Mein Knie bereitet mir echt Probleme, und das Schmerzmittel wirkt nicht richtig, und ich habe Angst um meinen Job und die Leute, die ich enttäusche, wenn ich ihn nicht erledigen kann.« Er seufzt. »Das habe ich an dir ausgelassen, und das war unfair.«

Plötzlich habe ich wieder Schuldgefühle. Teilweise bin ich für all das verantwortlich. Ich habe nicht nur mein eigenes Leben ruiniert. Auch ihn habe ich in die Scheiße geritten. »Hör zu … es tut mir wirklich leid, dass ich dich angefahren habe.« Es gelingt mir nicht, normal laut zu sprechen. »Es ist voll schlimm, dass du operiert werden musst. Das ist wirklich schrecklich. Ich wette, es durchkreuzt viele Pläne, die du für dich und deinen Job und so hattest.«

Er schüttelt den Kopf. »Vergiss es. Wie du richtig sagtest … ich hätte nach links und rechts schauen sollen, ehe ich auf die Straße getreten bin.«

Die Atmosphäre ist schwer und voller Trauer. Die Anwesenheit dieses Mannes bringt mich so durcheinander, dass ich nicht mehr weiß, wo oben und unten ist. »Was genau machst du eigentlich beruflich?« Ich höre auf, mich mit dem Baby zu beschäftigen und verschränke die Hände im Schoß. Vielleicht gelingt es mir, das Gespräch aus der dunklen Ecke, in die wir es manövriert haben, zurück auf freundliches Terrain zu steuern. Ich habe nichts davon, mir diesen Mann zum Feind zu machen, und ich habe schon genug Schlechtes in sein Leben getragen.

Er setzt sich aufrechter hin, strafft die Schultern und wirkt plötzlich viel größer. »Ich arbeite als Sicherheitsberater. Meine Firma ist in erster Linie für das NOPD tätig, beschafft Beweise für Haftbefehle oder Verurteilungen, aber auch private Unternehmen und Einzelpersonen, die Schutz brauchen, engagieren uns.«

»Wie passend«, sage ich, ehe ich mich zügeln kann.

Er lächelt mich halbherzig an. »Du brauchst Schutz. Ich biete Schutz.«

Energisch schüttle ich den Kopf. »Nein, ich brauche keinen Schutz.«

Er seufzt. »Ich möchte nicht unhöflich sein … oder aufdringlich … aber ich muss sagen …« Er presst die Hände zusammen. »… diesen Eindruck habe ich ganz und gar nicht.«

»Warum? Weil ich im Bademantel ein Krankenhaus verlassen habe? Wie du dich vielleicht erinnerst, bin ich im Krankenwagen dort eingetroffen, und mein Auto wurde abgeschleppt. Ich hatte keine Klamotten zum Wechseln dabei.«

»Du hättest dir welche von einem Freund bringen lassen können, wenn du einen hättest.«

Ich zucke die Achseln. »Wie du so freundlich erwähnt hast, ich bin manchmal stur. Vielleicht habe ich Freunde, wollte sie aber nicht belästigen.«

»Wirst du mir das jetzt ewig vorwerfen?«, fragt er und schaut leicht selbstmitleidig.

»Vielleicht.«

»Stur.« Er lächelt.

Ich versuche, sein Lächeln nicht zu erwidern, aber es fällt mir schwer.

»Willst du wissen, was ich glaube?«, fragt er, rutscht auf seinem Stuhl nach vorn, verzieht dann das Gesicht und reibt sich das Knie.

»Wahrscheinlich nicht.«

Er schweigt, und der Druck wächst.

»Na schön. Sag mir, was du denkst.«

Sein Blick bleibt auf sein Knie gerichtet. »Ich glaube, dass ein Mann namens Pavel dich und das Baby besuchen wollte, von dem er glaubt, dass er der Vater ist, und dass er kein sehr netter Mensch ist und du versuchst, ihm nach Möglichkeit aus dem Weg zu gehen.« Er schaut zu mir auf, um meine Reaktion abzuschätzen.

Ich öffne den Mund, um eine Salve von Fragen abzufeuern, doch er hindert mich daran, indem er die Hand hebt.

»Warte … ich bin noch nicht fertig … ich glaube auch, dass du ein anständiges Mädchen bist, das möglicherweise in der Klemme steckt und vielleicht mit ein wenig Hilfe auf den richtigen Weg zurückfinden könnte, weil du zäh und unabhängig bist und das Beste für deinen Sohn willst.«

Seine Worte wirbeln meine Gefühle durcheinander wie ein Tornado. Erst bin ich beleidigt, dann traurig, dann stolz und dann verwirrt. Ich sage das Erste, was mir einfällt. »Woher zum Teufel weißt du von Pavel?«

Er presst die Hände zusammen und reibt sie ein wenig. »Ich sagte doch, ich arbeite im Sicherheitsgewerbe. Meine Firma hat gute Beziehungen zum NOPD.« Er hält inne und schaut ein paar Sekunden lang zu Boden, ehe er wieder mich ansieht. »Ich habe dich heute Morgen wie versprochen besucht. Mit einem Donut mit Schokostreuseln für eine junge Frau, die gerade ein Baby, aber noch keinen Besuch bekommen hatte.« Ehe ich meine Nachfrage stellen kann, beantwortet er sie auch schon: »Ich habe die Schwestern gefragt, und sie haben mir diese Information nur zu gerne gegeben. Wie sich zeigte, hofften sie, ich könnte die Frau, die sich weigerte, die Geburtsurkunde ihres Babys auszufüllen, zur Vernunft bringen.«

»Ha. Apropos sture Frauen … das müssen sich diese Krankenschwestern wirklich auch vorwerfen lassen.«

»Ja, oder?« Er lächelt. »Totale Formularfetischistinnen.«

Ich bewege das mit einer Socke bekleidete Füßchen meines Sohnes. Er schläft so tief, dass er nicht einmal zuckt. Ich kann Thibault nicht mehr anschauen. Er berührt mit seinen Worten meine Ängste, aber ich weiß nicht, wie ich ihn zum Schweigen bringen soll. Außerdem will ich erfahren, was er weiß und wie er so viel über mich herausgefunden hat, denn wenn er das kann, kann Pavel es auch. Ich muss lernen, besser auf meine Privatsphäre zu achten, indem ich denselben Fehler nicht zweimal mache.

»Als ich ankam, standen zwei Polizisten vor der Entbindungsstation. Ich kenne sie gut, denn wir haben schon zusammengearbeitet. Sie erzählten mir von einer jungen Mutter, die ein bekannter Gangster namens Pavel besuchen wollte und die, nachdem sie sich geweigert hatte, ihn zu empfangen, mit ihrem Baby aus dem Krankenhaus verschwunden war. Irgendwie hatte sie einen Weg gefunden, das Sicherheitsarmbändchen zu überbrücken, das das Baby trug.«

»Ich musste dort weg«, flüstere ich. Ich habe immer noch genau den Gesichtsausdruck der Schwester vor Augen, als sie mir sagte, Pavel sei draußen und wolle zu mir. Sie wusste, dass er nichts Gutes im Schilde führte. Gott sei Dank war sie ihren Instinkten gefolgt und hatte ihn nicht reingelassen.

»Daran habe ich keinen Zweifel. Sein Vorstrafenregister ist ziemlich beeindruckend.«

Ich nicke. Die Polizei weiß nicht einmal die Hälfte von dem, was er auf dem Kerbholz hat. Beim Gedanken daran, dass die Hälfte der DNA meines Babys von ihm stammt, wird mir schlecht, aber ich werde alles in meiner Macht Stehende tun, um dafür zu sorgen, dass der Kleine auf der richtigen Seite des Gesetzes aufwächst. Ich bin entschlossener denn je, das durchzuziehen.

»Es war nicht allzu schwer, mir zusammenzureimen, wo du hingegangen warst. Ich bat meine Schwester, die Sammelstelle zu finden, bei der dein Auto stand, und sie kam just in dem Augenblick dort an, als du es abholen wolltest. Aber ich schätze, Pavel war dir zuvorgekommen.«

»Ja. Wie zum Teufel hat er das gemacht? Das wüsste ich gerne.«

»Die Nachrichten waren voll von deiner Geschichte. Sind sie übrigens immer noch. Es gab sogar Bilder davon, wie dein Auto abgeschleppt wurde, so bekam der Abschleppdienst einen Haufen kostenlose Werbung, und Pavel musste nicht ein einziges Mal telefonieren, um es zu finden.«

Ich seufze tief, schmiege mich in die Kissen und starre zur Decke. »Ich schätze, du bist ziemlich gut in deinem Job.«

»Ich bin sogar verdammt gut darin.«

»Ja, und so bescheiden.« Ich lächle unwillkürlich. Er ist ein netter Kerl. Aufdringlich, aber nett.

Er schmunzelt. »Touché.«

Stille senkt sich über das Zimmer. Diverse Möglichkeiten, was die Zukunft für T und mich bereithalten könnte, wirbeln mir durch den Kopf. *Wohin werden wir gehen?*

Wie kommen wir dorthin? Wie viel Geld habe ich, und wie lange wird es reichen? Ich habe in letzter Zeit nicht besonders auf mein Depot geachtet, weiß also nicht, ob es Gewinne oder Verluste gemacht hat. Ich schätze, wenn ich sparsam bin und irgendwo eine spottbillige Wohnung nehme, können wir von meinem Geld etwa sechs Monate leben. Wie schwer wird es wohl werden, etwas zu mieten, ohne meine Personalien angeben zu müssen?

Ich schaue hinüber zu Thibault. »In deiner Firma … besorgt ihr Leuten falsche Identitäten?«

Er sieht mich stirnrunzelnd an. »Nein.«

»Oh. Mist!« Ich starre weiter an die Decke.

»Würdest du nicht lieber die Probleme lösen, vor denen du wegläufst, statt eine neue Identität anzunehmen?«

Ich lache bitter. »Doch, klar. Ich würde auch gerne im Lotto gewinnen, aber auch das sehe ich in nächster Zukunft nicht passieren.«

»Wer nicht wagt, der nicht gewinnt«, kontert er und starrt mich an.

Ich sehe ihn wieder an und seufze, bin des Gesprächs, des Themas, des ganzen Themenkomplexes um mein Leben und die schreckliche Richtung, die es eingeschlagen hat, müde. »Sollen diese Worte irgendeine tiefere Bedeutung haben?«

»Sie bedeuten, dass Weglaufen dich nur an einen anderen Ort führt, wo du dieselben Probleme hast. Du wirst dich nie wieder sicher fühlen. Dieser Typ – Pavel – scheint über eine Menge Ressourcen zu verfügen, zumindest nach Aussagen der Polizei. Machst du dir eigentlich gar keine Sorgen, dass er dich finden könnte?«

Wütend setze ich mich auf. Er tut es schon wieder. »Bist du eigentlich immer so aufdringlich?«

»Nein, ich bin nur …«

»Doch, bist du. Unsagbar aufdringlich sogar. Ja! Okay! Ich hab's kapiert! Ich bin am Arsch! Wenn ich abhaue, wird er mich finden. Wenn ich dann erneut abhaue, wird er mich wieder finden. Ich kann nur abwarten, was passiert. Vielleicht habe ich ja Glück, und er findet mich nicht.«

»Hast du einen Plan?« Meine unhöfliche Antwort scheint ihm überhaupt nichts auszumachen. Ich habe das Gefühl, er hört mir gar nicht zu.

»Vielleicht, aber das geht dich nichts an.«

Er nickt. »Da hast du recht.«

»Ich weiß.« Meine Nasenflügel beben genervt.

Er lächelt. »Du streitest mit mir über einen Punkt, in dem ich dir schon recht gegeben habe.«

»Ja und?«

»Stur. Sag ich doch.«

»Von mir aus.« Ich erhebe mich. »Wo ist die Toilette?«

Er deutet den Gang entlang. »Die erste rechts.«

Ich greife nach dem Kindersitz.

»Du kannst ihn hierlassen. Ich passe auf ihn auf, achte darauf, dass er sich nicht abschnallt und wegkrabbelt.«

Ich sehe Thibault an und verdrehe die Augen, lasse den Griff des Kindersitzes aber los. »Danke.« Ich komme mir dumm vor, weil ich gedacht habe, ich müsste das Baby mitnehmen. Ich bin völlig durcheinander. Wie ich es hasse, mich so dumm und hilflos zu fühlen!

Thibault wuchtet sich mühsam hoch. »Warte. Moment noch.«

Ich bleibe mitten im Zimmer stehen. Er humpelt auf seinen Krücken auf mich zu und bleibt ein Stück von mir entfernt stehen. »Tut mir leid.«

Ich blinzele ein paarmal und versuche zu verstehen, was er jetzt wieder meint. »Was denn?«

»Dass ich ein Idiot war. Ich mache mir nur solche Sorgen um dich.«

Langsam schüttle ich den Kopf und schaue ihn mitleidig an. »Armer Superman. Eine Jungfer in Nöten will seine Hilfe nicht. Was soll er nur tun?«

Er sieht mich stirnrunzelnd an. »Warum nennt ihr mich nur immer so, Toni und du? Ich bin kein Superheld. Ich halte mich nicht für einen und versuche auch nicht, mich wie einer zu benehmen.«

»Mir kommt es schon so vor, als versuchtest du, einer zu sein.« Ich gehe Richtung Toilette.

»Ich weiß nicht, wie du mich mit meinem verletzten Bein als Superheld bezeichnen kannst!« Seine Worte folgen mir den Flur entlang.

Ich lächle unwillkürlich. »Ich schätze, wir wissen jetzt, was das Kryptonit dieses Superman ist.«

»Ach ja? Was denn?«

»Toyota-Stoßstangen!« Ich schließe die Toilettentür und kichere vor mich hin, während ich mein Geschäft erledige.

Mir ist jetzt leichter ums Herz als noch vor einer halben Stunde. Ich weiß, das wird so nicht bleiben, aber ich genieße das Gefühl, solange es anhält. Bis zum späten Nachmittag brauche ich einen Plan, wie ich von hier und gleichzeitig für immer aus Thibaults Leben verschwinden kann. Der Gedanke macht mich trauriger, als er sollte. Er ist ein netter Kerl, und eines Tages wäre ich gern mit einem Mann wie ihm zusammen.

Kapitel 13

Nachdem ich das Baby gefüttert und auf Thibaults Couch sitzend ein Nickerchen gemacht habe, wache ich allein mit T auf, der neben mir auf der Couch schläft, im Wohnzimmer. Ich höre nur die Kuckucksuhr, die mich gerade geweckt hat. Es ist 17.00 Uhr, und mir knurrt der Magen.

Ich sehe mich im Zimmer um, und mein Blick fällt auf ein Fotoalbum auf dem Couchtisch vor mir, das ich durchzublättern beginne.

Zuerst fällt mir auf, wie glücklich darin alle aussehen. Ich gehe davon aus, dass ich Bourbon-Street-Boys-Mitarbeiter sehe, denn einer von ihnen trägt ein T-Shirt mit Logo und diesem Namen. Sie feiern offenbar, und es liegt haufenweise Fleisch auf einem Grill. Die Fotos zeigen verschiedene Firmenfeiern, denn die Abgebildeten tragen verschiedene Klamotten, und die Bäume im Hintergrund sind unterschiedlich. Jemand hat die Fotos zusammengestellt und kleine Kommentare daneben geschrieben, und wer immer diese Person ist, sie hat ein gutes Auge. Ich vermute, dass es eine Frau ist, denn ich kenne keine Männer, die solche Fotoalben anlegen.

Auf einigen der Bilder sieht man die Zwillinge, fast immer auf Thibaults Arm oder dem eines anderen Mannes. Vielleicht der Vater. Er ist sehr attraktiv und hat einen dichten, langen Bart, der allerdings sein gut aussehendes Gesicht nicht verbergen kann. Auf dem Foto, das ich gerade betrachte, steht er neben Thibault, und im Vergleich zu diesem finde ich ihn weniger anziehend. Thibault wirkt stärker. Kompakter. Er hat einen dunkleren Teint und ein kantigeres Gesicht. Mein Retter wirkt sehr selbstsicher, ein Mann, der weiß, wer er ist und wo er hingehört. Darum beneide ich ihn.

»Ah, du hast das berühmte Fotoalbum gefunden.« Thibault kommt die Treppe heruntergehumpelt, in der einen Hand eine Krücke, die andere am Geländer.

»Ihr grillt viel.«

»So feiern wir jeden abgeschlossenen Fall. Bei jedem Wetter.«

Ich blättere um. »Viele Kinder.«

»Ja, alle außer mir haben mindestens eins.«

Ich sehe zu ihm auf. »Einige davon sind noch richtig klein, ich schätze also, das ist eine neue Entwicklung eurer Firma? All die Kinder?«

»Ja.« Er setzt sich zu mir auf die Couch und schiebt den Kindersitz beiseite, damit er auf die Bilder zeigen kann. Ich frage nach dem großen Mann auf dem einen Foto. »Das ist Ozzie«, sagt Thibault. »Der Firmengründer und auch das erste Opfer.«

»Opfer?«

Er lächelt. »Ja. Der Erste, der dem Bann einer Frau erlegen ist und ihr einen Ring an den Finger gesteckt hat.«

Ich zucke die Achseln. »Na ja, wie sagt Beyoncé so schön? *If you like it, then you better put a ring on it.*«

»Ha, ha. Schönes Zitat.«

»Wer ist das?«, frage ich und deute auf einen Mann, der ein ganzes Stück größer ist als die Frau neben ihm.

»Das sind Dev und Jenny. Er war das zweite Opfer.«

Ich lache. »Wer war denn das dritte?«

»Lucky.« Er zeigt auf den Mann mit dem Bart. »Der Gatte meiner Schwester. Doppelopfer.«

»Der Arme«, sage ich, ehe ich mich beherrschen kann.

Thibault lacht bellend. »Ha! Da sagst du was.« Er lehnt sich auf der Couch zurück. »Nein, das war nur ein Witz. Aber die Bemerkung war lustig. Das erzähle ich Lucky, wenn ich ihn das nächste Mal sehe.«

»Macht sie dich nicht völlig wahnsinnig?« Ich kann mir nicht vorstellen, so eine Schwester zu haben. »Sie muss die Geduld ihres Mannes ganz schön auf die Probe stellen.«

»Klar, sie macht mich wahnsinnig, und wenn ich eines Tages heirate, dann eine Frau, die ganz anders ist als sie. Aber ich liebe sie mehr als alles andere und jeden anderen auf der Welt.« Er zuckt die Achseln. »Wir haben viel zusammen durchgemacht. Sie ist vielleicht manchmal ein bisschen schroff, aber sie hat ein Herz aus Gold. Ich möchte um nichts in der Welt, dass sie sich ändert.«

»Du meinst, ihr habt als Kinder viel zusammen durchgemacht? Mit euren Eltern?«

Sein Blick wandert in weite Ferne. »Ja, aber auch später noch.«

Langsam schließe ich das Fotoalbum. Jetzt wird's interessant, und nichts könnte mich besser von meinen Problemen ablenken, als die eines anderen zu hören.

»Was ist passiert?«

Ewig lange antwortet er gar nicht. Dann scheint er sich aus der Trance zu lösen, in die er gefallen ist, und richtet sich plötzlich auf. »Nichts, was ich gerne Revue passieren lassen würde.« Er nimmt mir das Album aus der Hand und legt es auf den Tisch. »Reden wir über dich.«

»Lieber nicht.«

»Hast du Hunger?«, fragt er.

Der abrupte Themenwechsel erwischt mich kalt. »Äh. Ja. Ein bisschen. Vielleicht.« Mein Magen knurrt. Das treibt mir die Schamesröte ins Gesicht. »Definitiv. Ich habe definitiv Hunger.«

Er tätschelt mein Knie und stützt sich dann auf meinen Oberschenkel, um sich hochzuwuchten. »Wie wäre es, wenn ich koche, während wir in der Küche weiter plaudern? Du kannst mir helfen, ich bin im Augenblick nämlich motorisch leicht eingeschränkt.«

Ich erhebe mich, froh über den bevorstehenden Ortswechsel. Schließlich sitze ich jetzt seit Stunden in diesem Zimmer. »Klar. Kann ich das Baby hierlassen?«

»Ja, natürlich. Nimm ihn ruhig aus dem Sitz und leg ihn auf die Couch. Das ist wahrscheinlich bequemer für ihn.«

»Aber was, wenn er herunterrollt?«

»Das wird er nicht. Dafür ist er noch zu klein. Aber wir können ihn richtig fest einwickeln und dann das Album neben ihn legen, damit er nicht das erste zwei Tage alte Baby wird, das lernt, sich umzudrehen und auf dem Teppich zu landen.«

Ich komme mir dumm vor, weil ich nicht das Geringste über Babys weiß. »Okay.« Ich sehe zu, wie der große Thibault den kleinen T einwickelt wie ein Profi, bis mein Baby aussieht wie ein menschlicher Burrito. Dann legt er ihn sanft auf das Kissen und das Fotoalbum auf Höhe seiner Hüfte daneben, damit er nicht wegrollen kann.

»Wir schauen alle paar Minuten nach, ob bei ihm auch alles in Ordnung ist. Ich kann auch rübergehen und mir Tonis alten Stubenwagen ausleihen, wenn du ihn lieber in ein richtiges Babybett legen möchtest.«

»Schauen wir mal.« Mir gefällt der Gedanke nicht, mir etwas von Toni zu leihen, und ein Bett hier zu haben fühlt sich an, wie zu etwas Ja zu sagen, wozu ich mich noch nicht verpflichten möchte. Ich folge ihm in die Küche und werfe einen Blick zurück auf meinen Sohn. Er schläft tief und völlig reglos.

»Magst du Pasta?«, fragt er und öffnet eine kleine Tür, die in eine Speisekammer führt.

Ich trete zu ihr, um ihm zu helfen. »Klar.«

»Hol mal die Schachtel da, bitte«, sagt er und deutet darauf.

Ich nehme Rigatoni und eine Soße, auf die er als nächstes deutet, vom Regal.

»Ich bin Experte im Nudelnkochen«, behauptet er und tut, als sei er darauf sehr stolz.

Ich verberge mein Lächeln, weil ich ihn aus irgendeinem Grund nicht merken lassen möchte, dass sein Charme bei mir verfängt. Ich stelle beides auf die Arbeitsfläche neben dem Herd und sehe dann zu, wie er sein Nudelkochexpertending durchzieht.

»In letzter Zeit, seit sie Kinder hat, kocht meine Schwester auch mehr. Ich esse oft drüben.«

»Ihr steht euch echt nahe. Ihr wohnt nebeneinander, esst zusammen …«

»Ja. Wir stehen einander jetzt echt nahe, aber das war auch mal anders. Als sie mit diesem Typen zusammen war. Charlie.«

»Wirklich? Warum? Mochtest du ihn nicht?«

Er schüttelt den Kopf, während er einen Topf mit Wasser füllt. »Jetzt erwähne ich es doch wieder, obwohl ich gesagt habe, ich wollte es nicht Revue passieren lassen.«

»Vielleicht willst du ja doch darüber reden.«

Er zuckt die Achseln und beobachtet, wie das Wasser im Topf zu kochen beginnt. »Manchmal hilft reden. Manchen Leuten. Mir üblicherweise nicht.«

»Machst du das oft? Mit Leuten über deine Probleme reden?«

»Nein. Nie.«

»Woher weißt du dann, ob es hilft oder nicht?«

Er wirft Nudeln ins Wasser, rührt sie ein wenig, legt den Löffel auf die Arbeitsplatte und dreht sich dann zu mir um. »Vielleicht weiß ich es ja gar nicht.« Er zuckt die Achseln und gibt etwas Salz ins Wasser. »Das ist eine lange Geschichte.«

Mir liegt auf der Zunge zu sagen »Ich habe Zeit«, aber dann merke ich, dass das vielleicht gar nicht stimmt. *Was tue ich immer noch hier?*

»Was bedeutet denn dieser Gesichtsausdruck?«, fragt mich Thibault, der mich dabei ertappt hat, wie ich zu Boden starre.

Ich schüttle den Kopf. »Nichts.«

»Komm schon, es ist nicht nichts. Du wirkst gestresst.«

Ich zucke die Achseln. »Es wäre nicht besonders erstaunlich, wenn ich gestresst wäre, oder?«

»Nein, wohl nicht.«

»Darf ich mir etwas Wasser holen?«, frage ich.

»Klar. Bedien dich. Gläser sind da im Schrank. Das Wasser steht in der Speisekammer.«

Erfreut über die Ablenkung, durchquere ich die Küche und gieße uns beiden Wasser ein.

»Ich habe eine Idee«, sagt er, stellt einen weiteren Topf auf und gießt die Soße hinein.

»Wird sie mir gefallen?«

Er schmunzelt. »Bist du immer so argwöhnisch?«

»Fast immer.«

Seine nächsten Worte murmelt er. »Gott, du erinnerst mich so an sie.«

»An wen?« Ich fürchte, ich kenne die Antwort bereits.

»Meine Schwester.«

»Im Grunde erinnere ich dich also an eine Person, die dich zu Tode nervt.«

Er sieht mich über die Schulter an. »Ja. Ich liebe sie aber auch unsagbar, so schlimm ist es also nicht …«

»Na dann, Schwamm drüber. Ich will nicht unhöflich sein oder so, aber du bist auch nicht wirklich mein Typ.«

»Ach ja?«, fragt er lachend. »Wie genau sieht dein Typ denn aus?« Er rührt mit dem Rücken zu mir in der Soße. Das erleichtert mir eine ehrliche Antwort.

»Nett. Hilfsbereit. Gibt mir Freiraum. Behandelt mich nicht, als bräuchte ich ständig Hilfe, als wäre ich schwach.«

Er hört auf zu rühren. »Jemandem Hilfe anzubieten ist nicht dasselbe, wie ihn schwach zu nennen.« Er dreht sich zu mir um. »Auch das Annehmen von Hilfe macht einen nicht schwach.«

Mit hochgezogener Braue mustere ich ihn. »Nimmst du Hilfe an?«

Er wendet seinen Blick der Nudelpackung zu. »Die hast du für mich vom Regal geholt, oder? Du hast von mir kein Wort der Klage darüber gehört.«

Das bringt mich zum Lächeln. »Na ja, das ist nicht dasselbe.« Rasch stehe ich auf, um nach dem Kleinen zu sehen, und komme zurück, nachdem ich mich überzeugt habe, dass er sich keinen Zentimeter bewegt hat.

Thibault kehrt mir wieder den Rücken zu und kümmert sich um die Soße. »Wenn du es sagst.«

Ich kaue auf meiner Lippe und grüble über das, was er gerade gesagt hat. *Bin ich stur?* »Ich habe deine Hilfe auch angenommen.«

Er nickt. »Ja. Zumindest in Teilen.«

»Ich bin hier bei dir zu Hause. Es war mir eine große Hilfe, dass du mich mitgenommen hast und ich mich hier eine Weile ausruhen und sammeln konnte.«

»Hast du eine Ahnung, wie es jetzt weitergehen soll?«, fragt er.

Seine Schultern bewegen sich beim Kochen, und ich genieße es, ihn unbeobachtet zu betrachten. Er ist so solide.

Sein Körper ist fast so hart wie sein Schädel. Bei dem Gedanken muss ich lächeln.

Er dreht sich um und ertappt mich dabei. »Was amüsiert dich?«

Ich schüttle den Kopf, und meine gute Laune verfliegt. »Nichts.« Ich trinke einen Schluck Wasser. »Um deine Frage zu beantworten – ich habe ehrlich gesagt noch keine Ahnung.«

Er klopft den Löffel am Rand des Soßentopfs ab und legt ihn dann wieder auf die Arbeitsplatte. Dann hinkt er im Kreis herum, bis er sich schließlich an die Spüle lehnt und die Arme vor der Brust verschränkt. »Du könntest hierbleiben. Ein Weilchen. Bis du eine Idee hast.«

Ich schüttle erneut den Kopf. »Ich glaube, das ist keine gute Idee.«

»Wieso?«

»Nun, wie du weißt, sucht ein Typ nach mir, und zwar nicht gerade der netteste Mensch der Welt. Ich muss hier weg – je eher, desto besser. Heute Nacht wäre wahrscheinlich eine gute Idee. Ich muss mir mal die Busfahrpläne ansehen.«

»Weißt du, wo du hinwillst?«

Städtenamen huschen mir durch den Kopf: Baton Rouge, Atlanta, New York, Seattle … keiner davon klingt gut. »Nein.«

»Erzähl mir von Pavel«, sagt er. Dabei reckt er das Kinn, als wolle er mich herausfordern.

»Erzähl mir von Charlie«, kontere ich.

»Was hat der denn damit zu tun?«

»Du willst alles über mein Leben wissen. Vielleicht will ich auch ein bisschen was über deins wissen.«

Er presst für ein paar Sekunden die Lippen zusammen und nickt dann leicht. »Abgemacht. Ich erzähle dir von Charlie, und dann kannst du mir von Pavel erzählen.«

»Gut.« Ich bin nicht sicher, ob ich wirklich damit rechne, dass er sein Versprechen einhält. An seinem herumhuschenden

Blick erkenne ich, dass er seine Entscheidung schon jetzt bereut. »Aber du kannst auch kneifen. Jederzeit, du musst es nur sagen, dann behalten wir unsere Geheimnisse für uns.«

Er stößt sich von der Arbeitsplatte ab und rührt im Nudel- und im Soßentopf. »Nein, das ist kein Problem. Ich muss mir nur überlegen, wo ich anfangen soll.«

»Wie wäre es mit dem Anfang?«

Er wirft mir über die Schulter hinweg ein Lächeln zu. »Mensch, warum ist mir das bloß nicht eingefallen?«

Ich lache, belasse es aber dabei. Wenn wir jetzt weiter Wortspiele machen, verzögert das nur den Anfang seiner Geschichte, und die interessiert mich mehr, als sie wahrscheinlich sollte. Ich stelle mich auf die Schwelle zum Wohnzimmer und sehe nach dem Baby, während Thibault zu erzählen beginnt.

»Toni hat ziemlich schnell etwas mit ihm angefangen. Ich wusste nicht, warum sie ihm damals so verfallen ist, fand aber später heraus, dass es ihr darum ging, unsere Freundschaft mit Lucky und den anderen zu erhalten.«

Ich drehe mich zu ihm um. »Ich verstehe nicht …«

Er seufzt. »Dir fehlen eine Menge Hintergrundinformationen, aber im Grunde sind wir mit all den Leuten, mit denen ich zusammenarbeite … seit Kindertagen befreundet. Wir hingen alle gemeinsam auf der Straße herum. Als Toni und Lucky jünger waren, hatten sie fast mal was miteinander – was ich erst später herausfand –, aber damals hatte Toni Angst, eine Beziehung mit ihm würde unsere Gruppe sprengen, und die war alles, was wir hatten … sie bedeutete uns alles … und so warf sie sich dem erstbesten Typen an den Hals, den sie fand, um sich von Lucky zu lösen. Das war Charlie.«

»Er war kein guter Kerl?«

Vor lauter Emotion klingt seine Stimme viel tiefer. »Nein. Er war ein wirklich, wirklich übler Typ.«

»Wie übel?«

»Damals dachte ich, er sei bloß irgend so ein Arschloch.« Er sieht mich an. »Tut mir leid, aber bei diesem Typen kann ich mich einfach nicht anders ausdrücken.«

»Schon gut. Ich habe das Wort schon mal gehört. Alles in Ordnung.«

Er betrachtet seine Hände, starrt sie an, ringt sie, dass sich seine Muskeln anspannen. Ich weiß nicht, wer dieser Charlie ist, aber ich wette, wenn er hier wäre, würde Mister Delacroix ihm ein Veilchen verpassen.

»Jedenfalls war sie ein paar Jahre mit ihm zusammen. Wir fanden später heraus, dass er sie misshandelt hat. Oft.«

Mir wird übel. Willkommen in meiner Welt. »Hast du es gesehen?«

»Ich habe die Hämatome gesehen, aber sie hatte immer gute Erklärungen dafür, die nichts mit Charlie zu tun hatten. Sie trieb Sport, sie war zäh, sie prügelte sich … sie hatte immer eine Entschuldigung.« Er schüttelt den Kopf. »Aber ich hätte es besser wissen müssen.«

»Weil du diesen Superman-Komplex hast.«

»Nein. Weil ich nicht blind bin und meine Schwester liebe. Aber ich war damals sehr mit mir selbst beschäftigt.« Er verstummt und sieht aus, als müsse er seine Gedanken und Gefühle in den Griff bekommen, ehe er die Geschichte beendet. Vielleicht hängt er auch ein paar Erinnerungen nach. »Jedenfalls, langer Rede kurzer Sinn, die Misshandlungen wurden so heftig, dass meine Schwester sich eine Knarre besorgt hat. Eines Tages ging er auf sie los, und sie hat sich gewehrt.«

»Sie hat ihn erschossen?« Mit diesem Ende habe ich nicht gerechnet. Ich hatte erwartet, er würde sagen, es habe eine große Schlägerei gegeben, und jemand wäre für eine Weile in den Knast gewandert. Ich sehe vor meinem geistigen Auge die winzige Frau, die mich in ihrem SUV hierhergefahren hat, und kann mir schon vorstellen, wie sie jemandem in den Arsch tritt und ihm zeigt, wo der Hammer hängt, aber jemanden erschießen? Das bedarf einer besonderen Kaltschnäuzigkeit, die ich ihr nicht zugetraut hätte. Ihr Leben mit diesem Charlie muss die Hölle gewesen sein. Plötzlich empfinde ich Mitleid mit ihr. Kein Wunder, dass sie immer so zornig ist.

Thibault sieht gequält aus, als er sich in der Herzgegend über die Brust reibt und ausdruckslos die Wand anstarrt. »Toni hat mich angerufen, als sie über seiner Leiche kniete. Sie schrie wie am Spieß …« Er schweigt lange, als mache er den Anruf in Gedanken noch einmal durch. Dann runzelt er die Stirn, seine Augen werden feucht, und als er wieder spricht, klingt seine Stimme rau. »Diesen Augenblick werde ich nie vergessen. Es war wie ein Albtraum, aber ich war wach. Bis heute verfolgt mich die Erinnerung daran.« Er schüttelt den Kopf und wendet den Blick wieder mir zu. »Also ja … sie hat ihn erschossen. Sie war dafür im Knast.« Er wendet sich ab, schnappt sich den Holzlöffel und rammt ihn in den Soßentopf. »Ich werde mir niemals verzeihen, dass ich nicht besser auf sie und das, was in ihrem Leben vor sich ging, achtgegeben habe. Wahrscheinlich hätte ich es verhindern können. Sie landete im Gefängnis, und ihr Leben war ruiniert … zumindest fast. Sie hat tiefe Narben, die wahrscheinlich nie weggehen werden.«

Ich trete zu ihm und berühre ihn am Arm, um sicherzugehen, dass er bei mir in der Gegenwart ist und mich hört. »Du darfst dir dafür nicht die Schuld geben. Sie ist eine erwachsene Frau. Es ist unfair, das alles dir aufzuhalsen.«

Er zuckt die Achseln. »Es ist, wie es ist. Wenn man jemanden liebt, muss man für ihn da sein. Man muss auf die Einzelheiten seines Lebens achten und darf Lügen und Ausflüchte nicht als die Wahrheit akzeptieren.«

Jetzt verstehe ich, warum Toni sagte, Thibault kämpfe gegen Windmühlen. Das sind ziemlich heftige Erinnerungen, die man so leicht nicht wieder vergisst. Oder überhaupt. Ich weiß genau, wie er sich fühlt. »Arbeitest du deshalb in der Sicherheitsbranche?«

»Das habe ich schon davor getan, was die Sache nur noch schlimmer macht. Ich hätte es kommen sehen müssen. Ich bin für den Umgang mit Gewalttätern ausgebildet.« Er holt tief Luft und atmet langsam aus, wohl eine Entspannungstechnik. Sie scheint ihm nicht zu helfen. Er sieht aus, als werde er gleich weinen oder ein Loch in die Wand dreschen.

Allerdings habe ich keinerlei Angst vor ihm. Er ist nur wütend auf sich selbst. Der Arme. Er hat wirklich Komplexe, aber jetzt verstehe ich wenigstens, warum. Er und seine Schwester tun mir leid. Was für ein schreckliches Erlebnis! Er und ich haben einiges gemeinsam, wenn ich so darüber nachdenke. Wir sind beide mit Gewaltverbrechen in Berührung gekommen, streben beide danach, wieder unseren Frieden zu finden, bemühen uns und haben manchmal Erfolg, meist jedoch nicht. Ich zumindest. Er wirkt, als käme er ganz gut klar, und seine Schwester scheint die Scherben ihres Lebens aufgelesen und einfach weitergelebt zu haben.

Das Ticken der Uhr unterbricht meine Gedanken. Es wird langsam spät, und ich habe immer noch keinen Plan.

Die Tür der Kuckucksuhr springt so plötzlich auf, dass ich erschrecke, als das Holzvögelchen herauskommt. »Kuckuck! Kuckuck! Kuckuck! Kuckuck! Kuckuck! Kuckuck!«

»Das Vögelchen hält dich für verrückt«, sage ich und deute auf die Uhr. »Es hat dich Kuckuck genannt.«

Thibault versucht zu lächeln. »Vielleicht bin ich ja verrückt.«

Ich gehe in den Nebenraum und hebe das Baby hoch, weil ich seinen warmen Körper spüren und seinen süßen Duft einatmen möchte. Mein Sohn schenkt mir einen Augenblick des Friedens, so zerbrechlich er auch sein mag. »Ich kenne dich kaum, aber ich glaube, du bist ein guter Mensch, Thibault. Zu streng mit dir selbst natürlich, aber dafür habe ich Verständnis.«

Ich gehe über den Teppich in die Küche und reiche ihm das Baby. Vielleicht wirkt Ts Magie ja bei Thibault genauso gut wie bei mir. »Könntest du ihn mal halten?«

»Klar.« Thibault legt sich das kleine Bündel über die Schulter, um dem Baby sanft den Rücken tätscheln zu können.

Er dreht den Kopf zur Seite und riecht an dem des Kleinen, schließt die Augen, und ein leises Lächeln scheint die Dunkelheit zu erhellen, die ihn umgibt.

Ja. Sie funktioniert auch bei ihm. Ich trete in den Flur.

»Wo gehst du hin?«, ruft Thibault.

»Händewaschen. Außerdem muss ich mal.«

»Ja, okay. Ich halte den kleinen Kerl einfach für dich, bis du wieder da bist.«

Ich spreche von der kleinen Toilette unter der Treppe aus mit ihm. »Vielleicht kannst du mir beibringen, T so einzuwickeln, wie du es vorhin gemacht hast. Er scheint es zu mögen, wie eine Mumie dazuliegen.«

»Klar!«, ruft er, damit ich ihn höre, obwohl ich mir gerade unter fließendem Wasser die Hände wasche.

Als ich wieder herauskomme, ist er gerade dabei, T sanft den Rücken zu reiben.

»Wir nennen das den Baby-Burrito-Wrap«, sagt er. »Beruhigt garantiert jedes quengelige Kind.« T hat Schluckauf, und Thibault senkt den Kopf und atmet tief ein.

»Er riecht gut, nicht wahr?« Ich trete zu den beiden, um selbst ein wenig von dieser Babymagie einzuatmen. Als ich mich vorbeuge, mischen sich die Düfte meines Jungen und von Thibaults Parfüm. Die Nähe dieses Mannes, der mein Kind so sanft festhält, droht mir zu Kopf zu steigen. Mir wird ein wenig schwindlig. Die Situation ist so emotional aufgeladen, dass ich kaum damit umgehen kann. Wortlos nehme ich ihm das Baby ab und drehe mich weg, damit er meinen Gesichtsausdruck nicht sieht. Ich brauche Abstand von ihm. Mein Herz sehnt sich nach etwas, das es niemals haben kann. Jedenfalls nicht mit diesem Mann und nicht in dieser Stadt.

Ich gehe zum Küchentisch und nehme Platz. »Ich schätze, jetzt ist es an mir, meinen schlimmsten Augenblick zu gestehen.«

Es gibt keinen besseren Weg, wieder festen Boden unter den Füßen zu bekommen, als mir vor Augen zu halten, in was für einem katastrophalen Zustand mein Leben im Augenblick ist.

Thibault geht in die Ecke der Küche, wo an der Wand eine Wickelkommode steht.

»Warum bringst du T nicht her, dann zeige ich dir die Wickeltechnik, während du mir deine Geschichte erzählst.«

Ich gehe zu ihm und hoffe, er kann nicht so genau zuhören, wenn er gleichzeitig erklären muss. Diese Geschichte enthält die beschämendsten Augenblicke meines Lebens, die ich nicht gerne mit jemandem teile. Aber er hat mir von seiner Vergangenheit erzählt, und jetzt bin ich an der Reihe. Ich halte meine Abmachungen.

Also reiche ich ihm Baby T, und Thibault legt ihn auf die Kommode, auf ein stoffbezogenes Kissen. Er wickelt den Kleinen aus, und die Lektion beginnt. T schläft weiter. »Eine Ecke der Decke einschlagen und seinen Kopf darauflegen.« Er sieht mich an, sein Blick soll wohl ermutigend wirken. Es ist Zeit zu erzählen.

Ich räuspere mich. »Meine Eltern waren beide drogenabhängig. Solange ich denken kann, saßen sie immer wieder mal im Gefängnis.«

Seine ganze Aufmerksamkeit gilt dem Kleinen, was ich sehr zu schätzen weiß. »Die Arme an den Seiten anlegen oder über der Brust verschränken. Er wird dir zeigen, was ihm lieber ist.«

»Als ich zwölf war, wurden meine Eltern gemeinsam festgenommen, und meine Oma nahm mich bei sich auf. Fortan zog sie mich groß. Sie hat sogar das Sorgerecht bekommen und alles.«

Er nickt, um mich wissen zu lassen, dass er mir zuhört. »Dann zuerst die linke Hälfte der Decke über den Körper legen und fest unter die gegenüberliegende Seite stecken.«

»Wir hatten nicht viel, aber wir hatten einander. Sie half mir bei den Hausaufgaben. Brachte mir bei, wie wertvoll Bildung ist. Sie selbst war nach der Mittelstufe von der Schule abgegangen und hat es danach Tag für Tag bereut.«

»Dann den unteren Rand nach oben schlagen und einklappen, wenn du zu viel Stoff hast.«

Es rührt mich, wie sanft Thibaults große, muskulöse Hände sind. Aus irgendeinem Grund habe ich immer schon ein Auge für Männerhände. Vielleicht, weil sie sich so oft gegen mich erhoben haben, weswegen ich sie im Auge behalten musste. Aber seine Hände machen mir keine Angst. Sie lassen mich ihn mit anderen Augen sehen. Ich frage mich, ob er mit Frauen genauso sanft umgeht wie mit Babys. Bei diesem Gedanken kribbelt es an ganz bestimmten Stellen, und ich verliere den Faden.

»Kapiert?«, fragt er und reißt mich damit aus meiner Trance.

»Ja. Kapiert.« Ich halte inne und lasse mir einen Augenblick Zeit, um den Faden meiner Erzählung wiederaufzunehmen. *Wo war ich? Ach ja …* »Ich ging aufs Junior College, doch während meines ersten Jahres dort starb meine Oma.«

Er schaut auf und unterbricht seine Babywickellektion. »Es tut mir wirklich leid, das zu hören. Das muss verheerend für dich gewesen sein.«

»Danke. Ja.« Ich nicke und senke den Blick, um meine Gefühle im Griff zu behalten. Der Tag, an dem ich meine Großmutter verlor, war der schlimmste Tag meines Lebens. Aus Versehen spreche ich diesen Gedanken laut aus. »Es war der Tag, an dem mir klar wurde, was es wirklich bedeutet, allein zu sein. Ich hatte doch nur sie.« Ein Stich in meiner Brust unterbricht mich Gott sei Dank.

»Hast du es abgeschlossen? Das College, meine ich?«

Seine Frage hilft mir über den emotionalen Stolperstein hinweg. *Ja, reden wir über die Zeit danach.* »Habe ich. Ich habe meinen Abschluss gemacht, konnte aber den Bachelor nicht gleich dranhängen, weil ich mir einen Job suchen musste, um die Kredite zurückzuzahlen, die ich für meine Bücher und so aufgenommen hatte. Außerdem musste ich für Kost und Logis aufkommen. Solange meine Großmutter am Leben war, hatte ich bei ihr gewohnt, aber nach ihrem Tod musste ich ausziehen. Ich hatte ein bisschen was gespart, das reichte bis zum Ende des zweiten Jahres, aber dann war Schluss.«

Er deutet auf das Baby. »Wenn du den unteren Teil der Decke so festgemacht hast, führst du die letzte Seite über seinen Körper und steckst sie richtig fest.«

Ich nicke und versuche zu lächeln. Er nutzt diese Babywickellektion ziemlich sicher, um mich von meinem Schmerz abzulenken, was ich wirklich zu schätzen weiß. Dieser Thibault Delacroix ist ein netter Kerl. »Ich habe versucht, einen Job als Buchhalterin zu kriegen, aber niemand wollte mich einstellen. Zu wenig Erfahrung, hieß es immer.«

Er hält den Kleinen hoch. »*Voilà*: Baby Burrito.« Er reicht mir T, und ich lege ihn in meine Armbeuge und starre auf ihn hinunter, während ich meine Geschichte zu Ende erzähle.

»Ich war verzweifelt. An dieser Stelle hätte ich jeden Job angenommen, auch wenn er gar nichts mit Rechnungswesen zu tun gehabt hätte, aber wo immer ich mich auch hinwandte, schlug man mir die Tür vor der Nase zu. Ich versuchte sogar, eine Stelle in einem Fast-Food-Restaurant zu kriegen, aber die Wirtschaft war am Boden, und niemand wollte mich. Nicht einmal zu einem Bewerbungsgespräch wurde ich eingeladen. Ich musste Rechnungen bezahlen und wollte meinen Bachelor machen, aber ich hatte kein Geld, keine Familie … und keine Hoffnung mehr. Mir kam es vor, als hätte sich das ganze Universum gegen mich verschworen.«

»Was hast du getan?« Er hebt die Hand, streicht eine Ecke der Decke aus dem Gesicht des Kleinen und steckt sie ihm unters Kinn. Es ist eine kleine, aber sehr fürsorgliche Geste. Mir wird ganz warm ums Herz, und ich fühle mich plötzlich sicher. Dieses Gefühl habe ich schon sehr, sehr lange nicht mehr gehabt. Es gibt mir die nötige Kraft, um meine traurige Geschichte zu Ende zu erzählen.

»Da war dieser Typ, der bei mir ums Eck wohnte und sagte, er wolle mir helfen.«

»Oh-oh«, sagt Thibault. »Das klingt nicht gut.«

»War es auch nicht. War er auch nicht. Aber ich hatte das Gefühl, mir bliebe keine andere Wahl. Immer wieder hatte ich versucht, das Richtige zu tun, und es klappte einfach nicht … also nahm ich sein Angebot an.« Ich sehe zu Thibault auf, wütend über meine Vergangenheit, und rechne mit einem schnellen, klaren Urteil. Was ich getan habe, war falsch und schrecklich, daran führt kein Weg vorbei. Ich habe getan, was ich getan habe und bin die, die ich bin.

»Was ist dann passiert?«, fragt er leise. Noch verurteilt er mich nicht, aber er hat das Schlimmste auch noch nicht gehört.

Ich zucke die Achseln und spüre meine Schutzwälle um mich herum. Sie schützen mich vor Verletzungen. Errichtet habe ich sie an dem Tag, an dem ich mich mit Pavel traf, um seinen Vorschlag zu erörtern, und seither habe ich sie nicht wieder gesenkt. Sie sind jetzt dauerhaft ein Teil von mir. »Ich habe angefangen zu arbeiten … auf der Straße. Du weißt schon … mit Freiern.« Trotz meines Selbstschutzes, meiner Mauern und der Jahre, die ich damit zugebracht habe, mir vorzubeten, dass mir die Meinung anderer Menschen über mich nichts bedeutet, werde ich rot vor Scham. Ich war nicht dazu erzogen worden, meinen Körper zu verkaufen. Eigentlich hätte ich mich mithilfe meiner Intelligenz über Wasser halten sollen, aber die Welt hatte etwas anderes für mich geplant.

Langsam verändert sich sein Gesichtsausdruck. Er wirkt wütend. Sein Gesicht läuft rot an.

»Ich weiß. Eklig, was?« Ich wende den Blick ab. Seine Abscheu ist zu viel für mich.

»He, nein, das meine ich nicht.« Er packt meine Oberarme, drückt leicht zu und tätschelt sie dann linkisch, versucht, mich dazu zu bringen, ihm in die Augen zu schauen. »Ich finde dich nicht eklig. Das würde ich niemals denken. Ich verurteile dich nicht.«

Endlich sehe ich ihn an, versuche, an seinem Gesichtsausdruck zu erkennen, ob er das ernst meint oder nur nett zu sein versucht. Ich sehe keine Falschheit in seiner Miene. Höchstens Mitleid oder Enttäuschung.

»Was du getan hast … ist nicht leicht. Es ist schwer, in so eine Situation zu geraten und das Gefühl zu haben, es bleibe einem keine andere Wahl. Ich wünschte, ich hätte dich damals schon gekannt … um dir helfen zu können.«

Ich versuche zu lächeln, aber ich bin zu traurig. »Alarm für Superman?«

Mit verzerrtem Gesicht tritt er zurück. »Nein. Einfach … als Person. Als ein Mann, der dir nur zu gerne geholfen hätte.« Er fährt sich mit der Hand durchs Haar.

Ich strecke die Hand aus, packe für einen Augenblick seinen Unterarm und lasse ihn dann wieder los. »Ich wollte dich nur auf den Arm nehmen. Tut mir leid. Ich wollte mich nicht über dein Bedürfnis, anderen zu helfen, lustig machen. Mir ist jetzt klar, wo das herkommt … jetzt, da du mir von deiner Schwester und Charlie erzählt hast. Bitte sei nicht sauer auf mich.«

Plötzlich hebt er mit überraschtem Gesichtsausdruck den Blick. »Ich bin nicht sauer auf dich. Überhaupt nicht.« Er hält inne, und seine Gesichtszüge entspannen sich, als er zu lächeln versucht. »Ich bin sauer auf diesen Typen. Keine Ahnung, wer er ist, aber ich würde ihm wirklich gern das Gesicht etwas neu arrangieren.«

Ich bringe kaum ein Wort heraus, denn die Gegenwart holt mich ein, und die Realität meiner Situation schlägt über mir zusammen. »Er war heute im Krankenhaus, um mich zu besuchen. Pavel.«

Thibault schaut zu Boden, der Muskel an seinem Kiefer pulsiert. »Er ist also dein Zuhälter?«

»Nein. Er ist mein Arbeitgeber.«

Er sieht auf und blinzelt ein paarmal, offenbar verwirrt über meine Antwort.

Thibault wird mich wahrscheinlich auslachen oder für eine völlige Idiotin halten, aber jetzt kriegt er die ganze Geschichte zu hören. Ich muss ihm alles erzählen. Es fühlt sich fast an wie eine Therapie, endlich jemandem alles erzählen zu können und nicht nur Teile wie Detective Holloway.

»Es zeigte sich, dass ich eine lausige Prostituierte bin.« Ich lächle ein wenig und denke daran, wie Pavel mich immer wieder angebrüllt hat, ich müsste lernen, eine richtige Hure zu sein.

Er schmunzelt vorsichtig. »Ernsthaft?«

»Ja. Ich habe festgestellt, dass Männer es nicht mögen, wenn man sie dabei verarscht, wenn du verstehst, was ich meine.« Ich zeige ihm den Mittelfinger und krümme ihn dann ganz langsam, bis er sehr schlaff und traurig aussieht. Dabei runzele ich übertrieben die Stirn.

Sein Lächeln ist gefährlich charmant. »Ach was«, sagt er.

»Aber …« Mein Lächeln verfliegt, und ich werde wieder ernst, wende dem Kleinen meine Aufmerksamkeit zu. Diese Geschichte geht nicht gut aus, auch wenn ich zwischendurch einige persönliche Triumphe erlebt habe. »… es zeigte sich auch, dass ich eine gute Buchhalterin bin, schließlich habe ich einen Abschluss in Finanzwesen. Pavel brauchte jemanden, der den Überblick über sein wachsendes Imperium behält, als er mich also nicht mehr als eines seiner Mädchen haben wollte, wurde ich ihn nicht los. Stattdessen bekam ich einen neuen Job von ihm.«

»Was hat es mit Pavel auf sich? Woher stammt er?«

»Er ist Russe. Mit neunzehn ist er in die USA gekommen, also vor etwa sieben Jahren. Man nennt ihn den *Wor*. Das bedeutet Dieb, aber es ist eine besondere Sorte Dieb … einer, den seine Leute wirklich respektieren.«

»Du arbeitest also als seine Buchhalterin?«

Ich zucke die Achseln. »Es war die bessere Alternative, als irgendwo in einem Graben zu enden.«

Thibault nickt völlig humorlos. »Das verstehe ich.« Er wendet sich der Wickelkommode zu, bringt eine Windel zum Vorschein und legt sie darauf. »Nun, wenigstens warst du von der Straße weg.«

Ich schüttle den Kopf und wünsche mir, das wäre so positiv, wie es bei ihm klingt. »Ich bin lediglich durch eine Hölle in die andere gegangen.« Ich gehe hinüber und lege T auf das Kissen. »Hast du was dagegen, wenn ich ihn frisch mache?«

»Überhaupt nicht. Das ist eine von Melanies Neugeborenen-Windeln. Ich weiß nicht, warum ich sie aufgehoben habe, aber sie dürfte für T perfekt sein. Er ist ziemlich klein. Vermutlich passt sie ihm besser als die, die du hast.«

»Danke.« Ich wickle meinen Baby-Burrito langsam aus und wechsle mechanisch seine Windel, während ich meine Leidensgeschichte zu Ende erzähle. »Das mache ich jetzt seit vier Jahren. Offiziell gehören Pavel ein paar Wäschereien, und deren Bücher mache ich … natürlich gibt es einen zweiten Satz speziell für die Regierung. Aber inoffiziell gehört ihm ein ganzer Prostitutionsring mit eigener Buchführung, und das meiste Geld, das er damit verdient, wäscht er mit seiner legalen Firma.

Ich weiß alles über sein privates und berufliches Leben. Er arbeitet jetzt auch mit Mädchen aus Europa.« Ich halte inne und räuspere mich, um die Tränen in Schach zu halten. Mein Leben hat sich in fünf Jahren von schlecht zu ganz und gar katastrophal entwickelt. Ich habe es zugelassen, und jetzt, wo ich so über meinem Kleinen stehe, habe ich das Gefühl, in einem Meer des Bedauerns zu ertrinken. »Ich konnte nicht mehr einfach nur herumsitzen und nichts tun … zulassen, dass diese Mädchen so benutzt und missbraucht werden. Manche von ihnen sind noch wirklich jung, und im Gegensatz zu mir tut es keine von ihnen freiwillig. Als sie aus ihrer Heimat aufgebrochen sind, dachten sie, sie würden hier ein besseres Leben finden. Ich musste einfach etwas tun.«

»Und was hast du getan?« Er streckt die Hand aus und hilft mir mit einem der Klebestreifen der Windel. Meine Finger zittern zu sehr, um richtig zu funktionieren. Als wir mit dem Wickeln fertig sind, sagt er kein Wort. Er legt mir nur die große, warme Hand auf die Schulter, während ich zu Ende erzähle und die Klamotten des Kleinen einsammle.

»Ich ging zur Polizei und wurde Informantin.« Mit der Hand auf Ts Bauch hole ich ein paarmal tief Luft. »Ein Teil von mir kann das immer noch nicht fassen.«

»Das erfordert sehr viel Mut. Dieses Risiko einzugehen.«

»Ich wusste damals noch nicht, dass ich schwanger war. Sonst hätte ich es vielleicht nicht getan.«

Thibault humpelt um mich herum, um mir mit der Decke zu helfen, und leitet mich sanft durch den Wickelvorgang, während er darauf wartet, dass ich weiterspreche.

»Vielleicht auch doch, ich weiß nicht.« Ich seufze. »Es hat keinen Sinn, über die Vergangenheit zu grübeln. Hier bin ich und habe getan, was ich getan habe. Ich muss nur eine Idee entwickeln, wo ich jetzt hinwill.«

»Wie lange arbeitest du schon als Informantin?«

»Drei Monate. Aber ich fühlte mich in letzter Zeit gesundheitlich nicht so gut, deshalb wollte ich dem Detective sagen, dass ich eine kleine Pause brauche, um besser zu werden. Ich wollte behaupten, ich müsse zum Arzt und er müsse dafür aufkommen, weil mir die ganze Heimlichtuerei Verdauungsprobleme bescherte.« Die Erinnerung lässt mich erneut seufzen. Damals war ich Feuer und Flamme, ganz von mir selbst überzeugt. »Ich wollte den Bullen wieder nach Kräften helfen, wenn es mir besser ging …«

»Aber du warst die ganze Zeit schwanger.« Er hält inne. »Mit Pavels Baby?«

Ich lache bitter. »Dumm, nicht wahr? Wie konnte ich nur nicht wissen, dass in mir ein Baby heranwuchs?« Ich möchte nicht ins Detail darüber gehen, wieso ich Sex mit Pavel hatte, wenn er doch der Sohn des Teufels persönlich ist und ich das von Tag eins an wusste. Meine Geschichte ist schon traurig genug.

»Das kommt vor«, sagt er.

»Nicht bei mir – dachte ich zumindest.« Ich hebe den Kleinen hoch und drücke ihn an mich. Meine Stimme ist nur noch ein Flüstern. »Aber wie sich herausstellt, habe ich von einer ganzen Menge Dinge verdammt wenig Ahnung.« Meine Augen füllen sich mit brennenden Tränen. Es fühlt sich an, als teile ich ein dunkles Geheimnis mit meinem Baby, als der Flaum auf seinem Kopf meine Lippen streift und mir Worte entweichen: »Und jetzt weiß ich nicht weiter.« Mein Kinn zittert vor Anstrengung, so schwer fällt es mir, die Emotionen zurückzuhalten, die mich zu überwältigen drohen. Da ist wieder dieses lauernde Gefühl der Hoffnungslosigkeit. Ich hasse es, so verzweifelt zu sein.

Er nimmt meine Hand und dreht mich sanft zu sich um. »Hör zu … ich weiß, du findest, ich hätte einen Heldenkomplex oder so, aber hör mir bitte einfach bis zum Ende zu, vielleicht findest du meine Idee ja gut. Wenn du mir einfach nur vertrauen könntest, mir glauben, dass es mir nicht darum geht, dich zu verletzen oder für mich etwas aus der Sache herauszuholen.«

Ich schniefe und räuspere mich, denn ich habe plötzlich einen Frosch im Hals. »Wovon redest du?« Ich löse mich von ihm, denn ich fühle mich nicht wohl mit seiner Nähe und den Gefühlen, die in mir aufkommen, wenn er so dicht vor mir steht. Mein Leben ist schon kompliziert genug. Ich muss mir nicht noch mehr Ärger aufhalsen.

»Ich rede von den Bourbon Street Boys.«

Darüber muss ich kurz nachdenken, aber auch danach begreife ich seine Aussage nicht besser. Vielleicht bin ich einfach zu müde. »Ich verstehe nicht.«

»Wir könnten dir helfen. Alle zusammen. Mein Team. Wenn du uns lässt.«

Noch wage ich nicht zu hoffen, aber meine Neugier ist geweckt. »Wie das?«

»Zunächst mal brauchst du Ruhe. Mindestens drei Tage. Du hast gerade ein Kind gekriegt, und dein Körper braucht mindestens so lange, um den Heilungsprozess einzuleiten. Ehrlich gesagt, könnte mein Knie auch eine Pause brauchen, ich könnte dir also Gesellschaft leisten. Dann könnte ich dich dem Team vorstellen. Den anderen die Lage erklären. Handlungsmöglichkeiten erörtern. Wenn sie dann alle an Bord sind, könnten wir mit der Polizei reden, und dann lassen wir uns alle gemeinsam eine Lösung einfallen, mit der du leben kannst. Du und Baby T, ihr werdet während der gesamten Zeit in Sicherheit sein. Darauf gebe ich dir mein Wort.«

Ich möchte ihm so unbedingt Glauben schenken, dass es mir im Herzen wehtut, aber ich weiß es besser. »Ich glaube, daraus wird nichts.«

»Warum nicht? Wir sind in solchen Dingen ausgebildet. Mein Bein ist nicht hundertprozentig leistungsfähig, aber deswegen bin ich noch lange nicht vollkommen nutzlos.« Er schaut auf sein Knie, und ich bekomme wieder Schuldgefühle, weil ich an seiner Verletzung mit schuld bin.

»Ja, aber Pavel … wird weiter nach mir suchen. Er war im Krankenhaus, er hat mein Auto geholt … er wird weitersuchen, bis er mich findet. Ich weiß viel zu viel über sein Leben.« Gehetzt schaue ich mich im Zimmer um. »Ich sollte vermutlich nicht einmal hier sein. Mein Aufenthalt hier dauert schon viel zu lange.«

Thibault stützt sich auf seine Krücken und schaut mir in die Augen. »Ich habe eine topmoderne Alarmanlage, die rund um die Uhr von einer Fremdfirma überwacht wird. Außerdem haben mich einige der führenden Experten der Branche darin ausgebildet, mit gefährlichen Personen und Situationen fertigzuwerden.«

»Du kennst Pavel nicht. Er ist nicht nur einfach ein Verbrecher … er ist im wahrsten Sinne des Wortes böse.«

Thibault richtet sich auf und wirft sich in die Brust. »Aber ich bin einer von den Guten, weißt du noch?« Er tut so, als zeichne er ein *S* auf sein T-Shirt.

Ich muss lachen. Eben noch war er so ernst und knallhart, und im nächsten Augenblick macht er einen Witz. Ich spüre, dass er viel Übung im Umgang mit den Stimmungsschwankungen seiner Schwester hat. Mit meinen zumindest scheint er ziemlich gut klarzukommen.

»Wie wäre es, wenn ich sage, dass ich darüber nachdenken werde?« Ein Hoffnungsschimmer glimmt in meinem Herzen, und ich will mich daran festklammern, auch wenn es verrückt, gefährlich und wahrscheinlich aus den verschiedensten Gründen komplett töricht ist, mit dem Gedanken zu spielen, hierzubleiben. Es ist, als wolle ich mit Pavel Verstecken in seinem eigenen Vorgarten spielen.

»Das ist ein guter Anfang«, sagt er. »Warum setzt du dich nicht, und ich serviere die Pasta?«

»Klingt toll.« Ich setze mich und drücke den Kleinen an mich. Bei der Bewegung öffnet er die Augen. Ich weiß nicht, ob er mein Gesicht überhaupt schon sehen kann, also beuge ich mich vor und flüstere ihm zu: »Mama wird dafür sorgen, dass du in Sicherheit bist. Versprochen.« Dann küsse ich ihn auf die Stirn, und als ich den Blick hebe, sehe ich, wie sich Thibault mit schwer zu deutendem Gesichtsausdruck abwendet und zum Herd geht.

Kapitel 14

»Kann ich die Wickelkommode der Zwillinge benutzen?«, frage ich, als Thibault das schmutzige Geschirr in die Spülmaschine räumt. T hat gerade getrunken, und seine Windel wird schon wieder schwer. Ich spüre, dass mein Haar wirr vom Kopf absteht und definitiv gewaschen werden müsste, aber meine erste Sorge gilt meinem Jungen. Vielleicht kann ich eine Dusche einschieben, wenn ich mit ihm fertig bin und ehe wir zum Busbahnhof aufbrechen. So sehr ich Thibaults Hilfsangebot zu schätzen weiß, ist mir doch klar, dass ich ihm nicht länger zur Last fallen kann. Es ist einfach zu gefährlich. Schweren Herzens habe ich diesen Entschluss gefasst.

»Klar. Nur zu.«

Ich wickle den Kleinen aus, öffne seinen Strampler und löse die Klebestreifen der Windel. Als ich nach einer frischen kleinen Windel greife, die noch von den Zwillingen übrig ist, trifft mich etwas Warmes ins Gesicht. Eine Nanosekunde später begreife ich, was gerade passiert ist.

»Oh, Hilfe! Igitt! Eklig! Er spielt Feuerwehrmann!« Ich strecke die Hände aus und versuche, den Urinstrahl abzuwehren, der mein Gesicht trifft. Der Kleine rollt sich auf die Seite, und sein Feuerwehrschlauch bewegt sich mit ihm und zieht eine Spur über die Wand. »Was zum Teufel …? Hör damit auf, T-T! Das macht man nicht! O Gott, er pieselt alles voll!«

Plötzlich ist Thibault an meiner Seite, schnappt sich ein Feuchttuch aus der Schachtel auf der Wickelkommode und lässt es auf die Urinkanone meines Sohnes fallen.

Ich muss mich einen Augenblick sammeln, ehe ich sage: »Das tut mir so leid. Mein Gott, was war das denn?« Babyurin tropft von meiner Wange. Ich schnappe mir ebenfalls ein Feuchttuch und schrubbe energisch mein Gesicht damit.

Thibaults Stimme klingt gepresst. »›Hilfe …? Er spielt Feuerwehrmann?‹«

Ich grinse ihn peinlich berührt an und werfe das Feuchttuch in den Mülleimer. »Es sah einfach aus wie ein Feuerwehrschlauch oder so, wie er da völlig unkontrolliert überall herumgespritzt hat. Ist das normal?« Ich schaue auf mein Kind. Der Kleine starrt wie hypnotisiert das Deckenlicht an, seine dünnen Beinchen zittern.

Rasch decke ich seine untere Körperhälfte zu und habe sofort Schuldgefühle, weil ich ihn ungeschützt der kalten Luft ausgesetzt habe.

Die Decke ist unten feucht, was ein großes Problem darstellt, weil ich keine andere habe.

»Das ist vollkommen normal … zumindest bei Jungs. Bei Mädchen weniger.« Mit einem Papiertaschentuch nimmt Thibault Tröpfchen von der Polsterung der Kommode auf.

Ich schiebe die Decke zur Seite und die Windel unter den Kleinen. Nachdem ich ihn sauber gewischt habe, versuche ich, ihm die Windel umzulegen, aber aus irgendeinem Grund will er nicht kooperieren.

»Die Klebestreifen verlaufen von hinten nach vorn«, erklärt Thibault, zieht ihm die Windel wieder aus und dreht sie um.

»Oh. Brillant.« Langsam habe ich das Gefühl, ich bin echt eine miserable Mutter. Tatsächlich kommen mir wegen einer albernen Windel fast die Tränen.

»He, das ist doch nicht schlimm. Ich habe das direkt nach Mels und Vics Geburt oft gemacht. So herum sind die Klebestreifen einfach leichter festzumachen und wieder zu lösen.« Er faltet den oberen Rand der Windel ein, nachdem er die Seiten so eng wie möglich angelegt hat. Als ich ihm so zuhöre und sehe, wie er agiert, nämlich als ob das alles nicht das Ende der Welt wäre, gelingt es mir, meine chaotischen Gefühle in den Griff zu bekommen.

Ich schaue zu ihm auf und hoffe, dass er mir wegen dieses Vorfalls keine Vorwürfe machen wird. »Tut mir leid, dass mein Sohn deine Wand angepinkelt hat.«

»Das muss dir nicht leidtun. Sei stolz.« Thibault grinst breit.

»Stolz?«

»Ja. Gerade erst geboren, und schau dir mal an, was er schon für einen Druck hat.« Er deutet auf die Spur der Verwüstung, die T hinterlassen hat. »Was für eine unglaubliche Entfernung!«

Ich verdrehe die Augen. »Na toll. Schätze, ich besorge mir besser Plastikfolie für die Wände.« Ich schnappe mir noch ein Feuchttuch und bemühe mich, die Schweinerei zu beseitigen.

»Nein. Leg einfach ein paar Papiertaschentücher zwischen seine Beine, sobald du die Windel entfernt hast, dann gibt es keine Probleme. Das liegt an der kalten Luft. Die wirkt wie ein Startsignal.« Er streckt die Hand aus und tut, als wolle er T in den Bauch stupsen. »Benimm dich besser, junger Mann. Mach deiner Mami keinen Ärger.«

Während ich mich um die Wand kümmere, knöpft Thibault den Strampler des Kleinen zu, nimmt eines seiner Füßchen und bewegt es hin und her. »Schau dir mal diese dünnen Beinchen an.« Er drückt mit Daumen und Zeigefinger vorsichtig einen von Ts Oberschenkeln und beugt sich dann vor, um ihm tief in die dunkelblauen Augen zu schauen. »Leg dir besser mal ein paar Muskeln zu. Du musst für deine Mama groß und stark werden.«

»Glaubst du, er ist zu dünn? Ich meine, krank?« Sofort beuge ich mich vor und überprüfe den Umfang von Ts Beinen, indem ich die Finger darum lege. Sie sind tatsächlich ziemlich winzig.

»Nein, er ist in jeder Hinsicht perfekt. Wundervoll.« Thibault wickelt ihn ein, nimmt ihn von der Kommode und reicht ihn mir. »So, da ist deine Mama.« Er verharrt und lässt T noch nicht los.

»Was ist?«

»Die Decke ist hinten nass.«

Ich zucke zusammen. »Ich glaube, er hat darauf gepinkelt. Aber ich habe keine andere.«

Thibault legt ihn auf den Tisch. »Kein Problem. Ich bin gleich wieder da.« Er lässt mich mit dem Kleinen allein, und ich nutze die Zeit, die ich mit meinem Sohn allein habe, um ihn bis auf die Windel auszuziehen und mit einem Waschlappen, den ich in der obersten Schublade finde, und Wasser aus dem Hahn in der Küche abzuwaschen. Mit dem sauberen Teil der Decke trockne ich ihn ab und öffne dann meinen Krankenhausbademantel, damit er trinken kann. Wenn er so an meinem Körper liegt, hat er es warm genug, deshalb mache ich mir keine Sorgen, weil er fast völlig nackt ist.

Thibault kommt wieder in die Küche und wendet schnell den Blick ab, als er sieht, was ich tue. »Möchtest du das im Wohnzimmer machen? Ist vielleicht bequemer.«

»Nein, hier ist prima.«

Er schaut auf die Uhr. »Hör zu … es wird langsam spät. Ich weiß, du hast gesagt, du willst zum Busbahnhof, aber bist du sicher, dass das die richtige Aufmachung dafür ist?«

Da hat er nicht unrecht. Ich bedecke meine Brust, wobei ich den Bademantel ein wenig über den Kopf des Kleinen ziehe.

»Ideal ist es wahrscheinlich nicht. Ich könnte bei Target etwas einkaufen, wenn du mich hinbringst. Oder ich nehme ein Taxi. Ich weiß ja, dass du Schmerzen im Knie hast.«

Er stützt sich auf seine Krücken. »Mach dir um mein Knie keine Gedanken. Das ist kein Problem. Aber überleg mal, ob du nicht lieber bis morgen warten willst.«

Ich schüttle den Kopf. »Nein. Ich muss heute Nacht noch weg. Je länger ich bleibe, desto schlimmer könnte es werden.«

Er öffnet den Mund, um etwas zu sagen, doch in dem Moment klopft jemand an die Haustür. Ich erstarre, stelle mir vor, es ist Pavel, der darauf besteht, mich zu sehen und mitzunehmen. Verflucht, ich sollte längst weg sein.

Warum habe ich nur dieses Nickerchen gemacht?

»Das wird Toni sein«, sagt er.

»Toni?«

Ich sehe ihm nach, wie er durch den Flur zur Haustür geht.

Vorsichtshalber löse ich T von meiner Brust und bedecke mich, so gut ich kann. Sie wird wahrscheinlich denken, ich wollte mich an ihren Bruder ranschmeißen, indem ich hier vor ihm blankziehe. Mir ist eben erst klar geworden, dass ich schon den ganzen Tag ohne jegliches Gefühl der Scham vor ihm gestillt habe. Ich glaube, es hilft, dass er mir auf den Kopf zugesagt hat, dass ich nicht sein Typ bin. Nun muss ich mir keine Sorgen mehr machen, dass er mich anstarrt, und außerdem muss er schon hunderte Male gesehen haben, wie seine Schwester stillt. Wahrscheinlich ist er inzwischen immun gegen Mutterbrüste.

Ich höre Stimmen, dann betritt Toni mit einer Reisetasche über der Schulter die Küche.

»Wo ist Thibault?«, frage ich.

Sie stellt die Reisetasche ab und setzt sich auf den Stuhl neben mir, nachdem sie ihn so gedreht hat, dass wir uns in die Augen schauen. »Er ist draußen und holt ein paar Sachen herein.« Mit gespreizten Beinen stellt sie die Pfennigabsätze ihrer Stiefel auf die Querstange zwischen den Beinen des Stuhls. Sie ist knallhart und weiß es.

»Aber sein Knie …«

»Sein Knie hält das schon aus. Ich wollte unter vier Augen mit dir reden.«

»Oh.« *Sie ist unvermittelt zum Du übergegangen. So läuft das also.* »Gut, sag, was du zu sagen hast.« Ich recke das Kinn. Ich bin schon von besseren Frauen als ihr geringschätzig behandelt worden. Sie kann mir nicht wehtun.

»Thibault ist ein guter Mann«, erklärt sie. »Ein wirklich guter Mann.«

»Ich weiß.«

»Wie gesagt, er hält sich für Superman.«

»Ja, ist mir aufgefallen.«

»Außerdem hat er Schuldkomplexe.«

»Ja, er hat mir von Charlie erzählt.«

Ihr entgleisen die Gesichtszüge. »Wie bitte?«

Ich zucke die Achseln. Zwar möchte ich sie nicht ärgern, aber sie soll auch wissen, dass ich nicht hier bin, um ihr wehzutun. »Ich hab's kapiert. Er hat mir erzählt, dass er sich schuldig fühlt, weil er sich nicht besser um dich gekümmert hat und dass ihm das nie wieder passieren wird. Ich weiß, dass er mir deswegen helfen will.«

»*Was* hat er gesagt? Er fühlt sich schuldig, weil er sich nicht besser um mich gekümmert hat?« Stinksauer steht sie auf.

Ich halte sie am Handgelenk fest. »Bitte sprich ihn nicht darauf an.«

Sie schaut auf mich herab und löst sich langsam aus meinem Griff. »Er irrt. Das hätte er nicht sagen dürfen.«

»Warum?«

»Vergiss es! Das geht dich nichts an.« Sie seufzt. »Warum hat er dir das erzählt? Er steht offenbar noch mehr auf dich, als mir klar war.«

Als ich das höre, ersticke ich beinahe. »Nein, tut er nicht, mach dich nicht lächerlich. Ich bin überhaupt nicht sein Typ.«

»Wer sagt das?« Sie lacht bellend.

»Er. Thibault. Er hat das gesagt.«

»Ernsthaft? Das hat er dir einfach so gesagt?«

»Ja.« Ich finde es furchtbar, dass sie glaubt, ich hätte ihn irgendwie zu dieser Aussage bewegt, etwa indem ich ihn angebaggert habe oder so. »Wenn du es unbedingt wissen willst, er hat gesagt, die richtige Frau für ihn muss das genaue Gegenteil von dir sein, und da er findet, wir seien uns sehr ähnlich …« *Jetzt kann sie selbst zwei und zwei zusammenzählen.*

Sie starrt mich einfach nur an.

»Ich weiß, du fürchtest, ich könnte ihm Probleme bereiten.« Ich schüttle den Kopf und schaue auf den Kleinen hinunter. »Aber keine Angst. Ich gehe noch heute Nacht hier weg, und ihr werdet mich nie wiedersehen.«

Toni setzt sich langsam. »Ach ja? Wo willst du denn hin?«

»Weiß nicht. Weg von hier.«

Sie mustert mich so lange, dass ich ihr in die Augen schauen muss. Ihr Gesichtsausdruck sagt mir absolut gar nichts.

»Was?«, frage ich schließlich, als mir ihre wortlose Musterung auf die Nerven geht.

»Ich versuche nur, dich zu durchschauen. Herauszufinden, was du im Schilde führst.«

Ich verstehe, dass sie ihren Bruder beschützen möchte, deshalb versuche ich, nicht zu sauer über ihre kalte Herangehensweise zu sein. »Ich führe gar nichts im Schilde, okay? Thibault und ich sind uns unter sehr seltsamen Umständen begegnet, und er hat das alles ganz toll gemeistert. Jetzt will er mir noch mehr Hilfe angedeihen lassen, aber das habe ich bereits abgelehnt, okay?

Ich verschwinde noch heute Nacht, und ab morgen könnt ihr ganz normal weiterleben.« Ich fühle mich wertlos. Schmutzig. Als sei ich ein böser Mensch, der ihr Leben ruinieren will. Es ist nicht der schlimmste Moment meines Lebens, aber doch so ziemlich, und ich glaube, das Einzige, was verhindert, dass ich ihn als Vollkatastrophe empfinde, ist, dass ich meinen Sohn in den Armen habe. Er ist so vollkommen, so unschuldig. Ich will nicht, dass die Dunkelheit aus meinem Leben in seines einsickert.

Tonis Nasenflügel zucken. »Was sagt denn Thibault dazu, dass du wegwillst?«

»Das tut nichts zur Sache. Er ist nicht mein Aufpasser, trägt keine Verantwortung für mich.«

Sie lächelt. Zumindest halte ich ihren Gesichtsausdruck für ein Lächeln. Es sieht aber eher aus, als hätte sie Schmerzen als wie ein echter Ausdruck von Humor. »Versuch mal, das meinem Bruder zu erzählen und schau, wie weit du damit kommst.«

Das erweicht mein Herz ein wenig. »Er ist ziemlich stur.«

»Ich schätze, in dem Punkt nehmt ihr euch nicht viel.« Sie hebt herausfordernd eine Augenbraue.

»Vielleicht nicht.«

Plötzlich beugt sie sich vor, hebt die Reisetasche vom Boden auf und öffnet in einer fließenden Bewegung den Reißverschluss. »Ich habe dir Zeug mitgebracht. Das kannst du alles behalten.« Sie entnimmt der Tasche mehrere Dinge und legt sie auf den Tisch. »Babydecken, Strampler, ein paar Stillhemden für dich, Flipflops, eine Jogginghose ...« Sie wirft stirnrunzelnd einen Blick auf meine untere Körperhälfte. »Sie könnte ein bisschen eng sein, aber du kannst ja morgen einkaufen und dir was Besseres besorgen.«

Ich glaube, sie wollte damit sagen, dass ich einen dickeren Hintern habe als sie, aber ich lasse ihr das durchgehen, weil sie mir gerade gefühlt eine Last von zehn Kilo von den Schultern genommen hat, indem sie an mein Kind gedacht und mir geholfen hat, dafür zu sorgen, dass es ihm gut geht.

Ich strecke die Hand aus und berühre die weiche Decke, die sie mir geschenkt hat. »Ich weiß nicht, was ich sagen soll.« Ich reibe mein Gesicht an dem Stoff und bin unglaublich dankbar, diese Decke für mein Kind zu haben. Jetzt muss ich ihn nicht mehr in eine geschenkte, uringetränkte Krankenhausdecke wickeln. Ich bin ganz überwältigt, weil sie nett zu mir ist, obwohl sie mich offensichtlich nicht mag. Das ist so albern … nur ein paar Strampler und Decken …

»He, was ist denn los?«, fragt sie, streckt die Hand aus und zerrt an meinem Handgelenk. »Jetzt wein doch nicht. Mein Gott, es sind doch nur Babyklamotten.«

Ich sehe zu ihr auf und schlucke den Kloß in meiner Kehle herunter, ehe ich antworte: »Ja, tut mir leid. Ich schätze, das sind die Hormone oder so.«

Sie schnaubt. »Die Hormone und die Tatsache, dass du auf der Flucht vor einem russischen Gangster bist, der dir ans Leben will. Keine gute Kombination.«

Mir gefriert das Blut in den Adern. *Woher weiß sie von Pavel und der Tatsache, dass ich auf der Flucht vor ihm bin?*

Von der Veranda her ist Lärm zu hören, und Thibault flucht ausgiebig.

»Wovon redest du?«, frage ich sie voller Argwohn.

»Das Team hat ein bisschen recherchiert.«

»Welches Team?«

»Mein Team. Thibaults Team. Die Sicherheitsfirma, für die wir arbeiten. Wir haben diesen Typen, diesen Pavel, der im Krankenhaus aufgetaucht ist, überprüft. Außerdem haben wir mit Holloway geredet.«

»Ihr habt *was* getan?«

»Als mein Chef, Ozzie, beim NOPD angerufen hat, um sich nach Pavel zu erkundigen, hat ihn der Polizeichef zu dem

Beamten durchgestellt, der gegen ihn ermittelt. Holloway. Wir haben mit ihm geredet, und als er hörte, dass du bei uns bist, hat er uns wissen lassen, dass du seine V-Frau bist. Also haben wir ihm gesagt, dass es dir gut geht.«

»Warum das denn?« Ich stehe ruckartig auf und funkle sie an, mein Stuhl kratzt über den Boden. »Und warum macht er so was? Unsere Zusammenarbeit sollte vertraulich behandelt werden!«

Sie springt ebenfalls auf und funkelt mich an. Wir stehen uns Auge in Auge gegenüber, und wenn ich nicht mein Baby in den Armen hätte, würde ich mich auf sie stürzen. Sie sieht ebenfalls aus, als sei sie bereit, handgreiflich zu werden.

»Weil du aus welchem Grund auch immer plötzlich im Leben meines Bruders aufgetaucht bist – von mir aus nenn es Schicksal – und er dir helfen will. Ich halte das für keine gute Idee, aber es geht mich nichts an. Er sagt, er will dir helfen, also helfe ich dir. Mit der Polizei arbeiten wir ständig zusammen. Sie kennt und vertraut uns.«

»Aber das kann Thibault nicht für mich entscheiden.«

Sie schüttelt den Kopf. »Nein.«

Ich schnaube: »Du redest Unsinn.«

Sie zuckt die Achseln. »Finde ich nicht.«

»Du sagst, ihr helft mir ohne meine Erlaubnis und Genehmigung, und im selben Atemzug sagst du, dass ihr dazu kein Recht habt.«

»Ja.«

»Das ist … Wahnsinn.«

»Willkommen in meiner Welt.« Toni geht um mich herum in den Flur, bleibt aber auf der Schwelle noch einmal stehen. Sie dreht sich und schaut mich an. »Wenn du so lange als Mitarbeiterin dieses Gangsters überlebt hast, bist du ganz offensichtlich gewieft. Aber dieses Baby ändert alles. Das weißt du. Ich glaube, du hast nicht viele Alternativen, du solltest dir also überlegen, unsere Hilfe anzunehmen, solange das Angebot noch gilt.«

»Aber ich dachte, du hättest gesagt, du wärst dagegen.«

»Bin ich. Aber ich habe Riesenrespekt vor meinem Bruder, und er scheint zu glauben, du wärst die Mühe wert.«

»Er hat gesagt, ich sei dir sehr ähnlich.«

»Du Arme.« Sie geht in den Eingangsbereich.

»Er will, dass ich hier übernachte«, sage ich so laut, dass sie es hören muss.

»Tu, was du nicht lassen kannst«, entgegnet sie und öffnet die Haustür.

Ich starre die Stelle an, wo sie gerade noch gestanden hat, und meine Gedanken überschlagen sich. Dann fällt mein Blick auf den Tisch und den Stapel von Dingen, die sie mir mitgebracht hat. Ich berühre die Decke und die Kleidung, und mir steigt der Geruch nach frischer Wäsche in die Nase. Er erinnert mich an meine Oma. Sie muss dasselbe Waschmittel verwendet haben wie Toni.

Mir kommen die Tränen, und Thibault findet mich völlig verweint vor.

»Oh, verflucht. Was hat sie gesagt?« Mit blitzenden Augen schaut er den Flur entlang.

»Nein, nein, gar nichts.« Ich hebe die Hand, greife nach seinem Ellbogen. »Hör zu, ich bin todmüde. Eigentlich wollte ich heute Nacht noch zum Busbahnhof, aber ich glaube, ich muss mich vorher erst mal ausschlafen. Kann ich eine Nacht hier pennen?«

Er nickt ausdruckslos. »Klar. Kein Problem. Du kannst das Schlafzimmer oben gleich an der Treppe haben. Meins ist hier, den Flur entlang.«

»Ich kann gerne die Couch nehmen.«

Er schüttelt den Kopf. »Vertrau mir. Du willst das Bett. Außerdem willst du doch T in der Nähe haben, wenn er aufwacht. Meine Schwester hat dir eines ihrer Kinderbettchen herübergebracht. Du kannst es direkt neben dir auf den Boden stellen.«

»Hast du deswegen draußen auf der Veranda so geflucht?«

Er lächelt peinlich berührt. »Kein Kommentar.« Er wirft einen Blick auf den Tisch. »Oh, cool. Sie hat dir Zeug für den Kleinen mitgebracht. Ich hatte sie gefragt, ob sie noch etwas herumliegen hat, was sie gerade nicht braucht.«

Ich halte die Jogginghose hoch. »Sie hat auch etwas für mich mitgebracht, ist aber nicht sicher, ob es mir passen wird.«

»Ich kann dir bei Target etwas besorgen, wenn du willst.«

Ich schüttle den Kopf. »Nein, nicht nötig. Mir geht es wirklich gut. Ich gehe jetzt sowieso ins Bett. Ich werde zwar wegen des Kleinen ohnehin die ganze Nacht wach sein, aber ich will zumindest versuchen, einigermaßen früh schlafen zu gehen.«

Er nickt. »Ich auch. Die Schmerzmittel, die man mir im Krankenhaus verabreicht hat, machen mich ganz schön müde.« Er zückt sein Handy. »Bist du sicher, dass du niemanden anrufen möchtest?« Er hält mir das Smartphone hin. »Wenn du es benutzen möchtest – es hat eine nicht ortbare SIM-Karte.«

»Nein danke«, sage ich. »Ich habe mein eigenes.«

Thibault erstarrt für ein paar Sekunden zur Salzsäule. »Was?«, fragt er dann.

»Ich sagte, ich habe mein eigenes. Ist das ein Problem?«

Er beißt ein paarmal die Zähne zusammen. »Ich bin ein Idiot.«

Stirnrunzelnd frage ich: »Bitte?«

»Kann ich dein Handy mal sehen?«

»Klar.« Zunehmend nervös gehe ich ins Wohnzimmer. »Ich verstehe zwar nicht, worum es geht, aber ich glaube, um mein Handy musst du dir keine Gedanken machen.«

»Wieso?«, hakt er nach und kommt hinter mir her gehumpelt.

Ich klaube das kleine schwarze Handy aus meiner Handtasche und reiche es ihm, ohne zuvor die SMS zu lesen, die zweifellos in der Zwischenzeit angekommen sind. »Es ist kein Smartphone. Es hat weder GPS noch sonst etwas, womit man es orten kann.«

Er entfernt die rückwärtige Abdeckung des Handys und schlägt es dann auf seine Hand, um den Akku zu entfernen. »Man kann jedes Handy mit einer SIM-Karte orten.«

Mir gefriert das Blut in den Adern. »Was? Ist das dein Ernst?«

»Ja. Wenn Pavel über die entsprechende Technologie verfügt, könnte er dich zumindest durch Triangulation der nahe gelegenen Funkmasten aufspüren. Das ist keine Technologie, die jeder in jedem Laden kaufen kann, aber sie ist auf dem Schwarzmarkt erhältlich.«

Mein Herz setzt kurz aus. »Ich glaube nicht, dass er diese Möglichkeit hat. Das hätte er erwähnt. Ich habe sie ihn auch nie bei irgendjemand anderem anwenden sehen.«

»Ich will kein Risiko eingehen. Meine Schwester wohnt direkt da drüben.« Er schaut durch das Fenster zum Haupthaus. »Sie hat zwei kleine Kinder.«

»Okay. Ist mir recht. Mach ruhig auch die SIM-Karte kaputt, wenn du willst. Ich habe eine Sicherheitskopie meiner Kontakte.« Nicht, dass ich mit irgendjemand aus dieser Liste etwas zu tun haben will, wenn ich erst einmal hier weg bin. Außer natürlich mit Alexei, aber seine Telefonnummer wird nicht helfen, da er meine Anrufe seit Wochen nicht mehr entgegennimmt. Um seine Sicherheit werde ich mir Sorgen machen, wenn ich mich um meine gekümmert habe. Ich werde Alexei nicht im Stich lassen. Das kann ich nicht. Er hat außer mir niemanden, der auf ihn aufpasst, denn seinem Cousin Pavel ist er scheißegal. Deshalb war er so oft bei mir. Es tut mir im

Herzen weh, dass ich den armen Kerl zurücklassen musste. Er wird nicht verstehen, warum ich gegangen bin.

Thibault holt die SIM-Karte aus dem Handy und humpelt auf Krücken in die Küche, wo er es in die Mikrowelle legt und sie einschaltet, bis es schmilzt und Funken schlägt.

»Verdammt, du machst keine halben Sachen.« Ich bin wie hypnotisiert von der Lightshow. Es ist, als löse sich mein Leben in Rauch auf. Das geschmolzene Plastik stinkt. *Wie ungeheuer passend.*

»Vorsicht ist die Mutter der Porzellankiste.« Er zieht es mit einer Zange wieder hervor und wirft es in den Müllzerkleinerer. Dann schaltet er ihn ein und lässt den Motor extra lange laufen, um das Plastik in winzige Stückchen zu zermahlen.

Ich fühle mich schrecklich, weil ich ihm schon wieder Sorgen bereite, obwohl ich wirklich ernsthaft glaube, dass Pavel mich nicht anhand dieses dummen Klapphandys aufspüren könnte. Deshalb habe ich es ja gekauft. Ich hatte beobachtet, wie er andere Mädchen mit einer App stalkte, die er auf ihren Smartphones installiert hatte. Auch mir gab er eines dieser Telefone, aber es gelang mir mehrfach, es zu verlieren. Schließlich befahl er mir, dass Klapphandy zu kaufen und sagte, ich sei zu zerstreut, um mir etwas Wertvolles anzuvertrauen. Es war einer der wenigen Triumphe, die ich unter seiner Fuchtel hatte, deshalb ist es scheiße zu wissen, dass er mich trotzdem damit aufspüren könnte.

»Tut mir leid, dass ich solchen Ärger mache. Vielleicht sollte ich doch jetzt zum Busbahnhof gehen und nicht über Nacht bleiben.«

»Schon gut«, sagt er und tippt etwas auf seinem Handy. »Die Karte ist jetzt tot. Wo du heute Nacht schläfst, ändert gar nichts.«

»Bist du sicher?«

Thibault sieht mir sehr ernst in die Augen. »Wenn er schon nach deinem Signal gesucht hat, ist es ohnehin zu spät. Wir halten Augen und Ohren offen, aber ich glaube wirklich nicht, dass er heute Nacht irgendetwas unternimmt. Das ist wie die Suche nach der Nadel im Heuhaufen. Er wird länger brauchen, um dich zu finden, als einen Tag.«

»Bist du sicher?«, frage ich erneut.

Er nickt sehr professionell.

»Wirst du es deiner Schwester erzählen?«

Thibault hebt sein Handy hoch, auf dessen Display ich Textnachrichten erkennen kann. »Habe ich schon. Ihrem Mann auch.« Er hält inne. »Was ist mit einem Computer? Hast du irgendwelche elektronischen Geräte bei dir?«

Ich schüttle den Kopf. »Nein. Nur meine Handtasche mit meinem Geldbeutel und allerlei Kram. Keinerlei Elektronik.«

»Was ist mit den Daten, die du Holloway geben willst? Hast du die dabei?«

»Nein. Ich habe nichts davon bei mir.«

Thibault reibt sich den Kopf und nimmt die Hand nicht mehr aus seinem Haar. »Bedeutet das, du musst sie holen gehen?«

»Nein.«

Er wartet auf eine Erklärung, aber ich bin nicht bereit, irgendjemandem diese Information zu geben. Thibault macht sich offensichtlich Sorgen um mein Wohlergehen, aber das bedeutet nicht, dass ich ihm alles gebe, was er zu brauchen meint. Je weniger er über meine Lage weiß, desto besser. Ich kann nicht glauben, dass ich ihm schon so viel erzählt habe. Holloway werde ich die Meinung geigen, weil er mit Ozzie oder wie auch immer er heißt über unser Arrangement gequatscht hat. Dieser Idiot sollte lieber mal eine Ehrenrunde auf der Polizeischule drehen oder so.

»Okay.« Thibault will noch etwas sagen, unterbricht sich aber. »Äh … ja. Ich bringe dir dann mal die Sachen rauf. Wenn du mich wieder fluchen hörst, halt dir einfach die Ohren zu.«

Der unangenehme Augenblick ist vorbei, und ich atme seufzend aus – mir war gar nicht bewusst, dass ich die Luft angehalten habe. »Okay. Danke.« Ich lege T an meine Schulter. »Wir kommen auch gleich.«

Thibault humpelt aus der Küche, und ich sitze still da und gehe im Geiste die Ereignisse der letzten paar Stunden durch. Die lauten Geräusche und das frustrierte Gebrumme aus dem Flur dringen kaum zu mir durch, so beschäftigt bin ich mit Grübeln.

Ich bin Pavels Klauen nur vorübergehend entkommen. Vielleicht bin ich nur übertrieben paranoid, aber ich gehe mal davon aus, er hat, was er braucht, um mich über mein Handy aufzuspüren, und wird, wie Thibault vermutet hat, morgen anfangen, nach mir zu suchen. Das bedeutet, er wird wahrscheinlich ein oder zwei Freunde am Busbahnhof postiert und ziemlich sicher Mitarbeiter der örtlichen Taxibetriebe bestochen haben, damit sie Kontakt mit ihm aufnehmen, wenn eine Frau mit Baby, die wie ich aussieht, sich irgendwohin bringen lässt. Das bedeutet auch, dass ich eine andere Transportmöglichkeit in eine andere Stadt brauche, von wo aus ich eine Fernverbindung wie einen Bus oder Zug nehmen kann.

Ich gebe es nur ungern zu, aber es sieht aus, als sei Thibault derzeit die einzige Garantie für meine Sicherheit.

Er hat mir angeboten, in seinem Haus zu übernachten. Morgen, hat er gesagt, will er mich zu Target und zum Busbahnhof bringen. Ich finde die Vorstellung furchtbar, ihn bitten zu müssen, uns nach Baton Rouge oder Lafayette zu fahren, denn das würde bedeuten, ihn auszunutzen, nachdem ich ihm und seiner Familie schon genügend Probleme bereitet habe. Aber habe ich denn eine andere Wahl? Detective Holloway fällt mir ein, aber ich fürchte, wenn ich zuerst zu ihm gehe und er mich zwingt, meine Seite unserer Vereinbarung einzuhalten, habe ich nichts mehr in der Hand, um ihn dazu zu bringen, mir zu helfen. Vielleicht besteht er sogar darauf, dass ich in der Stadt bleibe, um als Zeugin auszusagen oder so. Ich kann dem Mann nicht mehr vertrauen.

Nein …. Ich muss weit weg sein, wenn ich Kontakt mit Holloway aufnehme, damit ich die Bedingungen unseres weiteren Vorgehens diktieren kann.

New Orleans kommt mir jetzt wie eine Falle vor. Ich möchte diese Stadt so bald wie möglich nur noch im Rückspiegel sehen. Sobald ich ein bisschen geschlafen habe. Meine Augenlider sind schwer wie Blei. Thibault taucht hinter mir auf, und ich schrecke bei seiner Berührung zusammen.

»He. Schläfst du im Sitzen?«, erkundigt er sich. Seine Hand liegt auf meiner Schulter.

Ich schüttle den Kopf, um wieder zu mir zu kommen. »Ja. Vielleicht.« Ich gähne. »Wie spät ist es?«

»Fast neun. Dein Zimmer ist so weit. Es ist gleich da oben. Ich habe dir ein Handtuch aufs Bett gelegt, falls du duschen möchtest. Das Badezimmer ist direkt daneben. Wenn du etwas brauchst – mein Zimmer ist am Ende des Ganges. Ruf mich einfach.«

Ich nicke. »Okay.« Dann stehe ich auf und schiebe das Baby in eine bequemere Position. Mein Arm ist halb eingeschlafen.

»Danke, Thibault. Für alles. Es tut mir wirklich leid, dass ich so eine Belastung bin.«

Er stützt sich auf seine Krücken. »Keine Sorge. Ich helfe gerne.«

Ich gehe den Gang entlang. Am Fuß der Treppe schaue ich nach oben, und in dem Moment hält mich seine Stimme auf.

»Mika?«

»Ja?«

»Es tut mir leid, dass du das … dass dir das widerfährt.«

Ich lege die Hand aufs Geländer. »Nun ja, meine Oma sagte immer, wie man sich bettet, so liegt man. Ich bin selbst schuld.«

Ich höre ihn auf Krücken den Gang entlangkommen, während ich die Treppe nach oben steige. »Du bist zu streng mit dir selbst.«

»Wer im Glashaus sitzt«, sage ich traurig lächelnd, »soll nicht mit Steinen werfen.«

»Na dann willkommen in meinem Glashaus«, sagt er so leise, dass ich es beinahe überhöre.

Ich betrete das Schlafzimmer und schließe hinter Baby T und mir die Tür, während ein Lächeln darum ringt, mein Stirnrunzeln zu verscheuchen. Selbst in meinen dunkelsten Stunden schimmert manchmal etwas Licht durch. Genau das passiert heute hier, in Thibaults Haus. Ohne Thibault und Toni stünde ich jetzt in einem Krankenhausnachthemd auf der Straße. Ich stelle mir vor, dass meine Oma auf mich herabschaut und mir sagt, ich solle nicht so schnell vor Menschen wegrennen, die sich solche Mühe geben, mir zu helfen.

Kapitel 15

Das Klingeln an der Tür reißt mich aus meinem unruhigen Schlaf. Ich setze mich auf und frage mich, ob ich mir Sorgen machen muss, weil Thibault so früh schon Besuch bekommt. Der Wecker neben dem Bett zeigt acht Uhr morgens. Als sich der Schlafnebel in meinem Gehirn langsam lichtet, komme ich zu dem Schluss, dass es keinen Sinn hat durchzudrehen. Wenn Pavel mich nach Gangstermanier entführen wollte, hätte er sich nicht die Mühe gemacht zu klingeln.

Ich gähne, schwinge die Beine aus dem Bett und stelle die Füße auf den Boden. T war in der Nacht viermal wach, und ich habe vor lauter Stillen kaum Ruhe gefunden. Wenigstens konnte ich kurz vor Mitternacht noch duschen. Ich fühle mich zehnmal besser als gestern. Tonis Jogginghose ist zu eng, aber das ist mir egal. Ich habe jetzt den Körper einer Mutter und beschlossen, stolz darauf zu sein. Die Jacke mit dem Reißverschluss passt prima, genau wie das Stillhemd, das sie mir für darunter gegeben hat.

Als ich mein Haar bürste und zu einem Pferdeschwanz zusammenbinde, höre ich Thibault unten im Flur. Als er den Eingangsbereich erreicht, öffne ich die Tür einen Spaltbreit, um hören und sehen zu können, wer da kommt, ohne mich zu zeigen. Nur für den Fall, dass es Pavel ist.

Thibault trägt kein Hemd, sondern nur tief auf den Hüften sitzende Jeans. Sein Rücken ist breit und muskulös.

Mein Herz schlägt schneller, als ich ihn da so stehen sehe, barfuß und mit ganz zerwühltem Haar. In einem anderen Leben könnte ich ihn mir ziemlich gut als den Mann an meiner Seite vorstellen. Er kommandiert andere zwar gern herum, aber mal ehrlich, wer hätte nicht gerne Superman im Bett? Er schaut durch den Türspion, gibt einen Code auf einem Zahlenfeld ein und öffnet die Tür.

»Guten Morgen, Sonnenschein!« Ich sehe die Sprecherin nicht, aber ich erkenne ihre Stimme. Ihr Name ist … May. Sie hat Thibault zusammen mit ihrer Schwester und Toni im Krankenhaus besucht. Das Mädchen mit der Papageienhalluzination. Thibault macht einen Schritt zur Seite, und sie kommt rein. Sie strahlt regelrecht.

»Du hast vergessen, ein Hemd anzuziehen«, sagt die zweite Frau, die durch die Tür tritt, und deutet auf seine nackte Brust – *Jenny.*

»Hübsche Bauchmuskeln«, fügt May an. Sie sieht ihre Schwester an. »Devs Training zahlt sich wirklich aus.«

Thibault reibt sich geistesabwesend den Bauch und kratzt sich dann am Kopf. »Was?«

»Das kannst du laut sagen«, stimmt Jenny ihrer Schwester zu und hebt vielsagend die Augenbrauen.

Er seufzt. »Jetzt fühle ich mich sexuell belästigt.« Ich höre an seinem Tonfall, dass er das nicht ernst meint, aber es klingt auch nicht, als wisse er die Komplimente wirklich zu schätzen.

»Ich glaube, ein Hemd würde dein Problem lösen«, meint Jenny seufzend und lächelt. Sie hält eine Kuchenplatte hoch. »Selbst gebackene Muffins. Heilen garantiert alle Schmerzen und Wehwehchen nach einer schlaflosen Nacht.«

Er schaut auf sein Knie. »Zufällig auch einen abgerissenen Meniskus?«

»Ich fürchte nicht. Da kann dir wohl nur eine Operation helfen.«

May versucht, ihm über die Schulter zu schauen, während er ein T-Shirt überzieht. »Wo ist das Baby? Ich bin ganz verrückt nach dem kleinen Mann, und wenn ihn mir nicht bald jemand reicht, lasse ich mir selbst noch einen machen.«

Er hebt die Hand wie ein Stoppzeichen. »Behalt deine gierigen Fingerchen bei dir. Außerdem sollten wir ein bisschen leiser sein. Sie schläft.«

»Nicht mehr.« Alle drei drehen sich zu mir um. Ich stehe mit T in den Armen oben an der Treppe. Es kommt mir nicht richtig vor, sie noch weiter zu belauschen.

Thibault seufzt. »Mika, das sind May und Jenny.« Er deutet nacheinander auf die beiden Frauen. »May und Jenny, das ist Mika.«

»Na, wenn *das* keine strahlende Mutter ist«, sagt May. Sie streckt die Arme aus. »Wir kennen uns noch nicht, aber wir werden echt gute Freundinnen werden. Darf ich den Kleinen mal halten? Ich habe selbst einen Sohn, ich weiß also, was ich tue. Er ist in der Krippe. Oh, und ich habe vorhin meine Hände und Arme desinfiziert, du brauchst also keine Angst zu haben, dass sich dein kleiner Mann bei mir mit irgendetwas anstecken könnte.«

Langsam gehe ich die Treppe hinunter und halte mich dabei am Geländer fest. Als ich Thibault ansehe, wird mir sofort klar, dass er den Drang verspürt, mir zu Hilfe zu eilen, es aber unterlässt. Ich nicke ihm zu, um ihn wissen zu lassen, dass ich es zu schätzen weiß, dass er mir diesen Freiraum einräumt.

»Danke«, antworte ich und versuche, mich zu entspannen, obwohl May mich so bestürmt. »Ich freue mich, wenn ihn mal jemand anders auf dem Arm hat. Die letzte Nacht war echt hart.«

»Hast du ihr nicht geholfen?«, richtet May ihren Zorn gegen Thibault. »Was hast du denn die ganze Nacht gemacht? Geschlafen wie ein Stein?«

»Zu deiner Information: Nein … ich habe nicht geschlafen wie ein Stein. Ich lag auch fast die ganze Nacht wach.«

»Das tut mir so leid«, sage ich, und mein Lächeln schwindet. »Waren wir zu laut?« Aus der Nähe kann ich erkennen, dass Thibault ein wenig mitgenommen aussieht. Er ist unrasiert, und die dunklen Ringe unter seinen Augen zeugen von eindeutig zu wenig Schlaf. Ich sollte sein Aussehen vermutlich unattraktiv finden, aber das gelingt mir nicht. Selbst so angeschlagen ist er ein Bild für Götter.

»Nein, gar nicht«, versichert mir Thibault. »Ich habe nur jedes Geräusch gehört, weil ich irgendwie im Alarmzustand war.« Er schüttelt den Kopf, als versuche er immer noch, richtig wach zu werden. »Ich schlafe nicht sehr tief.«

May nimmt mir T ab und zieht die Decke von seinem Gesicht. »O mein Gott, ist der süß.« Sie beugt sich vor und schnuppert an seiner Stirn. »Ach, und er hat diesen typischen Duft neugeborener Kinder … ach, du meine Güte, sooo süß, sooo süß …« Mit geschlossenen Augen saugt sie seinen Geruch in sich ein.

Jenny beugt sich über ihre Schwester, um T besser sehen zu können. »Mach mal halblang, Tweety. Wir wollen doch nicht, dass du eine Überdosis Babyduft kriegst.«

»Gewöhn dich besser dran, Schwesterchen«, erwidert May und zwinkert ihr zu.

Jenny funkelt sie eine Sekunde lang an, dann bestaunt sie weiter meinen Sohn. Über sein verschlafenes Gesichtchen gebeugt, stoßen sie beide Laute der Verzückung aus. Ich muss ihnen recht geben. Mit seinen Pausbäckchen ist er wirklich verdammt süß. Plötzlich wird mir leicht übel. Ich klammere mich ans Geländer und blinzle ein paarmal heftig. Seit gestern Abend habe ich nichts mehr gegessen und getrunken. Ich glaube, ich bin völlig dehydriert.

»Alles in Ordnung mit dir?«, fragt Thibault leise.

Jenny schaut mich an. »Krämpfe? Darunter hatte ich nach meinem Jüngsten ganz schlimm zu leiden.«

Der Schwindel vergeht so schnell, wie er gekommen ist. »Nein, alles in Ordnung.« Ich gähne. »Manchmal habe ich welche, aber im Augenblick bin ich vor allem wirklich müde und durstig.«

Thibault reibt meinen Oberarm. »Jenny hat Muffins, und ich habe Kaffee und Saft. Komm.«

Jenny und May bemerken, wie er mich berührt und werfen einander einen kurzen, bedeutungsschweren Blick zu, sagen aber nichts. Ich würde ihnen gern mitteilen, dass es keine große Sache ist, dass Thibault und ich uns deutlich gesagt haben, dass zwischen uns niemals etwas laufen wird, aber das wäre albern. Das würden sie als Zeichen dafür sehen, dass ich mir selbst etwas vorzumachen versuche. Sollen sie sich doch ruhig Dinge einbilden. Wenn ich weg bin, werden sie begreifen, dass Thibault lediglich freundlich zu mir war.

May und Jenny lassen mich vorgehen und folgen mir dann mit T. Sie plappern in Babysprache vor sich hin, sagen total albernes Zeug. Tatsächlich ist es irgendwie niedlich. Ich fand so etwas früher immer nervig, aber wenn jemand es mit meinem Kind macht, ist das etwas anderes.

Thibault kocht Kaffee, und wir setzen uns um den Tisch. Das Gespräch wendet sich der abenteuerlichen Geburt des Kleinen zu, und er kehrt uns den Rücken zu. Er tut, als interessiere ihn das alles nicht, hält aber jedes Mal inne, wenn ich eine Frage beantworte. Thibault bekommt jedes Wort mit.

»Er ist dir also im wahrsten Sinne des Wortes vors Auto gelaufen?«, fragt May. Sie beugt sich vor und saugt jedes Detail meiner Geschichte regelrecht in sich auf. Ich stelle fest, dass mir die Frau mit ihrer ansteckenden Begeisterung immer sympathischer wird. Jenny nimmt ihrer Schwester vorsichtig T ab, und ihr Gesichtsausdruck wird ganz sentimental, als sie auf sein schlafendes Gesicht schaut. Stolz erfüllt mich.

»O ja«, sage ich und reiße mich von dem schönen Anblick Jennys, die mein Kind mit Liebe überschüttet, los. »Dann ist er stinksauer ans Seitenfenster gekommen. Stell dir vor, wie überrascht er war, eine Fahrerin vorzufinden, die hechelnd versuchte, mit den Wehenschmerzen klarzukommen.« Zu diesem Zeitpunkt hat mich das völlig gestresst, aber in der Rückschau erkenne ich den Humor der Situation.

»Wahnsinn, dass du nicht wusstest, dass du schwanger bist«, kommentiert May.

»Ich habe gelesen, dass das häufiger passiert, als man so annehmen würde«, meint Jenny.

»Na ja, ich wollte es nicht wahrhaben. Ich hätte es eigentlich wissen müssen. Es gab natürlich deutliche Zeichen, aber die habe ich einfach wegignoriert. Thibault hat allerdings sofort erkannt, was Sache war. Er hat mich aus meinem Wagen gehoben und in den Nagelsalon getragen.«

»Er hat dich getragen?« May schaut zu ihm hinüber, und ihre Stimme wird ganz verträumt. »Ach, wie romantisch.«

Ich runzle die Stirn. »Nein, ganz und gar nicht. Tatsächlich war es eher eklig. Meine Fruchtblase war geplatzt, und alles war pitschnass.«

May schüttelt den Kopf und stützt ihr Kinn in die Hand und die Ellbogen auf den Tisch. »In meinen Augen macht das die ganze Sache nur noch romantischer.«

Jenny stößt sie an. »Dich hat aber niemand gefragt.« Sie nickt mir zu. »Erzähl weiter.«

»Viel mehr gibt es nicht zu sagen. Er hat mich in einen Massagesessel gesetzt, und dann ging alles ganz schnell.«

Thibault dreht sich um und stellt uns Kaffeebecher hin. »Das Baby war ratzfatz auf der Welt. Ende der Geschichte.«

May sieht ihn stirnrunzelnd an. »Mach die Geschichte nicht kaputt, du Spielverderber. Lass sie erzählen.« Sie wendet lächelnd ihre Aufmerksamkeit wieder mir zu. »War es toll? Hat er, ich weiß nicht, alle total rumkommandiert und so?«

»May …« Jenny sieht sie stirnrunzelnd an.

»Was denn?« May schaut zu Jenny und Thibault. »Wir wissen doch alle, dass er Leute gerne rumkommandiert, oder? Ich hoffe, das ist niemandem an diesem Tisch neu.«

Ich muss unwillkürlich lachen.

Jenny zuckt die Achseln, doch auch sie hat Schwierigkeiten, ein Lächeln zu unterdrücken.

»He. Warum habe ich das Gefühl, dass ihr euch gegen mich verschworen habt?«, fragt Thibault. Er wartet die Antwort nicht ab, sondern wendet sich wieder zur Arbeitsplatte um, um Milch und Zucker zu holen.

»Er hat also wirklich das Baby auf die Welt geholt?«, fragt Jenny nach.

Ich nicke. »Ja.«

»Mann, da ist er dir ja mal *echt* nahegekommen«, schlussfolgert May.

»Das kannst du laut sagen.« Bei der peinlichen Erinnerung bekomme ich hellrote Ohren. »Ein völlig Fremder hat Teile meines Körpers gesehen, die nicht mal ich selbst je gesehen habe.«

Alle lachen, sogar Thibault.

Dann wird es still im Zimmer, bis May ihre nächste Frage stellt. »Also … wie sieht es bei dir aus? Bist du in einer Beziehung? Oder bist du verheiratet? Oder doch Single? Ich sehe keinen Ring, aber das heißt ja heute nicht mehr viel.«

Die Frage kommt mir seltsam vor, aber ich möchte nicht unhöflich sein und sie ignorieren. Außerdem kann man sich mit May wirklich gut unterhalten. Sie wirkt vollkommen harmlos, eine Eigenschaft, die mir bei Menschen nicht häufig begegnet. »Ich bin Single und nicht daran interessiert, das zu ändern. Jedenfalls fürs Erste.«

»Du wirst in nächster Zeit ohnehin alle Hände voll zu tun haben.« Jenny lacht.

»Oh, ich weiß nicht«, sagt May verschmitzt. »Aus Erfahrung kann ich sagen, dass es viel einfacher ist, ein Kind großzuziehen, wenn man Hilfe hat.«

»Stimmt«, pflichtet ihr Jenny bei. »Das kann ich bestätigen. Nachdem mein Mann mich verlassen hatte, hat mir May geholfen.«

Ich nicke, möchte das aber nicht kommentieren, indem ich mein Privatleben vor ihnen ausbreite. Die beiden haben Glück. Sie haben einen Partner, aber diesen Luxus genießt nicht jeder. Würde ich das lieber mit einem Mann erleben, der mich liebt? Klar. Ich würde den Kleinen zwar weiterhin um Mitternacht stillen müssen, aber alles andere würde sich verändern. Es wäre schön, jemanden an meiner Seite zu haben, der mich unterstützt … und die Stromrechnung bezahlt, bis ich wieder einen Job habe …

»Oh, keine Sorge. Du hast ja jetzt uns«, sagt May. »Wir können dir helfen, nicht wahr, Jenny?«

Ich öffne den Mund, um zu widersprechen, zu erklären, dass ich gehen werde, sobald sie wieder weg sind, aber Jenny kommt mir zuvor.

»Absolut. Genau wie Thibault. Er kann toll mit Kindern umgehen.«

»Und wie toll«, pflichtet ihr May bei. Sie schaut Thibault an, der mit dem Rücken zu uns an der Spüle steht. »Ein richtiger

Softie. Melanie und Victor können ihn um ihre Fingerchen wickeln.«

Ich habe deutlich den Eindruck, dass sie mir die Idee zu verkaufen versuchen, Thibault würde einen guten Vaterersatz abgeben.

Zu schade, dass das keine Option ist.

»Ich bin hier, wisst ihr«, sagt er. »Ich kann euch hören.«

»Wo bleibt denn der Kaffee?«, fragt May. »Mit irgendwas muss ich diesen Muffin doch runterspülen.«

»Hast du auch koffeinfreien?«, erkundigt sich Jenny. »Das wäre besser für Mika.«

»Schon in Arbeit«, antwortet Thibault. »Ich trinke auch eine Tasse. Heute muss ich unbedingt Mittagsschlaf machen.«

»Oh, ist das nicht süß?«, fragt May und zwinkert mir zu. »Nach einer schlaflosen Nacht zusammen eine Tasse Koffeinfreien trinken?«

Stille senkt sich über den Raum. Thibault dreht sich um und sieht mich an, und ich laufe puterrot an.

»So war das nicht«, sage ich. Für einen Augenblick stelle ich mir vor, wie Thibault und ich gemeinsam nicht schlafen. Das Wissen, dass es dazu nie kommen wird, macht mich furchtbar traurig, was verrückt ist, ich sollte mich eigentlich freuen, nicht in einer Beziehung mit einem Typen wie ihm zu sein. Rechthaberisch, stur … rechthaberisch …

»Ihr habt doch beide wenig geschlafen, oder?« May schaut ihre Schwester an. »Das haben sie doch gesagt, oder?«

Jenny gibt ihr einen Rippenstoß. »Bei dir hat das geklungen, als wären sie *zusammen* gewesen. Aber so ist das nicht. Sie …« Jennys Blick wandert zu uns. »Wohnen nur zusammen?«

Thibault deutet auf sie. »Genau. Wir wohnen zusammen. Und zwar lediglich vorübergehend.«

Ich weiß, wenn ich jetzt sage, dass ich in einer Stunde weg sein werde, wird alles nur noch schlimmer, also halte ich den

Mund. Die Zukunft beginnt noch früh genug. Ich muss die Sache nicht auch noch beschleunigen, indem ich das Gespräch komplett zum Erliegen bringe.

May beugt sich über den Kleinen, den ihre Schwester immer noch auf den Armen hat. »Hallo, mein Moppelchen. Hallo, Kleiner. Wie heißt du denn, hm? Moppelchen?«

»Sein Spitzname ist T. Das ist die Abkürzung für Thibault.«

Die Schwestern sehen sich an, dann seufzt May. »Das ist einfach perfekt … du biegst verkehrt herum in eine Einbahnstraße ein und überfährst beinahe den Mann, der dir dann hilft, dein Kind auf die Welt zu bringen. Natürlich benennst du es nach ihm.« Sie hält einen Augenblick inne und starrt weiter den Kleinen an. »Wenn ich es nicht besser wüsste, würde ich sagen, das Ganze war Schicksal und außerdem verdammt romantisch.«

»Aber du weißt es besser«, knurrt Thibault, holt die Kanne an den Tisch und gießt mir eine Tasse Kaffee ein.

»Der mit Koffein kommt gleich.«

Jenny deutet auf ihren Becher. »Gib mir auch koffeinfreien.«

Thibault hält mitten in der Bewegung zurück zur Arbeitsplatte inne und füllt ihren Becher.

»Du hast gesagt, du hast keine Familie hier in der Gegend«, wendet sich Jenny an mich. »Wie ist es mit Freunden? Können wir jemanden für dich benachrichtigen oder irgendwo etwas für dich holen? Toni hat erwähnt, du hättest keine Klamotten dabei.« Sie nippt an ihrem Kaffee und reißt die obere Hälfte eines Muffins ab, während sie auf meine Antwort wartet.

Ich schätze, sie hat das Memo zum Thema Pavel nicht gelesen. Also spiele ich mit, in der Hoffnung, das Gespräch so schnellstens beenden zu können. »Nein, eigentlich nicht. Ich … habe vor Kurzem meine Wohnung aufgegeben, deshalb war Thibault so nett, mich hier übernachten zu lassen, bis ich … etwas Neues habe.« *In einer anderen Stadt ganz weit weg von hier.*

»Aber du musst doch irgendwo Klamotten haben«, sagt May. »Wo sind denn all deine Sachen? Irgendwo eingelagert?«

Ich setze zu einer Antwort an, aber Thibault fällt mir ins Wort. »Kriege ich jetzt auch mal einen Muffin?« Er beugt sich in Richtung der Kuchenplatte vor. »Oder willst du die alle allein essen, May?« Er sieht sie an, ohne zu lächeln.

Sie schaut zu ihm auf und blinzelt ein paarmal. Dann nimmt sie einen Muffin von der Platte und gibt ihn ihm langsam. »Hier, Thibault.«

Er nimmt ihn und beißt die obere Hälfte ab. »Lecker«, lobt er mit vollem Mund. Er deutet auf ihren Becher. »Kaffee?«

Sie nickt und hält ihm den Becher hin. Gerade eben noch eine richtige Plaudertasche, tut sie jetzt, als sei sie stumm. Die Atmosphäre ist sehr angespannt.

»Wie lange bleibst du denn bei Thibault?«, hakt Jenny nach.

Als ich nicht sofort antworte und Thibault sie anfunkelt, setzt sie hinzu: »Oder weißt du das noch nicht?«

Ich schüttle den Kopf, froh über den einfachen Ausweg. »Nein, noch nicht. Das versuchen wir noch zu klären. Ich muss noch ein paar Dinge holen und das eine oder andere erledigen, bevor ich sinnvoll planen kann.«

»Ja«, sagt Thibault. »Sie kann bleiben, so lange sie möchte, aber wir müssen vielleicht woandershin.«

»Was meinst du damit?«, fragt May, die jetzt geradezu bedrückt klingt.

Thibault schenkt sich eine Tasse Kaffee ein und nimmt am Tisch Platz. Er sieht mich eindringlich an.

»Jenny und May gehören beide zu meinem Team. Wir arbeiten alle bei Bourbon Street Boys Security und sind alle darin ausgebildet, mit … Problemen fertigzuwerden.«

May wischt sich mit einer Serviette die Krümel von den Händen. »Ooooh, wir haben ein Problem? Cool. Was ist los?«

Die Tatsache, dass sie das so aufregend findet, ist nicht gerade vertrauenerweckend, was ihre Fähigkeiten angeht, meine Probleme zu lösen. »Freu dich nicht zu früh«, sage ich und wünschte, es handle sich einfach nur um ein spannendes Abenteuer, wie sie anzunehmen scheint.

Thibault nickt. »Die Sache ist ernst.«

»Weiß Ozzie schon davon?«, fragt May. »Ich frage nur, weil er gar nichts gesagt hat, und normalerweise weiht er mich immer in alles ein.« Sie sieht mich an. »Er ist mein Mann. Ihm gehört die Firma. Bourbon Street Boys Security.«

»Oh.«

»Die Firma gehört uns allen«, berichtigt Thibault. »Wir sind alle Anteilseigner. Aber das ist irrelevant. Wichtig ist, dass Mika eine Weile unter dem Radar bleiben muss, bis ein paar Dinge geklärt sind.« Er sieht mich an. »Darf ich ihnen erzählen, was du mir über deinen Arbeitgeber berichtet hast?«

Mir klappt die Kinnlade herunter. Ich kann nicht glauben, dass er mit den beiden über Dinge sprechen möchte, die ich ihm anvertraut habe. »Nein.«

»Du kannst ihnen vertrauen«, beteuert er und sieht zuerst die beiden und dann wieder mich an. »Ich kenne sie in- und auswendig und kann dir versichern, dass sie absolut zuverlässig sind. Sie haben mir schon oft den Rücken freigehalten und mich noch nie im Stich gelassen.«

Er ist wieder aufdringlich. Nimmt mein Leben in die Hand. Glaubt, er wisse besser als ich, was gut für mich ist.

»Ich verstehe und weiß zu schätzen, was du sagst, aber nein. Ich möchte das alles lieber für mich behalten.« Dann stehe ich auf, denn ich bin nicht mehr in der Stimmung für Muffins oder Kaffee. »Kann ich bitte T wiederhaben? Ich muss ihn stillen.«

Jenny reicht ihn mir, und ich verlasse die Küche in Richtung Treppe. Ich hasse es, unhöflich zu ihnen zu sein, aber ich kann mich von diesem Mann nicht dazu nötigen lassen, etwas zu tun, das ich nicht tun will. In ein paar Stunden wird er wieder aus meinem Leben verschwunden sein, und es ist ein Fehler, ihn glauben zu lassen, er könne mir Vorschriften machen. Ich habe hier das Sagen. Ich bin der Kapitän dieses Schiffs und bestimme, in welche Richtung es segelt. Egal wie nett er ist oder wie gut er aussieht, wenn er gerade aus dem Bett gefallen ist, ich lasse mich von ihm nicht in eine Richtung drängen, in die ich nicht gehen möchte.

Auf halbem Weg die Treppe hoch höre ich Mays Stimme. »Was zum Teufel läuft hier?«, flüstert sie viel lauter, als sie glaubt.

»Keine Ahnung«, erwidert Thibault. Begleitet von ihrem Geflüster gehe ich die Treppe hoch, trauriger über meine Situation, als bevor ich nach unten kam, auch wenn ich das niemals für möglich gehalten hätte.

Kapitel 16

Ich stille T zwanzig Minuten lang und versuche dabei, die traurigen, wütenden und gestressten Gedanken loszuwerden, die in meinem Gehirn durcheinanderwirbeln. Ich brauche einen klaren, voll einsatzfähigen Kopf, um einen Plan zu machen, wie ich hier wegkomme und wohin ich will. Im Augenblick kann ich aber an nichts anderes denken als an Mays und Jennys Beteuerungen, wie viel leichter es ist, ein Baby großzuziehen, wenn man Hilfe hat. Im Augenblick habe ich noch Thibault. Morgen werde ich niemanden mehr haben. Zum ersten Mal, seit ich den Mann angefahren habe, scheinen mir meine Probleme unbewältigbar.

Ich stehe auf, um ins Bad zu gehen, und lasse T in seinem Kinderbettchen liegen. Nachdem ich die Tür geöffnet habe, halte ich inne, als ich merke, dass das Treppenhaus als eine Art Schalltrichter wirkt, sodass ich jedes Wort von unten verstehen kann, als würde das Gespräch direkt vor mir geführt. Die Mädels müssen auf dem Flur sein, vermutlich sind sie gerade im Aufbruch begriffen.

»Es geht dir nicht so gut, oder?«, fragt Jenny.

Thibault seufzt. »Ich weiß nicht. Wahrscheinlich liegt es an meinem Bein. Mein Knie tut weh.«

»Ich glaube nicht, dass es an deinem Knie liegt«, sagt May.

»Nein, definitiv nicht«, pflichtet ihr Jenny bei. Es klingt, als hätten sie einen Witz gemacht, den Thibault nicht mitbekommt.

»Dann ist es der Schlafmangel.«

»Oder der Schlaf«, meint May.

»Nein, der Schlafmangel ist es auch nicht«, pflichtet ihr Jenny erneut bei.

»Was dann? Will ich das überhaupt wissen?«

»Du magst sie«, behauptet Jenny.

»Das ist so romantisch«, schmachtet May. »Liebe auf den ersten Rammstoß.«

»Ich bin ziemlich sicher, was du meinst, heißt Liebe auf den ersten Blick«, korrigiert Thibault und überrascht mich zutiefst, weil er sie nicht in Bausch und Bogen für verrückt erklärt. Aber es klingt, als müsse er sich sehr zusammenreißen.

»Sie hat dich angefahren, offensichtlich galt ihr *Blick* also nicht dir. Es ist genau wie Liebe auf den ersten Blick, nur dass sie dich eben gerammt hat.« Sie hält inne. »Deutlich weniger subtil, aber es gefällt mir irgendwie.«

»Ihr beide ... habt nichts als Unsinn im Kopf.«

»Ich glaube, diesmal bist du drauf und dran, Unsinn zu machen«, sagt Jenny.

May senkt die Stimme, aber ich höre ihre nächsten Worte trotzdem. »Du hast dich in die Freundin eines Mafioso verknallt. Bist du verrückt? Was ist bloß in dich gefahren?«

Ich bin sofort sauer. Soviel zum Thema Vertrauen. Er hat ihnen gegen meinen ausdrücklichen Willen von Pavel erzählt. Wenn ich bleiben würde, würde er ganz schön was zu hören bekommen.

»Liebe auf den ersten Rammstoß«, wiederholt Jenny in einem Tonfall, der keinen Widerspruch duldet. »Mit einem Treffer erledigt. Der mächtige Thibault hat sich verknallt.«

»Mal im Ernst, hört auf, ihr beiden. Da läuft nichts. Ihr träumt. Fantasiert euch etwas zusammen. Das Eheleben langweilt euch, und ihr versucht, etwas Würze in euren Alltag zu kriegen.«

Jenny keucht laut. »Wie kannst du es wagen …« Dann kichert sie. »Als könnte ein Familienleben mit vier Kindern je langweilig werden.«

»Oder mit zwei Hunden und einem Kind«, sagt May.

»Ich habe ihr schon gesagt, dass sie nicht mein Typ ist.«

Es folgt ein langes Schweigen, dann lässt sich Jenny vernehmen: »Warum das denn?«

»Keine Ahnung. Hat sich so ergeben.« Seine Stimme klingt seltsam. Jünger.

»Ach, Unsinn«, entgegnet May lachend. »Du hast Angst vor ihr. Das sieht doch ein Blinder mit Krückstock. Du so: ›Oh, bild dir bloß nichts ein … ich bin glücklicher Single‹, und sie so: ›Träum weiter, das kannst du vergessen‹, dabei habt ihr euch die ganze Zeit gegenseitig angeschmachtet.«

»Meint sie das ernst?«, fragt Thibault.

»Ich fürchte schon«, sagt Jenny. »Na komm, May. Zeit zu gehen. Ich muss Jacob in einer halben Stunde bei der Physiotherapie abholen. Da darf ich nicht zu spät kommen.«

»Ich habe mich nicht verknallt«, beteuert Thibault, doch wenn mich meine Ohren nicht täuschen, klingt es ein bisschen verzweifelt. »Ich will ihr nur helfen.«

Die Mädels antworten im Chor: »Ja, natürlich.«

Schritte nähern sich dem Eingangsbereich, ich ziehe mich also weiter ins Zimmer zurück. Aber ich lasse die Tür einen Spaltbreit offen, denn zum einen liebe ich das Risiko, ertappt zu werden, und zum anderen bin ich gerade maximal neugierig.

Thibault spricht sehr leise. Ich muss die Ohren spitzen, um ihn zu verstehen. »Wenn ich sie überreden kann, eine Weile zu bleiben, wärt ihr bereit, Mika und mir zu helfen oder nicht?«

»Siehst du? Er redet schon von ihr und sich, als wären sie ein Paar«, sagt May.

»Aber es ist schon seltsam, dass er es nicht sieht, oder?«, fragt Jenny.

Er zischt halblaut: »Seid ihr jetzt mal still? Ich stehe direkt vor euch, und Mika ist gleich da oben.«

»Ja, aber du hast Männerohren«, gibt May zurück.

»Genau«, bestätigt Jenny. »Männerohren. Auch als selektives Gehör bekannt. Deshalb müssen wir etwas lauter sprechen.«

»Ich habe jedes Wort gehört. Recht habt ihr deshalb trotzdem nicht.«

»Den Kopf in den Sand zu stecken bringt nur … irgendeinem Vogel was, Thibault«, sagt May.

»Strauß«, ergänzt Jenny. »Dem Vogel Strauß.«

»Sage ich doch. Ach, egal«

»Liebes Tagebuch, bitte erinnere mich daran, niemals zuzulassen, dass Tante May meinen Kindern Biologienachhilfe gibt.«

»Pass bloß auf, junge Dame, sonst passen Ozzie und ich heute Abend nicht für dich und Dev auf die Kinder auf.«

Jennys Stimme wird zu einem drohenden Zischen. »Wenn du mich hängen lässt, bringe ich dich um, ehrlich. Dev und ich haben Pläne.«

Thibault räuspert sich. »Kann ich auf euch zählen oder nicht?«

»Als ob sich das nicht von selbst verstünde«, antwortet Jenny.

»Sag uns einfach, wo und wann du uns wofür brauchst, und wir sind da«, bestätigt May. »Mit fliegenden Fahnen.«

»Hervorragend«, sagt Thibault. »Ich treffe mich später mit Ozzie. Wenn ich Mika überreden kann.«

»Er ist den ganzen Tag nicht da, aber komm doch heute Abend rüber zu Jenny, da kannst du mit ihm reden. Ab 20.30

Uhr, wenn die Kinder im Bett sind. Ich bereite ihn schon mal darauf vor«, verspricht May.

»Das wird schon«, sagt Jenny. »Nach allem, was du bisher für sie getan hast, muss sie doch begreifen, dass du ein guter Mensch bist. Ich weiß, du könntest uns mehr erzählen als das, was wir schon von Toni wissen, aber es kommt mir auf jeden Fall so vor, als könnte sie einen Freund gerade echt gut gebrauchen.«

Bei ihren Worten wird mir das Herz schwer. *Er hat ihnen nichts erzählt. Er hat mein Vertrauen nicht enttäuscht.* Mir wird richtig schwindlig bei dem Gedanken, was mir verrät, wie wichtig mir das war.

»Ja, aber sie will meine Hilfe nicht. Sie sagt, ich sei zu aufdringlich.«

»Na ja, du kannst manchmal … stur sein, aber das ist eigentlich eine deiner besten Eigenschaften«, versetzt May.

»Aus Mikas Mund klingt es nicht wie eine gute Eigenschaft.«

»Sie braucht nur mehr Zeit mit dir, um zu begreifen, dass du nicht aufdringlich bist, weil du sie kontrollieren willst, sondern nur total fokussiert darauf, anderen zu helfen«, sagt Jenny.

»Wie Superman«, fügt May hinzu.

»Ich wünschte wirklich, ihr würdet mich nicht dauernd mit ihm vergleichen«, sagt er und seufzt. »Das ist kein Kompliment.«

»Okay, keine Superman-Kommentare mehr. Komm, May. Ich muss gehen. Wirklich. Schluss mit dem Geplauder und der Psychoanalyse. Jacob wartet sicher schon.«

Dass sie der Auffassung sind, ich bräuchte Hilfe, nervt mich, weil ich so lange auf eigenen Füßen gestanden habe und nichts anderes kenne. Ich habe schließlich bisher überlebt und nicht das Gefühl, Hilfe zu brauchen. Aber der Feststellung, dass ich einen Freund brauche, kann ich im Grunde nicht widersprechen. Ich weiß, T und ich könnten einen Freund tatsächlich gerade im Augenblick dringender brauchen als ich allein je zuvor.

»Dann bis heute Abend bei dir«, sagt Thibault. »Wünscht mir Glück bei meinem Versuch, sie zu überzeugen.«

»Spann einfach ein paarmal deine Muskeln an. Das wird sie beeindrucken.« May kichert.

»Nein, sie steht nicht auf mich. So ist es nicht.«

Jenny seufzt. »Wie du meinst, Big T. Wie du meinst.«

Die Haustür öffnet sich, und ich höre Schritte in der Eingangshalle. »Wirklich nicht«, beteuert er. »Das hat sie mir selbst gesagt.«

Mays Stimme wird immer leiser, während sie nach draußen geht. »Ich finde, ihr streitet das beide ein bisschen zu vehement ab!«

Langsam ziehe ich mich ins Zimmer zurück, bis ich auf dem Bett sitze. Der Kleine liegt neben meinen Füßen in dem Babybettchen auf dem Boden. Er trägt einen der Strampler, die ihm Toni geschenkt hat, ist in eine ihrer Babydecken gehüllt und schläft tief. Wie süß er aussieht! Außerdem habe ich gerade mit zwei netten Frauen Kaffee getrunken und Muffins gegessen, die den Mann, der es sich zur Aufgabe gemacht hat, mir zu helfen, wirklich mögen. Es wirkt alles so *normal*. Ich kann dieses Leben jetzt nicht haben, aber eines Tages hätte ich es gerne.

Dann höre ich Schritte auf der Treppe. Schnell lege ich mich auf die Seite aufs Bett, das Gesicht von der Tür abgewandt.

Ich spüre, dass Thibault direkt vor der angelehnten Tür steht, aber dann geht er einfach weiter den Flur entlang in sein Zimmer. Als er nicht versucht, mit mir zu sprechen, bin ich gleichermaßen erleichtert und traurig.

Dass die Mädels ihn so aufgezogen haben, stürzt mich in einen inneren Konflikt. Will ich denn, dass er mich mag? Für einen kurzen Augenblick flackert Hoffnung auf, als ich mir vorstelle, wie das wäre, aber dann schlägt die Realität zu. *Nein, natürlich nicht …* in meiner Welt ist kein Platz für einen Mann wie Thibault. Er hat etwas Besseres verdient als mich.

Diese Erkenntnis macht mich sehr traurig.

Kapitel 17

Ich wollte eigentlich nicht einschlafen, aber das warme Zimmer, das schlafende Baby und der Muffin in meinem Bauch waren zu viel für mich. Als T mich weckt, ist es fast Mittag.

Das einzige Geräusch im ganzen Haus ist das Ticken der Uhr. Ich lasse T in seinem Kinderbett und sehe mich um, aber Thibault ist nicht da. Neben einem Teller mit einem Sandwich auf der Arbeitsplatte in der Küche liegt ein Zettel:

Ich muss ein paar Dinge einkaufen und dann wegen meines Knies zum Arzt. Lucky arbeitet heute von zu Hause aus. Er hat gesagt, er kann Dich zum Busbahnhof fahren, wenn Du nicht auf meine Rückkehr warten kannst. Mach nach Möglichkeit nicht die Tür auf. Die Alarmanlage ist scharf, und Du bleibst vermutlich besser außer Sicht, bis wir mehr wissen. Falls Du wegmusst, der Code ist 0220. Ich hoffe, das Sandwich schmeckt Dir. Es ist meine Spezialität.

Thibault

Ich hebe die obere Brotscheibe an und finde darunter eine mit Senf bestrichene Scheibe Fleischwurst. Unwillkürlich muss ich lachen.

Ich beiße von Thibaults Spezialität ab, überzeugt, dass sie mir überhaupt nicht schmecken wird, und bin überrascht, als das Gegenteil der Fall ist. Er hat Gürkchen unter die Wurst geschmuggelt. Ich kaue vor mich hin, lese den Zettel noch ein paarmal und versuche, die versteckte Botschaft in seinen Worten zu finden.

Er hat den Mädels gesagt, er wolle, dass ich bleibe, werde versuchen, mich zu überzeugen, aber dann hat er dafür gesorgt, dass jemand anders mich zum Busbahnhof fährt, während er weg ist? Spielt er Spielchen? Die meisten Männer, die ich kenne, waren Meister darin, aber irgendetwas sagt mir, dass das bei Thibault anders ist. Ich nehme noch einen Bissen von dem Sandwich, und in meinem Kopf drehen sich unablässig die Zahnräder.

Wenn ich davon ausgehe, dass er keine Spielchen spielt, was hat das dann zu bedeuten? Nimmt er etwas Abstand, lässt mir mehr Freiraum, nach dem ich so deutlich verlangt habe? Wenn ja, ist das für ihn ein großer Schritt, das ist mir klar. Ich habe ihn nicht nur vom ersten Augenblick an als einen fast schon übergriffigen Typen erlebt, der andere gerne herumkommandiert, sondern sowohl Jenny als auch May haben bestätigt, dass das zu seinen Hauptcharakterzügen gehört. *Hat er Angst, ich könnte mich in ihn verlieben und kneift deshalb?* Eher unwahrscheinlich, denn ich habe kein einziges Mal mit ihm geflirtet oder sonst etwas getan, was Mays und Jennys albernen Verdacht hätte erhärten können.

Die Vorstellung, dass er mich so leicht aus seinem Leben entlassen kann, passt mir nicht. Vor allem, weil ich weiß, dass es mir egal sein sollte. Ich beiße noch einmal in das Sandwich. Es ist ziemlich pikant. Mein Blick fällt auf eine Flasche Wasser auf der Arbeitsplatte. Daran klebt ein gelbes Post-it, auf das Thibault *Austrinken* geschrieben hat.

Ich lächle. Ja, er kommandiert Leute gern herum. Ich schraube sie auf und trinke sie in einem Zug fast zur Hälfte leer. Mir diese Option zu bieten, mich davonzumachen, ohne auf ihn zu warten, war definitiv eine große Sache für ihn. Er ist nicht gut darin, jemand anderem die Entscheidungen zu überlassen. Hofft er, dass ich darauf eingehen werde?

Oder hofft er das Gegenteil? Ich habe keine Möglichkeit, es herauszufinden.

Also gehe ich nach oben, um nach T zu sehen. Er ist einfach zu süß, um ihn in dem Kinderbettchen zu lassen, also nehme ich ihn mit ins große Bett. Ich lege ihn neben mich, betrachte sein Gesicht, und mein Blick registriert jeden seiner Züge: die dünnen, fast unsichtbaren Brauen, die winzigen Wimpern, das Stupsnäschen und die runzligen Lippen. Er ist einfach vollkommen, und ich will nichts mehr, als ihm ein sicheres, glückliches Leben zu bieten. Im Augenblick kommt es mir wie eine wirklich schlechte Idee vor, einfach ohne ein wirkliches Ziel in irgendeinen Bus zu steigen.

Ich versuche, mir ein Ziel vorzustellen und zu überlegen, was wir tun würden, wenn wir dann ankommen, wo wir leben würden und wovon, und mein Geist kommt mit diesen Bildern einfach nicht zurecht. Langsam wird es dunkel im Raum, und mir fallen die Augen zu …

Kapitel 18

Als ich wieder erwache, ist es fast 16.30 Uhr. Nachdem ich T gestillt und seine Windel gewechselt habe, gehe ich mit ihm im Arm nach unten. Auf dem Tisch liegt ein neuer Zettel und mehr zu essen. Diesmal ist es Fast Food – Spareribs, ein Burger und ein Maiskolben. Ich beiße in den Burger und lese den Zettel:

Tut mir leid, dass ich Dich schon wieder verpasst habe. Ich musste kurz auf die Arbeit, und dann fahre ich zu Jenny. Ich sollte rechtzeitig zu einem späten Abendessen zurück sein. Wenn Du warten möchtest, bestellen wir Pizza. Wenn nicht und Du hungrig bist, ist etwas zu essen im Kühlschrank, und wir sehen uns morgen früh.

Thibault

P. S.: Danke, dass Du geblieben bist. Aber wenn Du wegmusst – Lucky sollte bis 19.30 Uhr da sein, und ich bin bald danach auch wieder zurück.

Ich kämpfe weniger als eine Minute mit mir. Heute Abend gehe ich nirgends mehr hin. Ich bin eine Nadel, und diese ganze Gegend ist der Heuhaufen. Pavel wird mich so schnell nicht finden. Selbst wenn er das Haus findet, kann er mich darin nicht sehen, und es hat eine Alarmanlage. Ich bin zu müde, zu hungrig und zu desillusioniert darüber, was ich mit einem Neugeborenen im Arm alles auf die Reihe kriegen kann, um jetzt irgendwo hinzugehen. Ich wünsche mir nur eine Auszeit von meinem Leben, will die wichtigen Entscheidungen später treffen. Wäre doch nur Thibault hier, damit ich mit ihm reden könnte. Das brächte mich auf andere Gedanken. Im Augenblick fühle ich mich total ... bäh.

Stumpf sehe ich ein paar Stunden lang fern, dann gebe ich die Hoffnung auf, etwas zu finden, das sich anzuschauen lohnt. Ich stehe nicht auf Wiederholungen von Duck Dynasty, und all die Schöner-Wohnen-Shows tun mir nur weh. Ich wohne überhaupt nirgends, von schön ganz zu schweigen.

Danach blättere ich noch einmal Thibaults Fotoalbum durch. Es ist anheimelnd und traurig zugleich. Komischerweise macht es mich neidisch. Ich hasse es, dass ich keine glücklichen Menschen sehen kann, ohne sofort Neid zu empfinden. Also schlage ich es zu, bevor ich es komplett durchgesehen habe, weil es mir gerade einfach zu wehtut, fröhliche Menschen zu sehen, die mit ihrem Leben zufrieden sind. Thibault ist auf jedem Bild allein, nie ist eine Frau an seiner Seite, aber so möchte er das ja auch. Das hat er sehr deutlich gemacht.

T verlangt lautstark nach etwas zu essen, also stille ich ihn, und danach passiert wieder das Feuerwehrschlauchding – ich werde Thibault einen Eimer Farbe für seine Wand kaufen müssen.

Als T wieder angezogen ist, eine frische Windel hat und wie ein Burrito gewickelt ist, schaue ich mich im Wohnzimmer um. Was nun? Thibault kommt erst in über einer Stunde. Ich brauche frische Luft. Thibault hat mir den Code für die Alarmanlage gegeben, hat also offenbar nichts dagegen, wenn ich das Haus verlasse. Die Vorstellung, nach draußen zu gehen, hebt sofort meine Laune. Ich fühle mich eingesperrt. Ein kleiner Spaziergang wird hoffentlich den ganzen Nebel aus meinem Schädel vertreiben.

Ich habe keinen Kinderwagen, aber ich brauche auch keinen. T wiegt drei Kilo. Meine Handtasche ist schwerer, und die kann ich den ganzen Tag tragen. Auch meine Krämpfe haben nachgelassen, und ich fühle mich schon etwas kräftiger. In meinen geliehenen Flipflops erreiche ich das Ende der Auffahrt und wende mich nach rechts. Ich glaube, mich zu erinnern, auf dem Herweg an einer Art Park vorbeigekommen zu sein.

Der Weg ist weiter, als ich gedacht hätte. Aus zwei Blocks werden drei, dann vier und fünf, dann sehe ich den Park. Als ich ihn endlich erreiche, geht die Sonne unter, und mir tut alles weh.

»Was ist denn nur los, T?« Behutsam setze ich mich auf eine Bank neben einer Schaukel. »Was stimmt mit meinem Körper nicht?« Ich weiß, ich habe vor zwei Tagen ein Kind geboren, aber verdammt … ich bin erst siebenundzwanzig. Ich sollte mich nicht fühlen wie fünfzig.

Ich hole ein paarmal tief Luft und sehe mich um. Der Park hat auch schon bessere Tage gesehen. Zwei der drei Schaukeln sind kaputt, und mehrere Mülleimer quellen vor Abfall über. Aber außer mir und T ist hier niemand, ich bin also unbesorgt. Pavel wird nicht gerade vorbeigeschlendert kommen.

Wenn Pavel mich mithilfe meines Handysignals zu orten versucht, bin ich hier vermutlich sogar sicherer als bei Thibault zu Hause.

Insekten und andere Tiere stimmen ihr Abendlied an. Es wird allmählich dunkel. Ich verliere jedes Zeitgefühl, und T wird in meinen Armen immer schwerer. Ich frage mich, was Thibault wohl gerade tut. Ist wahrscheinlich bei Jenny, zusammen mit all seinen Freunden und Kollegen. Diese Erfahrung habe ich noch nie gemacht – Freizeit mit meinen Kollegen verbringen zu können. Für Pavels Leute bedeutete Freizeit, sich einen Schuss zu setzen oder jemanden zusammenzuschießen. Nicht mein Ding. Nein, ich ging immer nach Hause, sobald ich meine Arbeit erledigt hatte, und blieb dort. Sonia und ich hatten selten Gäste.

Pavel kam gelegentlich vorbei, aber normalerweise nur, wenn er betrunken war. Ich schloss dann immer die Tür ab und stellte mich schlafend. Na ja, fast immer. Einmal konnte ich die Tür nicht schnell genug abschließen …

Ein Geräusch reißt mich aus meinen Erinnerungen. Jemand hat einen Stein weggekickt oder so, und er klappert über den Asphalt.

Ich schaue mich um und sehe in einigen Blocks Entfernung eine Gestalt näher kommen. Sie bewegt sich langsam. Form und Breite der Schultern verraten mir, dass es sich um einen Mann handelt. Er bleibt stehen, starrt Richtung Park und setzt sich dann wieder in Bewegung.

Mein Herz rast, als ich versuche, ihn genauer in Augenschein zu nehmen. Ist er groß wie Pavel oder stämmig wie Thibault? Oder keins von beiden? Er hat einen seltsamen Gang, als sei er betrunken oder so. Als er näher kommt, wird mir klar, wie dumm es von mir ist, mich nach Sonnenuntergang in einem unbekannten Park aufzuhalten. Warum habe ich Thibaults Haus verlassen, wo ich sicher war wie in Abrahams Schoß? Tut eine gute Mutter so etwas? Nein! Ich presse T enger an mich, versuche zu schrumpfen, unsichtbar zu werden.

Kapitel 19

»Mika?«

Ich war nie zuvor im Leben so glücklich, eine Stimme zu hören. *Thibault.* Es ist nicht Pavel, dabei war ich mir so sicher. Ich konnte mir sogar seinen Gesichtsausdruck vorstellen, wenn er mich hier sowie auf einem Silbertablett serviert auf dieser Parkbank vorgefunden hätte: Triumph, Wut, Erregung darüber, was er mir bald als Strafe dafür antun würde, dass ich ihn im Krankenhaus nicht empfangen hatte und verschwunden war. Mir ist speiübel.

Er geht langsamer, um sein Bein zu schonen, und streckt mir die Hand hin. »He, Mika. Ich bin's, Thibault. Alles in Ordnung?«

»Ja.« Meine Stimme bebt.

Er kommt zur Bank gehumpelt und setzt sich vorsichtig, woraufhin das Holz protestierend knarzt. Ich bin dankbar, dass er versucht, meinen schlafenden Sohn nicht zu wecken, indem er die Bank zu sehr zum Wackeln bringt.

Wir sitzen nebeneinander und starren die Schaukeln vor uns an, und für eine Weile schweigen wir beide. Das gibt mir Gelegenheit, mich zu beruhigen und die Tränen zu unterdrücken. Es ist mir unangenehm, dass ich einfach so verschwunden bin, ohne ihm eine Nachricht zu hinterlassen. Vielleicht hat er gedacht, ich sei zum Busbahnhof aufgebrochen. Ob ihn die Vorstellung wohl traurig gemacht hat?

»Ich wollte einen kleinen Spaziergang machen«, sage ich. Mein Tonfall ist voller Reue. Ich komme mir dumm und naiv vor. Außerdem bezweifle ich wieder einmal, ob ich in der Lage bin, eine gute Mutter zu sein.

»Tut mir leid, dass ich dir kein Handy dagelassen habe. Das war dumm von mir. Du bist dir wahrscheinlich wie eine Gefangene in meinem Haus vorgekommen.«

Ich lege ihm die Hand auf den Arm, und meine Handfläche ist im Vergleich zu seiner warmen, trockenen Haut kalt und klamm. »Sag doch so was nicht. Ich schwöre, ich bin mir nicht wie eine Gefangene vorgekommen. Nicht wirklich jedenfalls. Ich schätze, ich musste nur mal nachdenken, und es war schwer, das inmitten all deiner Sachen unvoreingenommen zu tun.« *Es kam mir vor, als wolle mich das Fotoalbum, das so viel Glück enthält, verspotten*, hätte ich am liebsten hinzugefügt.

»Verstehe.« Er seufzt. »Keine Sorge. Du musst tun, was du tun musst.«

»Es ist nur … du kannst manchmal ziemlich überwältigend sein.«

»Was meinst du damit?« Er schaut mich an, als versuche er, meinen Gesichtsausdruck zu deuten. Ich kann seinen kaum sehen. Dafür ist es inzwischen zu dunkel.

»Du bist groß, stark und umgeben von deinen Freunden und deiner Familie. Außerdem bist du sehr selbstsicher und sehr überzeugt davon, dass du weißt, was du erreichen kannst, was ich tun muss und was nicht passieren wird. Das Problem ist, dass ich mir da keineswegs so sicher bin.«

Seine Stimme ist sanft. Fürsorglich. »In welcher Hinsicht? Vielleicht kann ich dich ja beruhigen.«

Ich seufze tief und lasse mir mit der Antwort Zeit, weil ich völlig durcheinander bin. »Ich muss weg. Aber wenn ich darüber nachdenke, fällt mir nicht ein, wo ich hin soll. Wo ich hin kann. Ich habe Geld, aber keine Kontakte. Keinen Plan. Du hast mir angeboten, ein Weilchen bei dir zu bleiben, aber deine Schwester hat zwei Kinder und lebt direkt nebenan. Ich mache mir Sorgen um sie. Was, wenn Pavel …« Ich kann den Satz nicht beenden.

Stattdessen erschauere ich, und es liegt nicht an der Temperatur.

Er nickt. »Ich verstehe den Gedanken, und ich teile diese Sorge, und meine Schwester wahrscheinlich auch. Aber für dieses Problem habe ich eine Lösung, wenn du sie denn hören möchtest.«

Ich habe Angst, zu viel Hoffnung in seine Idee zu setzen. »Okay«, sage ich zögernd. »Nämlich?«

»Meine Familie besitzt eine Hütte draußen im Bayou. Für eine Hütte ist sie eigentlich ganz cool. Ich meine, es ist keine Bruchbude, die nur aus Schlamm, Ästen und alten Reifen besteht wie manche andere, aber sie ist auch nicht super hip.«

Ich stelle mir die Hütte trotzdem genau so vor, inklusive Reifen und so weiter. Dennoch erscheint mir das als eine viel bessere Alternative, als ziellos in irgendeinen Bus zu steigen. »Klingt … idyllisch.«

»Sie liegt außerhalb der Stadt, und niemand kennt sie. Es gibt dort ein Schlafzimmer, ein Bad und eine hübsche kleine Küche. Keinen Fernseher und praktisch keinen Handyempfang, aber man hat seine Ruhe. Da ist sonst weit und breit niemand.«

»Sie ist also nur dir und deinem Team bekannt.«

»Ja, die anderen kennen sie, aber du kannst ihnen vertrauen. Ich würde ihnen mein Leben anvertrauen. Von ihnen hast du nichts zu befürchten.«

Ich starre ihn an und schüttle den Kopf. »Das muss schön sein.« Da ist wieder der Neid. Ich hasse es, wie er dauernd sein hässliches Haupt erhebt.

»Was?«

»Ich weiß nicht ... vielleicht, so viel Vertrauen zu jemandem zu haben.«

Er zuckt die Achseln. »Sie sind meine Familie.«

»Du klingst wie Pavel.«

»Inwiefern?« Seine Stimme ist jetzt überhaupt nicht mehr fürsorglich.

»Seine Leute sind alle sehr loyal ihm und sich gegenüber. Teilweise, weil sie dieses Bruderschaftsding am Laufen haben, das ist fast wie ein verdammter Kult, aber auch, weil man umgelegt wird, wenn man illoyal ist. Die fackeln nicht lange. Sie tun es einfach – *peng* –, eine regelrechte Hinrichtung. Solche Skrupellosigkeit gebiert eine Form der Loyalität, die ich nie zuvor erlebt habe. Im Krankenhaus habe ich mir um den Kleinen und mich Sorgen gemacht, aber jetzt habe ich auch Angst um dich und deine Familie. Wenn Pavel herausfindet, dass ihr mir helft, seid ihr alle in Gefahr.«

Er legt den Arm auf die Rückenlehne der Bank und wendet sich mir zu, räuspert sich und sagt dann: »Okay, ich will nicht aufdringlich sein, weil ich weiß, dass das auch so schon alles ziemlich viel für dich ist, aber eins musst du verstehen.«

Ich wende mich ihm zu. »Ich höre.«

Er legt sich die Hand aufs Herz. »Ich habe mein gesamtes Erwachsenenleben der Zusammenarbeit mit der Polizei gewidmet, ich helfe ihr, Verbrechen aufzuklären und Kriminelle von der Straße zu holen. So bin ich. Ich will damit nicht sagen, dass ich ein Held bin oder perfekt oder unfehlbar, aber ich sage, es gibt niemanden, der sich mehr bemühen wird, für deine und Ts Sicherheit zu sorgen. Ich habe dir geholfen, ihn zur Welt zu bringen, und ich weiß, das klingt verrückt, aber seither empfinde ich Verantwortung für euch beide. Verstehst du?«

»Aber das war alles nur Pech!«, sage ich aufgebracht. Vor mir sitzt ein anständiger Mann, und ich weiß, er meint es gut, aber ich kann mir nur allzu genau vorstellen, was er sich für Vorwürfe machen würde, wenn aufgrund der Tatsache, dass er mir hilft, jemand, der ihm am Herzen liegt, verletzt würde … oder Schlimmeres. »Ich habe dich angefahren! Du hast nicht beschlossen, dich mit mir abzugeben oder in meiner Nähe zu sein. Du kennst mich nicht. Ich bin nur irgendein Mädchen, das dich beinahe totgefahren hätte, und du bist nur ein geistesabwesender Dummkopf, der mir vors Auto gelaufen ist, klar? Deshalb verstehe ich nicht, wie ich von diesem Mädchen zu der Person geworden bin, die du um jeden Preis beschützen willst. Das ergibt keinerlei Sinn! Du solltest mich verklagen, nicht mich beschützen.« In meinem Kopf dreht sich alles. Ich habe keine Ahnung, wo das eben alles hergekommen ist, aber ich bin froh, dass ich es endlich gesagt habe. *Verdammt!*

Er reißt frustriert die Hände hoch. »Mika, ich glaube nicht an Zufall. Nichts geschieht ohne Grund. Es hat einen Grund, dass ich an diesem Morgen beschlossen habe, aufzustehen und zu Lotta Java zu fahren, wo ich vorher monatelang nicht war. Es hat einen Grund, dass du falsch abgebogen und wie eine Irre verkehrt herum diese Einbahnstraße entlanggerast bist.« Er hält inne und spricht etwas leiser weiter. »Dann bin ich geistesabwesend genau im richtigen Moment auf die Straße gelaufen.«

»Du meinst, im *falschen* Augenblick.«

»Nein, ich meine im richtigen Augenblick. Für all das hier gibt es einen Grund. Du hattest ja recht, als du da im Auto saßest und mich angeschrien hast – ich hätte in beide Richtungen schauen müssen. Habe ich aber nicht. Ich schwöre, normalerweise tue ich das. Immer. Aber an diesem Tag, in diesem Augenblick, auf dieser Straße, die du zufällig in die falsche

Richtung befahren hast, habe ich es nicht getan. Dann hast du mich angefahren, und der Rest ist Geschichte.«

Er holt tief Luft, dann beendet er seine Ausführungen. »Deshalb … muss ich mich fragen, warum all diese kleinen Faktoren sich genau so gefügt haben, dass sie mir die Gelegenheit verschafft haben, eine schwangere Dame unmittelbar vor der Geburt just in dem Augenblick zu sehen, in dem ihre Wehen so heftig wurden, dass sie nicht weiterfahren konnte.« Er schüttelt den Kopf, und im Licht der Straßenlaternen auf der anderen Straßenseite sehe ich sein Lächeln. »Du hättest schon einen Block weiter oder noch einen Block entfernt sein können, und ich hätte dich nie kennengelernt. Du hättest mich nicht angefahren, unsere Wege hätten sich nie gekreuzt. Ich glaube, das ist alles so gelaufen, weil ich dir begegnen sollte – weil ich von dir angefahren werden sollte –, damit ich dir und dem Kleinen helfen kann. Gibt es denn eine andere Erklärung? Zu viele Faktoren mussten einfach perfekt harmonieren, damit dieser Zufall eintrifft. In Anbetracht dessen habe ich gar keine andere Wahl, als dir auch weiterhin zu helfen. Ich kann dir nicht dabei behilflich sein, einen gesunden Jungen auf die Welt zu bringen, und dich dann auf der Türschwelle eines Gangsters absetzen. Das geht nicht.« Er fährt sich mit der Hand durchs Haar. »So bin ich einfach nicht.« Er hält inne und fügt dann kaum hörbar hinzu: »Nicht mehr.«

Jetzt kann ich meine Tränen nicht mehr aufhalten. Er spricht über Schicksal, Bestimmung und Dinge, die so sein sollten, als hätte irgendwer droben im Himmel einen Plan für mich, der unter anderem vorsieht, mich guten Menschen wie Thibault begegnen zu lassen, damit sie mir helfen. Doch daran glaube ich nicht. Ich hatte im Leben schon zu oft Pech, um zu glauben, ich hätte gute Menschen verdient. Wahrscheinlich hat das Universum eher einen Plan für Thibault, und der ist nicht hübsch.

»Vielleicht ist unser beider Zeit abgelaufen, und deshalb konfrontiert das Schicksal uns beide mit einem Mörder.«

Er schüttelt den Kopf. »Das glaube ich nicht. Auf gar keinen Fall. Meine Zeit ist noch nicht gekommen. Ich habe noch viel zu viel zu erledigen. Unter anderem, und davon bin ich fest überzeugt, dafür zu sorgen, dass dir nichts passiert. Dass du dein Leben mit deinem Baby führen kannst, ohne befürchten zu müssen, dass sich irgendein Typ von der Russenmafia von hinten an dich heranschleicht und dir die Kehle durchschneidet.« Er seufzt. »O Gott, tut mir leid. Das war gemein.«

Ein bitteres Lachen verdrängt meine Tränen. Er hat mein Leben viel akkurater beschrieben, als er ahnt. »Nein, du musst dich nicht entschuldigen. Danke für die klaren Worte. Wusstest du, dass das seine liebste Hinrichtungsmethode ist, oder war das nur gut geraten?«

Er schüttelt den Kopf. »Nein, das wusste ich nicht, aber ich kenne viele Typen wie ihn. Skrupellose Drecksäcke, die geradezu darum betteln, dass man sie zur Strecke bringt.« Er nimmt meine Hand und hält sie zärtlich fest. Ich sollte sie ihm wahrscheinlich entziehen, aber ich tue es nicht. Seine Berührung fühlt sich zu gut an. »Du bist Pavel gegenüber im Vorteil. Mein Team hat eingewilligt, dir zu helfen, vorausgesetzt, ich überprüfe alle Fakten, die du mir genannt hast, und sie stellen sich als wahr heraus.«

Ich seufze tief, verletzt, weil sie mir nicht vertrauen, auch wenn ich das gleichzeitig vollauf verstehe. »Ich schätze, ich habe nicht erwarten dürfen, dass sie dem Wort einer früheren Prostituierten Glauben schenken, was?«

Er drückt sanft meine Hand. »Zunächst mal: Sprich nicht so über dich selbst. Nur weil du zur Prostitution gezwungen wurdest oder diese Wahl selbst getroffen hast, um zu überleben, bist du noch kein schlechter Mensch. Zweitens habe ich niemandem diesen Aspekt deiner Geschichte erzählt. Ob du dieses

Geheimnis mit jemandem teilen willst, ist einzig und allein deine Entscheidung.«

Ich starre mehrere Minuten lang sein Profil an. Gerne würde ich in seinen Kopf und sein Herz schauen, herausfinden, was sich dort befindet, erfahren, wie er tickt. Er ist kompliziert, stur, freundlich, standhaft und sexy … all diese Eigenschaften vereint dieser zuverlässige Mann in sich. Seine Hand ist stark. Schwielig. Sie verspricht Sicherheit. Ich würde meinen letzten Cent darauf verwetten, dass er sie noch nie gegen eine Frau erhoben hat. Dieser Mann neben mir ist gefährlich anziehend. Ich könnte süchtig nach ihm werden. Er ist so anders als das, was ich in den letzten Jahren erlebt habe. Meine letzte sexuelle Erfahrung war vorsichtig ausgedrückt unangenehm. Ich frage mich, wie Thibault wohl im Bett ist. Sanft? Ein Alphamännchen, das gern das Sagen hat? Grob? Abenteuerlustig? Ich werde es nie erfahren, aber das hindert mich nicht am Fantasieren. Am Träumen. Ich wünschte, die Dinge wären anders gelaufen. Er hat gesagt, ich sei nicht sein Typ, und ich habe gesagt, er sei nicht meiner, aber je länger wir uns unterhalten, desto mehr denke ich, wir könnten uns beide geirrt haben.

»Ich muss dir etwas gestehen«, sage ich. Die Worte sprudeln aus mir heraus, ehe ich auch nur daran denken kann, sie zu unterdrücken.

»Noch etwas?«

Er versucht, pikiert zu klingen, was mir ein Lächeln abringt und mich fortfahren lässt, obwohl ich eigentlich schweigen sollte. »Ja. Eine Sache noch.«

»Wird es mich umhauen?«

Wenn er jetzt meinen Puls messen würde, wüsste er, wie verrückt es sich für mich anfühlt, mit ihm zu flirten. Denn genau das tue ich. So wahr mir Gott helfe, ich flirte. »Wahrscheinlich.«

»Gut. Leg los. Hau mich um. Ich bin bereit.« Er schließt die Augen und tut so, als mache er sich auf alles Mögliche gefasst.

Ich kann nicht aufhören, seinen Mund anzustarren. Diese Lippen … voll, dunkel, geheimnisvoll. *Wie würden sie sich auf meinen anfühlen?* »Ich möchte dich gerade wirklich gerne küssen«, flüstere ich.

Er schaut mich an und zuckt die Achseln. »Was hindert dich?« Er zieht an meiner Hand und beugt sich mir ein wenig entgegen.

Ich kann es nicht glauben. Er hat mich nicht ausgelacht und nicht gesagt, ich müsse wohl träumen. Er will mich auch küssen.

»Die Dinge sind schon kompliziert genug«, sage ich, während ich mich ihm nähere. Ich kann die Anziehungskraft zwischen uns nicht ignorieren. Nicht, wenn wir hier im Dunkeln im Freien auf dieser Bank sitzen und die echte Welt Tausende von Kilometern entfernt ist. »Das wird alles noch verschlimmern.«

»Aber ich mag es kompliziert.«

»Langsam glaube ich fast, ich auch.« Wir treffen uns in der Mitte. Unsere Lippen berühren sich …

Dann beginnt der Kleine zu weinen, weil er Hunger hat und so spät auf keinen Fall mehr in einem öffentlichen Park sein dürfte. Das hätte ich eigentlich wissen müssen.

Thibault stöhnt ein wenig und weicht zurück. »Ein andermal«, sagt er. Er steht auf einem Bein und streckt mir die Hand hin. »Bist du bereit heimzugehen? Zu mir, meine ich?«

Ich nehme seine Hand und lasse mich von ihm von der Bank hochziehen. »Ja. Tatsächlich ist es hier draußen verdammt kalt.« Ich lache angestrengt. Außerdem muss ich so dringend auf die Toilette, dass ich es kaum aushalte.

Wir gehen gemeinsam den Gehsteig entlang. »Du solltest immer eine Windeltasche dabeihaben, wenn du aus dem Haus gehst, für den Fall, dass T beschließt, mal so richtig loszulegen. Meine Schwester hatte in dieser Hinsicht mit den Zwillingen ein paar echte Hammererlebnisse. Du kannst noch eine Jacke für dich selbst hineintun, falls du mal wieder abends spontan im Park spazieren gehen möchtest und die Temperatur fällt.« Er schaut zu mir herüber und lächelt.

»Was immer du sagst, Superman.«

Er hält inne. »Nenn mich nicht so. Ich bin kein Superheld. Ich bin nur ein Mann wie jeder andere.«

Ich bleibe stehen und schaue ernst zu ihm auf. »Ich weiß nicht, wer dir das erzählt hat, aber es ist schlichtweg falsch. Du bist definitiv nicht nur ein Mann wie jeder andere.«

Der Kleine quäkt wieder. »Willst du ihn hier stillen?«, fragt er.

»Lieber bei dir.«

»Na dann los.«

Er humpelt neben mir her, und ich merke, dass ich die Geräusche der Nacht, die uns umgeben – das Abendlied der Grillen, Fledermäuse und Eulen – mag, und zwar trotz der Tatsache, dass das, was sich da auch immer zwischen uns entwickelt, Teil einer ziemlich düsteren Realität ist. Die Vorstellung, all dem zu entkommen, ist gerade sehr verlockend. Ich kann mir gut vorstellen, mich in einer Hütte im Sumpf zu verstecken, wo mich niemand findet. Dort könnte ich glücklich sein, mich um meinen Sohn kümmern und mir unsere nächsten Schritte überlegen. Fehlen würde nur Thibault. Aber ich kann nicht von ihm erwarten, mit dorthin zu kommen. Wenn wir in Sicherheit sind, ist seine Aufgabe erfüllt.

»Was glaubst du, wann ich zu eurer Hütte aufbrechen könnte?«, frage ich.

»Wie wäre es mit morgen früh?«

»Klingt gut.« Ich kann nicht glauben, wie traurig mich die Vorstellung, Thibault zurücklassen zu müssen, macht. Der Beinahe-Kuss hat mich ganz schön durcheinandergebracht.

»Ich meinte auch nicht, dass du allein da hinsollst. Ich komme mit. Mein Knie ist im Augenblick sowieso im Eimer, deshalb hat mir Ozzie – mein Geschäftspartner – geraten, bis zu meiner OP ein paar Wochen freizunehmen.«

»Aber wirst du nicht bei der Arbeit gebraucht?«

»Wir stellen einen neuen Mitarbeiter ein, den Dev sehr schnell einarbeiten wird. Sie werden ein Weilchen ohne mich auskommen. Wir haben derzeit keine großen Aufträge, für die speziell ich gebraucht würde.«

Es tut mir fast weh, den nächsten Satz zu sagen, so gewohnt bin ich es, allein und unabhängig zu sein, aber ich kann ihn nicht für mich behalten. Das käme mir zu unehrlich vor, wenn er sich solche Mühe gibt. »Ich glaube, das wäre mir auch lieber. Wenn du mit mir dort bist.«

»Gut.«

Sein Lächeln schwingt in seiner Stimme mit und vertreibt die Kälte des Abends. Ich brauche keine Jacke mehr.

Kapitel 20

Auf dem Weg aus der Stadt halten wir zuerst bei einem riesigen Großhandelsmarkt. Ich bin zwar schon oft daran vorbeigefahren, war aber noch nie drin. Thibault sitzt am Steuer, weil ich aus reinem Glück nicht sein rechtes, sondern sein linkes Bein erwischt habe und er Automatik fährt.

»Muss ich aussteigen?«, frage ich und lasse den Blick von dem rot-weiß-blauen Schild des Markts über den proppenvollen Parkplatz und die vielen Leute mit ihren Einkaufswagen, die es alle furchtbar eilig haben, streifen.

»Solltest du vielleicht besser. Ich werde Vorräte für die Hütte kaufen und habe leider keine Ahnung, was du gerne isst oder was du so brauchen könntest.«

»Heißt das, wir werden uns nicht nur von Sandwich mit Wurst ernähren?« Ich grinse ihn an.

»Wenn du so weitermachst vielleicht schon.«

Ich beiße mir für ein paar Sekunden in die Wange, um das Grinsen aus meinem Gesicht zu vertreiben. »Tut mir leid. Du kümmerst dich wirklich toll um mich, und zum Dank mache ich mich über dich lustig.«

»Schon in Ordnung«, sagt er, schaltet den Motor ab und steigt aus. »Ich kann langsam auch keine Wurstbrote mehr sehen.« Er lässt die Krücken im Auto liegen.

Ich stelle den Kindersitz in den Einkaufswagen und gehe neben Thibault her, der ihn Richtung Eingang schiebt. »Soll ich das machen?«, frage ich und zeige auf den Einkaufswagen. »Schieben meine ich?«

»Nee. Wenn es dir nichts ausmacht, würde ich das gerne übernehmen, weil ich mich darauf abstützen kann, quasi als Ersatz für meine Krücken.«

»Oh. Ja, sicher. Kein Problem. Schieb du nur.« Ehrlich gesagt, bin ich froh, dass er diese Aufgabe übernimmt. Mir tut immer noch alles weh von dem Weg zum und vom Park gestern Abend.

»Kaum zu fassen, dass ich immer noch so fertig bin.« Ich lege die Hand auf den Wagen und freue mich aus ganz eigennützigen Gründen, dass Thibault nicht besonders schnell gehen kann. Im nächsten Moment verurteile ich mich dafür, froh über die Verletzung zu sein, die ich mit verursacht habe.

»Ich glaube, es ist ganz normal, dass du noch nicht wieder auf dem Damm bist. Schließlich hat der kleine Kerl hier dir erst vor ein paar Tagen ganz schön übel mitgespielt.« Er bleibt kurz stehen, um das Baby sanft anzustupsen, und lächelt, als es sich krümmt und leise pupst. Thibault sieht mich an, als wir darauf warten, durch die Eingangstür in den Riesensupermarkt zu kommen. »Wenn du noch mal zum Arzt gehen willst, bevor wir aufbrechen, bringe ich dich gerne hin.«

»Nein, ist schon in Ordnung. Ich bin sicher, dass das völlig normal ist. Zu weite Strecken sind wahrscheinlich keine gute Idee, aber ein bisschen Bewegung schadet bestimmt nicht. Das haben jedenfalls die Krankenschwestern gesagt. Dann ist das meine Trainingseinheit für heute.«

Er beugt sich über den Einkaufswagen und sieht mir tief in die Augen. »Du kannst gerne im Auto warten. Ich schaffe das schon, ehrlich. Wenn du möchtest, nehme ich T mit. Dann kannst du vielleicht ein Nickerchen machen.«

Ich gebe ihm einen sanften Klaps auf den Arm. »Ich bin kein Waschlappen, verstanden? Ich … habe nur gerade erst ein Baby bekommen.«

Er lächelt und setzt den Wagen wieder in Bewegung. »Okay, Miss Unverwüstlich. Na dann los. Wenn du zu müde wirst, setze ich dich einfach in den Wagen und kutschiere deinen … Hintern durch den Laden.«

Er wollte *dicken Hintern* sagen, da bin ich mir sicher. Ich drehe den Kopf und werfe einen bedeutungsschweren Blick auf meinen Allerwertesten. »Was stimmt denn nicht mit meinem Hintern?«

Er schiebt den Wagen an mir vorbei. »Gar nichts.« Er hat ein teuflisches Grinsen auf den Lippen.

»Junge, ich bin …« Ich schüttle nur den Kopf und genieße es, zum Spaß so zu tun, als ginge er mir auf die Nerven. Diese unschuldigen Flirtereien mit ihm sind schön. Ich erinnere mich nicht, wann ich das letzte Mal so locker mit einem Mann umgehen konnte.

Er geht weiter, zückt am Eingang kurz seine Mitgliedskarte und hält zuerst auf die TV-&Hi-Fi-Abteilung zu. Als ich zu ihm aufschließe, betrachtet er gerade Radios, die man zum Musikhören mit seinem Handy verbinden kann.

Staunend lasse ich den Blick durch die riesige Ladenfläche schweifen und kann kaum glauben, was man hier alles kaufen kann. Die Tiefkühlabteilung ist am anderen Ende. Ich frage mich, wie weit die Hütte von hier entfernt ist.

»Gibt es in deiner Hütte einen ordentlichen Kühlschrank oder so einen kleinen wie in Studentenwohnheimen?«

»Einen großen.«

»Klingt wie ein perfektes Urlaubsdomizil. Im Bayou, richtig?«

»Genau. Umgeben von Bäumen voller Hängemoos. Es ist wunderschön da.«

»Ich freue mich schon darauf.« Im Vergleich zu meiner sonstigen Lebensumgebung klingt es himmlisch. Aber ich sollte wahrscheinlich nicht zu viel erwarten. Wir werden nur eine Weile dort bleiben, und Thibault hat schon angedeutet, dass die Hütte nicht allzu komfortabel ist.

»Ich auch.« Er nimmt eine Schachtel mit Kopfhörern, um sie sich genauer anzusehen. »Mir ist gerade klar geworden, dass ich seit zwei Jahren keinen Urlaub mehr gemacht habe.« Er wirft mir einen Blick zu. »Nicht, dass das ein Urlaub wäre, aber ich arbeite immerhin nicht.«

»Zwei Jahre? Wow! Kannst du dir denn gar nie freinehmen?«

»Doch, natürlich. Ich kann ganz normal Urlaub nehmen, mache ich aber nie. Wenn ein Fall abgeschlossen ist, wartet schon der nächste. Selbst wenn nicht viel los ist, wie im Moment, muss ich mich um Personalkram kümmern, geschäftliche Entscheidungen mit Ozzie treffen, trainieren, sobald es meinem Knie besser geht …«

Jemand schiebt sich hastig an mir vorbei und stößt mir seinen Ellbogen in den Arm, entschuldigt sich aber nicht einmal. Ich sehe dem Fremden, dessen Hose viel zu hoch sitzt, mit finsterer Miene hinterher. »Dieser Markt ist echt nicht von dieser Welt.«

»Hier geht es zu wie im Irrenhaus«, sagt Thibault und sieht sich suchend um. »Wo gibt's denn hier die Snacks?«

Ich bleibe vor einer Reihe mit Glasregalen stehen und nehme eine der Taschen unter dem Scheinwerferlicht in die Hand. Ich kann nicht glauben, was ich da sehe. »Die ist von Gucci. Hast du eine Ahnung, wie viel die in deren Läden kostet?« Ich suche nach dem Preisschild. Genau solche Dinge kauft

Pavel seinen Frauen, damit klar ist, dass sie ihm gehören. Ich habe sehr früh kapiert, wie er tickt, und nur solche Geschenke von ihm angenommen, die ich gar nicht ablehnen konnte.

»Ich wette, dort kostet sie mehr als hier«, antwortet Thibault.

Endlich entdecke ich den Preis auf einem kleinen Schild am Glasregal. *Meine Güte.* »Das kannst du aber laut sagen.« Ich stelle sie vorsichtig wieder neben die anderen. Obwohl sie nur knapp die Hälfte kostet wie sonst, liegt sie deutlich über meinem Budget. Mir würde nicht mal im Traum einfallen, so viel Geld für eine Tasche auszugeben, vor allem jetzt, da ich Windeln kaufen muss.

Thibault steuert den Einkaufswagen in Richtung einer anderen Abteilung des Markts, und wir lassen die Luxusgüter und Elektrogeräte hinter uns. »Hier gibt es fast alles nur in großen Gebinden, aber wenn ich mir so überlege, wie viele Windeln der kleine Mann hier so brauchen wird, sind wir hier richtig.« Er bleibt stehen, um jemanden vorbeizulassen und streicht währenddessen über Ts Wange. Das Baby krümmt sich daraufhin, wacht aber nicht auf. Er schaut plötzlich ganz finster, als hätte Thibault ihn gestört, und wir müssen beide lachen.

»Er will sagen, ›Nimm die Finger weg. Siehst du nicht, dass ich versuche zu schlafen?‹«, übersetze ich und berühre zärtlich sein winziges Kinn.

»Tut mir leid. Ich hätte ihn in Ruhe lassen sollen.« Thibault sieht mich entschuldigend an.

»War nur ein Spaß.« Ich gebe ihm mit dem Handrücken einen Klaps auf den Arm. »Komm schon, entspann dich mal. Ich hab doch nur rumgeblödelt. Von mir aus kannst du ihn die ganze Zeit im Gesicht kitzeln.«

Er hebt die Augenbrauen. »Hast du gerade gesagt, ich soll mich entspannen?«

»Ja.« Ich verkneife mir ein Grinsen.

Er macht einen Schmollmund und presst die Lippen zusammen. »Na schön. Dann entspanne ich mich mal.« Grienend steuert er den Wagen in einen Gang voller Fertiggerichte. »Großpackungen Beef Jerky, ich komme.«

Als ich ihn ein Gebinde von etwa hundert Packungen Trockenfleisch hochheben sehe, muss ich die Frage einfach stellen, die mir durch den Kopf huscht. »Kannst du abschätzen, wie lange wir in der Hütte bleiben werden?«

Er zuckt die Achseln. »Vielleicht nur für ein paar Tage. Das hängt davon ab, was das Team beim Sichten deiner Daten so rausfindet.«

»Welche Daten?« Ich bleibe wie angewurzelt stehen und bin nicht sicher, wovon er redet.

Er nimmt eine andere Packung Trockenfleisch und studiert sie eingehend, während er antwortet. »Was auch immer du Holloway geben wolltest.« Er hebt den Kopf und sieht mich an. »Vorausgesetzt du vertraust uns und lässt uns für dich einen Blick darauf werfen.«

Er widmet sich wieder seinem Naschwerk, was mir die Zeit verschafft, mich in Ruhe zu sortieren, ohne seinen Blick auf mir zu spüren.

»Ich kann mich nicht daran erinnern, dass ich das als Teil meines Plans aufgezählt habe«, antworte ich, als er den Wagen ein Stück weiter den Gang entlangfährt.

»Wir hatten noch nicht die Gelegenheit, darüber zu sprechen. Ich dachte, wir könnten das auf dem Weg zur Hütte nachholen. Die Fahrt dauert ungefähr eine Stunde.«

Meine erste Reaktion ist, ihm zu sagen, das könne er vergessen. Sein Team ins Bild zu setzen hat nicht zu meinem Plan gehört. Aber bei genauerem Nachdenken wird mir klar, dass ich eigentlich gar keinen Plan habe. Schon seit der ersten Wehe nicht mehr.

Stattdessen gehe ich zu ihm hinüber und stütze mich ein wenig auf den Einkaufswagen. Ich habe Schmerzen im Lendenbereich. »Willst du damit sagen, dein Team kann Holloway an meiner Stelle die Informationen zukommen lassen? Damit ich ihn nicht treffen muss?« Die Idee, nie mehr nach New Orleans zurückzukehren, gefällt mir. Nicht, weil ich die Stadt nicht mag, sondern weil Pavel dort ist und ich das Gefühl habe, er hat Augen überall, die alle nach mir Ausschau halten.

»Vielleicht. Ich schätze, das kommt darauf an, was du hast.«

Ich würde ihm so gerne alles erzählen. Es wäre so schön, mich jemandem anzuvertrauen und diese Last mit jemandem zu teilen. Aber das geht nicht. Zumindest jetzt noch nicht. Trotzdem hat er ein Recht darauf, gewisse Dinge zu erfahren. Schließlich versteckt er mich und mein Baby.

»Sagen wir einfach, ich habe das, was der Detective braucht.«

Er schaut mich an, dann schiebt er den Wagen in den nächsten Gang. »Sobald wir es uns in der Hütte ein bisschen gemütlich gemacht haben, nehmen wir Kontakt mit ihnen auf und geben ihnen, was du hast. Wenn du willst. Das liegt ganz bei dir.« Er hält inne, senkt die Stimme und sieht mir tief in die Augen. »Ich möchte schließlich nicht, dass du denkst, ich wäre nichts als ein aufdringlicher Idiot.«

Offenbar hat er sich zu Herzen genommen, was May und Jenny gesagt haben. Das muss man ihm zugutehalten. Die meisten Männer ignorieren Ratschläge von Frauen. »Okay. Das klingt nach einem Plan.«

»Ich finde es nur fair, schließlich lässt du dir inzwischen ein bisschen von mir helfen.«

»Was soll das denn bedeuten?«

Er zuckt die Achseln und schiebt den Wagen wieder weiter, wobei er sich mit beiden angewinkelten Armen schwer darauf stützt.

»Nichts. Ich meine nur, dass du ursprünglich mit dem nächstbesten Bus verschwinden wolltest, jetzt aber meine Hilfe akzeptierst. Zumindest in Maßen – und darüber freue ich mich.« Er bleibt stehen und wirft mir über die Schulter einen Blick zu. »Zwischen uns ist alles in Ordnung, oder? Das ist dir nicht alles viel zu viel?«

»Ja, zwischen uns ist alles in Ordnung.« Es ist mir alles viel zu viel, aber das ist nicht seine Schuld. Er gibt sich größte Mühe. Das ist klar. Genau wie ich. Aber ich weiß nicht, was meine Motivation ist. Angst? Neid? Begierde? Wahnsinn? Mein Leben ist seit Wochen eine emotionale Achterbahn, alle vier Erklärungen liegen also im Bereich des Möglichen. Aber darüber kann ich im Moment nicht nachdenken. Ich werde jetzt diesen Einkauf durchziehen, in diese Hütte fahren, mal einen Tag lang tief durchatmen und mich dann um alles andere kümmern.

»Beherrschst du noch irgendein anderes Gericht außer Sandwiches und Pasta?«, frage ich.

Er deutet mit dem Daumen auf seine Brust. »Wer, ich? Machst du Witze?«

»Nein. Warum sollte ich? Du bist ein alleinlebender Single-Mann. Es ist ja wohl nicht so abwegig zu glauben, dass du dich von Tiefkühlkost und bestelltem Essen ernährst, wenn du nicht gerade bei deiner Schwester isst. So macht Pavel das jedenfalls.«

»Meistens hole ich mir irgendwo was. Tiefkühlkost ist nicht so meins.«

»Oh! Du kannst also nur Pasta zubereiten.«

»Fast. Ein bisschen mehr geht schon noch, aber du darfst gerne die Küche zu deinem Revier erklären, wenn du möchtest.«

Wir gehen noch durch ein paar weitere Gänge, dann lässt sich Thibault wieder vernehmen: »Habt ihr zusammengelebt? Du und Pavel?«

Er bleibt mit dem Wagen stehen, als wir in den nächsten Gang kommen.

»Nein.« Allein der Gedanke lässt meinen Blutdruck in die Höhe schnellen. Es war schon schlimm genug, jeden Tag mit ihm zusammenarbeiten zu müssen.

Thibault legt eine Großpackung Kaugummis in den Einkaufswagen. »Nimm, was du willst. Egal was. Uns sind keine Grenzen gesetzt.«

Ich bin froh über den Themenwechsel. »O wow, das ist echt aufregend.« Ich lege eine Packung Oreos in den Wagen.

Er hört auf, den Wagen neben mir her zu schieben, und schaut mich an. »Als wir bei dir vorbeigefahren sind und du nicht rein wolltest, bin ich davon ausgegangen, es läge daran, dass er zu Hause ist.«

Aus irgendeinem Grund ist es leichter, in diesem riesigen Supermarkt mit ihm zu reden, umgeben von Fremden, als wenn ich mit ihm in seinem Haus allein bin. »Nein, wir haben nicht zusammengelebt, aber ich habe mir die Wohnung mit jemandem geteilt, den er sehr gut kennt. Sein Auto stand vor der Tür, deshalb …« Ich zucke die Achseln.

»Oh.« Thibault schiebt den Wagen weiter und erreicht schließlich einen Verkaufstisch voller Bücher. Er nimmt ihn in Augenschein.

Ich sehe ihn mir auch an, und mein Blick bleibt an einem Band mit hübschen Fotos von Nahrungsmitteln auf dem Umschlag hängen. »Hast du was dagegen, wenn ich ein Kochbuch kaufe?« Ich halte es hoch. »Du kriegst dein Geld zurück, sobald wir einen Bankautomaten finden.«

»Fühl dich eingeladen.« Er kommt näher und senkt die Stimme. »Allerdings halte ich es für besser, wenn wir eine Weile nicht an Geldautomaten abheben. Die könnten Aufschluss darüber geben, wo wir sind, und im Augenblick wäre es mir lieber, wenn uns niemand aufspüren kann.«

»Verstanden.« Ich nicke, und all die schrecklichen Gefühle und Sorgen Pavels wegen stürmen wieder auf mich ein.

»Du hast mir noch gar nicht erzählt, wie Pavel dich im Krankenhaus gefunden hat«, sagt er und versucht, beiläufig zu klingen, was ihm vollkommen misslingt. »Hast du ihn angerufen?«

Seufzend lasse ich das Kochbuch in den Wagen fallen. Mir wäre so einiges erspart geblieben, wenn ich meinem Instinkt gefolgt wäre und Sonia nicht angerufen hätte. »Nicht direkt.« Vielleicht hätte Pavel irgendwann alles herausgefunden, weil er mein Auto in den Nachrichten gesehen hätte, aber ich hätte dann viel mehr Zeit gehabt wegzukommen.

Ich sehe mir Beutel mit geriebenem Käse in der Kühlung an, werfe aber immer wieder Seitenblicke zu Thibault, um sicherzugehen, dass er mir immer noch mit dem Wagen mit meinem Sohn folgt. Zwar nehme ich nicht an, dass Thibault etwas Unvernünftiges tun würde, aber es fühlt sich nach wie vor überhaupt nicht gut an, weiter als anderthalb Meter von T entfernt zu sein. Es ist, als hätte Thibault zwar die Nabelschnur durchtrennt, aber es sei noch eine zweite, unsichtbare da, die uns nach wie vor verbindet.

Thibault starrt den Kleinen an, und Menschen sind gezwungen, um unseren Wagen herumzugehen. Ich gehe hinüber und bleibe neben ihm stehen. »Warum schaust du so? Ist alles in Ordnung mit ihm?«

»Es geht ihm gut. Er träumt.« Thibault deutet auf sein Gesicht. »Schau mal, er hat die Augenbrauen zusammengezogen, als wäre er stinksauer.«

Ich lächle. »Das macht er ständig. Ich frage mich, was gerade in seinem Köpfchen vorgeht.«

Der Kleine lächelt im Schlaf und bewegt die winzigen Lippen, als würde er saugen.

»Wenn du mich fragst, träumt er von deinen Brüsten.«

Ich lache schallend. »Wie bitte?«

Er lächelt unschuldig wie ein kleiner Junge, den man gerade bei irgendetwas ertappt hat. »Was denn? Er ist ein Baby. Deine Brüste sind der Nabel seiner Welt.«

»Ach ja?«

Er hält beschwichtigend die Hände vor den Körper. »He, ich bin unschuldig, ich habe nur einen Kommentar über eine Mutter und ihr Baby abgegeben.«

»Ich glaube, du solltest mal aufhören, an meine Du-weißt-schon zu denken und dich aufs Einkaufen konzentrieren.«

»Aye, Ma'am.« Über den Griff des Einkaufswagens gebeugt, hinkt er davon. Ich könnte wetten, dass er noch immer grinst, aber ich kann sein Gesicht nicht sehen.

Dann hebt er die Hände. »Ich bin unschuldig«, sagt er, diesmal lauter.

Ich sehe ihm kopfschüttelnd nach, als er in den nächsten Gang abbiegt. Noch charmanter geht's kaum.

»He, Tamika. Wie läuft's denn so?«, fragt eine Stimme hinter mir. Mir rutscht das Herz in die Hose, als ich sie erkenne. *Sebastian? Hier?* Meine Paranoia folgert daraus, dass er für Pavel auf der Suche nach mir ist, und ich bin so entsetzt über die Tatsache, dass er mich gefunden hat, dass ich am liebsten schreien würde – ich sollte doch die Nadel im Heuhaufen sein. Doch dann sehe ich, dass auch Sebastian einen gut gefüllten Einkaufswagen vor sich her schiebt, und die Paranoia ebbt ab. Jetzt habe ich einfach nur noch Angst. Sebastian ist wie alle anderen zum Einkaufen hier, aber er wird natürlich sofort Pavel anrufen, um ihm zu erzählen, wen er hier getroffen hat.

Thibault ist stehen geblieben und schaut zu mir herüber, unser Einkaufswagen ist nicht mehr sichtbar, weil er ihn schon um die Ecke in den nächsten Gang geschoben hat. Ich reiße die Augen auf und schüttle kaum merklich den Kopf, ehe ich mich umdrehe und mich dem Mann hinter mir zuwende.

»He, Sebastian. Wie geht's? Dich habe ich ja ewig nicht gesehen.« Ich kann mich nicht nach Thibault umschauen. Schließlich besteht die Chance, dass Sebastian mich nicht zusammen mit ihm und dem Kleinen gesehen hat. Mir ist schlecht. Ich muss die ganze Zeit schlucken, damit mir nicht die Galle hochkommt.

»Gut. Ich versuche schon eine Weile, Kontakt mit Pavel aufzunehmen. Hast du ihn in letzter Zeit gesehen? Ich war gestern bei ihm, aber er war nicht zu Hause. Dann habe ich ihm ein paar SMS geschickt, aber er antwortet mir nicht.« Er lügt definitiv. Er war gestern Abend mit Pavel und Sonia bei mir daheim. Ich habe sein Auto dort gesehen. Er spielt Spielchen.

Ich zucke die Achseln und schiebe die Hände in die Taschen von Tonis Kapuzenjacke, damit er nicht merkt, dass sie zittern. »Nein, ich habe ihn eine Weile nicht gesehen. Ich hatte ziemlich zu tun.«

»Ach, echt? Was hast du denn so getrieben?«

»Ach, nicht viel. Du kennst Pavel doch … er hat ständig etwas für mich zu erledigen. Aber ich darf nicht darüber reden.« *So.* Damit wäre die Saat des Zweifels in Sebastians Kopf gesät. Das ist bei Pavels Leuten nicht besonders schwer. Sie sind extrem paranoid. Vielleicht glaubt er jetzt, Pavel hätte gestern Spielchen mit ihm gespielt, so getan, als suche er nach mir und in Wirklichkeit die ganze Zeit genau gewusst, wo ich war.

Sebastian runzelt die Stirn. »Ja, klar.« Dann hellt sich seine Miene sichtbar auf, als er die nächste Frage stellt.

»Wie geht es Alexei? Alles in Ordnung bei ihm?«

Schon wieder Spielchen. Ich darf jetzt nicht zeigen, dass ich mir Sorgen mache, warum Pavels süßer, behinderter Cousin seit ein paar Wochen nicht mehr unangekündigt zum Essen bei mir vorbeigekommen ist. Teil meines Deals mit den Bullen wird es sein, dass sie nach ihm suchen. Ich werde nicht die einzige

Person im Stich lassen, die mir einen Grund gegeben hat, morgens aufzustehen.

»Ich habe ihn länger nicht gesehen. Seit Wochen schon nicht mehr.« Als Alexei nicht mehr bei mir auftauchte, musste ich so tun, als sei mir das egal. Nur so konnte ich verhindern, dass Pavel ein zu großes Interesse an meinem Leben entwickelte. Ich versuche, die Tatsache zu ignorieren, dass Alexei auch der Grund war, warum ich überhaupt so lange in der Stadt geblieben bin, und dass sein Verschwinden es mir leichter gemacht hat, Pavels Geheimnisse gegen meine Sicherheit einzutauschen, aber es gelingt mir nicht. Die Schuldgefühle, weil ich ihm keine bessere Freundin war, nagen an meinem Herzen.

»Den habe ich auch schon eine Weile nicht mehr gesehen.« Sebastian sieht sich um und senkt die Stimme. »Hat er einen Fehler gemacht? Ist er … kaltgestellt worden?«

Ich zucke die Achseln und presse die Arme fest an meinen Körper. Es fühlt sich an, als sei es im Supermarkt gerade deutlich kälter geworden. »Keine Ahnung. Du weißt, ich stelle solche Fragen nicht.«

»Ja, aber ich hätte gedacht, bei Alexei wäre das etwas anderes. Ihr wart doch Freunde, oder? Du hast dich manchmal um ihn gekümmert?«

Ich funkle Sebastian an. Er versucht, mich zu provozieren, und das wissen wir beide. Aber ich werde den Köder nicht schlucken, weil ich so schnell wie möglich von hier wegmuss, ehe er Pavel anruft und ihm erzählt, dass er mich getroffen hat.

Sebastian richtet sich auf und lächelt. »Oh, wie blöd von mir, jetzt habe ich dir die Laune verdorben.« Er ballt die Faust und boxt mir spielerisch gegen den Arm. Ich zucke zurück, doch er trifft mich trotzdem. Das wird einen blauen Fleck geben, denn er hat bewusst die Fingerknöchel eingesetzt. »Ich bin sicher, es geht Alexei gut. Grüß ihn von mir, wenn du ihn siehst.«

»Ja, alles klar, mach ich.«

Er stemmt die Hände in die Hüften. »Pass auf dich auf, Tamika.« Der Satz enthält unverkennbar eine verborgene Botschaft, aber ich will nicht einmal versuchen, sie zu entschlüsseln.

»Ja, mach ich. Du auch auf dich.«

Ich wende mich ab, um in die entgegengesetzte Richtung, dem Ladeneingang, zu verschwinden. Ich will nur noch weg. Mich verstecken.

Sebastian darf mich auf gar keinen Fall mit meinem Baby sehen. Er ist genau die Sorte psychotischer Speichellecker, der sich überhaupt nichts dabei denken würde, sich T zu schnappen und mit ihm abzuhauen, weil er glaubt, er täte Pavel einen Gefallen, wenn er ihm sein Kind frei Haus liefert. Ich bete, dass Thibault weiß, dass ich mein Kind nie allein zurücklassen würde. Ich muss mich nur so lange verstecken, bis Sebastian verschwunden ist.

Kapitel 21

Ich warte neben dem Hot-Dog-Stand jenseits der Kassen. Drei Leute stehen vor Thibault in der Kassenschlange. Baby T sieht aus, als wache er gerade auf, zumindest strampelt er heftig in seinen Decken. Thibault beugt sich vor, um mit ihm zu sprechen, aber ich kann nicht hören, was er sagt. Das Wissen, dass mein Baby Hunger hat, lässt meinen Körper instinktiv reagieren. Plötzlich fühlen sich meine Brüste schwer an und laktieren. *Verdammt!* Ich schaue nach unten und hoffe, die Jacke ist dick genug, um die feuchten Flecken zu verbergen.

Eine Frau nähert sich aus dem nächsten Gang meinem Baby. »Wie alt ist er?«, fragt sie laut. Ihr Oberteil könnte nicht tiefer ausgeschnitten und ihre Hose nicht enger sein. Ich hasse sie augenblicklich. *Finger weg von meinem Baby! Finger weg von meinem … Freund!*

Verdammt! Beinahe hätte ich »Mann« gedacht. Ich schüttele den Kopf und versuche, ihn wieder klar zu kriegen und mich zu konzentrieren. Offenbar brauche ich etwas zu essen. Der Duft der Hot Dogs bringt mich beinahe um.

Thibault antwortet, aber wieder kann ich ihn nicht hören. Er ist komplett auf den Kleinen konzentriert. Seltsam, dass er im Gegensatz zu allen anderen Typen in der Nähe nicht die Frau mit den Augen auszieht. Selbst mir fällt es schwer, den Blick von ihr loszureißen. Ich sehe einen massiven Klamottenunfall. Es sieht aus, als würden ihr jeden Augenblick die Titten aus dem Oberteil fallen.

»Ach, du meine Güte, der ist ja noch ganz winzig«, sagt sie und hängt Thibault ihre Euter ins Gesicht. »Ich kann nicht glauben, dass Sie mit ihm schon rausgehen.«

Thibault wirkt besorgt, als er antwortet.

Sie zuckt die Achseln. »Manche Leute wollen ihre Neugeborenen am Anfang nicht allen möglichen Keimen in der Umwelt aussetzen. Aber ich bin sicher, Ihr Kinderarzt hat Sie da schon richtig beraten.« Sie zeigt in einem strahlenden Lächeln ihre Zähne.

Ich komme mir unsagbar dumm vor, weil ich nicht im Auto geblieben bin. In der Broschüre, die ich im Krankenhaus gelesen habe, stand, ich solle T nicht zu früh Fremden und Ansteckungsquellen aussetzen. *Was ist bloß los mit mir?* Ich hätte einem Psycho *und* der Pest gleichzeitig aus dem Weg gehen können.

Thibault wickelt den Kleinen enger in seine Decke und nickt der Frau beiläufig zu. Dann schiebt er den Wagen weiter, als eine weitere Person in der Schlange vor ihm den Bezahlvorgang abschließt. Er lässt den Blick über die Menge schweifen, wahrscheinlich auf der Suche nach mir, aber ich fürchte, wenn er mich sieht, wird er mich zu sich winken, und dann könnte uns Sebastian zusammen sehen. Ich gehe davon aus, dass er immer noch irgendwo im Markt ist, denn ich habe ihn nicht weggehen sehen.

Komm schon, komm schon. Meine Brust schmerzt vom Wunsch, den Kleinen zu stillen und vor Angst.

T ist zu weit weg. Jeder könnte ihn sich schnappen. Ich drehe nur nicht vollkommen durch, weil ich weiß, dass er bei Thibault gut aufgehoben ist. Er würde nicht zulassen, dass meinem Baby etwas passiert. Ich hole mehrfach tief Luft, um mich zu beruhigen und meinen Puls etwas zu verlangsamen. Mir ist eiskalt, und trotzdem bin ich schweißgebadet.

Das Bezahlen dauert ewig. Als Thibault fast fertig ist, gehe ich zügig zum Ausgang und ignoriere es, als ein Mitarbeiter mir zuwinkt und meine Einkäufe überprüfen möchte. Da ich nichts gekauft habe und es mir nicht leisten kann, Zeit zu vergeuden, solange Sebastian mich sehen könnte, gehe ich direkt in den rückwärtigen Bereich des Parkplatzes und stelle mich an eine Hecke auf einen hohen Randstein, in der Hoffnung, von diesem leicht erhöhten Aussichtspunkt Thibault leichter entdecken zu können. Sobald er sich Richtung Auto bewegt, werde ich mich auch in Bewegung setzen.

Schließlich kommt Thibault aus dem Supermarkt gehinkt. Er bleibt stehen, blickt sich um und schüttelt den Kopf, als er mich nicht entdeckt. Ich bin erleichtert, denn wenn er mich nicht gesehen hat, wird es auch Sebastian nicht gelingen.

Als er am SUV ankommt und die Heckklappe öffnet, setze ich mich in Bewegung, so schnell ich kann, und schaue dabei nach links und rechts, bereit, die Richtung zu wechseln, wenn ich irgendwo Sebastians Gesicht oder sein knallrotes Hemd sehe. Sobald ich in der Reihe parallel zu der bin, in der unser Auto steht, renne ich los.

»Wo warst du denn?«, zischt er mich an und schlägt die Heckklappe zu.

Ich zeige ihm meine Hände. Sie zittern unkontrolliert. »Gib mir den Kleinen. Wir müssen hier weg.«

Thibaults Gesichtsausdruck verändert sich sofort. Eben war er noch angepisst, jetzt übernimmt er die Regie. »Es geht ihm gut. Steig nach hinten. Die Rückscheibe ist getönt. Niemand kann hineinsehen.«

Sobald ich im Auto bin, reicht er mir meinen Sohn und schließt die Tür. Ich drücke T an mich und beuge mich vor, um seinen Duft einzuatmen. »Es tut mir so leid, Schatz. Ich habe dich im Stich gelassen. Das kommt nie wieder vor.« Mir ist speiübel. Ich kann nicht glauben, dass das gerade passiert ist.

T quengelt, also beginne ich schnell, ihn zu stillen. Ich schwitze, zittere, und in meinem Kopf dreht sich alles, doch sobald er zu saugen beginnt, bekomme ich endlich wieder richtig Luft. »Gott im Himmel, rette mich vor diesen fiesen Drecksäcken«, flüstere ich.

Thibault setzt sich auf den Fahrersitz und mustert mich im Rückspiegel. »Ich fahre erst los, wenn du den Kleinen sicher angeschnallt hast. Du kannst dich entspannen. Vom Parkplatz aus kann dich niemand sehen.« Er wischt sich Schweiß von den Schläfen und der Oberlippe.

»Okay.«

Er starrt durch die Windschutzscheibe, hat den Arm ausgestreckt aufs Lenkrad gelegt. Zwischen uns macht sich Stille breit, und so unangenehm das auch ist, ich bekomme kein Wort heraus. Es gibt nichts zu sagen. Diese Begegnung war eine Erinnerung daran, wie gefährlich das Spiel ist, das ich spiele – Pavel zu verraten und zu versuchen, dabei nicht draufzugehen. Ich muss wahnsinnig sein zu glauben, ich könnte das durchziehen. Beim Gedanken daran, was das für meinen Sohn bedeutet, muss ich mit den Tränen kämpfen.

Kapitel 22

Die Fahrt zur Hütte verläuft ereignislos. Ich stille T zweimal und mache dazwischen ein Nickerchen, und Thibault hält nur an, wenn ich den Kleinen aus seinem Sitz nehmen muss. Mit jedem Kilometer wird meine Erleichterung etwas größer. Meine Vergangenheit lasse ich in New Orleans zurück, und meine Zukunft liegt irgendwo draußen in der Welt, aber meine Gegenwart ist hier in diesem Auto, bei Superman, und ausnahmsweise macht es mir überhaupt nichts aus, dass er einen Helferkomplex hat.

Ich ruhe mich gerade mit geschlossenen Augen ein wenig aus, als ich spüre, dass das Auto langsamer wird. Vor uns ist eine Tankstelle, die Thibault ansteuert. Ich schließe wieder die Augen und versuche, mich zu entspannen.

Er hält bei den Tanksäulen an, stellt den Motor aus, steigt aus und hinkt zum Tankdeckel.

Das Auto wackelt ein wenig, als er die Zapfpistole einführt, dann entfernt er sich ein paar Schritte und zückt sein Handy. Die hinteren Fenster sind zu, aber Thibaults Seitenfenster ist offen. Ich höre jedes Wort.

»Hi. Ich bin's. Hast du einen Augenblick Zeit?« Er hält inne. »Ja, hör zu, ich bin mit Mika unterwegs, wir verlassen für ein Weilchen die Stadt. Ozzie hat gesagt, ich soll vor der OP ein paar Wochen Urlaub nehmen, also mache ich das. Zumindest für den Augenblick.«

Ich möchte mich am liebsten aufsetzen, um seinen Gesichtsausdruck sehen zu können, stelle mich aber weiter schlafend. Das ist wirklich schamlos. Mein Problem damit, anderen zu vertrauen, macht es mir unmöglich, diese Situation nicht auszunutzen. Was, wenn er etwas ganz anderes mit mir vorhat? Was, wenn er doch nicht ganz ehrlich war? Meine Oma sagte immer *Der Lauscher an der Wand hört seine eigene Schand'*, aber davon lasse ich mich nicht aufhalten.

»Tatsächlich ja«, sagt er gerade. »Könntest du mir einen Gefallen tun, den Detective, der ihren Fall bearbeitet, anrufen und mit ihm noch ein bisschen über die Beziehung der beiden reden? Er war ja beim letzten Mal ganz auskunftsfreudig. Vielleicht hat er jetzt, wo sie verschwunden ist, sogar noch mehr zu sagen. Möglicherweise hat er auf der Straße etwas gehört. Ach, und könntest du ihn nach einem Typen namens Sebastian fragen?«

Als ich diesen Namen höre, beginnt mein Puls zu rasen. *Sebastian.* Über ihn werden sie nichts herausfinden – er arbeitet im Hintergrund, macht sich nie die Hände schmutzig und lässt andere Leute seine Drecksarbeit erledigen. Doch das bedeutet nicht, dass er nicht furchtbar gefährlich ist.

Er schweigt ein paar Sekunden lang. »Keine Ahnung. Wir sind ihm heute begegnet. Er hat sie erkannt, und sie hatte Angst vor ihm, mehr weiß ich nicht.« Er wartet und seufzt dann. »Nein, sie verschweigt mir nichts. Nicht wirklich. Sie hat nur … Angst. Ich glaube, sie vertraut im Augenblick niemandem, aber daraus kann ich ihr keinen Vorwurf machen. Ich stelle ihr einfach weiter Fragen, und hoffentlich wird sie irgendwann anfangen, sie zu beantworten. Vielleicht wenn sie erkennt, dass ich ihr wirklich nur helfen will …«

Er zischt und lacht dann seltsam. »Kannst du das bitte lassen? Im Ernst. Sprich mit deiner Frau oder mit May, wenn du die Details unserer Beziehung analysieren möchtest. Das ist ihr Spezialgebiet. Da bist du bei mir an der falschen Adresse.«

Mein Herz schlägt schneller. Das muss Jennys Mann Dev sein, und es klingt, als ziehe er Thibault mit dem, was zwischen uns läuft, auf. Ich weiß, ich sollte mir nicht wünschen, dass er etwas für mich empfindet, aber ich habe meine Emotionen im Augenblick scheinbar überhaupt nicht im Griff. Dieser halbe Kuss hat alles nur noch schlimmer gemacht.

»Jedenfalls werde ich versuchen, von ihr zu erfahren, was sie Holloway liefern will, wenn ich mehr Infos habe, schicke ich dir per SMS alles, was dir weiterhelfen kann.«

Es entsteht eine wirklich lange Pause. Offenbar hört er Dev eine ganze Weile zu, dann spricht er wieder: »Wenn das ein Problem für dich darstellt, dann sag es. Ich kann das auch selbst machen. Ich habe hier draußen nur keinen besonders guten Handyempfang und würde mich wirklich gerne auf Mika und das Baby konzentrieren, solange ich ihre ungeteilte Aufmerksamkeit habe. Sie hat Angst und ist davon überzeugt, dass sie weg muss, aber sie hat keinen Plan. Ich will ihr wenigstens helfen, einen zu entwickeln.«

Seine Freundlichkeit ist Segen und Fluch zugleich. Dann fällt mir wieder ein, dass er sicher anders empfinden würde, wenn er alles über mich wüsste, was es zu wissen gibt.

Ich höre Kies knirschen, und seine Stimme wird leiser. »Okay, cool. Sag Ozzie noch mal vielen Dank von mir, ja? Ich muss jetzt mein Benzin bezahlen.« Plötzlich hält er inne. »Ja, was denn?« Dann lacht er erstickt.

»Im Ernst jetzt? Heilige Scheiße … gratuliere!«

Ich setze mich auf, drehe mich um und spähe über die Kopfstützen. Thibault fasst sich gerade an den Kopf.

»Echt jetzt? Das sind ja tolle Neuigkeiten. Ich freue mich so für euch. Verdammt. Langsam wird das Haus echt voll. Wann soll es denn auf die Welt kommen?«

Jenny ist schwanger? Ich drehe mich wieder um, schließe die Augen und lasse den Kopf gegen die Nackenstütze sinken.

Das freut mich für sie. Ihr Mann scheint nett zu sein, und sie haben beide einen guten Beruf mit normalen, nicht kriminellen Kolleginnen und Kollegen. Ich versuche, nicht neidisch zu sein, aber das fällt mir wirklich schwer. Wie schön wäre es, wenn ich das für T und mich auch haben könnte. Doch wie ich hier im SUV dieses Mannes sitze, auf der Flucht vor einem Gangster, kommt mir das vor wie ein unmöglich zu verwirklichender Traum.

Thibault hat zu Dev gesagt, er wolle mir helfen, einen Plan zu entwickeln. Ich habe so viele seiner Hilfsangebote abgelehnt wie möglich, weil ich es nicht gewohnt bin, mich auf andere zu verlassen oder ihnen auch nur so weit zu vertrauen, dass ich das könnte – ich habe darin einfach keine Übung. Aber jetzt, wo wir auf dem Weg zu seiner Hütte sind und ich endlich in Sicherheit mehr nachdenken kann, kommt es mir albern vor, mich weiter so gegen ihn zu sperren. Ich habe gerade ein privates Telefongespräch von ihm belauscht, und er hat nichts gesagt, woraus ich schließen könnte, dass er niedere Motive hat. Bisher habe ich nicht bereut, ihn kennengelernt zu haben. Vielleicht sollte ich ihm zu Ende zuhören. Es kann schließlich nicht schaden, seine Meinung zu kennen.

Kapitel 23

»Alles in Ordnung da hinten?«, fragt Thibault, als er wieder einsteigt.

»Ja. Mit wem hast du telefoniert?« Ich beschließe, das Unschuldslamm zu spielen und zu testen, wie viel er mir erzählt. Ich möchte ihm wirklich unbedingt vertrauen. Während ich auf eine Antwort warte, klammere ich mich fest an die Armlehne an der Seitentür.

»Mit einem Freund und Kollegen. Er wird ein bisschen für mich herumtelefonieren. In der Hütte ist der Handyempfang ganz mies.«

»Geht's in diesen Anrufen ganz zufällig um mich?«

»Ja.«

Ehrlichkeit. Gut. Ein Punkt für Thibault. »Danke, dass du mich hast schlafen lassen. Ich war wirklich erschöpft.«

»Gerne. Kein Problem.«

Mir fällt plötzlich auf, wie hell die Sonne strahlt. Die Motorhaube von Thibaults Auto scheint regelrecht zu funkeln. »Ziemlich schöner Tag heute.«

»Und wie. Sehr lau. Angenehmer Wind.«

»Sieht aus, als hättest du eine ganze Menge eingekauft«, sage ich und schaue über die Rückenlehne in den Kofferraum.

Obwohl ich ihn stehen gelassen habe, bevor wir viel in den Einkaufswagen gepackt hatten, hat er die Geistesgegenwart besessen, zu besorgen, was wir brauchen. Ich sehe zwei Packungen Windeln und darunter tonnenweise Lebensmittel und sonstiger Babybedarf. Dass er so praktisch denkt und unter Druck einen kühlen Kopf bewahren kann, imponiert mir.

»Ja. Baby T und ich haben das gemeinsam durchgezogen. Er kann schon verdammt gut einkaufen.«

Die Scham erschwert mir das Sprechen, aber ich muss es tun. »Es tut mir leid, dass ich euch im Stich gelassen habe. Danke, dass du dich für mich um T gekümmert hast. Es war schrecklich, so lange von ihm getrennt zu sein.«

»Ja … was war da eigentlich los?«

Ich frage mich, ob ich überreagiert habe. »Ich wollte nur, dass er seine Nase nicht in meine Angelegenheiten steckt.«

»Das habe ich gemerkt. Kannst du mir sagen, wer Sebastian ist?«

T beginnt zu weinen, deshalb nehme ich ihn aus seinem Sitz und lege ihn zu einem raschen Snack an, ehe wir wieder aufbrechen. Ich spiele auf Zeit, um mir eine Antwort einfallen zu lassen.

Meinen Sohn so dicht bei mir zu haben hilft mir, die schlechten Gefühle zu verscheuchen, die unsere kurzfristige Trennung hervorgebracht hat.

»Du musst es mir nicht sagen, wenn du nicht möchtest«, fügt Thibault an.

Er ist so nett und so geduldig mit mir, dass ich mich schlecht fühle, weil ich ihn nicht ins Bild setze. Wenn ich umgekehrt versuche, mir die negativen Dinge vorzustellen, die passieren könnten, wenn ich ihn in meine Vergangenheit einweihe, fällt mir genau gar nichts ein. Ich seufze und ringe immer noch mit der Angst, die die Vorstellung mit sich bringt, jemandem Zugang zu meinem Privatleben zu ermöglichen. *Bitte, lieber*

Gott, lass mich das nicht bereuen. »Sebastian ist einer von Pavels Geschäftspartnern. Er gehört nicht zur Familie, aber er steht ihm so nahe, wie es nur geht, ohne blutsverwandt zu sein.«

»Ist er auch Russe?«

»Weiß ich nicht. Ich glaube nicht. Er kommt definitiv aus Osteuropa, aber keine Ahnung, woher genau. Ich habe ihn nie gefragt.« Ich schaue zu ihm auf und hoffe inständig, dass er mir glaubt, weil es die Wahrheit ist. »Ich habe immer versucht, den Kopf unten zu halten und mich auf das zu konzentrieren, was von mir verlangt wurde, also die Buchhaltung. Bei diesen Typen war ständig etwas los, aber ich habe mich da rausgehalten.«

Er nickt. »Verstehe. Deine gesamte Existenz drehte sich ums Überleben. Da scheint es mir total schlau gewesen sein, dass du mit all dem nichts zu tun haben wolltest.«

»Ja. Aber als ich dann meine Absprache mit Holloway getroffen habe, haben wir uns unter anderem darauf geeinigt, dass ich Informationen über ihre Geschäfte beschaffen sollte. Er wollte wissen, was Pavel so den Tag über tut, wo er hingeht, mit wem er Zeit verbringt.«

»Hast du es ihm gesagt? Holloway, meine ich? Hast du ihm die Informationen besorgt?«

»Ich habe ihm eigentlich noch gar nichts gesagt. Ein paarmal habe ich mit ihm Kontakt aufgenommen, um ihn wissen zu lassen, was ich so plane, und habe nach Möglichkeit getan, was er von mir verlangt hat, aber meine Krankheit hat sich ständig verschlimmert. Zumindest dachte ich das damals noch. Ich war der Meinung, ich hätte mir ein Magengeschwür oder chronische Verdauungsbeschwerden oder so was eingehandelt, weil ich gegen meine eigene Regel verstoßen hatte, mich aus allem herauszuhalten. Also bin ich zum Revier gefahren, um ihm zu sagen, dass ich mit den heimlichen Ermittlungen aufhören muss, bis es mir besser geht, aber er war nicht da, und dann, na ja … dann habe ich dich getroffen.«

Die Andeutung eines Lächelns huscht über Thibaults Gesicht. »Ja, und dann hast du ein Kind gekriegt.«

»Genau.« Ich schaue hinunter in Ts süßes Gesichtchen. »Woraufhin sich alle meine Pläne in Wohlgefallen aufgelöst haben. Aber wenigstens wusste ich dann, warum ich dauernd zugenommen habe und so geschwollene Knöchel hatte.«

Thibault dreht sich weiter zu mir um und hält sich dabei an der Kante seines Sitzes fest. »Wie genau sah denn dein Plan aus? Ich meine, nachdem du Pavel denunziert hattest.«

Ich sehe zu ihm auf, nicht gerade begeistert über seinen Enthusiasmus.

Er hebt eine Hand. »Falls du die Frage beantworten willst. Also nur, wenn du es mir wirklich erzählen möchtest.«

Ich lächle unwillkürlich. »Entspann dich mal.«

»Was? Ich bin total entspannt, siehst du?« Er hebt grinsend die Hände. Dann schneidet er eine alberne Grimasse, was ich niemals von ihm erwartet hätte.

Ich lache ein paar Sekunden lang, doch dann rufe ich mir ins Gedächtnis, dass das hier kein Spiel ist. Er mag so charmant und süß sein, wie ein Mann nur sein kann, aber das ändert nichts an den Fakten.

»Hör zu … ich verstehe, dass du mir zu helfen versuchst, okay? Ich weiß, es ist dir nicht leichtgefallen, dich zurückzunehmen und mir die Entscheidung zu überlassen.«

Er nickt und legt den Clown, den er verschluckt hat, wieder an die Leine. »Ich schätze, dem kann ich zustimmen.«

Der Kleine ist an meiner Brust eingeschlafen, und ich löse ihn vorsichtig davon und mache mich daran, ihn wie einen Burrito einzuwickeln. »Ich hoffe, dir ist auch klar, wie sehr ich mich bemühe, dir zu vertrauen.«

»Ja, und ich weiß es zu schätzen.«

Ich sehe wieder zu ihm auf und halte inne. »Das ist eine große Sache für mich. Ich kenne dich immer noch nicht richtig, und für mich steht viel auf dem Spiel. Um ehrlich zu sein, glaube ich, ich bin im Augenblick einfach nur verzweifelt, deshalb gehe ich ein größeres Risiko ein, als ich es normalerweise mit einem Fremden tun würde.«

Er hält sich wieder am Sitz fest. »Vorschlag: Wie wäre es, wenn wir die nächsten paar Tage in der Hütte dazu nutzen, einander besser kennenzulernen? Dann fühlst du dich in meiner Gegenwart wohler, und wir sind uns nicht mehr so fremd.«

Ich nicke. Das ist nicht zu viel verlangt, das Risiko ist überschaubar – der Vorschlag gefällt mir. »Okay. Damit bin ich einverstanden.«

»Aber wir müssen uns schon beide anstrengen«, sagt er. »Ich bemühe mich, meinen Kontrollzwang zu zügeln, und du arbeitest daran, so viel Vertrauen zu mir zu entwickeln, dass du mich etwas besser einweihen kannst. Abgemacht?«

»Ja. Einverstanden. Abgemacht.«

Er hält mir die Hand hin. »Schlag ein.«

Ich lege den Kleinen in seinen Sitz und nehme Thibaults Hand. Eigentlich sollte das gar nichts bedeuten, wir treffen einfach nur eine Abmachung, aber die Berührung seiner Haut macht etwas mit mir. Thibault reißt überrascht die Augen auf, als sich unsere Hände berühren. Er spürt es auch.

»Abgemacht«, sage ich mit gepresster Stimme. Ich entziehe ihm meine Hand und mache mich daran, den Kleinen anzuschnallen.

Zwischen uns herrscht eine ungeheure Spannung, aber ich bin nicht sicher, ob es daran liegt, dass wir gemeinsam in dieser gefährlichen Lage sind, oder ob es sich um irgendeine irre Form der Anziehung handelt. Sicher bin ich nur, dass ich so etwas noch nie gespürt habe.

Ihm die Hand zu reichen hätte keine große Sache sein dürfen, aber es hat sich angefühlt wie eine intime Berührung.

»Das hast du inzwischen ziemlich gut raus.« Er deutet auf T. »Die Burrito-Wicklung, das Stillen, den Kindersitz. Du machst das wie ein Profi.«

Ich lächle ihn müde an. »Na ja, es fühlt sich auch an, als hätte ich mittlerweile ziemlich viel Übung. Er ist erst ein paar Tage alt, aber mein Körper behauptet, ich würde mich schon seit Wochen um ihn kümmern.«

»Wie fühlt sich das an?« Er schaut erst den Kleinen und dann mich an. »Mutter sein. Macht es bisher Spaß?«

Mir wird ganz warm ums Herz, weil er sich die Mühe macht, diese Frage zu stellen, und es gefällt mir, wie sie ihn von einem harten, sich an Absprachen haltenden Sicherheitsfachmann in einen Typen verwandelt, der gut mit Kindern kann.

»Es ist gut. Ich mag es, aber es ist nicht leicht. Keineswegs. Ich schätze, für mich ist es einfach immer noch seltsam, weil ich nicht einmal wusste, dass ich schwanger war, und dann war er plötzlich da.« Ich nehme Ts Händchen, und er schließt die winzigen Fingerchen um meinen Daumen. »Während der Geburt dachte ich die ganze Zeit nur: was für ein Albtraum. Aber jetzt ist mir klar, was für ein Wunder es ist. Ich habe großes Glück gehabt.«

»Hast du. Hast du wirklich.« Er wendet sich ab, startet den Wagen und legt den Gang ein, damit wir weiterfahren können. »Das mag kitschig klingen, aber ich bin froh, dass ich das mit dir erleben darf.« Er schaut mich über den Rückspiegel an. »Wirklich kitschig, oder?«

Ich schüttle den Kopf. »Nein. Gar nicht.« Als er den Blick wieder abwendet, finde ich den Mut, noch hinzuzusetzen: »Ich bin auch froh, dich dabeizuhaben. Ich glaube, ich würde an meiner eigenen geistigen Gesundheit zweifeln, wenn du mir nicht Hilfestellung leisten würdest. Wenn du mir nicht Dinge zeigen würdest wie Wickeln und Windeln wechseln.«

»Ich bin immer für dich da«, sagt er und fädelt sich in den fließenden Verkehr ein.

Seine Worte verleihen mir ein Gefühl des tiefen Friedens. Leider macht mich das paranoid und argwöhnisch, weil mir Frieden so fremd ist, deshalb hält das Gefühl nur für ein paar Sekunden. Ich vertraue einfach nicht darauf, dass das Schicksal es gut mit mir meint, deshalb weicht meine gute Laune rasch einem Gefühl der Trauer und Düsternis. Ich schaue aus dem Seitenfenster, damit er es nicht in meinem Gesicht sieht. Nur weil ich meinem Glück nicht trauen kann, muss ich ihn ja nicht mit runterziehen.

»Wie weit noch?«, frage ich, als ein Baum nach dem anderen an meinem Fenster vorbeirauscht. Die Landschaft ist jetzt eindeutig bewaldeter, und seit der Tankstelle habe ich kein Zeichen von Zivilisation mehr gesehen.

»Etwa fünfzehn Minuten. Wenn wir ankommen, werden wir wahrscheinlich erst einmal ein bisschen sauber machen müssen, bevor wir es uns bequem machen können.«

»Ich helfe dir.«

»Schon gut. Entspann dich einfach.«

»Ich glaube, ich muss mal was anderes tun, als mich zu entspannen und den Kleinen zu stillen.« Seufzend füge ich hinzu: »Ich bin es nicht gewohnt, so nutzlos zu sein.«

Er trommelt ein paar Sekunden lang in einem inneren Rhythmus, den nur er hören kann, aufs Lenkrad, dann hält er inne und antwortet: »Ich weiß, dass Pavels Firma nicht gerade legal ist – zumindest in Teilen –, aber die Buchhaltung für eine solche Operation ist ein Haufen Arbeit. Kein Wunder, dass es dich frustriert, Tag und Nacht nur herumzuhängen und ein Kind zu stillen. So ging es Toni auch. Etwa eine Woche, nachdem sie sich von der Geburt der Zwillinge erholt hatte, hätte sie die glatten Wände hochgehen können.«

Ich bin tief beeindruckt von der Tatsache, dass er das nachvollziehen kann. Er bringt mir großen Respekt entgegen, was ich von Männern definitiv nicht gewöhnt bin. »Ja, du hast recht. Es ist viel Arbeit, seine Buchhalterin zu sein. Ich konnte ja auch schlecht jemanden mit mehr Erfahrung anrufen und mir Tipps geben lassen. Ein paarmal habe ich einem früheren Lehrer ein paar Fragen gemailt, aber als er Einzelheiten wissen wollte, warum ich ihn das frage, musste ich das wieder bleiben lassen. Ich habe ziemlich schnell gelernt, gar nicht erst zu versuchen, mit Menschen außerhalb von Pavels Einflusssphäre in Kontakt zu treten. Dadurch war ich gezwungen, viel zu recherchieren und mir eine Menge Dinge selbst zu erarbeiten, aber das war okay. Ich habe mich daran gewöhnt.«

»Es klingt vielleicht verrückt, aber du kannst stolz auf dich sein.« Er sieht mich im Spiegel an.

»Danke.« Es sollte mir egal sein, ob er Bewunderung für das empfindet, was ich geschafft habe, aber das ist es irgendwie nicht. Er gibt mir das Gefühl, als sei ein gewisser Stolz auf das, was ich erreicht habe, in Ordnung.

»Hast du je daran gedacht, Geld anzusparen und dann einfach zu verschwinden? Die Stadt zu wechseln und dich komplett neu zu erfinden?«

»Jeden Tag«, antworte ich seufzend und beobachte, wie die Bäume an meinem Fenster vorbeirauschen. »Jeden einzelnen Tag.« Mir ist die tiefere Bedeutung seiner Frage klar: dass ich genau das hätte tun sollen. Dass ich gar nicht erst so lange hätte bleiben sollen. Dass ich mich nicht auf diese Art aus der Affäre gezogen habe, obwohl ich hätte gehen können. Ich kann ihm diese Auffassung nicht verdenken. Manchmal ist es schwer, sich in jemanden hineinzuversetzen.

»Was hat dich daran gehindert?«, fragt er.

»Die Umstände. Pavel hatte Verdacht geschöpft und behielt mich genau im Auge. Das hat mich etwas erschreckt, und ich dachte, wenn ich das versuche, legt er mich um. Alexei …« Ich unterbreche mich, denn über ihn möchte ich nicht sprechen. *Wo ist er? Was macht er? Wer macht ihm Abendessen?*

»Alexei? Wer ist das?«

Wie kann ich ihm Alexei erklären? Er wird mich für verrückt halten. Er wird glauben, ein Teil von mir habe dortbleiben wollen. »Nur so ein Typ.«

Thibault geht nicht weiter darauf ein, wofür ich ihm dankbar bin. Ich habe das Gefühl, ihm schon zu viel erzählt zu haben.

Dann erreichen wir die Abfahrt. Er bremst ab, nimmt sie, und wir sind plötzlich in eine Staubwolke gehüllt. Thibault schließt sein Fenster. »Ab jetzt lässt die Straße etwas zu wünschen übrig. Bodenwellen und Schlaglöcher. Die Gemeinde gibt wenig Geld für ihren Erhalt aus, weil sie selten benutzt wird. Ich lasse es langsam angehen.«

»Danke.« Ich strecke die Hand aus und nehme die des Kleinen, streichle seinen Handrücken mit dem Daumen. Ihm scheint das Geruckel nicht viel auszumachen, mir hingegen schon. Ich presse die freie Hand auf meinen Bauch und hoffe, es ist bald vorbei. *Verdammt, tut das weh.*

»Ich werde jetzt eine Bitte äußern, aber du musst nicht sofort antworten, okay?«, sagt Thibault.

Ich werde sofort argwöhnisch. »Okaaayyy …«

»Wenn du möchtest und das Gefühl hast, mir das anvertrauen zu wollen, wüsste ich gerne, was genau du Holloway liefern willst.«

Mein Temperament droht mit mir durchzugehen, doch ich zügle mich. Er ist so nett, wie er nur kann, und ich merke, dass er mich nicht zu bedrängen versucht, obwohl er diese Information wirklich gerne hätte. »Warum willst du das wissen?«

Er fährt noch etwas langsamer über eine besonders hohe Bodenwelle, die den Wagen heftig schüttelt. »Na ja, ich habe gedacht, wenn ich alle Mosaiksteinchen kenne, könnte ich dir helfen, einen Schlachtplan zu schmieden. Damit du mit den bestmöglichen Chancen in den Sonnenuntergang reitest.«

Ich mag die Vorstellung, in den Sonnenuntergang zu reiten, während Thibault mir nachblickt. Ein bisschen bin ich traurig um die, die ich zurücklassen werde, nämlich Thibault und Alexei. Das Leben ist manchmal so verdammt kompliziert. Ich wünschte, ich könnte einfach alle Brücken abbrechen und verschwinden. Neu anfangen. Vergessen, dass mir bestimmte Menschen etwas bedeuten.

»Du vertraust mir nicht, oder?«, frage ich, als das Auto endlich zu schaukeln aufhört. Er muss jetzt mal die Karten auf den Tisch legen. Ich habe die Spielchen satt. Ab jetzt gibt es in meinem Leben nur noch klare Ansagen. Es ist Zeit für ein paar unangenehme Wahrheiten.

»Ich würde es gerne. Wirklich.«

»Ich könnte dir keinen Vorwurf daraus machen, wenn du es nicht tätest. Dein Beruf ist es, Verbrecher hinter Gitter zu bringen, und ich habe fünf Jahre lang für einen gearbeitet. Ich schätze, das macht mich auch zu einer Kriminellen.«

»Technisch gesehen wahrscheinlich schon. Aber nach dem, was du mir erzählt hast, glaube ich, du kannst mildernde Umstände geltend machen. Ich bin sicher, wenn es zu einer Gerichtsverhandlung käme, wäre der Staatsanwalt in diesem Falle bereit, dir einen Deal anzubieten. Aber nur, wenn du Informationen liefern kannst, die zur Verurteilung von Mördern, Dealern und Mädchenhändlern führen.«

Meine Lage ist einfach zu deprimierend. Bisher ist es mir ganz gut gelungen, den kriminellen Aspekt dessen, was ich getan habe, außer Acht zu lassen. Dass Thibault ihn erwähnt, zieht mich ziemlich runter, und es fällt mir schwer, ihm das nicht übel zu nehmen. »Ich werde wie immer tun, was ich tun muss.« Nach diesen Worten starre ich stur geradeaus und denke an gar nichts mehr. Das Auto wird noch einmal durchgeschüttelt, aber das bekomme ich kaum mit. Ich bin inzwischen ziemlich gut darin, selbst inmitten des größten Chaos alles um mich herum auszublenden.

»Rat mal, was es zum Mittagessen gibt«, sagt er einige Minuten später und reißt mich damit aus der Trance, in die ich mich versenkt habe.

Ich sehe ihn im Spiegel an. »Sandwich?«

Er grinst breit. »Erdnussbutter und Marmelade, Baby, mit extra stückiger Erdnussbutter.«

Unwillkürlich erwidere ich sein Lächeln. »Ich kann's kaum erwarten.«

Kapitel 24

Thibault stellt zwei Teller mit Sandwiches und zwei Gläser Milch auf den Beistelltisch im Wohnzimmer und weckt mich. Ich habe auf der Couch ein Nickerchen gemacht.

»Oh, Mist. Tut mir leid. Ich bin wohl eingeschlafen.« Ich versuche, mir das verwuschelte Haar glatt zu streichen. Ein Blick durch den Raum verrät mir, dass er in der Zwischenzeit ganz schön fleißig war. Die Laken, die schützend über den Möbeln hingen, sind verschwunden, es riecht nach Raumspray.

»Macht nichts. Dein Körper hat es offenbar gebraucht.«

Ich nicke in Richtung Raummitte. Bei unserer Ankunft wirkte die Hütte ein bisschen heruntergekommen und es roch muffig, jetzt sieht es hier richtig gemütlich und hübsch aus … einladend. »Wow, du hast hier aber richtig schnell klar Schiff gemacht.« Ich schaue auf mein Handgelenk, muss aber feststellen, dass ich keine Armbanduhr trage. »Oder ich habe ähnlich lange geschlafen wie Rip Van Winkle, und es ist mittlerweile verdammt spät.«

»Nein. Nur etwa eine halbe Stunde.« Er lässt sich mit einem Teller in der Hand auf einen Sessel gegenüber von mir fallen und stellt ein Glas Milch auf die Armlehne. »Ich habe hier schon oft aufgeräumt.«

»Wie kommt's?« Ich setze mich auf und lege T auf das Sofakissen neben mir. Er hat seelenruhig in meinen Armen geschlafen, während ich den halben Vormittag verpennt habe.

»Immer, wenn wir mit unseren Großeltern hierhergekommen sind, war es meine und Tonis Aufgabe, die Möbel abzuhängen und im ganzen Haus Staub zu wischen. Mein Großvater hat währenddessen Holz gehackt und meine Großmutter die Küche geputzt. Wir waren ein gutes Team.«

»Wann warst du das letzte Mal hier?« Ich beiße von meinem Sandwich ab und kaue langsam.

»Vor vier Jahren? Oder fünf? Ich erinnere mich nicht mehr.«

»Du und Toni, ihr steht euch sehr nahe, oder?«

»Ja. Unsere beschissene Kindheit hat uns zusammengeschweißt.«

Da ich vermeiden will, dass die Stimmung sinkt, bohre ich lieber nicht weiter in seiner tristen Vergangenheit nach, sondern nehme einen anderen Faden auf. »Du hast erzählt, dass du früher mit deinen Großeltern hierhergekommen bist. Heißt das, du hast bei ihnen gelebt?«

Er schüttelt den Kopf. »Nein. Wir haben bei unseren Eltern gelebt. Sie waren weder besonders nette noch besonders glückliche Leute. Wenn wir unsere Großeltern besucht haben, war das für uns immer wie Balsam auf unsere Seelen. Sie gaben uns einen Zufluchtsort, an dem nicht herumgebrüllt und nicht gestritten wurde, wo niemand einfach mal ausgerastet ist.«

Es ist verblüffend, wie ähnlich das bei uns gelaufen ist. Noch vor wenigen Minuten hätte ich nicht geglaubt, dass wir viel gemein haben. »So ähnlich war es bei mir auch.«

»Ach wirklich? Erzähl mal.« Er nimmt sich ein Sandwich. »Wenn du magst.«

»Meine Großeltern sind alle tot. Genau wie mein Vater. Ich habe keine Ahnung, wo meine Mutter ist. Sie ist schon eine ganze Weile nicht mehr Teil meines Lebens. Seit sie in den

Knast gegangen ist, haben wir keinen Kontakt mehr. An dem Punkt wusste ich, dass sie sich nie ändern und mir eine echte Mutter sein würde, und mit dem ganzen Scheiß wollte ich mich nicht ständig belasten. Es war schon hart genug, überhaupt in die Schule zu gehen.«

»Tut mir leid, das zu hören.«

»Danke. Ja, meine Erzeuger waren nicht gerade Vorzeigeeltern. Selbst als ich noch ganz klein war, habe ich viel Zeit mit meiner Großmutter verbracht, und als ich zwölf wurde, waren meine Eltern hoffnungslose Fälle. Das Jugendamt hat mich irgendwann aus der Familie geholt.«

»Drogen können Familien zugrunde richten.«

»Ja. Drogen, und außerdem war mein Vater Autodieb.« Ich lächle traurig. »Ich kann dir sagen, ich habe wirklich erstklassiges Genmaterial.«

»Klingt, als wäre deine Großmutter ein ziemlich cooler Mensch gewesen, dann musst du wohl nach ihr kommen.«

Ich nicke schweigend. Ich weiß es zu schätzen, dass er versucht, meiner Geschichte etwas Positives abzugewinnen, aber wenn ich noch weitererzähle, könnte das zu sehr nach Selbstmitleid klingen.

Thibaults Blick streift durch den Raum. Ich folge ihm und bemerke noch ein paar mehr Details: eine weitere Kuckucksuhr, nur dass diese viel größer ist. Die Geweihe verschiedener Tiere an den Wänden. Familienfotos auf den Regalen. Ein Stapel alter Brettspiele auf einem Tisch.

»Ja, es war immer schön, wenn wir mit unseren Großeltern hier waren«, sagt er. »Sie waren echt cool. Haben uns einfach Kind sein lassen. Ganz in der Nähe gibt es einen See, in dem Toni und ich den halben Tag geschwommen sind. Ich erinnere mich noch daran, wie ich eine Arschbombe nach der anderen gemacht habe, nur um Toni vollzuspritzen und damit zur

Weißglut zu bringen.« Er trinkt einen Schluck Milch. »Heute würde ich allerdings nicht mehr dort schwimmen gehen.«

»Warum nicht?«

»Krokodile. Früher gab es kaum welche, und die wenigen haben sich uns nie genähert, aber heute wimmelt es dort wahrscheinlich nur so von ihnen. Sie haben da draußen keine natürlichen Fressfeinde und vermehren sich wie die Hasen.«

Über Pavel erzählt man sich, dass er Leichen gerne im Magen von Alligatoren verschwinden lässt. Allein der Gedanke lässt mich erschauern. »Brrr, darauf kann ich gut verzichten. In einem See voller Krokodile muss ich echt nicht schwimmen gehen. Ehrlich gesagt, möchte ich nicht mal in die Nähe gehen.«

»Okay. Dann machen dir Schlangen hoffentlich nichts aus.«

Langsam lasse ich die Hand mit dem Sandwich sinken, von dem ich gerade abbeißen wollte. »Doch, sie machen mir etwas aus. Könntest du mir verraten, warum du das gesagt hast?«

»Na ja, weißt du ... in dieser Gegend ... fühlen sich Schlangen ziemlich wohl. Sie mögen die Bäume und die Blätter und die Sonne ...« Er verkneift es sich mit aller Macht zu lachen.

Ich hebe langsam die Füße vom Boden und schiebe sie unter meine Oberschenkel, vorsichtig, damit das Tablett auf meinem Schoß nicht abrutscht. »Danke für die Information.« Ich werfe einen Blick über die Schulter in Richtung Badezimmer.

»Was suchst du?«, fragt er.

»Ich versuche herauszufinden, wie ich von hier zur Toilette komme, ohne dabei den Boden zu berühren.«

Er lacht. »Keine Sorge. Im Haus gibt es keine.«

»Kannst du dafür garantieren?«

Er zuckt die Achseln. »Mehr oder weniger.«

Ich schüttle langsam den Kopf. »Es scheint dir echt Spaß zu machen, meine Nerven bis aufs Äußerste zu strapazieren.«

Er grinst und nimmt einen großen Bissen Sandwich. Dann deutet er auf seine Brust. »Mir?«, fragt er mit vollem Mund.

Ich kichere. »Ja, dir.«

Er sieht mich stirnrunzelnd an, als sei ich verrückt.

Seufzend lasse ich den Blick durch den Raum schweifen, um etwas anderes zu finden, worüber wir sprechen können. Unser Geplänkel fühlt sich deutlich nach Flirten an, was mir grundsätzlich Spaß macht, in Anbetracht der Umstände allerdings keine gute Idee ist.

»Du hast gesagt, wir hätten hier draußen kaum Empfang. Ich sehe hier nirgends einen Computer, und einen Fernseher gibt es dir zufolge auch nicht. Was machen wir denn dann den ganzen Tag über?« Ich schaue ihn fragend an, und seine Brauen wandern langsam nach oben. Viel zu spät merke ich, wie zweideutig das eben klang. Wenn das nicht geflirtet war.

Er zeigt mit dem Sandwichrest in der Hand in Richtung der Bücherregale. »Wir haben Karten und Brettspiele.« Dann räuspert er sich. Es klingt, als habe er plötzlich einen Frosch im Hals.

»Ich kenne nur Mau-Mau.«

»Na dann können wir uns ja schon mal damit die Zeit vertreiben, dass ich dir ein paar einfache Kartenspiele beibringe.«

»Du willst also sagen, wir werden hier draußen mehr oder weniger vor Langeweile sterben.«

Er schmunzelt. »Wir könnten miteinander reden.«

»Wahrscheinlich werde ich ziemlich viel schlafen. Wenn dieses Baby weiterhin so viel trinkt, werde ich wahrscheinlich nicht mal eine Partie lang wach bleiben können.«

»Du musst nichts tun, worauf du keine Lust hast. Mir wird schon nicht langweilig. Zum Beispiel habe ich mir vorgenommen, hinter dem Haus beim Holzhacken ein bisschen Frust abzubauen.«

»Warum bist du denn frustriert?«

Etwas zwischen uns hat sich verändert. Ich habe es schon wieder getan. *Verdammt noch mal!* Er muss langsam denken, dass ich es bitter nötig habe.

»Ach, der Alltag schafft einen eben manchmal.« Er zwinkert, leert sein Milchglas und steht mit dem Geschirr in den Händen auf.

»Du hast aber schnell gegessen«, stelle ich fest und zeige in einem verzweifelten Versuch, diesmal etwas vollkommen Unschuldiges von mir zu geben, auf seinen leeren Teller.

»Meine Schwester Toni behauptet immer, ich würde ein Sandwich in drei Bissen verschlingen.«

»Es waren vier«, präzisiere ich.

»Soso, da passt aber jemand ganz genau auf.« Er zwinkert erneut, was mich noch mehr beschämt als sein Kommentar. »Ich schätze, sich um Jungfrauen in Nöten zu kümmern, regt einfach den Appetit an.«

Schnaubend wende ich den Blick ab.

Er stellt Teller und Glas auf dem Tisch ab und streckt eine Hand nach mir aus. »Na komm. Gehen wir.«

Ich nehme seine Hand und lasse mich von ihm hochziehen. »Wohin gehen wir denn?«

Er lässt mich los und hebt das Baby vom Kissen hoch. »Spazieren.«

»Da raus? Wo all die Schlangen und Krokodile wohnen? Nein, danke.« Ich strecke die Arme aus, um ihm den Kleinen abzunehmen, doch er wendet sich von mir ab, sodass ich nicht an ihn rankomme.

»Euch wird nichts passieren, das verspreche ich. Wenn euch eine Schlange zu nahe kommt, schleudere ich sie in den Wald.«

»Mit meinem Baby auf dem Arm? Das glaube ich kaum.«

»Okay, dann zertrete ich sie eben.«

Ich mustere sein Bein. »Mit deinem kaputten Knie? Niemals.«

»Ach ja, stimmt. Das hatte ich ganz vergessen … irgendeine Verrückte hat mich ja mit dem Auto angefahren.«

»Gib mir das Kind.« Ich nehme ihm T ab, deute aber auf die Tür. »Na los. Machen wir diesen blöden Spaziergang. Allerdings wird es mein erster und letzter hier sein. Das schwöre ich bei meinen gesunden Knien. Ich hasse Reptilien – kleine und große, schlängelnde ganz besonders.«

Er zieht die Krücken vom Stuhl neben sich und geht langsam in Richtung Tür. »Okay, Miss Oberboss. Dann lass uns zu unserem einzigen Spaziergang aufbrechen.« Er hält mir die Hintertür auf, damit ich vorgehen kann.

Nach nicht einmal zehn Metern trifft es mich wie der Schlag: die Umgebung ist atemberaubend schön. »O mein Gott. Wie wundervoll.« Moos hängt in langen Trieben von den riesigen, knorrigen Bäumen, deren Äste weit verzweigen und sich in Richtung Boden neigen, ehe sie in den Himmel aufragen. Alles hier ist dunkelgrün, dunkelblau oder braun. Es wirkt, als habe Gott bei seiner Gestaltung dieses Ortes nur zu erhabenen Farben gegriffen. Kaum zu glauben, dass sich hier Schlangen verstecken. Es kommt mir einfach nicht richtig vor, dass in einer derart malerischen Landschaft Gefahr lauert.

»Das ist mein Paradies. Hierher komme ich, wenn ich nachdenken muss.«

Ich bleibe stehen und sehe ihn an. »Hast du nicht gesagt, du wärst seit fünf Jahren nicht mehr hier gewesen?«

Er stemmt sich auf die Krücken und starrt in den Wald. »Stimmt.«

»Das heißt dann wohl, dass du schon lange nicht mehr den Kopf freigekriegt hast?« Ich habe das Gefühl, dass er gerade etwas sehr Persönliches mit mir teilt. Ungeduldig harre ich seiner Antwort.

Er lächelt verhalten. »Könnte man so sagen.«

»Verstehe.« Ich trete ein paar kleine Äste beiseite und stapfe durch das weiche, modrige Laub am Boden. Thibault humpelt hinter mir her. »Ich habe in den letzten fünf Jahren auch nicht besonders viel nachgedacht. Ich bin einfach jeden Tag aufgestanden, zur Arbeit gefahren und habe erledigt, was von mir verlangt wurde.«

»Ich glaube, viele Menschen funktionieren so. Ich auch.«

»Wie ein verdammter Roboter. Hirnlos.«

»Es ist nicht hirnlos. Es ist eine Frage des Überlebens. Zumindest war es bei dir so. Das schließe ich aus deinen Erzählungen. Manchmal hat man das Gefühl, in einem Hamsterrad gefangen zu sein, aber daraus auszubrechen kommt einem zu riskant vor, also hält man den Alltag einfach aus.«

»Ja. Das kann ich nachvollziehen. Bei mir war es ganz genauso. Aber bei dir ist das anders, stimmt's? Du liebst doch deinen Job und dein Leben?« Ich sehe ihn an und warte darauf, dass er meine Vermutung bestätigt.

Stattdessen starrt er wieder geistesabwesend in den Wald und scheint sich für einen Augenblick ganz in seinen Gedanken zu verlieren. Dann spricht er weiter. »Vor ungefähr anderthalb oder zwei Jahren wollte meine Schwester plötzlich unbedingt mit der Familie des Mannes sprechen, den sie getötet hat.«

Ich bin mir nicht sicher, warum er dieses Thema jetzt anschneidet, aber meine Neugierde ist definitiv geweckt. Seine Schwester ist ganz offenbar verrückt.

»Warum?«

»Ich bin nicht ganz sicher. Sie hat versucht, es mir zu erklären. Ich hielt sie damals einfach für durchgedreht. Sie sagte, es gäbe noch zu viele lose Enden. Sie könne mit der Geschichte nicht abschließen. Sie wollte sich entschuldigen. Ich hielt das immer nur für doofes Psychogeschwätz, besonders weil diese Leute ihr nie im Leben vergeben hätten, aber es hat ihr unheimlich viel bedeutet.«

Ich versuche, mich in sie hineinzuversetzen. Wenn Pavel die Absicht hätte, mich zu töten, und ich ihn in Notwehr umbringen würde, hätte ich dann auch das drängende Verlangen, es seiner Familie zu erklären? Mich zu entschuldigen? Ich denke an Pavels Cousin Alexei, den liebenswerten, einfach gestrickten Mann, der nie etwas an meinen nicht vorhandenen Kochkünsten auszusetzen hatte, der sich mit mir über die blödesten Dinge schlapp gelacht hat, und die Antwort fällt ganz eindeutig aus: Ja. Ich würde es definitiv versuchen wollen. Er ist das einzige Mitglied der ganzen Familie, das mir je etwas bedeutet hat, und ich würde mich schlecht fühlen, wenn ich seine Welt durcheinanderbrächte und den einzigen Menschen tötete, der ihn finanziell unterstützt.

»Ich kann schon verstehen, woher dieser Wunsch bei ihr kam. Auch in meinem Leben gibt es ein paar ungeklärte Dinge, die mich nicht loslassen, und das, obwohl ich nicht mal jemanden erschossen habe. Hätte ich das, würde ich der Familie definitiv sagen wollen, dass es mir leidtut. Kaum jemand ist durch und durch böse, verstehst du? Selbst die Arschlöcher, die eine Kugel für etwas verdienen, das sie angerichtet haben, sind zu irgendwem bestimmt nett. Sogar Serienvergewaltiger haben Mütter und Brüder und Cousins, die sie lieben und denen sie nach ihrem Tod fehlen würden, die sie als Teil ihres Lebens brauchen, um glücklich zu sein, oder sich sicher zu fühlen, oder was auch immer ...«

»Erzählst du mir, was für ungeklärte Dinge das sind?« Er geht weiter. Es klingt, als wolle er mich herausfordern, als wäre es eine Mutprobe, es ihm zu sagen.

»Weiß ich noch nicht. Vielleicht.«

Er geht an mir vorbei und wühlt mit den Krücken ältere verrottende Blätter unter dem frischeren Laub hervor.

Es gefällt mir nicht, dass er mir den Rücken zukehrt und mich einfach stehen lässt. Es fühlt sich an, als wende er sich von mir ab, und obwohl ich weiß, dass sich das alles nur in meinen Gedanken abspielt und wir wahrscheinlich beide besser dran wären, wenn er das tatsächlich täte, möchte ich ihn aufhalten. Ich will, dass er auf T und mich wartet. »Ich brauche nur … etwas mehr Zeit.«

Er hält inne und starrt zu Boden. »Sag mir, wenn du so weit bist. Ich gehe bis auf Weiteres nirgendwohin.«

»Irgendwann aber schon.« Wir schenken uns besser gleich reinen Wein ein. Die Flirterei war lustig und bisher harmlos, aber sie ist auch gefährlich. Wenn ich mich meinen Träumen hingebe, verliere ich allzu leicht das Ziel aus den Augen. »Genau wie ich.«

Er nickt, dreht sich aber noch immer nicht zu mir um. »Du hast recht, Menschen gehen häufig einfach weg. Sie lassen einen allein, sterben, verschwinden.« Er hebt den Blick und sieht mich an. »Dafür gibt es viele Gründe, manche gute, andere nicht so gute. Aber manche Menschen hauen nicht einfach ab. Sie bleiben einem auch in schwierigen Zeiten treu.«

»Meiner Erfahrung nach nicht.«

»Mein Freundeskreis hat sich seit meiner frühen Kindheit nicht sehr verändert«, sagt er und geht ein paar holprige Schritte auf mich zu. »Ganz egal, wie groß die Probleme waren, in denen Einzelne von uns manchmal steckten, wir sind immer Freunde geblieben, waren füreinander da.«

»Das ist toll … für dich und deine Freunde. Allerdings weiß ich gerade nicht so genau, was das mit mir zu tun haben soll.«

»Ich will damit nur sagen … dass ich eine ziemlich treue Seele bin.« Er sieht mich eindringlich an, doch ich habe keine Ahnung, was ihm gerade durch den Kopf geht. Es kommt mir fast so vor, als hätte er mir gerade irgendein Versprechen gegeben, aber das kann nicht sein. Ich habe ihn ja um nichts gebeten, und mal ganz abgesehen davon … es ist nicht unbedingt immer von Vorteil, eine treue Seele zu sein.

»Ich hoffe, du weißt, wann es besser ist zu gehen«, sage ich. »Manchmal ist es falsch, bei jemandem zu bleiben.«

»Ja, sicher. Es wäre gelogen, wenn ich behaupten würde, mich nie von einer Frau zurückgezogen zu haben, mit der ich vorher ein enges Verhältnis hatte. Manchmal glaubt man anfangs, gut zu jemandem zu passen, und dann lernt man sich mit der Zeit besser kennen und merkt nach einer Weile, dass man sich geirrt hat. In solchen Fällen halte ich auch nicht an dem fest, was einmal war. Ich verschwinde auch nicht einfach so, aber ich bin nicht der Typ, der einer Frau falsche Hoffnungen macht und dann trotzdem bleibt.«

Ich ringe mir ein Lächeln ab. »Klingt ganz nach einem Aufreißer.«

Er sieht genervt aus. »Wie du meinst.«

Thibault geht zu einem Baum und legt die Hand auf den Stamm. Ich schließe zu ihm auf und fühle mich schlecht, weil ich ihn offenbar gekränkt habe. Als ich nahe genug herangekommen bin, sehe ich die Initialen in der Rinde: *TCD.*

Ich streiche mit den Fingern darüber. »Wofür steht das C?«

»Charles.«

Ich seufze. Im Entschuldigen bin ich nicht gut. »Ich habe nur rumgeblödelt. Ich halte dich nicht für einen Aufreißer.«

»Ich halte mich auch nicht für einen, aber es gibt wohl einige Frauen, die das anders sehen.«

»Wie viele?« Diese Frauen tun mir leid. Ich bekomme langsam eine Ahnung, was ihnen entgangen ist.

»Mir fallen ein paar ein, die nicht besonders glücklich darüber waren, dass ich die Beziehung mit ihnen beendet habe. Aber es war jedes Mal besser so. Wir wären auf lange Sicht nicht gut füreinander gewesen.«

»Manche Frauen binden sich sehr schnell und haben dann das Gefühl, nur verarscht worden zu sein, wenn der Mann sie verlässt, obwohl er sich nur ein Bild machen wollte, ob das mit den beiden funktionieren kann.«

»Bist du je verarscht worden?«, fragt er.

Ich lache verbittert und denke dabei an Sonia, das naive Ding, das geglaubt hat, eine Liebesbeziehung mit Pavel eingehen zu können … einem Mann, der es nie ernst meinen könnte mit einer Frau. »Ich kenne keine Frau über fünfundzwanzig, der das nicht wenigstens einmal passiert ist.«

Thibault ist nicht wie Pavel. Soviel ist klar. Obwohl er sicherlich auch so seine Geheimnisse hat, kann ich mir nicht im Traum vorstellen, dass er Frauen jemals absichtlich wehtun würde. Ich schaue zu ihm auf und warte darauf, dass er meinen Blick erwidert. Er soll wissen, dass ich ihn für einen guten Menschen halte, damit er nicht bereut, mir geholfen zu haben, falls wir irgendwann feststellen, dass daraus nicht mehr wird, und getrennter Wege gehen.

»Ich wette, es gibt eine ganze Reihe Frauen, die gehofft haben, dich eines Tages zu heiraten, die Mutter deiner Kinder zu werden und bis an ihr Lebensende mit dir zusammenzubleiben.«

Er lacht halbherzig. »Warum sagst du das?«

»Weil …« Ich zucke die Achseln. »… du ein guter Mann bist. Die Sorte Kerl, nach der sich die meisten Mädchen die Finger lecken würden.«

Es ist ganz still um uns herum und sehr warm. Die Blätter rascheln nicht mehr im Wind, und die Staubflocken wirbeln nicht mehr um unsere Köpfe. Es ist ein magischer Moment, den er, T und ich inmitten dieses Waldes teilen. Ich würde alles dafür geben, ihn jetzt zu küssen, aber ich bin im Begriff, Abschied von meinem alten Leben zu nehmen, deshalb darf ich das unter keinen Umständen tun.

»Lass uns zurückgehen.« Er stößt sich am Baum ab, geht an mir vorbei und zieht ganz schön das Tempo an.

Ich ärgere mich über mich selbst, weil ich natürlich eine große Klappe haben und versuchen musste, etwas Nettes zu sagen, vertrauter mit ihm zu werden. Er glaubt wahrscheinlich, ich würde ihn anbaggern, und ist lieber abgehauen, bevor ich mich noch mehr zum Narren machen kann und schon bald auch auf der Liste derer stehe, aus deren Leben er doch verschwunden ist, weil sie nicht sein Typ waren. *Uff*, wie peinlich.

Während er sich noch weiter von mir entfernt, muss ich an die Schlangen denken, die mich jeden Augenblick anfallen könnten. Ich könnte schwören, in dem Laub ganz in meiner Nähe etwas kriechen zu sehen.

Ich gerate beim Versuch, ihm zu folgen, ins Straucheln und umklammere Baby T, um ihn nicht fallen zu lassen. »Warum rennst du so?«, frage ich und finde mithilfe eines Baumes, an dem ich mich kurz abstützen kann, wieder mein Gleichgewicht.

»Ich habe es nicht eilig. Aber mein Bein tut weh. Ich brauche eine Schmerztablette.«

»Ja, okay.« Mir bricht das Herz, aber ich werde darüber hinwegkommen. Wie immer.

Als wir die vordere Veranda erreichen, bleibt er an der Tür stehen. »Es wäre wirklich gut, wenn du mir sagen könntest, was du für Holloway hast.« Er sieht mich erwartungsvoll an.

»Ja, das ist mir klar.« Ich zupfe die Decke des Babys zurecht und meide Thibaults Blick. Seine Aussage macht eines ganz deutlich: Es geht hier nicht um eine Beziehung, oder darüber, ob wir zusammenpassen könnten. Dieser Mann hat einen Helferkomplex, und im Augenblick lebt er ihn zufällig an mir aus. »Vielleicht später.«

»Auf dem Tresen da drüben liegen Zettel und Stift.« Er deutet in Richtung Küche. »Wenn es dir unangenehm ist, darüber zu sprechen, fällt es dir möglicherweise leichter, es aufzuschreiben. Ich könnte nachher draußen nach Empfang suchen und mein Team per SMS darüber informieren. Dann könnten sie wenigstens mal mit Holloway sprechen und herausfinden, was er für dich zu tun bereit wäre, was im Gegenzug für die Informationen rausspringen würde, die du für ihn hast.«

»Danke«, sage ich und gehe an ihm vorbei in die Hütte. Ich bringe das Baby ohne Umwege ins Schlafzimmer und mache die Tür hinter uns zu, bevor ich die Tränen laufen lasse.

Der Druck, der auf mir lastet, bringt mich um. Ich muss mich entscheiden, ob ich ihm vertrauen und ihn ganz nah an mich herankommen lassen will oder ein Machtwort spreche und dieses … Geplänkel, wie auch immer man es nennen mag, beende, mich von ihm nach Lafayette fahren lasse und für immer Lebewohl sage.

Kapitel 25

Ich lasse Thibault in einem todesähnlichen Schlaf auf der Couch und Baby T im Schlafzimmer zurück und gehe in die Küche.

Nach einigem Suchen finde ich ausreichend Zutaten für meine Spezialität: Pasta Alexei.

Ich lächle, als ich mich daran erinnere, wie ich dieses Gericht für Alexei zubereitet habe. Er grinste immer wie ein kleiner Junge, wenn er es gegessen hat. Mir fehlt seine unkomplizierte Art. Ich unterdrücke die Schuldgefühle, die mich überfallen, wenn ich daran denke, dass ich ihn einfach so zurücklasse. Ohne T hätte ich darüber nachgedacht, ihn mitzunehmen, aber zusammen mit einem Neugeborenen wäre mir das zu viel. Pavel würde nie aufhören, mich zu suchen, wenn ich seinen Sohn und seinen Cousin mitnähme. Trotzdem muss ich Alexei aufspüren und mich versichern, dass es ihm gut geht. Ich werde ihn nicht vollkommen im Stich lassen. Vielmehr werde ich für seine Sicherheit sorgen, ehe ich die Schlüssel des Königreichs weiterreiche.

Bei Sonnenuntergang wacht Thibault auf. Er setzt sich auf und sieht sich, der Verwirrung in seinem Gesicht nach zu urteilen, leicht desorientiert um. Ich wende mich ab, um Saft aus dem Kühlschrank zu nehmen und ihm ein Glas einzugießen.

Bier auf Schmerzmittel wäre wahrscheinlich keine besonders gute Idee.

»Mika?«

»In der Küche. Ich mache Abendessen.«

Ich schaue hinüber und sehe, wie er sich das Gesicht reibt und dann durchs Haar fährt. »Wie spät ist es?« Er schaut auf seine Armbanduhr. »21.00 Uhr? Verdammt, ich habe verschlafen.«

»Schon okay. So konnte ich mich mal gründlich umschauen.«

»Was?« Er schaut in Richtung seiner Reisetasche, die an der Tür steht.

Er glaubt, ich habe damit sagen wollen, ich hätte sein privates Gepäck durchwühlt. Ich versuche, das Misstrauen nicht persönlich zu nehmen. »Du hast in dem Supermarkt ganz schön viel eingekauft. Ich glaube, wir könnten zwei Monate hierbleiben, ohne dass uns etwas ausgeht. Glaubst du wirklich, wir brauchen acht Pakete Mehl?«

»Na ja, wir sind ziemlich weit vom nächsten Lebensmittelladen weg, da dachte ich, ich könnte uns in der Brotmaschine frisches Brot backen.«

»Ich glaube, ich habe noch nie frisch gebackenes Brot gegessen.«

»Wirklich?« Er hebt seine Krücken vom Boden neben der Couch auf und kommt langsam in die Küche. »Ich bin Brotmaschinenexperte. Wenn du möchtest, zeige ich dir, wie man sie benutzt.«

»Ich dachte, Brotmaschinen machen alles von alleine«, gebe ich lächelnd zurück. »Muss wohl ein Missverständnis gewesen sein.«

Er tritt hinter mich und beugt sich über den Topf mit der roten Soße auf dem Herd.

»Jemand muss doch den ganzen Kram in die Maschine füllen, oder?« Er schnuppert und schließt die Augen.

»Mmm, riecht gut.« Er tritt zurück und setzt sich an den kleinen Küchentisch. »Kein Wunder, dass du so traurig über meine Sandwiches warst. Du kannst kochen.«

»Nur ein paar Gerichte. Spaghetti sind nicht schwer.«

»Mmm, mein Lieblingsgericht.«

»Nun, es ist ein anderes Rezept als deins. Hoffentlich schmeckt es dir trotzdem.«

»Ganz bestimmt.« Er erhebt sich. »Möchtest du etwas trinken? Saft oder vielleicht Wasser?«

»Ich habe dir gerade Saft eingegossen, aber es wäre schön, wenn du mir Wasser holst. Ich bin in letzter Zeit immer richtig durstig.«

»Das liegt am Stillen.« Er nimmt einen Schluck Saft und schenkt mir dann ein Glas Wasser ein. Dabei fällt sein Blick auf den Notizblock, auf dem ich notiert habe, welche Informationen ich ihm anvertrauen möchte. Es hat keinen Sinn mehr, noch länger zu warten. Entweder wird er mir helfen oder nicht. Je mehr Zeit wir miteinander verbringen, desto mehr werde ich mir wahrlich wünschen, ihm in einer unangemessenen Weise nahe zu sein, deshalb kann ich nicht länger warten. Wer gackert, muss auch legen, pflegte meine Großmutter zu sagen.

Wortlos setzt er sich wieder an den Tisch.

Ich bemühe mich um einen beiläufigen Tonfall. »Weißt du wegen deiner Schwester so viel über das Stillen?«

»Ja. Sie hat keine Geheimnisse vor mir.« Er klingt glücklich. Ich glaube, er ist froh, dass ich ihm so weit vertraut habe, dass ich diese Dinge aufgeschrieben habe – die Liste der allgemeinen Informationen, die ich Holloway liefern kann.

»Ich wette trotzdem, du hast von ihr noch nicht so viel gesehen wie von mir.« Ich lache.

»Stimmt.« Langsam schüttelt er mit großen Augen den Kopf. »Nein, ich war noch nie so intim an einer Geburt beteiligt und werde es auch hoffentlich nie wieder sein.«

»Möchtest du keine eigenen Kinder?«

Er steht auf, humpelt zum Herd, schnappt sich einen Löffel und rührt meine Soße um. »Doch, definitiv. Aber ich werde nicht dastehen und das Kind auffangen. Ich werde am Kopfende stehen und nicht da unten.«

»Verstehe. Das kann ich dir nicht verdenken. Da unten zu stehen war wahrscheinlich ziemlich fies.«

Er legt mir die Hand auf die Schulter. »Nein, es war ein Wunder.« Er rüttelt mich sanft, ehe er die Hand wegnimmt. »Aber ich will dich nicht anlügen … ich hatte eine Heidenangst, und das brauche ich nicht noch mal.«

Ich höre auf, die Brotscheiben mit einem Knoblauchaufstrich zu bestreichen, den ich im Kühlschrank gefunden habe, und drehe mich zu ihm um. »Ich habe gar nicht gemerkt, dass du Angst hattest. Mir kamst du ziemlich tapfer vor. Du hast das total professionell gemacht. Cool bis ins Mark.«

»Äußerlich war ich vielleicht cool. Innerlich war ich völlig durcheinander.«

»Wie geht es dir denn jetzt?«

»Im Augenblick … bin ich … zufrieden.« Er nickt, als sei ihm das gerade selbst erst aufgegangen und er wolle es bestätigen.

Ich lege den Kopf schief, nicht sicher, ihn richtig verstanden zu haben. »Zufrieden?«

»Ja. Ich war spazieren, habe ein Nickerchen gemacht, habe Schmerzmittel im Blut, und niemand versucht, auf mich zu schießen.«

»Kommt das häufig vor?« Ich hebe ungläubig eine Braue. Entweder scherzt er, oder er versucht, den harten Mann zu spielen. »Dass jemand auf dich schießt?«

Er zuckt die Achseln. »Nicht häufig, aber ein- oder zweimal ist es schon vorgekommen.« Er hebt sein T-Shirt an und zeigt mir seine linke Körperhälfte, unmittelbar unterhalb der Rippen. »Einmal hat es mich fast erwischt.«

Ich lasse das Messer aufs Schneidbrett fallen und beuge mich vor, um mir das genauer anzusehen, betrachte mit zusammengekniffenen Augen die Narbe, die definitiv nach einem ehemaligen Einschussloch aussieht. Pavel und seine Freunde prahlen auch gern mit solchen Narben, deshalb sind sie mir vertraut. »Echt jetzt?«

»Ja. Eine Kugel kam mir ein bisschen zu nah, aber in jener Nacht hat Gott auf mich aufgepasst und sie abgelenkt.«

»Die ist wirklich echt.« Die Haut ist wulstig und ein wenig aufgeworfen. »Ich war nicht sicher, ob ich dir glauben sollte, dass deine Bourbon Street Boys mit den Bullen zusammenarbeiten. Bis zu diesem Augenblick.«

»Eine Narbe reicht, um dich zu überzeugen?« Er dreht sich um, hebt sein T-Shirt noch höher und zeigt mir seinen Rücken. »Schau dir mal die an.«

Ich streiche über die etwa acht Zentimeter lange Narbe knapp über seiner Hüfte. Seine Haut ist warm. Ich lasse die Hand darauf liegen. Er sieht mich an, sein Gesichtsausdruck ist schwer zu deuten, aber plötzlich voller Gefühl.

»Das sieht wie von einer Stichwunde aus«, diagnostiziere ich und nehme die Hand weg, um ihn hoffentlich von der Tatsache abzulenken, dass ich ihn praktisch gestreichelt habe.

»Korrekt.«

»Wer war das? Ein Gangster?«

»Ja und nein. Meine Schwester.«

»Raus hier!« Ich stehe auf und schubse ihn gegen den Arm. »Hör auf, mich zu verarschen. Ich weiß, sie ist fies, aber so fies kann sie nicht sein.«

Er hebt die Hand zum Schwur. »Das ist mein voller Ernst. Ich schwöre es bei Gott. Meine Schwester ist manchmal unsagbar fies.«

»Oh, ich weiß, dass deine Schwester gemein sein kann.« Ich nehme das Messer wieder und bestreiche die Brote zu Ende. »Sie kennt keine Zurückhaltung.«

»Was hat sie zu dir gesagt?« Er lehnt sich an die Arbeitsplatte, trinkt noch einen Schluck Saft und starrt mich an.

»Oh, das Übliche. Sie hat mich gewarnt, ich solle keinen Scheiß bauen. Im Grunde wollte sie nicht, dass ich dich ausnutze.«

Er lacht. »Als ob du das könntest.«

Ich sehe ihn an. »Was soll das denn heißen?«

»Zunächst mal bist du dafür nicht der Typ.«

»Woher willst du das denn wissen? Ich könnte dich in dieser Sekunde gerade ausnutzen.«

»Man kann jemanden, der einem seine Hilfe angeboten hat, nicht ausnutzen. Meine Schwester weiß auch, dass ich nicht einfach jedem, der mir über den Weg läuft, Hilfe anbiete.«

»Ja, ist mir klar. Nur Jungfern in Nöten.«

Er legt mir die Hand auf den Arm und verhindert so, dass ich zu meinem Soßentopf auf dem Herd zurückgehe. »Nein, manchmal auch denen nicht.«

»Soso«, sage ich, löse mich problemlos aus seinem Griff und nehme den Kochlöffel. »Als ob du eine Frau in Not im Stich lassen könntest. Im Leben nicht.«

Er kommt auf mich zu, ist mir jetzt so nah, dass ich beim Rühren im Topf seinen Atem im Nacken spüre. »Ich kümmere mich bei Weitem nicht um alles, glaub mir.«

Ich höre auf zu rühren und schaue ihn an. Unsere Gesichter sind einander sehr nahe. »Ach ja? Nenn mir ein Beispiel.«

»Meine Schwester.« Er zuckt die Achseln und tritt zurück. »Ich habe sie ihre eigenen Kämpfe austragen lassen. Nach der Sache mit Charlie musste ich das.«

»Warum? Du hast gesagt, du bedauerst es, ihr nicht geholfen zu haben. Du sagtest, du hättest für sie da sein müssen.«

»Ja. Wenn ich eine zweite Chance bekäme, würde ich am Anfang eingreifen, um zu verhindern, dass es so schlimm endet, wie es nun mal geendet hat. Aber nach alldem war sie in einer ziemlich üblen Verfassung. Sie musste wieder an sich glauben lernen. Wann immer ich ihr zu sehr half, erschwerte ich ihr das. Sie deutete es so, als glaubte ich nicht an sie, und das bestärkte sie in ihren Selbstzweifeln.«

»Also … hat es ihr wehgetan, dass du ihr geholfen hast?«

Seine Miene verfinstert sich. »Ich schätze, so habe ich es nie betrachtet, aber ja … manchmal muss man das Helfen sein lassen, um eine echte Hilfe zu sein.«

Ich klopfe am Topfrand ein wenig Soße vom Kochlöffel. »Aber was ist mit mir? Wirst du auch aufhören, mir zu helfen?«

»Ich werde tun, was du willst. Dich herumzukommandieren habe ich aufgesteckt.«

Ich lächle. »Hast du mich schon abgeschrieben?«

»Nein, ganz und gar nicht.« Er kommt näher und legt mir wieder leicht die Hand auf die Schulter. »Ja, ich kenne dich nicht besonders gut, aber ein, zwei Dinge habe ich inzwischen über dich begriffen.«

»Ach ja? Nämlich?«

»Du bist eine Überlebenskünstlerin, und du bist klug. Von daher werde ich dich weiterhin regelmäßig darauf hinweisen, dass ich hier bin, bereit, dir zu helfen, und dass du jedes meiner Hilfsangebote, das für dich und T sinnvoll ist, annehmen kannst. Oder auch gar keins. Du lehnst ab, was dir nicht passt oder was du nicht brauchst, und ich werde dann damit leben müssen.«

»Das klingt sehr erwachsen und nach ziemlich viel Selbsterkenntnis, Thibault.«

Er lacht, lässt mich los und weicht zurück. »Na ja, ich habe einen Vicodin-Cocktail intus. Red lieber morgen früh mit mir, wenn ich nicht mehr mit Medikamenten vollgepumpt bin.«

Ich lache. Wie wunderbar, dass er so ehrlich über sich selbst sprechen kann. »Die Nudeln sind fast fertig. Möchtest du den Tisch decken?«

»Klar, gern.« Er tut es und setzt sich dann auf einen der vier Stühle.

Ich fülle zwei tiefe Teller mit Pasta, wobei meine Portion viel kleiner ist als seine, und serviere sie. »Ich habe keinen geriebenen Käse zum Drüberstreuen.« Ich setze mich ebenfalls und nippe an meinem Wasser.

»Kein Problem.« Er stürzt sich sofort auf sein Essen, dreht mit der Gabel große Mengen Nudeln auf und schiebt sie sich in den Mund. Zuerst kaut er sehr schnell, dann langsamer. Er hält inne und schaut verwirrt.

»Schmeckt's?«, frage ich, ohne ihn aus den Augen zu lassen.

Er kaut weiter. »Mmm.«

Ich sehe ihn mit zusammengekniffenen Augen an. »Heißt das, es schmeckt dir, oder du findest es irgendwie interessant?«

Er kaut noch ein paarmal, schluckt dann den Rest seiner Portionen und spült mit Saft nach. »Was ist da alles in der Soße?«

Ich steche mit der Gabel in meine Spaghetti und drehe sie mehr oder weniger gekonnt auf. »Ketchup.«

Langsam dreht er eine neue Gabel voll auf und nickt. »Interessant.« Er legt die Gabel weg, hinkt zum Kühlschrank hinüber und holt sich ein Bier.

»Ein Freund von mir mag sie so. Mit Ketchup.«

»Ein Freund, ja?«

Ich zucke die Achseln und komme mir albern vor. Dass Pasta Alexei nicht besonders gut ankommen würde, hätte ich mir denken können.

»Ich schätze, ich habe sie nie anders zubereitet, weil sie sein Lieblingsessen war.«

Rasch schiebt er noch mehrere Gabeln voll Spaghetti in sich hinein und deutet dann mit der Gabel auf den fast leeren Teller.

»Schmeckt super. Einfach perfekt.« Er grinst. »Was gibt's zum Nachtisch?«, fragt er enthusiastisch. »Wenn das das Abendessen war, kann ich es kaum erwarten zu erfahren, wie der nächste Gang aussieht.«

Ich versuche, bei seiner unverkennbaren Lüge nicht zu lächeln. »Eis am Stiel.«

»Mmm, Eis am Stiel. Mein Lieblingsnachtisch. Perfekt.«

Wir schauen uns an und beginnen gleichzeitig zu grinsen.

»Ich habe Spaß«, sage ich, um ihn wissen zu lassen, dass es meine Gefühle nicht verletzt hat, dass ihm das von mir gekochte Essen nicht geschmeckt hat.

»Ich auch.«

»Obwohl du mich manchmal wahnsinnig machst«, setze ich hinzu.

Er prostet mir mit seiner Bierflasche zu. »Dito, Babe.«

Kapitel 26

Thibault verlässt nach dem Abendessen das Haus, um draußen eine Stelle mit Handyempfang zu finden. Er nimmt den Zettel mit den Informationen für Holloway mit, den ich auf dem Tresen habe liegen lassen. Als er zurückkommt, sitze ich mit einem Kartendeck am Küchentisch und versuche, meinen nervösen Magen zu ignorieren. Das Baby schläft im Stubenwagen im einzigen Schlafzimmer der Hütte. *Wird Thibault auch darin schlafen wollen, oder nimmt er das Sofa? Könnte ich überhaupt einschlafen, wenn ich mir ein Bett mit Thibault teile? Wohl kaum.*

»Bereit für ein paar Runden Mau-Mau?«, frage ich, als er mit den Krücken in die Küche gehumpelt kommt.

»Ja. Ich hoffe, du bist vorbereitet.«

»Klar ich habe mich aufgewärmt.«

Lächelnd setzt er sich mir gegenüber. »Wie genau wärmt man sich für Mau-Mau auf?«

Ich mische die Karten. »Ich werde dir nicht all meine Geheimnisse offenbaren.«

»Nun, ich hoffe, du wirst mir wenigstens einige davon anvertrauen.« Er starrt mich so lange an, bis ich zu ihm aufschaue. »Was meinst du?«

»Ich schätze, das kriege ich hin. Tatsächlich glaube ich sogar, dass ich dir bereits einige anvertraut habe.«

Er nickt. »Das stimmt.« Er nimmt die ersten paar Karten, die ich ihm austeile, auf die Hand. »Also, mit wem hast du zusammengewohnt? Kannst du mir das verraten?«

»Ich habe nur mit einer Person dauerhaft zusammengelebt, die andere war nur gelegentlich da.« Ich teile uns beiden mehr Karten aus.

»Haben diese Leute auch Namen?«

»Ja, haben sie.« Mir ist vollkommen klar, dass wir ein ernstes Gespräch führen, bei dem ich sonst sorgfältig gehütete Details aus meinem Leben preisgebe, aber es ist einfach so albern … wie er versucht, nicht neugierig rüberzukommen, obwohl er seine Nase gerade tief in meine Angelegenheiten steckt.

»Verrätst du sie mir auch?«

»Macht es denn einen Unterschied?« Ich lege den restlichen Stapel Karten verdeckt auf den Tisch und die oberste umgedreht daneben.

»Inwiefern?«, fragt er.

»Ändert es etwas daran, wie dein Team mit den Informationen umgeht, die ich dir bereits gegeben habe?«

Er zuckt die Achseln und legt eine Karte auf den Ablagestapel. »Vielleicht. Das weiß ich erst, wenn du mir mehr erzählst.«

Ich seufze resigniert. Was er sagt, ergibt durchaus Sinn, und ich wüsste auch nicht, wie es mir schaden könnte, wenn ich ihm ein paar nebensächliche Dinge über meine Mitbewohner verrate. »Alexei war nur gelegentlich zu Hause, mit Sonia habe ich dauerhaft zusammengewohnt.« Ich spiele meine beste Karte aus und warte auf seinen nächsten Zug.

»Wird Alexei vermisst oder so etwas? Hat das dieser Typ namens Sebastian nicht gesagt?« Er schmeißt eine Karte ab.

Mein Lächeln verfliegt, und ich schaue ihn an. Er konzentriert sich voll und ganz auf seine Karten.

»Du spielst aber gerade keine Spielchen mit mir, oder?«

Er schüttelt den Kopf. »Ich wüsste nicht, warum ich das tun sollte.« Er sortiert die Karten in seiner Hand um. »Wir gehen jetzt entweder aufs Ganze, oder du hältst mich noch länger hin, und dann werde ich irgendwann für mich entscheiden müssen, ob ich noch länger im Dunkeln tappen will oder aussteige.«

Ich lege eine Karte auf den Tisch, verfolge jedoch keine bestimmte Strategie mehr. »Ich verstehe nicht, warum du glaubst, im Dunkeln zu tappen, nur weil ich nicht alles preisgebe.«

»Manchmal verändert eine einzige Information alles.« Er wirft eine Karte ab. »Ich würde es bevorzugen, alles zu wissen, um die Puzzleteile so zusammenzusetzen, wie ich es für richtig halte, statt sie der Reihe nach von dir überreicht zu bekommen.«

Ich beiße mir auf die Lippe und starre auf die Rückseite der Karten in seiner Hand. Das Bild nehme ich nur verschwommen war. Er setzt mich schon wieder unter Druck, wobei ich mich entschlossen hatte, wenigstens zu versuchen, ihm zu vertrauen. »Es fühlt sich nur an wie … ein Angriff.«

Er sieht mich über den Rand seiner Karten hinweg an. »Auf deine Privatsphäre?«

»Vielleicht. Oder meine Schutzwälle.« Ich sortiere die Karten in meiner Hand neu und ziehe die Brauen zusammen, während ich darüber nachdenke, was ich jetzt tun soll. Eigentlich wollte ich nur eine Runde Mau-Mau spielen, nicht in die Tiefen meines Privatlebens vordringen.

»Glaubst du, es bringt dich in Gefahr, mir diese Dinge zu erzählen?«

Ich nicke und schaue zu ihm auf. »Es wäre möglich. Außerdem könnte es auch dich gefährden.«

»Ich bin ein großer Junge. Warum lässt du mich nicht selbst entscheiden, ob ich dieses Risiko eingehen möchte?«

»Das ist es ja … du kannst vielleicht gar nicht einschätzen, wie gefährlich es ist, über diverse Dinge Bescheid zu wissen.«

Er seufzt und sieht mich kopfschüttelnd an. »Hast du meine Kriegsverletzungen gesehen oder nicht?«

Ich muss unweigerlich lächeln. »Ja, hab ich. Die sind ganz schön beeindruckend.«

Sein Lächeln verfliegt. »Im Ernst … Ich mache das beruflich. Ich trainiere dafür seit Jahren. Ich habe schon mit der Polizei zusammengearbeitet, an ihren Trainingsprogrammen und Tagungen teilgenommen, war mit hochqualifizierten Polizisten und Soldaten im Einsatz. Ich kann damit umgehen.«

»Aber wenn dir oder jemandem aus deiner Familie etwas passiert, könnte ich mir das nie verzeihen.«

»Ich verstehe. Allerdings würde ich niemals etwas tun, das meine Leute in Gefahr bringt.« Seine Stimme klingt jetzt sanfter. »Rede einfach mit mir. Stell dir vor, ich wäre der Pfarrer und du bei der Beichte.«

»Ich gehe nie in die Kirche, und wenn ich es doch täte, dann bestimmt nicht in eine, in der man die Beichte ablegt.«

»Na schön, dann tu eben so, als wäre ich so eine Art Lebensberater. Oder ein Therapeut.«

»Glaubst du, ich brauche eine Therapie?«

»Wer nicht?« Er schmeißt eine Karte ab.

Stille legt sich über den Raum, während wir uns durch das Kartendeck arbeiten. Die Kuckucksuhr im Nebenraum informiert uns irgendwann lautstark darüber, dass es 22.00 Uhr ist.

Kuckuck! Kuckuck! Mein Leben ist verrückt. Ich sitze irgendwo im Nirgendwo in einer Hütte und spiele Karten mit Superman. Dann purzeln die Worte plötzlich nur so aus meinem Mund. »Alexei ist verschwunden. Ich weiß nicht, wo er ist.«

Das Geständnis platzt aus mir heraus wie der Korken aus einer Champagnerflasche. Verrückterweise spüre ich eine riesige Erleichterung, als sei mir eine Last von den Schultern genommen worden, von der ich gar nicht wusste, dass ich sie trage.

»Glaubst du, Pavel hat ihm etwas angetan?« Dass er die Information so ruhig aufnimmt, macht es mir leichter, noch mehr zu erzählen.

»Da bin ich mir ziemlich sicher, oder zumindest weiß er, wo er ist. Er schien kein bisschen sauer, als Alexei sich einfach nicht mehr hat blicken lassen. Das ist ein ziemlich deutliches Zeichen dafür, dass er etwas mit seinem Verschwinden zu tun hat.«

»Glaubst du, er … hat ihn umgebracht?« In seiner Stimme höre ich Mitgefühl. Sorge.

Ich kämpfe mit den Tränen. So weit hatte ich noch gar nicht gedacht. Ich habe mir eingeredet, dass es so weit nicht kommen würde, weil Alexei mit ihm verwandt ist. »Ich weiß nicht. Bei Pavel ist das schwer zu sagen. Er könnte ihn auch einfach irgendwo anders hingeschickt und ihm verboten haben, mit mir Kontakt aufzunehmen.«

»Ist Alexei dein Freund?«

Ich schüttle den Kopf und muss über diese Vorstellung fast lachen. »Nein, definitiv nicht. Ich habe mich um ihn gekümmert. Ihm ab und zu etwas zu essen gekocht. Ihm Gesellschaft geleistet. Ihn über Nacht bleiben lassen, wenn ich das Gefühl hatte, dass ihm das guttut. Er hat immer auf der Couch geschlafen.«

»Oh! Er ist also noch ein Kind?«

»Nur, was seine Reife angeht. Er ist fünfundzwanzig, geistig aber auf dem Entwicklungsstand eines Kindes.«

»Ich schätze, er ist auch derjenige, der Ketchup als Basis für Spaghettisoße mag.« Er lächelt warmherzig.

Ich sehe ihn finster an. »Entschuldige mal, *jeder* mag Ketchup als Basis für Spaghettisoße.« Dann beruhige ich mich, als ich erkenne, dass ich gar nicht wirklich auf ihn sauer bin. »Aber ja, er war der Erste, für den ich sie zubereitet habe.«

»Wusste ich's doch. Na ja … mehr oder weniger. Ich hätte gewettet, wir reden von einem Dreijährigen.«

Ich versuche zu lächeln, halte den Blick aber auf meine Karten gerichtet, um die Tränen in Schach zu halten, in die ich noch immer auszubrechen drohe.

»Ja, im Herzen ist er wirklich jung. Er lächelt viel. Es macht Spaß, mit ihm zusammen zu sein. Er ist viel weniger ernsthaft als Pavel oder die restlichen Familienmitglieder.«

»Was ist mit deiner Mitbewohnerin?«

»Sonia? Sie war immer wieder mal Pavels Freundin. Wir sind nicht befreundet.« *Die Schlampe hat mich verraten.* Ich bin nicht rachsüchtig, sonst könnte sie echt was erleben. Sie hat beinahe alles kaputt gemacht, dabei habe ich sie nur gebeten, mich abzuholen und mir ein paar Klamotten zu bringen.

»Warum seid ihr nicht befreundet? Wie kommt es, dass ihr zusammenwohnt?«

»Sie ist Russin, und mit denen freundet man sich nur schwer an. Außerdem hatte sie ständig Angst davor, dass ich etwas mit ihrem Freund anfange, sie war sehr eifersüchtig auf mich. Pavel hat dafür gesorgt, dass wir zusammenwohnen.«

»Hattest du …? Eine Affäre mit ihm, meine ich?«

Bei dem Gedanken wird mir schlecht. »Nein, nie. Pavel ist gefährlich. Ich arbeite für ihn, aber so nah würde ich ihn niemals freiwillig an mich herankommen lassen.«

»Aber ich dachte …« Sein Blick wandert Richtung Schlafzimmer.

»Er sei Ts Vater? Ist er auch.« Ich seufze. Darüber möchte ich wirklich nicht sprechen, aber jetzt ist es schon halb heraus. »Pavel ist, wie du dir denken kannst, kein netter Mensch. Außerdem säuft er. Eines Nachts kam er sehr betrunken an, auf der Suche nach Sonia. Obwohl sie nicht da war, weigerte er sich, wieder zu gehen. Dann trank er weiter und befahl mir mitzutrinken. Ich habe versucht, Nein zu sagen, aber er bestand darauf. Also dachte ich, wenn ich mich lange genug an einem Drink festhalte, würde er irgendwann einschlafen, ich könnte in mein Zimmer gehen und ihn seinen Rausch ausschlafen lassen.« Der Rest der Geschichte ist so hässlich, dass ich ihn Thibault eigentlich nicht erzählen möchte. Innerlich stähle ich mich, damit mich meine eigenen Worte nicht wieder in eine tiefe Depression stürzen.

»Aber er ist nicht eingeschlafen, wahrscheinlich, weil er eine sehr hohe Alkoholtoleranz besitzt.«

»Entweder das, oder er war anfangs doch nicht so betrunken, wie ich dachte.« Ich seufze, um nicht in Tränen auszubrechen. »Ende der Geschichte.« Die Details habe ich ausgeblendet, und jetzt, wo es T gibt, besteht auch kein Grund mehr, sie wieder hervorzukramen. Ich rede mir ein, dass es einen Grund für die Nacht mit Pavel gab, nämlich meinen Sohn. T ist ein Silberstreif am Horizont, mit dem ich nicht gerechnet hatte, über den ich mich aber freue.

»Ihr hattet also nie irgendwelche Dates und wart nicht in einer Beziehung?«

»Nein. Aber in den letzten Monaten hat er alles getan, um das zu ändern. Das war einer der Gründe, warum ich beschloss, der Polizei zu helfen. Ich will ihn nicht in meinem Bett, weil ich irgendwie das Gefühl habe, das wäre für mich der Anfang vom Ende. Er mag die Art, wie ich seine Bücher führe, aber das würde ihn nicht daran hindern, mich zu töten, wenn er sauer genug auf mich wäre.« Ich versuche zu lachen, aber es klingt, als würde jemand einen Vogel erwürgen. »Er ist der einzige Mensch der Welt, vor dem ich gelernt habe, die Klappe zu halten. Zumindest weitgehend. Er ist ein wandelnder Albtraum. Man weiß nie, wie er gerade gelaunt ist, und seine Stimmungen wechseln blitzschnell. Sie können sich von einer Sekunde zur nächsten vollkommen verändern.«

Thibault nickt finster. »Ich glaube, Typen wie er gehen niemals respektvoll mit Frauen um, selbst wenn sie mit ihnen schlafen.«

»Er jedenfalls nicht. Ich habe Geschichten gehört, da würdest du vor Entsetzen graue Haare kriegen. Wie gesagt, deshalb helfe ich, ihn hinter Gitter zu bringen. Oder hatte es zumindest vor.« Ich schaue in Richtung Schlafzimmer. »Jetzt, wo ich mich um das Baby kümmern muss, bin ich mir da nicht mehr so sicher.« Ich weigere mich, über die Tatsache nachzudenken, dass er auch Pavels Sohn ist. Was das rechtlich impliziert, damit möchte ich mich gar nicht auseinandersetzen. *Später.* Darüber werde ich mir später Gedanken machen, wenn wir in Sicherheit sind.

»Mika …« Thibault streckt mir die Hand hin.

Wütend über mich selbst springe ich auf. Ich habe schon viel zu viel gesagt, und jetzt glaubt er, ich hätte ihn mit meinem Gejammere um Hilfe bitten wollen.

Um vom Thema abzulenken, hole ich mir ein Glas und den Saft.

»Wie hast du Kontakt mit der Polizei aufgenommen?«, fragt Thibault. »Hast du einfach angerufen und gesagt: ›He, ich habe Informationen für Sie‹ oder sind die auf dich zugekommen?«

Ich seufze. »Nein, das ging von mir aus. Pavel wurde festgenommen, also habe ich Kaution für ihn gestellt, und als ich dort war, hat ein Detective ihn angesprochen und ihm praktisch geschworen, ihn eines Tages zur Strecke zu bringen. Ich habe zufällig das Namensschild auf seinem Schreibtisch gesehen und mir seinen Namen eingeprägt. Als Pavel mich eines Tages sehr bedrängt hat, mir verbieten wollte, mit jemand anderem zu schlafen als mit ihm und dauernd davon redete, dass wir bald zusammen sein würden, habe ich beschlossen, den Typen anzurufen.«

»Was glaubst du, was jetzt passiert, wenn du für ein paar Tage von der Bildfläche verschwindest?«

»Na ja, Pavel weiß, dass ich ein Kind auf die Welt gebracht habe und hat der Schwester erzählt, er sei der Vater. Er geht wahrscheinlich davon aus, dass ich mich bei einer Freundin verstecke oder so. Zweifellos wird er weiter nach mir suchen. Er gibt niemals auf.« Ich setze mich mit meinem Glas Saft an den Tisch. »Was Holloway denkt, weiß ich nicht. Ich habe schon eine ganze Weile nicht mehr mit ihm geredet, er weiß also nur, was deine Leute ihm erzählt haben.«

»Woher wusste Pavel, dass es T gibt? Hat er es in den Nachrichten gesehen?«

»Nein, ich habe Sonia angerufen. Ich war am Durchdrehen und habe mir Sorgen gemacht, Alexei könnte vorbeikommen, und ich könnte nicht für ihn da sein. Ich weiß nicht, ich glaube, ich war vorübergehend unzurechnungsfähig. Natürlich hätte ich sie nicht anrufen sollen. Ich hätte mit überhaupt niemandem reden sollen. Wie du gesagt hast … ich hätte einfach verschwinden und irgendwo neu anfangen sollen.«

Er sieht mich verständnisvoll an. »Du hattest ein lebensveränderndes Ereignis hinter dir und niemanden, mit dem du reden konntest. Natürlich hast du da versucht, mit jemandem Kontakt aufzunehmen, den du kanntest. Sei nicht so streng mit dir selbst.«

»Vielleicht.« Ich nippe an meinem Saft. »Eigentlich bin ich ziemlich unabhängig, aber es hat mich wirklich fertiggemacht, in diesem Zimmer zu sitzen, mit einem Baby, von dem ich zwei Stunden zuvor nicht mal gewusst hatte, dass es existiert. Die meisten Frauen haben neun Monate Zeit, um sich darauf vorzubereiten. Ich hatte gar keine.«

»Dann bin auch noch ich in deinem Zimmer aufgetaucht.« Er schenkt mir sein charmantestes Grinsen. »Der Spinner, der dich stalkte und von dem du wahrscheinlich dachtest, er würde dich verklagen, weil du ihn angefahren hattest.«

Ich muss unwillkürlich lächeln. »Ich habe dich nie für einen Stalker gehalten. Du warst ziemlich aufdringlich, aber mir war klar, dass du dich nur um mich kümmern wolltest. Das habe ich kapiert. Außerdem … habe ich dich nicht angefahren. *Du bist mir vors Auto gelaufen.*«

»Weißt du, es hat sich seither nichts verändert. Ich möchte mich immer noch um dich kümmern.«

Ich nehme meine Karten auf, ziehe eine vom Stapel und stecke sie zu den anderen Karten auf meiner Hand. »Doch, es hat sich etwas verändert. Du verhältst dich jetzt anders, aber ich verstehe, warum.« Ich lege ab und sehe ihn an. Schwierige Fragen stellen kann ich auch. Er war mir gegenüber zuvor warmherziger, hat mich fast geküsst. Jetzt aber ist er höflich und distanziert. Als ich angefangen habe, ihm mein Herz auszuschütten, hat er dichtgemacht. Ich sollte darüber eigentlich froh sein, bin aber verletzt.

Er legt seine Karten weg, verschränkt die Arme und sieht mir direkt in die Augen. »Du gefällst mir, Mika. Ich bewundere dich rückhaltlos. Ich habe dir gesagt, dass ich unter allen Umständen bereit bin, dir zu helfen. Daran hat sich nichts geändert.« Er hält inne, senkt für einen kurzen Moment den Blick und hebt ihn dann wieder. »Aber als ich dich im Park geküsst habe, ist mir klar geworden, dass ich auch andere Dinge für dich empfinde. Damit hätte ich auch überhaupt kein Problem, nur dass du mir gegenüber nicht völlig offen bist, und wie du richtig gesagt hast … ich habe eine Familie und Freunde, die ich beschützen muss. Ich habe kein Problem damit, persönliche Risiken einzugehen, aber ich kann nicht ihre Sicherheit aufs

Spiel setzen. Vor allem, weil sie Kinder haben, die ihre Eltern brauchen, genau wie T dich braucht.«

Es ist schwer zu sagen, ob meine Traurigkeit oder meine Frustration in diesem Augenblick stärker sind. Wahrscheinlich habe ich mir diese Antwort selbst zuzuschreiben, schließlich habe ich eine provokante Frage gestellt, aber dennoch … welches Recht hat er zu erwarten, dass er in mir lesen kann wie in einem offenen Buch?

»Ich soll dir alles über mein Leben erzählen? Über alle Menschen, mit denen ich Zeit verbringe? Über alles, was ich sage? Über alles, was ich jeden Tag den ganzen Tag lang tue … du willst all meine Geheimnisse kennen?«

»Ja. Aber ich weiß, es fällt dir schwer, dich mir so zu öffnen, vor allem, da du mich nicht besonders gut kennst.«

»Ich habe nicht vor, dir wehzutun oder dich auszunutzen, falls du das denken solltest.«

»Das kannst du mir erzählen, so oft du willst, aber bis ich deine Geschichte kenne, habe ich keinen Grund, dir rückhaltlos zu vertrauen oder dir das zu glauben. Vielleicht bin ich aus beruflichen Gründen einfach zu argwöhnisch, aber ich habe auch Instinkte, und die warnen mich vor dir. Tut mir leid, dir das so offen sagen zu müssen, aber ich finde, du hast meine Ehrlichkeit verdient.« Er lehnt sich auf seinem Stuhl zurück und nimmt sich sein Blatt, um einen Blick darauf zu werfen.

Das ist das erste Mal, dass ich ihn so kalt erlebt habe. Ich starre wieder mein eigenes Blatt an, um nicht in Tränen auszubrechen. Dieses harsche Urteil ist unerträglich für mich. »Ja. Okay. Du empfindest so, weil ich kriminell bin. Weil du glaubst, ich sei wie Pavel. Verstehe.«

Er umfasst mein Handgelenk. Ich sollte meine Hand wegziehen, aber seine Berührung ist wie ein Magnet, dem ich nicht widerstehen kann.

»Nein, Mika, sag das nicht. Tatsächlich sehe ich dich weder als kriminell, noch vergleiche ich dich mit Pavel. Ich sehe dich als Überlebenskünstlerin. Die Frau, die ich am meisten auf der Welt liebe, meine Schwester, ist auch eine, deshalb weiß ich einiges über Überlebenskünstlerinnen: Sie tun alles, was erforderlich ist, um ihren nächsten Atemzug zu gewährleisten. Wenn sie auf etwas treffen, das eine Bedrohung für sie darstellt, schaffen sie es aus dem Weg. Wenn sie mit der Lüge weiterkommen als mit der Wahrheit, dann lügen sie eben – es geht schließlich ums Überleben. Darum, den nächsten Tag zu erleben. Das kapiere ich. Es gefällt mir nicht, aber ich respektiere es.«

Ich seufze tief und entziehe ihm langsam meine Hand, aber nicht aus Wut. Ich bin noch immer verletzt, weil er mich für eine Lügnerin hält, aber ich weiß seine Ehrlichkeit zu schätzen. »Ich schätze, man kann sagen, dass ich alles tun würde, was nötig ist, um zu überleben. Nicht, dass ich dich anlüge, das tue ich nicht, aber mir ist klar, dass ich ziemlich weit gehen würde, um mich zu schützen.«

Stille senkt sich über den Raum. Möglicherweise sind wir in einer Sackgasse angelangt.

»Komm schon, Mika … «, drängt er. »Was ist jetzt Sache? Wirst du offen zu mir sein und mir sagen, was ich wissen muss, was ich wissen will, oder wirst du mir weiter Dinge vorenthalten, um dich zu schützen?«

Ich hole tief Luft und atme dann langsam aus, versuche bewusst, mich zu entspannen.

»Ich weiß nicht. Schätze, ich muss noch ein bisschen darüber nachdenken.«

Er legt eine Karte ab, die Herz Ass. Dabei lächelt er traurig. »Mein Großvater nannte mich immer Ass.«

Ich bin auch traurig. »Herz Ass. Wie passend.« Immerhin ist er ziemlich gut darin, meinem Herzen ganz schön wehzutun.

»Was soll das denn heißen?«, fragt er.

Es liegt Spannung in der Luft, unausgesprochenes Begehren meinerseits. Ich habe ihn einmal um einen Kuss gebeten. Das werde ich nie wieder tun, auch wenn ich mich beim Anblick seiner Karten in seinen Händen unwillkürlich frage, wie sich diese Hände wohl auf meinem Körper anfühlen würden.

»Nichts. Ich brauche nur etwas Zeit.«

Er nickt. »Na schön. Dev arbeitet für mich an der Sache und wird sich wahrscheinlich morgen oder übermorgen zurückmelden. Bis dahin können wir unsere Spaghetti genießen, Karten spielen und sehen, wo das alles hinführt.«

Ich fühle mich schlecht, weil ich ihn enttäusche, aber T und ich sind wichtiger als seine Gefühle. Wie er richtig gesagt hat … ich bin eine Überlebenskünstlerin. »Vielleicht könntest du mir noch etwas anderes als Mau-Mau beibringen. Ich bin bereit für größere Risiken.«

»Ach ja?« Er streckt die Hand aus. »Dann mal los.«

Ich gebe ihm meine Karten, er mischt und rückt seinen Stuhl näher an den Tisch. »Ich könnte dir Pokern beibringen. Dann sehen wir, wie gut du bluffst.«

»Klingt gut.« Ich schenke ihm ein teuflisches Grinsen. »Nicht, dass ich gut darin sein möchte, dich in die Irre zu führen oder so.«

Kopfschüttelnd sieht er mich an. »Du glaubst, du könntest mich leicht aufs Glatteis führen, oder?«

Bei seinem koketten Tonfall bleibt mir beinahe das Herz stehen. »Ich weiß nicht. Kann ich das denn?«

»Vielleicht«, sagt er und mischt die Karten neu. »Wir werden sehen.«

Kapitel 27

Was Thibault im Supermarkt nicht eingekauft hat, sind Hygieneprodukte für Frauen. Er ist so freundlich, mich am nächsten Morgen gleich zum nächsten Tante-Emma-Laden zu fahren und im Auto zu warten, während ich einkaufe. Der Kleine bleibt im Kindersitz festgeschnallt sitzen. Ich habe gerade noch genug Geld im Portemonnaie. Es sieht aus, als sei ich die erste Kundin des Tages.

Als ich mit meiner Einkaufstasche wieder in den SUV steige, klingelt Thibaults Handy. Er nimmt das Gespräch an.

»Thibault.« Er sieht mich im Rückspiegel an, hebt den Daumen und schaut fragend.

Ich nicke. »Alles klar.«

Thibault widmet sich wieder seinem Telefongespräch. »Ja, nein, alles in Ordnung. Tatsächlich rufst du genau zum richtigen Zeitpunkt an. Du hast Glück, normalerweise hätte ich keinen Empfang gehabt. Ich dachte, du schreibst mir eine Mail.«

Er lacht. »Ja, ja, gib nur weiter mit deinen großen Händen an, Mann. Aber du verschwendest deine Zeit. Ich spiele fürs andere Team. Warum kaufst du dir nicht einfach eine größere Tastatur?«

Undeutlich höre ich eine Männerstimme aus dem Handylautsprecher. Als sie verstummt, erwidert Thibault: »Echt? Super. Was hat er gesagt?«

Ich versuche wirklich angestrengt zu lauschen, aber Thibaults Ohr dämpft die Stimme noch zusätzlich.

Er hält das Handy von seinem Gesicht weg und ertappt mich dabei, wie ich ihn anstarre. Dann hält er das Mikrofon dicht an seine Lippen. »Warte mal. Ich stelle auf laut.«

»Bist du sicher, dass du das möchtest?«, dröhnt eine Männerstimme durch das ganze Auto.

»Ja. Der Lautsprecher ist jetzt an. Du wolltest mir gerade erzählen, was du herausgefunden hast.«

»Ähhh, okay. Hi, Mika. Hörst du mich?«

»Ja.«

»Okay. Cool. Hi. Also, wo war ich? Ach ja. Du wolltest wissen, was ich bei meinem Gespräch mit Holloway herausgefunden habe.« Er hält inne. »Sehr viel. Ich bin nicht sicher, ob der Typ die Definition des Wortes *vertraulich* kennt, aber jedenfalls hat er mir nur allzu gerne Details geliefert, was mir sehr entgegenkam.«

Thibault sieht mich entschuldigend an. Ich schüttle den Kopf. Ich arbeite also mit einem der Keystone Cops. *Na toll.* Ich habe aber auch immer ein Glück …

»Er hat keinerlei Widerstand geleistet.«

»Erzähl«, sagt Thibault. »So langsam mache ich mir Sorgen.«

»Okay, also dieser Typ … Pavel Baranovsky. Das ist ein ganz schlimmer Finger.«

»Ja, den Eindruck hatte ich schon.«

Ich nicke. Das sehe ich ganz genauso.

»Nein ich meine, richtig schlimm. Ein fieses Arschloch von der Russenmafia, ein Drahtzieher, der auch vor Mord nicht zurückschreckt.«

Ich lächle bitter. *Ja, das klingt nach ihm.* Typisch ich – ich stolpere nicht nur über den fiesesten Typen aus der Russenmafia, ich nehme auch noch einen Job bei ihm an. *Gott, ich war jung und naiv.*

»Ja. Verstehe. Daran hat auch Mika schon keinen Zweifel gelassen.«

»Er handelt mit Drogen, Waffen, Frauen … Das volle Programm.«

»Waffen? Davon hat sie nichts gesagt.«

Als Thibault den Blick hebt und mich anschaut, schüttle ich den Kopf. Ich habe keine Ahnung, wovon Dev redet.

»Ja. Waffen. Wenn in Louisiana etwas Illegales läuft, hat er seine Finger drin.«

»Warum haben wir noch nie von ihm gehört?«, fragt Thibault.

»Weil das FBI gegen ihn ermittelt. Die örtliche Polizei überlässt solche Fälle üblicherweise denen und hält sich danach raus. Unser Vertrag bezieht sich aber nur auf lokale Fälle. Das weißt du ja. Er gehört zur ersten Generation der Russenmafia, ist also keiner unserer einheimischen Gangster.«

»Warum redet dann die örtliche Polizei mit ihr und nicht das FBI?«

»Wenn ich das richtig verstanden habe, geht es da um politische Spielchen. Nicht, dass Holloway das so deutlich gesagt hatte, aber er hat entsprechende Kommentare fallen lassen. Ich glaube, die Polizei hat es satt, nur den Handlanger für das FBI zu spielen, deshalb will sie selbst ein paar Lorbeeren verdienen, ehe sie alle Beweise aushändigt.«

»Drecksäcke«, sage ich. *Wie können sie es wagen, mich in ihre egoistischen politischen Ränkespielchen hineinzuziehen!*

Thibault nickt zustimmend.

»He, du weißt doch, wie so was läuft. Dieses Kompetenzgerangel ist ständig an der Tagesordnung. Das ist nichts Neues.«

Thibault sieht mir direkt in die Augen, als er die nächste Frage stellt. »Was für einen Ruf genießt Mika im Präsidium?«

»Nun ja … äh … sie hat noch nicht besonders viel geliefert. Man hat versucht, mit ihrer Hilfe Bewegungsmuster von Pavel zu erstellen, aber sie hat sich geziert. Zumindest hat er das gesagt. Er hat gemeint, sie sei immer sehr verschlossen gewesen.« Dev hält inne. »Tut mir leid, Mika. Ich wiederhole nur, was er gesagt hat.«

»Kein Problem.« Ich dachte, ich hätte einen Freund beim NOPD, aber ich schätze, da habe ich mich geirrt. Als ich Thibault ansehe, wird mir klar, dass ich seine Hilfe jetzt mehr denn je brauche, sonst bin ich ganz und gar auf mich allein gestellt. T und ich gegen den Rest der Welt … einer Welt, die Pavel gehört.

»Hat die Polizei eine Theorie, warum sie so agiert hat?«, hakt Thibault nach. Er tippt mir aufs Knie. Ich deute es als Zeichen seiner Unterstützung. Es lindert den Schmerz in meinem Herzen ein klein wenig.

»Man nahm an, sie würde vielleicht kalte Füße kriegen.«

»Hast du ihre Schwangerschaft erwähnt?«

»Nein. Hätte ich das tun sollen?«

»Nein.«

»Cool. Jedenfalls hat die Polizei gerüchteweise gehört, sie sei verschwunden und daraufhin mit Toni geredet, die ihnen gesagt hat, sie wisse, wo Mika ist, und jetzt fragen die Cops sich, was hier läuft und wie viel wir darüber wissen.«

»Sie haben nicht kapiert, dass sie die Frau mit dem Baby aus den Nachrichten war? Hast du ihnen dazu etwas gesagt?«

»Nein. Ich habe Holloway gesagt, wir hätten von ihr gehört, das war alles. Er war froh, dass sie noch lebt. Natürlich wollte er weitere Informationen von mir, aber ich habe gemauert.«

»Gut. Perfekt. Du kannst also bestätigen, dass sie definitiv eine V-Frau ist und auf der Gehaltsliste der Polizei steht?«

»Ja. Das ist alles zutreffend. Bis auf das mit der Gehaltsliste. Sie macht das freiwillig und bekommt kein Geld dafür.«

»Hat man dir gesagt, was genau sie außer einem Bewegungsmuster von Pavel liefern wollte?«

»Na ja, die Polizei weiß, dass sie für seine Finanzen zuständig ist, hofft also auf belastbare Beweise, hat aber keine genaue Vorstellung davon, wie genau die aussehen sollen.«

»Hast du ihnen erzählt, was ich dir aufgeschrieben habe?«

»Nein. Ich dachte, ich erstatte dir zuerst Bericht und lasse dich über den nächsten Schritt entscheiden.«

»Okay, gut. Kannst du einen Augenblick dranbleiben?«

»Ja, kein Problem.«

Thibault sieht mich an und hält das Mikrofon des Handys mit der Hand zu. »Können wir Holloway diese Liste geben?«

Panik erfasst mich, trifft mich wie ein Schlag gegen die Brust. »Ich bin nicht sicher, was ich jetzt tun soll.«

Thibault fixiert mich mit seinem Blick. Es sieht aus, als versuche er, in meinen Kopf zu schauen. »Du hast gesagt, du hast weder einen Computer noch andere elektronische Geräte. Wie willst du an all deine Informationen über Pavel kommen, wenn du weg bist?«

Kann ich dir vertrauen, Thibault, oder wirst du mich auch im Regen stehen lassen? Ich schaue auf meinen Sohn hinunter, der friedlich in seinem Sitz schläft, und dann wieder den Mann an, der mir Schutz geboten hat. Als ich ihn gestern Abend beim Pokern beobachtet habe, ist mir aufgefallen, dass er jedes Mal mit dem Kiefer mahlte, wenn er versuchte zu bluffen. Im Augenblick bewegt er den Kiefer überhaupt nicht.

»Ich habe alle Daten in die Cloud hochgeladen. Mit dem richtigen Benutzernamen und Passwort habe ich von überall Zugang dazu.«

Thibault nickt und nagt an seiner Lippe, während er darüber nachdenkt. Dann nimmt er das Handy wieder ans Ohr. »Dev?«

»Ja, ich bin noch dran.«

»Tu mir einen Gefallen und besprich das noch mit niemandem außerhalb des Teams. Ich melde mich wieder bei dir.«

»Okay. Aber eine Sache muss ich dir noch sagen.«

»Klar, ich höre.« Thibaults Gesichtsausdruck verrät mir, dass er genauso neugierig ist wie ich.

»Ich weiß, wir haben ständig mit Verbrechern zu tun, aber im Vergleich mit diesem Pavel sind das kleine Fische. Der Typ ist auch in anderen Staaten aktiv.«

»Mika, wusstest du das?«, erkundigt sich Thibault.

»Ich weiß, dass er mit Leuten in Übersee Geschäfte gemacht hat, doch meinem Kenntnisstand nach konzentrieren sich seine Geschäfte hier auf Louisiana.«

»Vielleicht lässt er Mika an dem anderen Zeug nicht arbeiten. Aber Tatsache ist, sie weiß viel über sein Imperium, und das ist riesig, er wird sie also suchen. Außerdem hat er einen Haufen Kohle. Wir reden hier von Millionen.«

Seine Worte lassen mich erschauern. Ich wusste das schon, aber die Erinnerung daran reicht aus, um in mir den Wunsch zu wecken, ans Ende der Welt zu fliehen.

»Woher weißt du das? Hat Jenny schon etwas über ihn herausgefunden?«

»Nein, sie arbeitet noch nicht daran. Sie hatte gestern ein Problem mit Sammy und war deshalb die ganze Nacht auf, aber sie wird heute den ganzen Tag daran arbeiten. Ich habe das von Detective Holloway.«

»Oh.« Thibault greift nach meiner Hand. Ich gebe sie ihm, weil ich mich gerade sehr nach der Berührung eines Menschen sehne. Es fällt mir sehr schwer zuzuhören, wie zwei Männer so mein Leben erörtern. Ich fühle mich irgendwie freischwebend, als sei ich nicht mehr mit dieser Welt verbunden. Thibaults Berührung erdet mich.

»Außerdem lebt dieser Pavel nicht auf großem Fuß, wie man erwarten sollte, die Polizei geht also davon aus, dass er irgendwo viel Geld versteckt hat. Wenn er Mika finden will, dann verfügt er über die erforderlichen Ressourcen, und wenn er sein Geld irgendwo versteckt hat, weiß sie vermutlich wo, und er wird nicht wollen, dass sie das jemandem verrät. Ihr müsst wirklich vorsichtig sein.«

Ich kriege rote Ohren. Dev macht eindeutig nur seinen Job, aber er hat im Grunde meinem Ritter in der strahlenden Rüstung gerade gesagt, dass er eine tickende Zeitbombe in der Hand hat. Die Bombe bin natürlich ich.

»Erinnere Toni und Lucky daran, extrem aufmerksam zu sein«, bittet Thibault. »Ich habe ihr Handy zerstört, aber vermutlich zu spät. Er könnte eine Ortung versucht haben, die ihn zumindest in unsere Gegend geführt haben könnte.«

»Mach ich. Aber ich glaube, sie sind schon dran. Jenny sagte etwas von wegen Kammerjäger, den sie wegen Termiten in ihrem Haus gerufen hätten oder so. Jedenfalls glaube ich, sie ziehen zu May und Ozzie, bis ihr Haus nach dem Ausräuchern wieder bewohnbar ist.«

»Cool. Danke, Mann. Ich muss auflegen.« Thibault unterbricht die Verbindung und lässt meine Hand los. Doch er wendet sich nicht ab. Er schaut mich weiter an.

»Ziemlich hässlich, was?«, frage ich. »Willkommen in meinem Leben.« Ich ziehe Ts Decke etwas höher.

»Wie du siehst, habe ich mich nicht abschrecken lassen«, sagt er.

»Noch nicht«, erwidere ich.

Er dreht sich um und startet den SUV. Wir fahren vom Parkplatz und wechseln auf dem gesamten Rückweg zur Hütte kein einziges Wort.

Kapitel 28

Als wir die Hütte erreichen, hat T Hunger, braucht eine neue Windel und ein Bad, und zwei dieser Dinge gelten auch für mich. Das Ganze nimmt den Großteil meines Morgens und meiner Gedanken in Anspruch, aber als ich endlich fertig bin und wir beide wieder sauber riechen und aussehen, setze ich mich mit einem Buch auf die Couch. Das Problem ist, dass ich mich nicht auf den Text konzentrieren kann.

»Was hast du da?«, fragt Thibault und lässt sich mir gegenüber auf den Stuhl fallen.

Ich drehe es um. »Ein ganzes halbes Jahr.«

»Nein, lies das nicht«, sagt er stirnrunzelnd.

»Warum nicht? Es soll ganz gut sein.«

»Ja, aber hast du genügend Taschentücher? Du wirst dir nämlich die Augen ausheulen.«

Ich lache. »Hast du es etwa gelesen?«

»Um Himmels willen, nein. Sehe ich aus wie ein Mann, der Liebesromane liest?«

Unser Geplänkel ist albern, aber es hebt die Stimmung. »Weiß nicht. Du wirkst ziemlich sensibel.«

»So sensibel auch wieder nicht.« Er hält inne. »May hat es gelesen. Es hat sie völlig fertiggemacht. Das war, als sie und

Ozzie noch im Lagerhaus wohnten, bevor sie gemeinsam ein Haus gekauft haben, und sie hat das Buch zu Ende gelesen, bevor wir alle zur Arbeit kamen. Sie war die ganze Nacht aufgeblieben, und sie sah schrecklich aus, ganz ehrlich. Ihre Augen waren verheult, sogar ihre Nase war geschwollen. Ich dachte, sie hätte Stress mit Ozzie oder so.«

Ich lege das Buch auf den Tisch. »Okay, mehr muss ich nicht wissen. Mein Leben ist schon traurig genug. Ich brauche nichts über das Elend anderer Leute zu lesen.«

»So schlimm ist es auch wieder nicht«, beschwichtigt er.

Ich hebe T hoch, der neben mir auf der Couch schläft. Als ich ihm ins Gesicht sehe, muss ich Thibault recht geben. »Wenigstens habe ich diesen kleinen Mann hier.«

»Er sieht schon richtig propper aus«, stellt Thibault fest.

»Na, das sollte er auch, wenn ich mir so anschaue, wie viel er isst.« Ich drücke seinen winzigen Oberschenkel durch die Decke hindurch. Er hat tatsächlich schon zugenommen. Das macht mich stolz. Zumindest eine Sache mache ich richtig.

»Wie wäre es mit einer weiteren Partie Poker? Ich bringe dir ein paar Varianten bei.«

»Nein, Kartenspiele sind langweilig.«

»Wie wäre es, wenn ich den Einsatz erhöhe … wir könnten um Geld spielen.«

Ich lache. »Was für Geld? Ich habe gerade meine letzten Cents für Slipeinlagen ausgegeben.«

Er steht auf und winkt mich zu sich. »Komm. Ich zeig's dir.« Er nimmt den Kindersitz des Kleinen und stellt ihn neben den Küchentisch. Ich folge ihm und lege T hinein. Der zuckt nicht einmal mit der Wimper, schläft also tief.

Thibault legt die Karten auf den Tisch. »Okay, hier ist unser Spielgeld.« Er dreht sich zum Regal hinter ihm um und schnappt sich eine Tüte Cheetos, öffnet sie und schüttelt die Snacks auf den Tisch. Dann teilt er sie zwischen uns auf.

»Die großen sind Zehner, die kleinen Fünfer.«

Ich gebe mir alle Mühe, nicht zu lachen. Er tut so ernst, aber jetzt hat er Cheeto-Krümel an der Nase. Ich sage kein Wort.

Er gibt. »Wir spielen ganz normales Poker. Asse sind Joker. Mindesteinsatz ist ein kleines Cheeto.«

Ich spiele mit und überlege dabei die ganze Zeit, ob ich bei Thibault *all in* gehen sollte, indem ich ihm den Benutzernamen und das Passwort meines Cloudaccounts verrate, damit sein Team die dort gespeicherten Informationen abrufen und an die Polizei weitergeben kann. Dann könnte ich endlich fortgehen und ein neues Leben beginnen, während Pavel einfährt, vorausgesetzt, unterwegs wirft mir niemand Knüppel zwischen die Beine.

»Jetzt hast du mich in den letzten beiden Minuten zum fünften Mal so angegrinst«, murrt er beim sechsten Spiel. »Hör auf zu versuchen, mich psychologisch fertigzumachen.«

Ich habe keine Lust mehr zu spielen und will endlich weiterkommen. Mit allem. Ich habe seine Telefongespräche mit angehört, eines davon mit seiner Erlaubnis, und er hat bis jetzt noch nie versucht, mich übers Ohr zu hauen.

Tatsächlich hält er Informationen vor der Polizei zurück, mit der er zusammenarbeitet, um mir zu helfen. Wenn ich im Augenblick irgendjemandem vertrauen kann, dann ihm.

Ich halte mir mein Blatt vor den Mund. »Versuch nicht, irgendwelche Entschuldigungen zu finden, um auszusteigen. Ich werde dich gleich komplett abzocken.«

Er schaut auf den Tisch. Es geht um Tausende von Cheeto-Dollar. »Also bitte …«, höhnt er. »Ich werde den ganzen Tag brauchen, um meine Gewinne wegzunaschen. Wie viele Karten willst du?« Er macht eine Bewegung mit dem Kinn in meine Richtung und versucht, auszusehen wie ein cooler Croupier aus Vegas.

»Gib mir zwei«, sage ich. »Zwei gute. Nicht mehr solchen Mist.« Ich lege zwei Karten ab, und er gibt mir dafür zwei andere.

»Ich nehme keine«, verkündet er und mahlt mit dem Kiefer. »Ich bin zufrieden mit dem, was ich auf der Hand habe. Dein Einsatz.«

Ich grinse. Das ist fast schon zu leicht. »Dreißig Cheeto-Dollar.« Ich schiebe drei große Cheetos in die Mitte und mache ein Gesicht wie die Grinsekatze.

»Wie wäre es mit … all in.« Er schiebt den Rest seiner Cheetos zu den anderen in die Tischmitte.

»Gut. Ich gehe mit.« Ich schiebe meine wenigen verbleibenden Snacks vor. »Ich will sehen. Den Rest gleiche ich dann aus.« Ich deute auf den ungleichen Einsatz.

»Was hast du?«, fragt er.

»Legen wir die Karten doch gleichzeitig auf den Tisch.« Ich grinse richtig breit. Gleich werde ich über ihn triumphieren, und ich habe beschlossen, ihm dann alles zu sagen.

»Gut. Zeig mir, was du hast.«

Wir legen beide die Karten auf den Tisch.

»Full House«, sage ich, lasse die Schultern kreisen und schnippe mit den Fingern. Dann deute ich auf die schlechten Karten, die vor ihm auf dem Tisch liegen. »Du hast nur zwei Zweier. Armer Thibault, du hast gegen ein Mädchen verloren.« Ich schenke ihm ein paar Sekunden lang einen übertriebenen falschen Schmollmund, ehe ich meinen kleinen Siegestanz fortsetze.

Er verschränkt die Arme. »Verdammt, Mädchen. Du hast mich drangekriegt.«

Ich lege den Arm um den Cheetos-Berg, um ihn auf meine Seite des Tisches zu ziehen. Da nehme ich mir einen von ganz oben und beiße hinein. »Eigentlich habe ich meistens ziemlich viel Glück.«

»Ach, ehrlich? Was du nicht sagst. Ich kann es kaum abwarten, Belege für diese Behauptung zu hören.«

Mit vor der Brust verschränkten Armen lehne ich mich zurück, ahme seine Sitzhaltung nach. »Ich habe dich angefahren, oder? Falscher Weg, richtiges Ziel.«

Er lacht so heftig, dass die Adern an seinem Hals anschwellen. »Verdammt«, keucht er schließlich, als er wieder sprechen kann. »Wenn das Glück ist, möchte ich nicht erleben, was für dich Pech ist.«

Ich weiß, er hat das als Witz gemeint, aber er hat recht. Wenn ich Pech habe, dann richtig. »Nein, das möchtest du wirklich nicht.« Ich stehe auf und strecke mich, wobei mein Shirt hochrutscht und nackte Haut entblößt. Er beobachtet mich dabei. Ich stelle mich gerade hin und ziehe mein Shirt nach unten. »Hör auf, meinen fetten Bauch anzustarren.«

»Du bist nicht fett. Außerdem habe ich dich nicht angestarrt.«

Ich schaue an mir herunter. »Ich hatte früher einen total süßen Bauch. Aber das ist jetzt wohl ein für alle Mal vorbei.« Es kommt mir albern vor, mir in diesem Augenblick Gedanken über mein Aussehen zu machen, aber ich sitze einem gut aussehenden Mann gegenüber, nach dem ich mir zu jedem anderen Zeitpunkt meines Lebens die Finger lecken und den ich gern daten würde. Mir tun so einige Entwicklungen der letzten Zeit leid.

»Du wirst bald wieder genauso aussehen wie zuvor. Aber ich finde, du siehst richtig gut aus. Sogar besser als gut.«

Ich sammle die Karten ein. »Hör auf, mit mir zu flirten. Das steht dir nicht zu. Ich bin ziemlich sicher, dass es gegen die Regeln ist.«

»Wessen Regeln?«

»Deine.«

»Scheiß auf die Regeln.«

Ich halte inne und sehe ihn an, versuche herauszufinden, wie betrunken er von den Bieren ist, die er zum Mittagessen getrunken hat. »Bist du sicher, dass du so was sagen darfst, Superman?«

Ohne Vorwarnung packt er mich, zieht mich in Richtung seines unverletzten Beins. Ich verliere das Gleichgewicht und liege plötzlich über seinem Knie, während die Karten durch die Gegend fliegen. »Hey! Was machst du denn da?«

Er grinst mich träge an. »Ich albere ein bisschen herum.«

Mir ist das peinlich, und es macht mich unsicher. Ich bin glücklich und traurig zugleich. »Du hast Cheeto-Krümel im Gesicht. Halt mal still.« Ich wische ihm Nase und Kinn ab. Er bleibt währenddessen ganz still sitzen. Als er sauber ist, seufze ich und sehe ihn an, schwer frustriert über die Situation, in der wir uns befinden. »Hat dir je jemand gesagt, wie hübsch dein Gesicht ist?«

»Nein. Ich glaube, hübsch hat mich noch nie jemand genannt. Toni hat mich möglicherweise mal als hübsch hässlich bezeichnet.«

Ich tue so, als müsse ich ihn mir genauer anschauen. »Nein, du bist nicht hässlich. Nicht wirklich.«

Er lächelt. »Danke. Vermute ich.« Er verpasst mir eine Kopfnuss.

»Wofür war die denn?«, frage ich mit gespielter Verärgerung.

»Für den Bluff. Du hast mir meine ganzen Cheetos abgejagt.« Er hält inne und schaut mich lange genug an, um in mir den Wunsch zu wecken, wir könnten uns jetzt endlich mal küssen.

»Ich habe sie ehrlich und regelkonform gewonnen.« Damit erhebe ich mich von seinem Bein und hole eine Schale aus dem Schrank, und mit dem Flirten ist es vorbei. Ich bin erleichtert und enttäuscht zugleich. Es hat keinen Sinn, etwas voranzutreiben, was nirgends hinführt, egal, wie viel Spaß es macht. Ich muss den Tatsachen ins Auge sehen und an einem Plan arbeiten, wie ich mein neues Leben anfangen will, statt mir eines zu wünschen, dass ich nicht haben kann.

Während ich die Snacks und die orangefarbenen Krümel vom Tisch in die Schale wische, sage ich: »Hör zu, ich habe über das nachgedacht, was ihr beide gesagt habt, Dev und du … und über einiges, was Toni zuvor schon gesagt hatte … und beschlossen, dir ein paar Informationen zu geben.«

Er schaut hoffnungsvoll, deshalb muss ich ihn auf den Boden der Tatsachen zurückholen, ehe er zu viel erwartet.

»Nicht alle Informationen, okay? Nur einen Teil.«

Sein Lächeln erlischt. »Das verstehe ich nicht.«

Ich stelle die Schale auf die Arbeitsplatte und setze mich Thibault gegenüber. »Ich gebe dir den Benutzernamen und die Login-Daten. Damit kannst du meine Buchhaltung einsehen. Aber du wirst noch eine weitere Information brauchen, um alles zu durchschauen, und die behalte ich für den Augenblick noch für mich.«

»Um alles zu durchschauen? Ist es eine Art Code?«

»Ja. Zu meinem Schutz.«

Er trommelt mit einer Fingerspitze auf den Tisch. »Was soll das bringen?«

Ich sehe ihn mit hochgezogener Braue an.

Er hebt die Hand. »Ich will dich nicht drängen. Ich versuche lediglich, deine Motive zu verstehen. Ehrenwort.« Er wirkt so ehrlich.

»Ich traue Holloway nicht. Er spielt Spielchen und scheint sich nicht darüber im Klaren zu sein, dass mein Leben in Gefahr ist. Genau wie Ts. Er klingt wie ein Volltrottel, und ich wünschte jetzt, ich hätte jemand anderen kontaktiert, aber das hilft ja nicht weiter. Ich muss dafür sorgen, dass wir weit weg sind, bevor hier die Kacke so richtig am Dampfen ist, verstehst du?«

Er nickt. »Ja. Aber würdest du mir den Code jetzt geben, dann können wir als Team entscheiden, wann wir diesen Teil der Informationen enthüllen?«

Ich bin versucht, ihm alles anzuvertrauen und ihm die ganze Sache zu überlassen. Aber das kann ich nicht. Ich muss auf T und mich aufpassen. »Nein. Tut mir leid. Das kann ich nicht.«

»Kannst du es nicht oder willst du es nicht?«

»Macht das einen Unterschied?«

»Für mich ja.«

Ich hasse es, dass er mich in diese Ecke manövriert hat. »Werde ich nicht.«

Er nickt schweigend. Dann klemmt er sich die Krücken unter die Arme. »Du kannst es aufschreiben. Ich bin gleich wieder da.« Er geht hinaus und steigt die Stufen der vorderen Veranda hinunter. Ich sehe durch das Fenster, wie er hinters Haus geht, in den hübschen Wald, den er mir gestern gezeigt hat und wo er, wie er gesagt hat, am besten nachdenken kann. Dort wird er wahrscheinlich zu dem Entschluss kommen, dass es besser für ihn ist, T und mich aus seinem Leben zu streichen.

Kann ich ihm daraus einen Vorwurf machen?

Kapitel 29

Thibault kocht. Ich kann nicht glauben, wie lange T und ich geschlafen haben. Die Sonne geht bereits unter. Meine Träume waren erfüllt von Selbstzweifeln. Ich habe von außen auf mein Leben geschaut. Das hat mich ganz melancholisch gemacht.

»Das riecht aber köstlich.« Ich komme in die Küche, T liegt über meiner Schulter, ich reibe ihm den Rücken. Er jammert herum, doch ganz gleich, was ich mit ihm mache, er will einfach kein Bäuerchen machen.

»Hast du gut geschlafen?« Thibault dreht sich am Waschbecken zu uns um und streckt die Hände nach dem Baby aus. Dankbar überreiche ich es ihm.

Mir scheint, Thibault wolle einen Waffenstillstand ausrufen. Ich habe die versprochenen Daten geliefert, und er hat draußen mit seinem Team telefoniert, doch ich bin nicht aus meiner Deckung gekommen, sondern habe den Schlüssel für den Code für mich behalten. Ich kann ihn ihm einfach nicht geben. Seit es T in meinem Leben gibt, muss ich noch viel vorsichtiger sein. Er ist alles, was ich habe.

»Ich habe verdammt gut geschlafen, bis dieser kleine Hosenscheißer mich aufgeweckt hat.« Ich nehme ein Glas Wasser vom Tresen und trinke es in einem Zug leer.

»Möchtest du ein Glas Wasser?« Er zwinkert mir zu.

Ich versuche zu lächeln. »Von mir aus gerne.« Ich fülle das Glas auf und reiche es Thibault. »Bitte sehr.«

»Ich wollte Kaffee machen. Möchtest du einen?«

»Nein, danke. Der koffeinfreie schmeckt mir nicht besonders, und auf den echten muss ich wohl leider verzichten.«

»Dann mache ich mir einen echten. Wie wäre es mit einer Tasse Kamillentee?«

Ich lasse mich auf einen der Stühle am Tisch gleiten. »Nein, danke. Ich bleibe bei Wasser.«

Er legt das Baby auf seine Unterarme und stützt das Köpfchen mit den Händen, um T ins Gesicht schauen zu können. Er hat die Augen offen. »Jetzt bist du ja endlich aufgewacht, Baby T. Was für große blaue Augen und speckige Wangen du hast, kleiner Mann.«

»Glaubst du, es geht ihm gut?«, frage ich. »Er schläft verdammt viel.«

»Es geht ihm prächtig. Neugeborene verschlafen fast den ganzen Tag. Ich erinnere mich noch daran, wie ich Melanie und Victor wochenlang dazu animieren wollte, mit mir zu spielen, und ihnen sind dabei immer nur die Augen zugefallen. Ich war kurz davor, einen Komplex zu entwickeln … dachte, ich wäre der langweiligste Onkel der Welt.« Er zieht eine Hand unter Ts Köpfchen hervor und streichelt ihm die volle Wange. »Er wird langsam richtig pummelig.«

»He, Vorsicht. Du beleidigst gerade mein Baby.«

»Das ist keine Beleidigung. Nur pummelige Babys sind gesunde Babys.« Er drückt Ts Wangen zusammen und grinst ob des albernen Gesichtsausdrucks des Kleinen.

»Was gibt's zum Abendessen?« Ich spähe in den Ofen, um das flaue Gefühl im Magen loszuwerden. Es ist gleichzeitig rührend und traurig, Thibault dabei zu beobachten, wie liebevoll er mit meinem Baby umgeht. Er ist so ein guter Typ. Ich bin nicht nur im Begriff, mich von meinem früheren Leben zu verabschieden – was mir wirklich nicht allzu schwerfällt –, sondern auch von ihm. Meinem Held. Und das wird ganz sicher unheimlich schrecklich.

»Hühnerauflauf. Eine meiner Spezialitäten.«

»Klingt gut. Ich verhungere gleich.« Ich reibe mir den Bauch.

»Während du geschlafen hast, habe ich mit meinem Team gesprochen.« Er legt das Baby wieder an seine Schulter und klopft ihm sanft auf den Rücken, dann zeigt er mit dem Daumen nach oben in meine Richtung, als T endlich sein Bäuerchen macht.

»Und? Hatten sie gute Neuigkeiten für dich?«

»Ja und nein.« Er dreht sich langsam um die eigene Achse, achtet sorgsam darauf, sein Knie nicht allzu sehr zu belasten, und geht zu dem Küchenregal, in dem die Gläser stehen. Er nimmt eins heraus und holt den Saft aus dem Kühlschrank. »Ich weiß, dass du eigentlich Wasser trinken wolltest, aber Saft wäre wirklich besser. Da sind wenigstens ein paar Vitamine drin.«

»Wenn du meinst, Boss.«

Er schaut mich über die Schulter an. »Das klingt gut. Könntest du das beibehalten?«

»Das würde dir gefallen.« Ich muss unweigerlich grinsen.

Er gießt den Saft ins Glas und reicht es mir. Dann setzt er sich mir gegenüber an den Küchentisch und reibt T in kleinen Kreisen den winzigen Rücken, was seine Erwachsenenhand riesig erscheinen lässt. »Ich möchte dich wirklich nicht unter Druck setzen, ehrlich nicht, aber ich fürchte, ich muss auf ein paar Informationen bestehen, nachdem ich jetzt mit meinen Teamkollegen gesprochen habe.«

Ich hebe die Brauen. »Ach ja?«

Er schüttelt den Kopf. »Bitte sei nicht sauer auf mich. Ich möchte wirklich nicht, dass das hier in einen Wettkampf darüber ausartet, wer den stärkeren Willen hat.«

»Es ist ganz bestimmt kein Wettkampf.« Ich trinke einen Schluck Saft und starre ihn über den Rand meines Glases hinweg an.

»Nun denn, Jenny hat sich in deine Cloud eingeloggt und die Daten gefunden. Sie sagte, alle sind an Ort und Stelle , aber es gibt ein Problem.«

»Aha?«

»Sie sind ohne Ausnahme verschlüsselt, und bis wir einen Weg finden, sie zu dekodieren, können wir sie unmöglich mit Pavel in Verbindung bringen. Jenny meinte, die Einträge seien unkenntlich, und die Zahlen könnten genauso gut zu einer Firma gehören, die Clownsnasen oder sonst was verkauft.«

»Das wären aber verdammt viele Clownsnasen.«

»Clownsnasen, Plunder, Knarren … Du verstehst mich schon. Wir können keinen einzigen Code entziffern.«

»Ich weiß. Das habe ich dir doch gesagt.« Keine Ahnung, warum er so tut, als wäre das neu für ihn.

Er starrt mich eine ganze Weile lang an, dann richtet er seine Aufmerksamkeit wieder auf T. Er spricht sanfter weiter. »Meine Schwester und ihr Mann haben zur Sicherheit mit ihren Kindern ihr Haus verlassen. Ich harre auf unbestimmte Zeit hier in der Hütte aus, bis wir dich in Sicherheit wissen. Mein ganzes Team hat es sich zum Ziel gesetzt, dir zu helfen, und das bezahle ich aus eigener Tasche.«

Sein Blick haftet wieder auf mir. »Wenn du mir immer noch nicht vertraust, wenn du mir immer noch nicht glaubst, dass ich auf deiner Seite bin, weiß ich langsam auch nicht mehr, was ich noch machen soll. Soll ich dich einfach sitzen lassen? Mich von dir verabschieden, dir viel Spaß bei deinem Gespräch mit Holloway auf dem Revier wünschen, vielleicht auch noch viel Glück? Dich alleine gegen Windmühlen kämpfen lassen, während du den kleinen T in den Armen hältst?« Er deutet auf den winzigen Körper meines Babys.

»Aber warum vertraust du *mir* denn nicht?«, frage ich. Es bricht mir fast das Herz. »Warum soll nur ich dir vertrauen?«

»Ich vertraue dir. Ich weiß, dass du die Wahrheit sagst.«

»Klar, das weißt du, weil du sämtliche Informationen, die ich dir gegeben habe, x-mal überprüft hast. Ein ganzes Team steht hinter dir, um meine Aussagen zu verifizieren. Warum kannst du nicht einfach darauf vertrauen, dass ich mein Wort halte und euch den Code gebe, sobald ich in Sicherheit bin? Sobald Pavel keine Macht mehr über T und mich hat?«

Thibault dreht sich zu mir um und wiegt das Baby in seinem Arm. »Du bist doch in Sicherheit. Genau deshalb sind wir doch hier.«

Ich schüttle den Kopf. »Nein. Dass wir uns in der Hütte verstecken, verschafft mir höchstens eine kurze Atempause, und das weißt du genau. Das hier ist nur ein Rastplatz. Ich muss weiterziehen. Ein neues Zuhause suchen. Einen Job finden, um später in der Lage zu sein, mein Kind in der Schule anzumelden, ohne Angst davor haben zu müssen, dass es von seinem Vater entführt wird.«

»Wenn du uns den Code gibst, damit wir ihn an die Polizei weiterleiten können, kannst du das alles tun.«

»Vielleicht ziehen sie mich aber auch über den Tisch.«

»Warum sollten sie das tun?«

Ich werde plötzlich sehr laut. »Keine Ahnung, woher soll ich das wissen! Warum sollten sie es denn nicht tun?«

»Weil sie deine Aussage bezüglich der Daten brauchen.«

»Blödsinn. Wenn ich erst einmal unter Eid für sie ausgesagt habe, bin ich nichts mehr für sie wert. Wen kümmert es schon, ob ich draufgehe. Sie hätten ja dann, was sie brauchen.

Ich weiß, wie die Mühlen der Justiz mahlen, glaub mir … ich habe da so meine Erfahrungen gemacht.«

Er starrt mich eine halbe Ewigkeit an. »Du traust wirklich gar niemandem über den Weg, was?« Er lässt es so klingen, als mache mich das zu einem schlechten Menschen. Doch das ist nicht mein Problem.

Ich recke das Kinn. »Da hast du vollkommen recht.«

Er schüttelt enttäuscht den Kopf. »Ich tue wirklich alles in meiner Macht Stehende, um dir zu helfen, aber das reicht nicht. Du musst mir auch helfen. Du musst vor allem mal dir selbst helfen, und der erste Schritt dazu ist die Erkenntnis, dass du das nicht alleine schaffst. Du brauchst mich … oder einen anderen Verbündeten.« Er steht auf und kommt zu mir auf die andere Seite des Tisches, um das Baby zu übergeben.

»Bis jetzt bin ich allein ganz gut klargekommen.«

»Zumindest bis du diesen wunderschönen kleinen Jungen zur Welt gebracht hast.« Er zeigt auf T. »Die Regeln haben sich geändert. Du bist jetzt nicht mehr allein vor diesem Kriminellen auf der Flucht. Du hast ein Baby. Was machst du, wenn er mal krank wird?«

Krank? Ich bekomme sofort Panik und halte T vor mich, um sein Gesicht zu sehen. »Hat er etwas?« Ich weiß nicht einmal, woran man erkennt, ob ein Baby krank ist.

»Nein. Aber Babys werden ständig krank. Du kannst nicht einfach mit einem Neugeborenen ohne Papiere in eine Kinderarztpraxis latschen und darauf hoffen, dass dein Kind behandelt wird, ohne dass jemand Fragen stellt. Hast du die Geburtsurkunde im Krankenhaus überhaupt ausgefüllt?« Er wartet meine Antwort nicht einmal ab. »So funktioniert das heute nicht mehr. Du brauchst definitiv irgendwelche Papiere, um ihn als deinen Sohn auszuweisen, um dich auszuweisen … du brauchst eine Versicherungskarte.«

»Ich habe Geld.«

»Das glaube ich gerne. Jenny zufolge hast du ganz schön gut vorgesorgt. Es würde mich nicht überraschen, wenn du mir erzählst, dass du die ganzen Jahre Geld von Pavel abgezweigt hast. Gut möglich, dass du irgendwo eine Million auf einem Konto deponiert hast.«

»Das würde ich niemals tun … sein Geld für meine Zwecke missbrauchen, meine ich.« Es kränkt mich, dass er mir das zutraut.

Er sieht mich an, als wäre ich vollkommen durchgeknallt. »Wie bitte? Was wäre denn dabei, einem Gangster Geld zu klauen?«

»Erstens stiehlt man nicht, zweitens ist er gefährlich. Er hätte mir den Hals aufgeschlitzt, wenn nur der leiseste Verdacht aufgekommen wäre, dass ich ihm auch nur einen Dollar gestohlen hätte.«

Er reißt die Arme hoch. »Genau! Wenn man den Geschichten der Polizisten glauben will, die sie meinem Team erzählt haben, ist dieser Typ ein echter Fiesling … der Teufel in Person. Du schaffst das nicht alleine. Ich weiß, dass du stark bist und unabhängig, und mir ist vollkommen klar, dass du bisher immer alles alleine durchgezogen hast, aber so läuft das jetzt nicht mehr. Lass mich dir helfen, verdammt noch mal.« Er funkelt mich wütend an.

Mit bebendem Kinn erwidere ich seinen Gesichtsausdruck. Er hat nicht unrecht, aber er verlangt einfach zu viel von mir. Ich bin schon viel zu oft hintergangen worden, um mein Leben jetzt einfach in seine Hände zu legen. »Ich finde dich gerade unerträglich.«

Er antwortet leise und klingt dabei fast schon bedrohlich. »Ich dich nicht. Aber ich finde es unerträglich, wie du dich verhältst.«

»Ach, wie denn?« Tränen laufen mir über die Wangen, und ich wische sie wütend weg.

»Du verhältst dich töricht. Gehst unnötige Risiken ein.«

»Ich dachte, ich wäre ein guter Mensch.«

»Wenn du ein guter Mensch bist, wie kannst du dein Baby dann derart in Gefahr bringen?«

Mir fällt die Kinnlade herunter. Was für ein Schlag unter die Gürtellinie. »Wie bitte?«

»Du hast mich schon verstanden. Früher hast du nur dein Leben aufs Spiel gesetzt. Wenn du einen Fehler gemacht hättest, wenn Pavel herausgefunden hätte, dass du ihn bei der Polizei verpfeifen willst, na ja, dann wärst du eben Geschichte gewesen. Aus die Maus. Eine Mika weniger auf dieser Welt. Wenn er jetzt herausfindet, was du getan hast, bezahlst nicht nur du dafür. Was glaubst du, wie du dich fühlen wirst, wenn er dich findet und dir das Baby aus den Armen reißt? Wie wirst du dich fühlen, wenn dein Sohn verschwindet, genau wie Alexei?«

Aus einem Impuls heraus schnappe ich mir mein Glas und schüttete Thibault den gesamten Inhalt ins Gesicht, wobei ich gleichzeitig aufspringe und den Stuhl nach hinten wegtrete. »Wag es nicht! Sag so etwas nicht mal!«

Er steht einfach nur da und blinzelt sich den Saft von den Wimpern.

»Du bist genauso ungehobelt wie deine Schwester, weißt du das?! Sogar noch ungehobelter! Nicht nur das, du bist gemein!«

Er beugt sich vor, um an die Küchenrolle auf dem Tisch zu kommen und ein Stück abzureißen. »Dann findest du mich eben gemein, aber wenigstens bin ich in deinem Team.« Er wischt sich den klebrigen Saft aus dem Gesicht.

»Du bist nicht in meinem Team!« Ich schnaufe wie ein wütender Stier, und meine Tränen scheinen kein Ende zu nehmen. Es sind so viele, dass ich mit dem Wegwischen nicht mehr hinterherkomme. Dieser Streit bricht mir das Herz. Ich wollte, dass er ein Teil meines Teams wird. Verdammt noch mal, ich wollte in seinem Team sein. Erst jetzt wird mir klar, wie sehr ich mir das gewünscht habe – auch wenn es von vornherein unmöglich war.

»O doch, bin ich, ob es dir gefällt oder nicht.« Er starrt mich mit unheimlicher Intensität an.

»Vielleicht solltest du mich einfach zurück in die Stadt fahren und dort irgendwo aussetzen.« Ich beiße mir so fest auf die Zähne, dass mir der Kiefer wehtut.

»Keine gute Idee. Ich halte es für besser, wenn wir uns gemeinsam an diesen Tisch setzen und das jetzt ein für alle Mal klären.«

Ich werfe einen Blick auf den Stuhl, den ich soeben umgestoßen habe. »Es gibt nichts mehr zu klären.«

Er mäßigt seinen Ton und redet jetzt beruhigend auf mich ein, was mir nur noch mehr in der Seele wehtut. »Doch. Komm schon, lass mich nicht einfach so im Regen stehen. Auch wenn ich dich gerade unheimlich stur erlebe, und obwohl du alles daran setzt, mich von dir zu stoßen, bin ich immer noch auf deiner Seite. Sieh mich an …« Er streckt die Arme aus. »Ich gehe nirgendwohin.« Er seufzt frustriert. »Bitte, Mika … gib mir diesen Code, damit ich ihn Jenny schicken kann. Dann können wir über unseren Plan sprechen.«

»Und was wirst du für mich tun?«, frage ich mit trotzig gerecktem Kinn.

»Was meinst du damit?«

»Du verlangst, dass ich dir etwas anvertraue, das im Augenblick meine einzige Lebensversicherung darstellt. Was gedenkst du mir dafür zu geben?«

Er sieht sich um. »Ich habe dir mein Team zur Verfügung gestellt, mein Zuhause, dir mein Wort gegeben. Was willst du denn noch?«

»Wie wäre es mit deinem Vertrauen? Wie wäre es, wenn du mir einfach glaubst, dass ich dir den Code gebe, sobald ich in Sicherheit bin, in meinem neuen Zuhause? Geht das?«

Er starrt mich an, die Muskeln an seinem Kinn zucken wie verrückt. »Du verlangst von mir, dir einfach blind zu vertrauen.«

»Macht nicht gerade das Vertrauen aus?«

»Ich schätze schon.«

»Habe ich dich bisher schon mal angelogen?«

»Das nicht. Aber du warst auch nicht gerade besonders mitteilsam.«

»Frag mich, was auch immer du wissen willst, und ich werde dir antworten. Frag mich irgendetwas, das nichts mit diesem verdammten Code zu tun hat.«

Er starrt mich an. »Hast du ein Teil von Pavels Geld für dich beiseitegeschafft?«

»Nein.«

»Du sagtest doch, du hättest Geld. Woher kommt das?«

»Ich habe es gespart. Und investiert. Ich habe einen Abschluss in Finanzwesen, und was ich während des Studiums nicht gelernt habe, habe ich mir eben selbst beigebracht.«

»Liebst du ihn?«

Ich runzle die Stirn. »Wen? T?« Ich betrachte mein Baby.

»Nein. Pavel.«

Ich lache schallend, bis mir klar wird, dass er gar nicht scherzt. »Pavel? Nein! Um Himmels willen! Das kannst du doch nicht ernsthaft … das ist ja widerlich. Ich könnte niemals einen Mann lieben, der seriell Leute ermorden lässt.« Mir ist ganz schlecht.

Er zuckt die Achseln, sieht aber weiterhin nur T an.

Meine Lippen beben. Er muss es hören, um es zu begreifen. Wenn ich sein Vertrauen gewinnen will, muss ich aufhören, vor seinen Fragen davonzulaufen. »Na schön, soll ich es für dich aussprechen? Dann sage ich es eben. Pavel hat mich vergewaltigt. Bist du jetzt zufrieden?« Ich muss husten und fange unweigerlich an zu schluchzen. Schützend halte ich mir die Hand vors Gesicht.

Thibault ist plötzlich neben mir. Er hat die Hand um meine Taille gelegt, schmiegt sich an mich und lehnt seinen Kopf gegen meinen. »Oh, Scheiße, das ist ja furchtbar. Mika, bitte weine nicht. Es tut mir leid, dass ich so hartnäckig war. Meine Fresse, ich kann manchmal so ein Arschloch sein.« Er seufzt und hält mich ganz fest. »Bei Gott ich möchte diesen Wichser am liebsten umbringen. Bitte sei nicht sauer auf mich. Bitte weine nicht. Ich versuche doch nur, das alles zu verstehen.«

»Was erwartest du denn von mir? Mein Leben liegt in Trümmern, und ich muss mich ganz allein um mein Baby kümmern ... ich weiß nicht, wo mir der Kopf steht, und jetzt mischst du dich auch noch in die Angelegenheiten meines Kindes ein und verurteilst mich pauschal!«

»Ich habe dich nicht verurteilt. Wirklich nicht.« Er streicht mir übers Haar. »Außerdem bist du nicht allein, verstehst du? Ich bin für dich da, und ich lasse dich nicht im Stich. Ich habe das bestimmt schon zehnmal gesagt, aber ich wiederhole es gerne so lange, bis du mir glaubst, okay?«

»Du solltest gehen. Du solltest möglichst viel Abstand zwischen dich und mich bringen. Einfach abhauen.«

»Nein. Das würde ich niemals tun. Dafür bist du mir zu wichtig.«

Ich löse mich aus seiner Umarmung. »Warum? Du kennst mich ja kaum, und alles, was du über mich weißt, gleicht einem Albtraum.«

»Doch, ich kenne dich.« Er streicht mir eine Haarsträhne aus dem Gesicht. »Ich weiß, wo du aufgewachsen bist, wer dich großgezogen hat ... dass du dich in Finanzdingen gut auskennst und mir so einiges über Gehaltsabrechnungen beibringen könntest, für die ich bei uns verantwortlich bin und die ich aus tiefstem Herzen hasse ... ich weiß, dass du furchtbar eklige Spaghetti kochst und beim Pokern echt abstinkst. Oh ... und dass du eine tolle Mutter bist. Ich weiß, dass du dein Baby liebst und alles in deiner Macht Stehende tun wirst, um es zu beschützen. Mehr muss ich doch gar nicht wissen, findest du nicht?«

Ich bringe keine Antwort heraus. Die Tränen geben mir nicht die Gelegenheit dazu. Der Mensch, den er da beschreibt, klingt gar nicht so übel.

»Und ich weiß, dass du mir glauben möchtest. Ich weiß, dass du das gar nicht alles alleine schaffen willst.«

»Woher weißt du das?«, frage ich mit krächzender Stimme.

»Weil du dir wieder auf die Lippe beißt.«

»Was?«

Er streicht mir mit dem Daumen über den Mund. »Immer, wenn du beim Pokern geblufft hast, hast du dir auf die Lippe gebissen. Genau wie jetzt, deshalb weiß ich auch, dass du lügst, wenn du behauptest, ich solle am besten aus deinem Leben verschwinden.«

Ich lasse sofort von meiner Lippe ab. Dann lache ich kurz auf. Offenbar hat er mich beim Pokern gewinnen lassen. »Du bist so ein Mistkerl.«

»Damit kann ich leben.«

Ich seufze, und mit der Luft verlässt der Druck, der vorher auf mir gelastet hat, meinen Körper. »Du darfst nicht denken, dass ich dir nicht glaube oder dass ich nicht zu schätzen weiß, was du alles für mich tun willst. So ist es nämlich nicht. Aber wenn ich dir den Code gebe, und du ihn an dein Team weitergibst, muss ich für immer damit leben, dass ich dadurch vielleicht euer aller Todesurteil unterschrieben habe. Pavel hat es auf jeden abgesehen, der sich unerlaubt Zugang zu seinen Daten verschafft.«

»Nein … sobald du mir den Code gibst, wirst du damit leben müssen, dass du von diesem Moment an Teil meines Teams bist … meiner Familie. Wir werden alle auf dich Acht geben. Dann stehe nicht mehr nur ich hinter dir.«

Ich versuche zu lächeln, doch meine Lippen zittern zu sehr, deshalb gebe ich auf. »Ich möchte dir wirklich gerne glauben. Ich möchte wirklich gerne daran glauben, dass das alles wahr ist.« Ich hole tief Luft, um mich zu beruhigen. »Aber das wird mir nur gelingen, wenn du mir genug vertraust, um auch ohne den Code weiterzumachen.«

Wir starren uns für eine lange Weile tief in die Augen. T gibt keinen Mucks mehr von sich. Dann seufzt Thibault tief und nimmt mich in die Arme, nicht ohne dabei größte Vorsicht walten zu lassen, um das Baby nicht zu zerdrücken. »Ich lasse dich nicht im Stich. Keiner aus unserem Team wird das tun. Du kannst dich voll und ganz auf die Bourbon Street Boys verlassen, Code hin oder her.«

Kapitel 30

Nachdem ich leer geweint bin, hinken wir alle drei mühsam ins Schlafzimmer.

Als ich mich aufs Bett sinken lasse, piepst die Zeituhr des Backofens.

»Ich bin gleich wieder da«, verspricht Thibault. »Geh nicht weg.«

Mein Lachen ist wirklich schwach. »Wo sollte ich denn hin?«

Er beugt sich über mich und küsst mich rasch auf die Lippen, ehe er auf einem Bein hüpfend den Raum verlässt. »Fortsetzung folgt«, sagt er über die Schulter. Mein Herz erschauert ob der neu entstandenen Intimität zwischen uns.

Ich setze mich langsam auf und lege den Kleinen an. Er hat noch nicht nach der nächsten Mahlzeit verlangt, aber wenn ich mich in diesem Schlafzimmer entspannen und eine Chance auf weitere Gespräche oder was auch immer mit Thibault haben will, muss Baby T mit vollem Bauch schlafen.

Ich versuche gar nicht erst, mir vorzustellen, *was auch immer* sein könnte. Schließlich habe ich gerade ein Kind bekommen, sodass mein Körper zu vielem noch nicht wieder bereit ist, und mich mit Thibault einzulassen würde die ohnehin schwierige

Situation nur noch weiter verkomplizieren. Dennoch mache ich mir nicht die Mühe, T oder mich zuzudecken, sondern genieße es, zu tun, was ich tun muss, ohne mir Gedanken zu machen, ob jemand etwas sieht, das er nicht sehen möchte. *Das bin ich, Thibault, ob es dir gefällt oder nicht. Ungeschminkt und nackt.*

Thibault kommt zurück, als ich mich gerade ans Kopfende des Bettes lehne. Sobald er sieht, dass ich stille, wendet er sich ab, um meine Privatsphäre nicht zu verletzen. »Oh, tut mir leid.«

»Das kannst du in Zukunft sein lassen.«

Er dreht sich um und schaut mich an. »Bist du sicher? Ich möchte dich nicht in Verlegenheit bringen.«

»Als ob du das noch könntest.« Ich schüttle den Kopf. »Vor ein paar Tagen hast du meine Muschi in ihrem schlimmstmöglichen Zustand gesehen. Wenn es auf der ganzen Welt jemanden gibt, der mir beim Stillen zusehen darf, dann bist du das.«

Er grinst breit und dreht sich komplett wieder zu mir um. »Halleluja. Ich liebe es nämlich, dir zuzuschauen.«

Ich runzle die Stirn. »Was …? Bist du irgendwie pervers?«

Er kommt mit einer Schale Essen zu mir gehumpelt und stellt eine zweite hinter sich auf den Nachttisch. »Nein, ich bin nicht pervers. Aber es fasziniert mich irgendwie, wie schnell du diese ganze Muttersache so gut in den Griff bekommen hast.«

Ich lächle verschämt. Aus irgendeinem Grund schüchtert mich sein Kompliment ein. »Jetzt schmierst du mir Honig um den Bart.«

»Nein, ich sage nur die Wahrheit. Möchtest du Abendessen?«

Ich schaue auf den Kleinen hinunter. »Ich bin gerade ein wenig beschäftigt.«

»Soll ich dich füttern?« Er hält eine Gabel hoch, auf der sich etwas befindet, das nach kochend heißem Hühnchen aussieht.

»Ist das dein Ernst?«

»Hundertprozentig. Ich füttere jetzt seit Monaten die Babys meiner Schwester. Ich bin Profi.«

»Klingt ein bisschen seltsam, aber mir soll's recht sein.«

»Mach die Backofenklappe auf.« Er bläst ein paarmal auf die Gabel, um das Essen zu kühlen, ehe er es zu meinem Mund führt.

Kichernd öffne ich die Lippen. Das ist lächerlich. Albern. Aber herzerwärmend. Er ist wirklich ein netter Kerl. Ich glaube, niemand, der ihm auf der Straße begegnet, käme auf die Idee, er könne so sanft und rücksichtsvoll sein. Er sieht so hart aus. So ernst. So heiß.

Der Geschmack des Essens macht sich in meinem Mund breit und reißt mich aus meiner Grübelei. »Mmm, lecker. Hast du das gekocht?«

»Klar.« Er isst eine Gabel voll aus derselben Schale. »Ich kann eben nicht nur Sandwiches.«

Ich nicke. »Sandwiches und Hühnerauflauf. Ich glaube, das würde mir zum Überleben reichen.«

»Nicht nur zum Überleben … zum Blühen und Gedeihen, Baby. Du wirst blühen und gedeihen.«

»Ich mag deine positive Art, so unangebracht sie auch sein mag.«

»Nein, versteh doch … Sie ist nicht unangebracht. Ich habe das alles genau durchdacht.«

»Ein Plan, hmm? Umfasst dieser Plan, dass T und ich auf eine Insel im Privatbesitz mitten im Nirgendwo ziehen, wo uns niemand finden kann?«

»Nein, eigentlich nicht.« Sein Lächeln erlischt. »Obwohl es, wenn ich es richtig verstehe, möglich wäre, dass die Bundesagenten dich ins Zeugenschutzprogramm stecken möchten.«

»Für immer?« Noch vor zwei Tagen klang das wie ein toller Plan. Heute Abend … nicht mehr so sehr. Denn ich weiß, dass das bedeutet, ich werde diesen Mann nie wiedersehen, und je mehr Zeit ich mit ihm verbringe, desto unerträglicher scheint mir das.

Er füttert mir eine weitere Gabel Hühnchen. »Ich glaube nicht. Nicht für immer. Ich meine, ich bin dafür kein Fachmann, aber das können wir ihnen sicher ausreden.«

Mit vollem Mund frage ich zurück: »Wem genau? Ich weiß nicht, wie so was läuft. Entscheidet das das NOPD? Das FBI? Der Staatsanwalt?«

»Das FBI.« Er isst auch noch eine Gabelladung und kaut gründlich, ehe er antwortet: »Ich glaube, die werden sich um diesen Fall kümmern. Das ist mehrere Nummern zu groß für das NOPD.«

»Aber wenn ich ins Zeugenschutzprogramm gehe, bedeutet das nicht, dass ich nie wieder mit jemandem aus meiner Vergangenheit Kontakt aufnehmen darf und umgekehrt?« Es gibt nur eine Person, mit der ich gerne wieder sprechen würde. Zwei, wenn man Alexei mitzählt.

»Ich weiß nicht.« Er macht eine weitere Gabel Hühnchen für mich fertig. »Mit Einzelheiten kenne ich mich nicht aus, und ich glaube, darüber müssen wir uns jetzt auch keine Gedanken machen. Am wichtigsten ist es, die Informationen der Polizei so schnell wie möglich zu übermitteln, um ihm so das Handwerk zu legen. Danach kümmern wir uns um den Rest.«

Die Vorstellung, völlig aus Thibaults Leben zu verschwinden, verbrennt mich innerlich. Ich bin nicht ganz sicher, aber ich glaube, ihm missfällt sie auch. Wenn ich jetzt nichts sage, werde ich es niemals herausfinden.

»Aber … wenn ich ins Zeugenschutzprogramm gehe, werde ich dich nie wiedersehen.« Mir bricht der kalte Schweiß aus, während ich auf seine Antwort warte.

Er füttert mir mit zusammengezogenen Brauen und geblähten Nüstern eine weitere Gabel Auflauf. »Ich glaube, darüber müssen wir uns jetzt wirklich keine Gedanken machen.«

Unglaublich, wie weh mir seine Antwort tut. Ich habe seine Gefühle überschätzt. Wahrscheinlich werde ich eins der Mädchen sein, mit denen es nichts geworden ist, weil sie nicht kompatibel waren. Da könnte ich es ihm genauso gut leicht machen zu sagen, was er zu sagen hat. »Du willst mir also sagen, ich soll mich nicht zu sehr an dich gewöhnen.«

»Ganz und gar nicht.« Er lässt die Gabel in die Schale fallen und starrt mich an. Sein finsterer Gesichtsausdruck verändert sich, wird … beklommen. »Hör zu, ich weiß, das ist Wahnsinn … wir haben uns gerade erst kennengelernt und sind einander auf die denkbar seltsamste Art und Weise begegnet.«

»Du bist mir ins Auto gelaufen.«

Er schenkt mir ein leicht melancholisches Grinsen. »Nein. Du hast mich angefahren, und dann stand ich zwischen deinen Beinen, habe dir die Unterwäsche vom Körper geschnitten und zugesehen, wie du ein Wunderbaby geboren hast.«

Ich will mich nicht zu sehr über seine Worte freuen. Noch hat er mir keinen Grund gegeben zu glauben, dass er eine ähnliche Verbindung zu mir empfindet wie ich zu ihm. »Das also ist mit meiner Unterhose passiert? Du hast sie weggeschnitten?« Ich tue beleidigt, um die heitere Stimmung zu bewahren.

Er versucht zu lächeln. »Was hätte ich denn tun sollen? Der Kleine stand kurz vor der Geburt. Sie war im Weg.«

Ich schaue auf den Jungen hinunter, der diesen Mann in mein Leben gebracht hat, und streichle seine Wange. »Das war meine Lieblingsunterhose. Du schuldest mir einen Slip.«

Thibault schiebt mir ein paar Haarsträhnen hinters Ohr. »Wenn wir hier wegkommen, werde ich dir so viele Slips kaufen, wie du willst, aber erst musst du etwas für mich tun.«

»Was denn?«, frage ich und klimpere mit den Wimpern, peinlich berührt darüber, wie intim sich diese kleine Geste anfühlt, wo er doch in Wirklichkeit nur freundlich zu mir ist.

»Küss mich.«

Mein Herz macht einen Freudensprung, und mein Gesichtsausdruck wird sanfter, als sich mein Körper und meine Seele endlich entspannen. Er mag mich, zumindest ein bisschen. »Oh, das ist leicht. Das ist kein Problem.«

Er nähert sich mir und lächelt dabei unglaublich sexy. Ich spüre, dass er sanft und vorsichtig zu sein versucht, weil ihm klar ist, dass ich gerade stille. Als unsere Lippen sich berühren, kralle ich mich in sein Hemd, und dann berührt seine Zunge ganz sanft meine.

»Ich will dir nicht wehtun«, flüstert er in meinen Mund.

»Das würde ich auch nicht zulassen.« Ich fahre ihm mit der freien Hand ins Haar und kralle mich hinein. Er stöhnt und küsst mich noch einmal, dann unterbricht er den Kuss und schaut auf den Kleinen hinunter.

T ist an meiner Brust eingeschlafen. Langsam löse ich ihn davon und wickle ihn in seine Decke.

»Soll ich ihn in sein Kinderbettchen legen?«, fragt Thibault.

Ich nicke und reiche ihm den Kleinen.

Thibault steigt aus dem Bett, nimmt T sanft in die Arme und legt ihn in das Bettchen neben uns auf dem Boden, wobei er darauf achtet, dass er ganz in warme Decken eingepackt ist, damit er sich nicht umdrehen kann. Dann setzt er sich auf den Rand der Matratze und nimmt meine Hand. Mit schwer zu deutendem Gesichtsausdruck sieht er mich an. Der paranoide Teil meiner Seele sagt mir, er bereue bereits, etwas mit mir angefangen zu haben. Der hoffnungsfrohe Teil sagt, er sei lediglich respektvoll.

»Was tun wir da?«, frage ich.

»Ich bin nicht ganz sicher, aber ich werde aufhören, wenn es dir nicht gefällt.«

»Es gefällt mir. Aber es macht mir auch … Angst. Allerdings nicht auf eine schlimme Art und Weise.« Ich seufze. »Tut mir leid, ich rede Unsinn.« Ich lächle ihn an. »Ich schreibe meine Verwirrung diesem Kuss zu.«

Er erwidert mein Lächeln. »Ich weiß, wir können … gewisse Dinge gerade nicht tun, weil du gerade ein Kind bekommen hast und so, aber es wäre wirklich cool, wenn ich dich ein bisschen küssen und festhalten könnte.«

Mein Herz rast himmelwärts. »Das geht.« Ich halte inne, nicht sicher, wie man das macht. Noch nie habe ich mit einem Mann nur gekuschelt. »Machen wir das angezogen oder nackt?«

»Wie wäre es, wenn wir angezogen anfangen und mal schauen, was sich ergibt?«

»Okay.« Ich kichere und fühle mich, wie sich eine Jungfrau fühlen muss, wenn sie einen netten Jungen trifft, der es langsam angehen lässt. »Das ist mal was Neues.«

»Nicht wahr?«

»Du stehst normalerweise nicht auf harmloses Kuscheln?«, frage ich.

»Ehrlich gesagt nicht. Aber aus irgendeinem Grund klingt es mit dir schön.«

»Ich werde versuchen, das als Kompliment zu nehmen.« Mein Lächeln soll ihm zeigen, dass das nicht böse gemeint war.

Er küsst mich auf den Handrücken. »Das ist ein Kompliment. Ein großes.« Er schaut zur Tür. »Ich mache mal das Licht aus, wenn es dir recht ist.«

»Klar. Aber räum besser vorher das Essen weg.«

Er stellt die Schale mit dem Hühnerauflauf auf den Nachttisch.

»Pass nur mit meinem linken Knie auf«, sagt er und humpelt durchs Zimmer. »Neulich hat mich so eine Verrückte mit dem Auto angefahren, und es tut immer noch ziemlich weh.«

»Hör auf, das zu sagen. Du weißt, dass du wie ein blinder Idiot mitten in den Verkehr gelatscht bist. Ich bin unschuldig. Die Geschworenen werden mich niemals verurteilen.«

Er kommt wieder ans Bett und legt sich sehr langsam hin. Er rückt dicht an mich heran, schiebt den Arm unter meinen Nacken und zieht mich an sich. Meine Brüste pressen sich gegen seine Brust. Er richtet sich auf dem Ellbogen halb auf, beugt sich über mich und schnuppert an meinem Hals. Dann saugt er meinen Duft tief ein. »Du riechst so gut.«

»Ich muss duschen.«

»Nein. Dann würdest du nur nach langweiliger alter Seife riechen und nicht nach dir.«

Ich kichere über den Nonsens, den er redet. »Mit dir stimmt etwas nicht. Oder zumindest mit deiner Nase.«

»Das Einzige, was mit mir nicht stimmt, ist, dass in meinem Haus eine Frau lebt, die mich wahnsinnig macht.« Er küsst meinen Hals und kitzelt danach meine Haut mit seiner Zunge.

Ich lege die Hand auf seine Hüfte, seufze vor Vergnügen, weil ich ihm so nah bin und weiß, dass es ihn ebenso verrückt macht wie mich. »Vielleicht kommt das Gefühl daher, dass du sexuell frustriert bist.«

»Könnte sein. Ich glaube, es könnte auch die Attitüde dieses Mädchens sein, die mich so wahnsinnig macht.« Er küsst mich auf den Mund, spielt ein paar Sekunden mit meiner Zunge und lässt mein Herz rasen, dann hält er inne und sieht mich an.

»Ihre Attitüde?« Ich sehe ihn mit leicht schief gelegtem Kopf an und frage spielerisch nach: »Wovon redest du?«

Er zieht mich noch enger an sich und küsst mich wieder auf den Hals. Mein Körper erschlafft, als mir Entspannung und Wärme bis ins Mark dringen.

»Ich glaube, du versuchst absichtlich, mich wahnsinnig zu machen«, sagt er.

»Du bist verrückt.«

Er hält inne und rückt ein Stück von mir ab, sodass er auf mich herunterschauen kann. »Nein, eigentlich bin ich ziemlich intuitiv. Ich glaube, du hast eine rebellische Ader und genießt es, mich zu provozieren, nur weil du es kannst.«

Ich liebe die Vorstellung, solche Macht über diesen Mann zu haben. »Hm. Ich glaube, du hast recht … ich glaube, ich werde es genießen, dich zu provozieren.« Damit lege ich die Hand auf sein Gemächt. In seiner Jeans ist er steinhart. »Ja, du hast recht, ich genieße es wirklich.« Ich kann nicht aufhören zu grinsen.

Er stöhnt. »Pass besser auf, Mädchen. Wenn du so weitermachst, gehe ich noch in Flammen auf.«

Ich beginne, ihn zu streicheln. »Soll ich aufhören?«

»Ja und nein.« Er seufzt und weicht ein wenig zurück.

Ich höre auf. Seine Stimme sagt Ja, aber seine Körpersprache sagt Nein.

»Es wird mir wirklich schwerfallen aufzuhören, wenn wir erst einmal richtig angefangen haben, wir sollten uns vielleicht besser beherrschen«, schlägt er vor.

Er ist so nett, so großzügig zu mir, obwohl er hier in diesem Bett auf Erlösung brennt. Sein Körper muss doch geradezu danach schreien. »Ich habe wirklich nichts dagegen, Dinge für dich zu tun, obwohl ich körperlich nicht imstande bin, deine Gegenleistung zu genießen.«

Er küsst mich sanft und weicht dann wieder zurück. »Das weiß ich zu schätzen, aber ich glaube, unser erstes Mal wird schöner, wenn wir zusammen etwas tun können.«

Bis zu dieser Antwort war mir nicht klar, wie sehr ich ihn gerade auf die Probe stelle. Er hat mir bewiesen, dass er mich wirklich mag und es ihm nicht nur um seine eigene Befriedigung geht. Er ist wirklich sanft und freundlich. Ich seufze tief und schmiege mich an ihn. In seinen Armen fühle ich mich uneingeschränkt sicher.

»Alles in Ordnung?« Er versucht, mein Gesicht zu sehen, doch ich verstecke es an seiner Brust.

»Ja, mir geht es gut. Ich frage mich nur, warum das Schicksal manchmal so gemein zu mir ist.«

Er spielt mit meinem Haar. »Wovon redest du?«

Es ist verrückt, so etwas laut zu sagen, aber uns bleibt nicht viel Zeit. Ich weiß, Thibault hat recht. Ich werde ins Zeugenschutzprogramm gehen, was bedeutet, ich werde von ihm und allen anderen Menschen in meinem Leben abgeschnitten sein. Was ich jetzt nicht sage, wird ungesagt bleiben.

»Ich habe all die Jahre einen Mann wie dich gesucht, der sanft, freundlich und verständnisvoll ist … mir den Rücken stärkt … und jetzt bist du da.«

Er küsst meinen Scheitel. »Eben, und wo ist das Problem? Hier bin ich, und ich habe dir doch gesagt, ich gehe nirgends hin.«

»Ich möchte nicht morbide klingen, aber ich habe das Gefühl, an der Schwelle des Todes oder des Vergessens zu stehen.«

Er lacht leise. »Na ja, das ist schon ziemlich morbide. Ich weiß auch nicht, woher dieses Gefühl kommt – ich dachte, langsam läuft alles besser für dich. Habe ich mich da geirrt?«

»Entweder wird Pavel mich aufspüren, dann bleibt mir nur, mich von der grausamen Welt zu verabschieden, oder ich gehe ins Zeugenschutzprogramm, was mich zwingt, alle Brücken zu allem und jedem abzubrechen. Auf Nimmerwiedersehen, New Orleans, und auf Nimmerwiedersehen, Thibault. Wie gesagt … das Schicksal ist gemein.«

»Nein, das siehst du falsch. Wenn Pavel dich aufspürt, werde ich an deiner Seite sein, und du musst dir überhaupt keine Sorgen machen.«

»Ich möchte dir wirklich gerne glauben.« Es ist berauschend, mir vorzustellen, wie Thibault an meiner Seite ist und auf T und mich aufpasst wie ein Schutzengel oder ein echter Superheld. Aber es ist einfach nicht realistisch.

Er zieht mich noch näher heran, umschlingt mich mit seinem gesunden Bein und presst mich an sich. Unsere Körper sind völlig ineinander verschlungen. »Glaub mir … ich kann doppelt so stur sein, wie du dir ausmalen kannst.«

Ich kichere. »Das glaube ich dir tatsächlich.«

»Gut.« Er haut mir auf den Hintern. »Jetzt wirst du mir vielleicht häufiger zuhören, weil du weißt, dass ich die Wahrheit sage.«

Ich umarme ihn, als gäbe es kein Morgen mehr, und stelle mir einen Sekundenbruchteil lang vor, wie unsere Zukunft aussehen könnte. »Junge, du wirst derartigen Ärger kriegen, wenn ich wieder hundertprozentig einsatzfähig bin.«

»Ich freue mich darauf.«

Es sind keine weiteren Worte nötig. Wir wissen jetzt, wie wir füreinander empfinden und dass die Chancen, dass daraus etwas Gutes wird, nicht besonders hoch sind. Aber für diesen Augenblick halten wir uns fest, und ich schlafe ein, als schwebte ich auf einer Wolke, hoch über der Erde und all meinen Sorgen.

Kapitel 31

Als ich aufwache, ist es stockfinster. Ich brauche einige Momente, um zu begreifen, wo ich bin und was ich vor dem Einschlafen getan habe. Als ich schwere Gliedmaßen spüre und mir Thibaults Geruch in die Nase dringt, fällt mir wieder ein, was vorhin passiert ist: Ich liege mit einem Mann im Bett, für den ich sehr starke Gefühle habe, obwohl ich ihn erst ein paar Tage kenne. Dann begreife ich, dass das Geräusch, das mich geweckt hat, das Wimmern meines Sohnes in seinem Kinderbettchen neben mir war.

Ich stoße Thibault mit dem Kinn an. »Der Kleine ist wach.«

»Nein, ist er nicht«, murmelt er. »Ich schlafe noch.«

»Bleib einfach, wo du bist.« Ich winde mich aus seinen Armen und schäle mich dann aus der Decke, sorgsam darauf bedacht, nicht gegen sein Knie zu stoßen. Ich bin ganz steif, begebe mich aber trotzdem zu dem Kinderbettchen, um den Kleinen herauszunehmen. Er hat die meisten seiner Decken weggestrampelt, also drücke ich ihn an mich, um ihn zu wärmen, ehe ich ihn mit ins Bett nehme. »Du musst doch nicht weinen, mein Kleiner, deine Mami ist doch hier.«

Ich lehne mich ans Kopfende des Bettes und gähne herzhaft, nachdem ich ihn angelegt habe.

»Soll ich Licht machen?«, fragt Thibault leise.

Ich streichle seine dichten Locken und flüsterte zur Antwort: »Nein, dann wacht er richtig auf, und ich kann das mit dem Schlafen vergessen.«

»Du bist schon ein richtiger Profi.« Er zieht sich hoch, um neben mir zum Sitzen zu kommen. Dann greift er nach der Hand des Kleinen. »Soll ich dir etwas zu trinken holen?«, flüstert er.

»Ja, ein Glas Wasser wäre nett.«

»Kommt sofort.« Thibault macht Anstalten aufzustehen, aber ich nehme seine Hand.

Er dreht sich zu mir um. »Was ist?«

»Ich will dir den Code geben.« Mein Hals fühlt sich an wie zugeschwollen. Ich habe Schluckbeschwerden und Atemnot.

»Bist du sicher?«, fragt er leise. Sanft legt er die Hand an meine Wange. »Denk nicht, dass du mir das schuldest oder so. Es muss ganz deine eigene Entscheidung sein. Ich verstehe, warum du einige Dinge zurückhalten möchtest und bin nicht sauer, wenn du noch nicht so weit bist.«

Ich nicke. »Ich vertraue dir.« Kaum habe ich die Worte ausgesprochen, weiß ich, dass sie wahr sind.

Er wendet sich weiter zu mir um und zuckt zusammen, als sein Knie ihm Probleme bereitet. Dann aber konzentriert er sich ganz auf mich. »Das ist eine richtig große Sache für dich. Ich möchte, dass du weißt, dass mir das klar ist. Glaub nicht, du müsstest das tun, um mein Vertrauen zu erringen. Das hast du schon.«

»Ich weiß.« Seine Ernsthaftigkeit nimmt mir den Atem. Sie bedeutet mir so viel.

»Ich werde dir in jedem Fall helfen.«

»Auch das weiß ich.« Ich breche in Tränen aus.

»Warum weinst du?«, fragt er sanft und beugt sich vor, um mir die Tränen abzuwischen.

»Weil ich zugleich ängstlich, glücklich und traurig bin.« Ich muss grinsen, weil das so lächerlich klingt.

Er lächelt. »Das verstehe ich. Ich empfinde genauso.«

»Wo sind dann deine Tränen?«, frage ich bemüht witzig.

»Superman weint nie.« Dann gibt er etwas von sich, was wie ein Husten klingt, senkt den Kopf und kneift sich in den Nasenrücken.

»Was ist?«

Er hebt den Kopf und wischt sich diesmal die eigenen Tränen ab. Seine Stimme zittert. »Ich habe dir doch gesagt, ich bin nicht Superman.«

Er schmiegt sich in meine Arme, und wir halten uns umschlungen, den Kleinen zwischen uns.

Thibaults Stimme klingt dumpf an meiner Schulter. »Ich werde dich nicht im Stich lassen. Versprochen.«

»Ich weiß. Das hast du noch nie, nicht wahr?« Ich halte seinen Kopf fest und kralle mich in sein dichtes Haar. »Wir können alles schaffen. Das weiß ich. Gott ist nicht grausam. Er ist gnädig.«

»Ja. Gott ist gnädig.« Thibault löst sich von mir. »Ich hole dir jetzt dein Wasser.«

»Bring mir bitte auch ein paar Papiertaschentücher mit, außerdem Papier und Stift.«

»Jawohl, Ma'am.«

Er humpelt in die Küche und kommt mit dem Gewünschten zurück.

»Könntest du bitte Licht machen?«, frage ich.

»Hast du nicht gesagt, dann wacht der Kleine auf?«

»Ja, das wird er wahrscheinlich, aber ich muss etwas sehen, wenn ich dir den Kram aufschreiben will.«

»Wie wäre es damit?«, schlägt er vor und benutzt die Taschenlampe seines Handys, um den kleinen Bereich, in dem ich etwas sehen muss, einigermaßen zu erleuchten.

»Perfekt. Viel besser.«

»Bist du Links- oder Rechtshänderin?«

»Rechtshänderin. Könntest du mir ein Buch oder etwas anderes Hartes als Schreibunterlage besorgen …« Er wendet sich ab, holt ein gebundenes Buch vom nahen Regal, bringt es ins Bett und schiebt es unter den Block. Ich nehme den Stift und beginne zu schreiben, während er mir Licht macht.

»Was ist das?«, fragt er.

»Der Verzeichnisname, unter dem Jenny oder wer auch immer sich in den Cloudaccount einloggt und eine App finden wird.«

»Okay.«

»In dem Verzeichnis muss man die App öffnen.«

»Okay … das klingt einfach.«

»Dann wird die App nach einem Passwort fragen, und dann muss man das hier eingeben. Man muss auf Groß- und Kleinschreibung achten, sorg also dafür, dass das Passwort korrekt eingegeben wird. Wird es auch nur einmal falsch eingegeben, wird es ungültig und funktioniert nicht mehr, dann muss man es ändern.«

»Wie geht das?«

»Man muss meinen Daumenabdruck über einen Fingerabdruckscanner, ein kleines Gerät, das man an den Computer anschließen kann, ins System eingeben. Das wäre ein Riesenaufwand, es sollten also besser keine Fehler passieren.«

»Okay.« Er hält inne. »Wow, das ist komplex.«

»Ja. Ich wollte sicher sein, dass man es nicht hacken kann. Wenn man das Passwort eingegeben hat, decodiert die ausführbare Datei alle anderen Dateien in den anderen Ordnern und macht die gesuchten Daten lesbar.«

»Wir müssen nicht alle Daten des Codes von Hand dechiffrieren? Das läuft automatisch?«

»Ja, genau das meine ich.«

»Das kommt mir ziemlich hoch entwickelt vor.«

»Ist es.« Mein Lächeln ist traurig. Bitter. »Ich habe mit einem Teil von Pavels Geld dafür bezahlt, es war also vielleicht nicht ganz richtig, als ich sagte, ich hätte ihn nie bestohlen.«

»Dieser Code verhindert, dass jemand, der dazu nicht autorisiert ist, die Zahlen liest, ich würde also sagen, du hast ihm mithilfe seines Geldes einen Gefallen getan.«

»Aber nur, wenn er über den Code verfügt.«

»Details. Darüber mache ich mir keine Gedanken. Das macht dich in meinen Augen nicht zu einem unehrlichen Menschen.«

»Mir wird es auch keine schlaflosen Nächte bereiten.« Die Alternative wäre der Tod gewesen. Mir ist die Entscheidung leichtgefallen, denn Thibault hat in einem Punkt sehr recht, was mich angeht: Ich bin eine Überlebenskünstlerin. Jetzt, wo ich mit seinen Augen gesehen habe, was das für ihn bedeutet, bin ich stolz, dass er mich so bezeichnet hat.

»Wo hast du das Programm her?«, fragt er.

»Ich habe es mir von einem Programmierer schreiben lassen. Er lebt in Indien. Das stellt kein Problem dar. Niemand kann eine Verbindung zwischen uns beiden herstellen.«

»Okay. Cool. Aber wenn du nichts dagegen hast, werde ich das Jenny gegenüber erwähnen.«

»Klar, kein Problem. Ich habe vor euch beiden nichts zu verbergen.« Dann gebe ich ihm den Zettel, und er überfliegt ihn noch einmal.

Er deutet auf die erste Zeile. »Das ist das Verzeichnis, in dem Jenny die Software findet, die sie dann öffnen muss, um dieses Passwort einzugeben?« Er zeigt auf die zweite Zeile, eine Kombination von Buchstaben, Zahlen und Zeichen, die mir einzuprägen mich mehrere Tage gekostet hat.

»Ja. Sag ihr, sie soll auf keinen Fall Änderungen an den Dateien in der Cloud vornehmen. Sie müssen unbedingt weiter so heißen, wie ich sie benannt habe, und sich dort befinden, wo ich sie hin gespeichert habe, sonst funktioniert es nicht. Wenn sie Dateien verschiebt oder umbenennt, könnte es Probleme geben.«

»Okay, ich werde es ihr sagen.« Er faltet den Zettel und schiebt ihn in die Tasche. Dann schaut er auf den Kleinen hinunter, und der Muskel an seinem Kinn zuckt.

»Du möchtest sie sofort anrufen, stimmt's?« Ich lächle ihn an. Er sagt kein Wort, aber seine Haltung könnte angespannter nicht sein.

»Bin ich so leicht zu durchschauen?«

»Ja … ein offenes Buch im Großdruck.«

Er kneift mich leicht in die Wange. »Frechdachs. Hast du etwas dagegen, wenn ich ein Stück die Straße entlangfahre, bis ich ein Netz habe, und Ozzie anrufe?«

»Nein. Gib mir einfach die Wasserflasche, ich warte hier.« Ich schaue auf den Kleinen hinunter. »Die Milchbar hat geöffnet, und er ist offenbar sehr hungrig.« Ich stupse ihn sanft gegen die Wange. »Kleines Ferkelchen.«

»Okay. Es dauert nicht lange. Ich fahre höchstens fünf Minuten die Straße runter und führe ein kurzes Telefongespräch. Danach komme ich sofort zurück.«

»Kein Problem. Wenn T mit dem Trinken fertig ist, bevor du wieder da bist, lege ich mich wieder schlafen.«

Auf dem Weg zur Tür bleibt er stehen und schaltet die Handytaschenlampe ab. »Soll ich auf der Couch schlafen, wenn ich zurückkomme?«

»Bist du verrückt?«

»Ich habe gehofft, dass du das sagst.« Er humpelt auf seinen Krücken aus dem Zimmer Richtung Haustür.

Kapitel 32

Nachdem ich den Versuch, wieder einzuschlafen, aufgegeben habe, mache ich mich frisch, ziehe mich an und setze mich auf die Couch, um zu warten, bis Thibault von seinem frühmorgendlichen Telefonat zurückkommt. Ich blättere irgendeine Zeitschrift durch, als ich höre, wie sein SUV draußen mit quietschenden Reifen zum Stehen kommt. Das Geräusch schneller Schritte, die die Kiesauffahrt schneller hochkommen, als ich es mit seiner Verletzung für möglich gehalten hätte, dringt an meine Ohren. Er hat den SUV laufen lassen.

Ich stehe auf, mein Herz schlägt schneller. Er klingt … panisch.

»Mika!«, brüllt er, als er die Treppe der Veranda erklimmt.

»Hier!« Ich renne zur Tür, habe Angst, er könnte sich verletzt haben. Als ich sie öffne, steht er in der Dunkelheit des frühen Morgens vor mir und keucht wie ein olympischer Sprinter. Die Lampe im Wohnzimmer beleuchtet sein Gesicht, und ich sehe die Schweißtropfen auf seinen Schläfen.

»Tut mir leid, das sagen zu müssen, aber wir müssen weg hier. Auf der Stelle.«

Ich reiße die Augen auf. Warum sagt er das? Noch vor zwanzig Minuten war alles so cool. »Stimmt etwas nicht?«

»Vielleicht. Ich habe auf der Straße ein Auto gesehen, und es fährt möglicherweise in diese Richtung. Es ist definitiv niemand aus meinem Team.«

Ich eile aus dem Wohn- ins Schlafzimmer, hole den Kleinen aus seinem Kinderbettchen, um ihn in den Kindersitz zu setzen und greife mir die Windeltasche von der Kommode.

Thibault ist unmittelbar hinter mir.

»Schnapp dir unsere Klamotten«, sage ich und deute auf die Schubladen. Dann mache ich mich daran, Windeln und Feuchttücher in die Tasche zu stopfen. Sie ist fast leer, weil ich mich am Vortag immer wieder daraus bedient habe. T hängt zusammengesackt in seinem Sitz und verdaut im Schlaf seine letzte Mahlzeit. Ich halte inne, um ihn aufzurichten und anzuschnallen.

Thibault schnappt sich einen Arm voll Klamotten und hinkt damit aus dem Zimmer. Als ich selbst so viel zusammengerafft habe, wie ich kann, wende ich den Kopf nach links und rechts, um mich umzusehen. »Was soll ich sonst noch mitnehmen?«

»Du brauchst nur deine Handtasche. Los jetzt!«

Ich komme mit T im Kindersitz über dem Arm und meiner Handtasche über der Schulter aus dem Schlafzimmer. Thibault steht an der Tür, eine Schusswaffe im Hosenbund und seine Reisetasche auf dem Rücken. Oben ragen einige von Ts Sachen heraus.

Ich eile durch das Wohnzimmer zur Haustür, bleibe aber am Couchtisch stehen, um die Flasche Wasser mitzunehmen, die dort steht. Thibault gestikuliert in meine Richtung und murmelt laut vor sich hin: »Das Auto ist vor ein paar Minuten an mir vorbeigefahren. Ich habe maximal drei Minuten hierher gebraucht. Der Fahrer braucht rund acht Minuten bis zur nächsten Zufahrt, wenn er weiter so langsam fährt wie bisher vielleicht auch zehn. Dann noch ein paar Minuten den kurvigen

Pfad entlang, dann steht er vor unserer Tür, vorausgesetzt, er will hierher …«

Seine hektische Rechnerei macht mich wahnsinnig. Ich starre ihn an und versuche herauszufinden, worauf er hinauswill.

»Komm, wir müssen weg«, sagt er wild gestikulierend. *»Lauf.«*

»Du machst mir wirklich Angst«, gebe ich zurück und renne zur Haustür hinaus.

Er hinkt hinter mir her, die Krücken nutzlos in der linken Hand.

»Tut mir leid«, erklärt er und öffnet die hintere Tür des Autos. »Das wollte ich nicht, aber wir müssen auf Nummer sicher gehen.«

»Okay, okay. Los.« Ich befestige den Kindersitz, während Thibault unsere Taschen auf den Beifahrersitz wirft.

»Setz dich auf den Rücksitz!«, brüllt er und hüpft auf einem Bein auf die Fahrerseite.

Ich zögere nicht. Mithilfe des Trittbretts schwinge ich mich hinein und klettere über den Kleinen hinweg, dann ziehe ich die Tür hinter mir zu.

Er steigt ein, legt den Rückwärtsgang ein, setzt zurück und reißt den SUV herum. Ich lasse mich in den Sitz fallen und kämpfe mit meinem Sicherheitsgurt.

»Wo ist das andere Auto?«, frage ich angsterfüllt. Ich klammere mich an Thibaults Rückenlehne, um mich nach vorn zu ziehen. Dann schaue ich durch die Windschutzscheibe, sehe aber nur den Fahrweg und Bäume.

Er konzentriert sich auf die Straße vor uns und legt einen Schalter neben dem Lenkrad um, der jegliche Beleuchtung ausschaltet, auch die des Armaturenbretts. »Es gibt zwei Zufahrten zu meiner Hütte«, sagt er. »Sie halten auf die zweite rechts von dir zu. An der, die wir jetzt nehmen werden, sind sie schon vorbei. Sie ist von der Straße aus praktisch nicht zu sehen, wenn es dunkel ist.«

»Werden sie uns nicht sehen, wenn sie auf das Grundstück fahren?«

»Nein. Ich habe letztes Jahr für verdeckte Ermittlungen ein spezielles Gerät in mein Auto einbauen lassen. Von uns wird keinerlei Licht ausgehen, nicht mal die Armaturenbeleuchtung oder Bremslichter.«

»Wer ist das?« Ich starre durch das Seitenfenster und suche nach Anzeichen für einen Eindringling. Doch ich sehe nur die dunklen Umrisse von Bäumen und Büschen, die an uns vorbeihuschen. »Glaubst du, es ist Pavel?«

»Ich weiß es nicht. Vielleicht ist es auch falscher Alarm. Ich habe mit Ozzie telefoniert, als das Auto vorbeifuhr, und hatte ein seltsames Gefühl. Normalerweise ist auf dieser Straße niemand unterwegs, aber dieser Fahrer wirkte, als suche er eine Zufahrt, denn er hat bei jeder Lücke zwischen den Bäumen abgebremst. Aber vielleicht bin ich auch nur paranoid, also keine Panik.«

»Ich glaube nicht.« Inzwischen habe ich mich fast komplett im Sitz umgedreht und bin jetzt ziemlich sicher, etwas zu sehen. »Ich glaube, da kommt jemand durch den Wald auf uns zu«, informiere ich Thibault mit panikschriller Stimme.

»Er wird uns nicht sehen, versprochen.«

»Ich sehe definitiv jemanden«, sage ich, als das Scheinwerferlicht eines Autos zwischen den Bäumen hindurchfällt.

»Das andere Auto ist aber echt weit da drüben. Ich kann es kaum erkennen.«

»Jemand fährt die andere Zufahrt entlang.«

Er gibt Gas.

»Wo fahren wir hin?«, frage ich. Ich habe das Gefühl, der Stress werde gleich meinen Schädel zum Platzen bringen.

»So weit wie möglich weg von hier.«

»Aber hast du eine Idee, wohin?« Ich brauche unbedingt einen Plan. Ich hasse es zu wissen, dass wir blind davonrennen, unserem Verfolger auf Gedeih und Verderb ausgeliefert. *Pavel.*

»Noch nicht. Aber sobald wir die Hauptstraße erreichen und ein paar Kilometer zurückgelegt haben, rufe ich Ozzie noch mal an. Ich bin sicher, bis dahin hat er einen Plan für uns.«

»Ich hoffe es doch«, sage ich verzagt. »Hast du ihm den Code gegeben?«

»Ja.«

Ich lasse mich in meinem Sitz zurücksinken, während der SUV über Bodenwellen und in Schlaglöcher rumpelt. Dann nehme ich Ts Händchen und halte mich mit der anderen Hand an der Armlehne der Tür fest. Ich fühle mich wie in einem Albtraum, vor dem wir so schnell wie möglich davonrasen, obwohl wir genau wissen, dass wir nicht schnell genug sein werden. Dass dieses Auto hier bei Thibault aufgetaucht ist, verrät mir, dass ich niemals sicher vor Pavel sein werde … nicht einmal in einer Hütte am Arsch der Welt.

Ich habe mich in meinem ganzen Leben noch nie so hilflos gefühlt. Mein einziger Trost ist das Wissen, dass ich Thibault den Code gegeben habe und er ihn mit seinem Team geteilt hat, bevor mich etwas umbringen konnte.

Ich wünschte nur, ich hätte nicht auch ihn in Gefahr gebracht.

Kapitel 33

Er fährt, bis er so weit von der Hütte entfernt ist, dass er es für sicher hält, sein Handy zu zücken. »Alles klar da hinten?«, fragt er und ruft mit dem Daumen eine Telefonnummer auf.

Mein Herzschlag hat sich wieder etwas beruhigt, aber ich bin in einer sehr düsteren Stimmung. Ich habe das Gefühl, geliefert zu sein, egal, was ich tue. »Eigentlich nicht. Vor allem habe ich Angst.«

»Wie geht es dem Kleinen?«

»Er schläft. Alles gut.« Wenigstens T kann sich entspannen.

»Ich muss beim Fahren mit Ozzie telefonieren. Hast du etwas dagegen?«

»Nein. Ich vertraue dir.«

»Ich bin vorsichtig, versprochen. Wertvolle Fracht und so.«

Ich kann Ozzies Stimme hören, obwohl Thibault nicht auf Lautsprecher gestellt hat. »Ich höre«, sagt er.

»Wir sind unterwegs. Es war definitiv jemand auf dem Weg zur Hütte.«

»Bei uns war auch jemand. Wir haben ihn auf den Überwachungsvideos gesehen.«

Ich klammere mich an Thibaults Sitz und ziehe mich nach vorn, um alles besser zu hören.

»Ist bei euch alles in Ordnung?«, fragt Thibault.

»Ja.« Ozzie seufzt. »Hör zu, Mann … es tut mir leid, dass ich nicht sofort reagiert habe, als du zum ersten Mal mit mir über diese Sache geredet hast. Vielleicht hätten wir das hier verhindern können.«

Thibault schüttelt den Kopf. »Sei still. Du hast genau das Richtige getan. Ich habe mich danebenbenommen.«

Ich hatte keine Ahnung, dass Thibault Probleme mit seinem Partner bekommen hat, weil er mir helfen wollte. Jetzt bin ich noch gerührter ob der Entscheidungen, die er getroffen hat. Es ist eine Sache, den Entschluss zu fassen, jemandem zu helfen, wenn alle, denen man vertraut, einen unterstützen, aber wenn man es ohne Unterstützung ganz allein tut, dann bedeutet das etwas. Er beweist ein ums andere Mal, wie viel das alles – T, unsere Sicherheit, ich – ihm bedeutet.

»Das spielt jetzt keine Rolle. Wir hängen da alle gemeinsam drin. Wohin seid ihr unterwegs?«

»Ich hatte gehofft, du könntest mir dahingehend einen Tipp geben. Momentan fahre ich einfach nur geradeaus.«

»In welche Richtung? Soll ich euch orten?«

»Nein. Ich wechsle in einer Minute sowieso auf ein nicht ortbares Handy. So schnell ist der Positionsanzeiger nicht.«

»Gute Idee. Wir werden hier vorsichtshalber auch auf volle Geheimhaltung gehen.«

Thibault nickt. »Ich rufe dich zurück.«

Er unterbricht die Verbindung, legt das Handy in seinen Schoß und nutzt sein Bein als Stütze, um den Akku zu entfernen.

»Was machst du denn da?«, frage ich und schaue ihm über die Schulter.

Er lässt das Fenster herunter. »Ich sorge lediglich dafür, dass uns niemand orten kann.« Zehn Sekunden später wirft er das Handy aus dem Fenster, und nach weiteren zehn Sekunden folgt die SIM-Karte, die am Straßenrand landet. Er wirft den Akku auf den Beifahrersitz.

»Aber wie willst du jetzt mit deinem Team sprechen?«

»Ich habe ein Einweg-Handy.« Er reicht mir zwischen den beiden Vordersitzen hindurch seine Reisetasche. »Könntest du es mal rausholen? Es ist in einem schwarzen Etui, das wie ein Rasierset aussieht.«

Ich wühle herum, bis ich es finde, und reiche es ihm. »Hier.«

Er schaltet es ein und wartet auf das Startdisplay. Als es einsatzbereit ist, scrollt er nach unten zur ersten Nummer, drückt den Knopf und hält sich das Handy ans Ohr. Ich beuge mich so weit vor, wie es mein Sicherheitsgurt gestattet.

»Gut. Dein Handy funktioniert«, sagt Ozzie ohne Vorrede.

»Ja. Voll geladen und einsatzbereit. Sieht aus, als hätte es auch alle Telefonnummern des Teams gespeichert.«

»Erinnere mich daran, meine Frau dafür zu umarmen, wenn das alles hier vorbei ist«, bittet Ozzie.

»Gib ihr einen Kuss von mir.«

»Okay, ihr seid also aus deiner Hütte raus. In welche Richtung fahrt ihr?«

»Nach Westen.«

»Okay. Lass mich mal einen Blick auf meinen Bildschirm werfen.« Nach mehreren Sekunden lässt er sich wieder vernehmen.

»Alles klar, ihr verlasst den Highway bei Ausfahrt 28 und wechselt dann nach etwa 25 Kilometern auf den Highway 10. Nach weiteren 32 Kilometern seht ihr ein Motel 6. Ich schätze, wenn es nicht direkt an der Ausfahrt ist, wird es ein großes Hinweisschild geben, das ihr von der Straße aus sehen könnt.«

»Okay. Klingt gut.«

»Ich werde euer Zimmer mit einer unserer nicht zurückverfolgbaren Karten bezahlen.«

»Toll. Ich rufe dich an, wenn wir da sind.«

»Sehr gut. Wir kommen hin und schlagen in der Nähe unser Lager auf, also haltet bis dahin die Ohren steif.«

»Bist du sicher, dass das eine gute Idee ist?«

»Möchtest du das alles lieber allein durchziehen?«

Er schüttelt den Kopf. »Definitiv nicht.«

»Okay. Ich weiß noch nicht wer, aber mindestens einer von uns wird vor Sonnenaufgang da sein.«

Er seufzt erleichtert. »Du hast keine Ahnung, wie viel besser ich mich schon fühle.«

»Ich kann's mir vorstellen. Tut mir leid, dass du so lange allein mit all dem fertig werden musstest. Dein Knie muss sich scheiße anfühlen.«

Ich möchte Thibault umarmen, ihm danken und mich zugleich bei ihm entschuldigen. Bisher hatte ich keine Ahnung, wie breit seine Schultern wirklich sind. Der Mann ist es gewohnt, als Teil eines Teams zu arbeiten, musste aber allein handeln, weil er mir ein Versprechen gegeben hatte.

»Ich werde es überleben, habe mich aber definitiv schon besser gefühlt. Es war meine eigene Schuld. Tut mir wirklich leid.«

»Hör auf. Wir werden jetzt beide aufhören, uns beim jeweils anderen zu entschuldigen. Jeder macht mal Fehler. Niemand ist perfekt. Beim nächsten Mal wissen wir es besser.«

Ich hätte ihm schon früher vertrauen sollen, ihm die Dinge sagen sollen, nach denen er mich gefragt hat, dann hätte sein Team seine Nachforschungen anstellen können. Vielleicht hätte diese Situation dann vermieden werden können. Ich habe ihm so viel Kummer bereitet, zuerst mit seinem Knie und dann mit seinem Team …

»Ich hoffe, es wird kein nächstes Mal geben«, antwortet Thibault. »Ich steige mit Mika in diesem Motel ab, aber wir haben die Hütte praktisch mit leeren Händen verlassen. Wir haben ein paar Windeln und eine Grundausstattung für den

Kleinen, aber wir haben nichts zu essen und kaum etwas zum Anziehen für sie.«

»Wir haben auch keine Damenbinden«, sage ich matt vom Rücksitz her. Ich komme mir vor wie eine Zentnerlast.

»Genau, und keine … äh … Damenhygieneprodukte«, setzt er hinzu.

»Alles klar, bringen wir mit. Kein Problem. Sonst noch etwas Besonderes, was Mika oder der Kleine brauchen?«

»Es wäre toll, wenn Toni noch weitere Klamotten mitbringen könnte. Außerdem brauchen wir viel Wasser. In Flaschen.«

»Alles klar.«

»Bis bald.«

»Ja, passt auf euch auf. Bleibt wachsam. Ich sehe keine Möglichkeit, wie sie euch jetzt finden könnten, aber man weiß nie.«

»Was glaubst du, wie die uns in der Hütte aufgespürt haben?«

Ozzie seufzt. »Na ja, wenn ich dich suchen würde, würde ich deine Adresse entweder anhand des Handys finden, das du bis vor wenigen Minuten benutzt hast oder hätte deinen Namen in den Nachrichten gehört und damit online das Katasteramt durchsucht. Ich könnte sowohl deinen Hauptwohnsitz als auch die Hütte in weniger als dreißig Sekunden in Erfahrung bringen. Das wäre nicht schwierig. Wenn du nicht so sehr persönlich in diesen Fall involviert wärst, wüsstest du das auch.«

Thibault seufzt zischend. »Wir brauchen einen Gerichtsbeschluss, der unsere Adressen schützt, wie die von Polizeibeamten und Bezirksstaatsanwälten.«

»Gute Idee. Ich setze das ganz oben auf meine Themenliste für ein Gespräch mit dem Polizeichef, wenn das hier vorbei ist.«

»Waren die auch bei mir zu Hause?«

»Ja. Bei dir und bei Toni. Ich bin froh, dass sie nicht da war.«

Mich packen heftige Schuldgefühle. Ich drücke Thibaults Schulter, um mich zu entschuldigen.

»Ich auch.« Thibault senkt das Handy und reibt sich zwei Sekunden lang die Brust, ehe er das Gespräch fortsetzt. »Heilige Scheiße. Ich habe das Gefühl, ich kriege gleich eine Herzattacke.«

»Nun, das ist nicht das erste Mal, dass jemand in unsere private Wohnumgebung eindringt – weißt du noch, damals bei May? Deshalb haben wir für solche Fälle Abläufe definiert. Wir müssen uns nur an diese Ablaufpläne halten und alle anfallenden Probleme der Reihe nach lösen.«

»Das kann ich.«

»Wir auch. Bis bald.«

»Ich hoffe doch.«

Thibault unterbricht die Verbindung und lässt das Handy auf den Beifahrersitz fallen.

Mir tut das Herz weh. »Thibault, es tut mir so leid.«

Er sieht mich an, dann konzentriert er sich wieder auf die Straße. »Entschuldige dich nicht.« Er nimmt meine Hand von seiner Schulter und küsst sie rasch, und ich habe sofort Schmetterlinge im Bauch. »Es ist nicht deine Schuld, sondern Pavels, und er wird nicht gewinnen.«

»Ich wünschte, ich hätte dein Gottvertrauen«, sage ich.

»Vertraue einfach auf mich, und ich kümmere mich um den Rest.«

Ich nicke. »Das kann ich.« Ich sage das nicht nur so dahin. Nein, ich glaube an Thibault. Ich vertraue darauf, dass er alles in seiner Macht Stehende tun wird, um T und mich zu beschützen, und mehr kann ich nicht verlangen.

Kapitel 34

Dank Ozzies Wegbeschreibung und Thibaults Google-Maps-App finden wir das Motel 6 ohne Probleme. Ich rechne fest damit, dass der Rezeptionist Ärger macht, weil Thibault den Namen auf der Kreditkarte nicht kennt, die Ozzie als Zahlungsmittel angegeben hat, doch dem Mann scheint das ziemlich egal zu sein, und es widerspricht offenbar auch nicht den Regeln des Motels. Nach kurzer Zeit kommt Thibault wieder aus der Rezeption und fährt T und mich in seinem SUV bis vor die Tür unseres Zimmers, wo er mir einen Schlüssel gibt und uns rauslässt.

»Geh rein und schließ hinter dir ab. Ich stelle den Wagen nur kurz hinter dem Gebäude ab, dann komme ich zurück. Ich habe einen Schlüssel.«

Ich steige aus dem Wagen, hänge mir den Kindersitz über den Arm und die Windeltasche über die andere Schulter. Allerdings warte ich nicht einfach im Zimmer auf ihn, sondern marschiere geradewegs ins Bad und schließe auch diese Tür hinter mir ab.

Fünf Minuten später klopft es leise. »Alles in Ordnung bei dir?«, fragt Thibault.

Ich wische mir den Schweiß von der Oberlippe und den Schläfen. »Es geht mir gut. Kann ich rauskommen?«

»Ja. Ich bin's nur.«

»Wie lautet das Codewort?« Was für ein Mist, dass wir uns das nicht vorher überlegt haben.

»Äh, welches Codewort?«

»Wir müssen uns ein geheimes Codewort ausdenken, mit dem wir den anderen wissen lassen, dass alles in Ordnung ist. Ich habe schon viele Filme gesehen, in denen niemand gestorben wäre, wenn die Leute sich vor dem Gemetzel ein Codewort ausgedacht hätten.« Mir ist ein bisschen schwindlig. Das ist zumindest meine Ausrede dafür, dass ich mich so albern benehme.

»Du hast es irgendwie mit Codes«, murmelt er.

»Wie bitte?«

»Ich sagte, wie wäre es mit *Popcorn*? Ist das ein gutes Codewort?«

»Ja, das können wir nehmen. Ich kann mich nicht daran erinnern, das jemals in einem ganz normalen Gespräch gesagt zu haben.«

Dann passiert eine Weile lang nichts.

»Kommst du jetzt raus oder nicht?«, fragt Thibault.

Ich habe Angst davor, die Tür zu öffnen. In diesem Bad fühle ich mich wirklich, wirklich sicher, es hat nämlich keine Fenster, die Tür ist mehrere Zentimeter dick und hat ein dickes fettes Schloss. »Du hast das Codewort noch nicht gesagt.«

»Popcorn«, erwidert er prompt. »Da draußen regnet es Popcorn.«

»Ich komme raus.« Ich erhebe mich aus meiner Deckung in der Badewanne und nehme Baby Ts Kindersitz vom Toilettendeckel.

»Das Licht ist aus, also pass auf, dass du nicht hinfällst«, warnt er mich. »Da draußen soll niemand mitbekommen, dass in diesem Zimmer jemand wohnt.«

»Gut.« Dieser Plan ist ganz nach meinem Geschmack. Ich öffne die Tür und mache einen Schritt aus dem Bad. Eine Woge der Erleichterung schwappt über mich, als ich seine Silhouette im schwachen Licht des Notausgangsschildes erblicke. »Ich habe unsagbar Schiss.«

»Hast du etwa Angst? Kleine Miss Oberboss? Das ist ja kaum zu fassen.«

Ich schmiege mich zwischen seine Arme und lehne den Kopf an seine Brust. »Halt die Klappe. Du bist nicht lustig. Nur ich bin lustig.«

Er reibt mir den Rücken und küsst meine Stirn. »Alles wird gut. Jemand aus meinem Team wird morgen früh hier eintreffen und uns alles mitbringen, was wir brauchen. Bis dahin kannst du unbesorgt das Wasser aus dem Hahn trinken.«

»Ich kriege gerade gar nichts runter, ganz egal, wie lecker es aussieht.« Ich schniefe, um die Tränen zu vertreiben, bekomme meine Emotionen aber nur halb in den Griff. »Nicht mal deinen leckeren Hühnerauflauf.«

»Das kann ich dir nicht verübeln. Das ist alles ziemlich beängstigend. Aber bald hast du es hinter dir.«

»Ich weiß nicht, wie du darauf kommst.« Ich schaue zu ihm auf. »Das ist nur der Anfang.«

»Nein, das stimmt nicht. Du hast uns den Code gegeben. Morgen früh wird Jenny den Ball ins Rollen bringen. Je früher Pavel hinter Gittern sitzt, desto besser.«

Panik überkommt mich. »Sag Jenny bitte unbedingt, dass sie den Code noch nicht weitergeben darf.« Ich sehe Alexei klar und deutlich vor mir. Sein Gesicht, sein Lächeln, die Gespräche, die wir miteinander geführt haben. Er war immer in der Nähe, hat nie einer Fliege etwas zuleide getan. Er verdient es nicht, einfach im Stich gelassen zu werden und dabei vielleicht sogar draufzugehen.

Thibault weicht ein Stückchen zurück, um mir in die Augen zu sehen. »Warum?«

Es ist Zeit für ein weiteres Geständnis. Ich wünschte, ich hätte es schon früher zur Sprache gebracht, doch jetzt ist nicht der richtige Zeitpunkt, um mich für meine Vorsicht selbst zu geißeln. Dass sie es geschafft haben, uns allein durch Beharrlichkeit aufzuspüren, ist ein deutlicher Beweis, wie entschlossen diese Leute ihren Willen durchsetzen und wie listig sie sind.

»Was ist los, Mika? Bitte rede mit mir.«

Ich schaue beschämt zu Boden, weil ich Thibault und sein Team gleich mit noch mehr Müll aus meinem Leben belasten muss, als wäre es nicht schon genug, dass sie auf mich und T aufpassen. »Wenn wir den Cops alles geben, was sie wollen, werden sie nichts unternehmen, um Alexei zu finden. Aber ich muss unbedingt wissen, wo er ist. Das ist mir wichtig.«

Er legt mir die Hände auf die Schultern. »Was meinst du damit? Was hat Alexei mit alldem zu tun?«

Ich werfe Thibault einen flehenden Blick zu, damit er mir glaubt, damit er mir richtig zuhört und versucht, mich zu verstehen.

»Nichts … er hat mit alldem nichts zu tun, er ist einfach nur ein netter Junge … ein netter Mann, und als alles einfach nur scheiße war und alle um mich herum einfach scheiße zu mir waren, war er es nicht, verstehst du? Er war nett zu mir. Er hat mir zugehört. Er hat mir nie etwas angetan, er war nie gemein zu mir oder hat sich unangemessen verhalten, wie alle anderen Menschen in meinem Leben. Er ist die Unschuld in Person. Er hat in seinem ganzen Leben noch nie jemandem Unrecht getan.«

Ich bin kurz vorm Verzweifeln, weil ich das Gefühl habe, dass Thibault meine Sorgen einfach abtut, da Alexeis Wohlbefinden nichts mit meiner eigenen Sicherheit zu tun hat. Doch es hat definitiv etwas mit mir als Mensch zu tun. Je länger ich darüber nachdenke, desto mehr wird mir bewusst, dass ich unbedingt herausfinden muss, ob Alexei in Ordnung ist. Ich könnte die Vergangenheit nie ganz hinter mir lassen, wenn ich diese sanfte Seele einfach skrupellosen Verbrechern überlasse, die sie zerstören. Ich könnte mir das niemals verzeihen. Ich muss Thibault um jeden Preis davon überzeugen, wie wichtig das für mich ist.

»Ich weiß nicht, warum Pavel ihn versteckt oder aus dem Weg geräumt hat, aber ich brauche Gewissheit, dass es ihm gut geht, oder will zumindest erfahren, was mit ihm passiert ist. Es quält mich, mir vorzustellen, dass …« Ich brauche eine kurze Pause, um tief Luft zu holen und mich zu beruhigen. »Alexei braucht mich. Ich kann mich nicht einfach von ihm abwenden. Wenn er noch lebt, muss ich ihn finden, und wenn er tot ist …« Ich brauche einen kurzen Moment, um die Tränen zurückzuhalten. »… wenn er tot ist, bin ich ihm ein anständiges Begräbnis schuldig. Pavel macht das nie ordentlich.«

Thibault redet besänftigend auf mich ein. »Wenn die Polizei Pavel erst mal verhaftet hat und der Bezirksstaatsanwalt die Anklageschrift verfasst, wird Alexeis Name fallen, und sie werden ihn finden.«

Es macht mich wütend, dass er meine Sorge nur halb so ernst nimmt, wie er sollte. »Wie kommst du auf so was? Warum sollte Pavel auch nur ein Wort über ihn verlieren, wenn er ihn wirklich umgebracht hat? Die Polizei wird in dieser Hinsicht dann ganz bestimmt nichts unternehmen. Alexei kann ihnen scheißegal sein, wenn sie Pavel erst einmal haben. Und wenn Pavel Alexei irgendwo versteckt hält, werden wir nie herausfinden, wo. Pavel könnte jemanden dafür bezahlen, dass er ihn den Rest seines Lebens bewacht.«

»Wäre das denn so schlimm? Wenn jemand auf ihn aufpasst?«

Ich möchte am liebsten laut schreien. »Pavels Schergen sind keine netten Jungs von nebenan, kapiert? Er wird Alexei ganz bestimmt nicht in eine liebevolle Pflegefamilie geben, die ihm drei Mahlzeiten am Tag spendiert und ihm zu Weihnachten Geschenke kauft. Es ist nicht unwahrscheinlich, dass er in diesem Augenblick missbraucht wird. Er ist ziemlich einfach gestrickt und leicht zu manipulieren und zu verletzen. Verstehst du, was das heißt?«

»Hältst du es für möglich, dass Pavel ihn zur Prostitution zwingt?«

»Warum auch nicht? Pavel kennt keine Moral, und er ist abgrundtief böse. Alexei mag sein Cousin sein, für Pavel ist er quasi nutzlos, es sei denn, er schafft irgendwie für ihn Geld ran.«

»Hat er ihm das schon früher angetan?«

»Nein, aber er hat so häufig damit gedroht, dass ich es für möglich halte.«

»Hat er ihn als Druckmittel gegen dich eingesetzt?« Thibaults Miene verfinstert sich.

»Nein. Ich habe Pavel nie gezeigt, wie wichtig mir Alexei ist. Das war zu gefährlich.«

»Und du glaubst nicht, dass er es trotzdem bemerkt hat?«

»Hoffentlich nicht. Ich habe mich nicht mal getraut, ihn zu fragen, wo Alexei ist. Ich habe nur ein einziges Mal in einem Nebensatz erwähnt, dass ich ihn schon lange nicht mehr gesehen habe, aber Pavel meinte nur, ich solle mir darüber keine Gedanken machen.« In der Hoffnung, ihn wenigstens etwas erweichen zu können, berühre ich Thibaults Gesicht. »Verstehst du es denn nicht? Wenn wir der Polizei diesen Code geben, hat sie kein Interesse mehr daran, Alexei zu finden. Wenn ich ihn aber erst einmal nicht rausrücke, wird sie alles in ihrer Macht Stehende tun, um herauszufinden, wo er ist. So kann ich sichergehen, dass es ihm gut geht, dass ihm Pavel nichts getan hat. Dann kriegen sie ihren verdammten Code.« Ich zupfe die Decke des Kleinen zurecht. »Ich werde nicht alle Entscheidungen der Polizei überlassen. Dieser Code ist mein Druckmittel.«

Thibault geht zu dem kleinen Schreibtisch im Zimmer. Er öffnet die Schublade, entnimmt ihr Papier und Stift und wirft beides auf den Schreibtisch. »Schreib alles auf, was du über ihn weißt: Vor- und Nachname, zweite Vornamen, Geburtsdatum, unveränderliche Kennzeichen, häufige Aufenthaltsorte, die Kirche, die er besucht hat, Menschen, mit denen er Zeit verbringt … alles.«

Ich lege den Kleinen auf dem Bett ab, gehe langsam hinüber und nehme den Stift. »Melden wir ihn bei der Polizei als vermisst?«

»Nicht gleich. Ich will erst mal sehen, was mein Team herausfinden kann.«

»Okay.« Ich schreibe auf, was ich weiß, und schiebe ihm dann den Block hin. »Das weiß ich wirklich zu schätzen.«

»Nicht der Rede wert.« Er will sich entfernen, doch ich lege ihm die Hand auf den Arm und hindere ihn so daran. Thibault schaut mich an.

»Doch, es ist der Rede wert. Nach dem, was heute Nacht passiert ist, muss ich ständig denken, das Schicksal könnte dich mir jede Sekunde wegnehmen, genau dann, wenn ich am wenigsten damit rechne. Ich möchte nicht, dass zwischen uns irgendetwas ungesagt bleibt.«

Er legt die Hand auf meine Wange, beugt sich herunter und küsst mich sanft auf die Lippen. Dann drückt er die Stirn gegen meine. »Das Schicksal hat sich große Mühe gegeben, uns zusammenzubringen. Es wird uns nicht ohne Grund wieder auseinanderreißen. Versprochen.«

»Du kannst keine Dinge versprechen, über die du keine Kontrolle hast.«

»Wart's ab.«

Er geht mit dem Block zum Bett hinüber, setzt sich und zückt sein Handy. Seine Finger fliegen über die virtuelle Tastatur, während sein Blick auf die Informationen gerichtet ist, die ich aufgeschrieben habe.

»Was machst du da?« Ich habe Angst, er könnte meine Befürchtungen ignorieren und tun, was er möchte, nicht, worum ich ihn gebeten habe. Für einen kurzen Augenblick erinnere ich mich wieder, wie sich Verrat anfühlt.

»Ich fasse alle Informationen, die du mir gegeben hast, in einer Mail zusammen, damit ich sie an das ganze Team weitergeben kann. Als offene Einladung für alle, die wach sind und Zeit haben, ein wenig zu graben.«

Ich seufze erleichtert. Er informiert nicht die Bullen. Zumindest noch nicht. Ich bin so dankbar, dass er auf mich hört.

Weniger als eine Minute später piepst sein Handy, und er liest die eingegangene Nachricht. »Toni arbeitet daran.«

Ich gehe zu ihm und lese die SMS ebenfalls.

T: Bin dran. Passt auf euch auf. Bleibt dunkel. Ende.

»Was soll das heißen, ›bleibt dunkel‹?«

»Sie will damit sagen, wir sollen nur weitere Nachrichten absetzen, wenn es absolut notwendig ist.« Thibault erhebt sich und schaut auf mich herab. Er mustert mein Gesicht sieht mir dann lange in die Augen.

»Was denkst du gerade?«, frage ich. Ich bin zwar nicht sicher, ob ich seine Antwort hören möchte, aber ich will auch keine weiteren Geheimnisse zwischen uns.

»Ich denke, dass ich mich dem Tod nie so nahe gefühlt habe wie im Augenblick. Das rückt viele Dinge ins richtige Licht: zum Beispiel diese junge Frau hier …«

Er nimmt meine Hand, und mein Herz setzt für einen Sekundenbruchteil aus.

»Sie ist zart, wild, wütend, witzig, albern, ernst und klug. Außerdem hat sie einen schönen Körper und ein schönes Baby, und obgleich ihre Spaghetti schrecklich schmecken, möchte ich sie definitiv näher kennenlernen.«

»Schmeichelei bringt dir bei mir gar nichts.« Ich versuche, meine Gefühle daran zu hindern, komplett Amok zu laufen, aber das ist verdammt schwer, wenn er gleichzeitig so nett und so offen ist.

Er drückt meine Hand. »Bist du dir da sicher?«

Ich muss unwillkürlich lächeln. »Nein. Nicht ganz. Probier's mal weiter, dann werden wir sehen.« Kein Mann hat je so etwas über mich gesagt. Es ist berauschend, mit so viel Freundlichkeit überschüttet zu werden. Ich will nicht, dass es aufhört.

»Ich könnte ein Leben lang versuchen, dich zu durchschauen, und ich glaube nicht, dass es je langweilig werden würde.« Er schüttelt den Kopf. »Nein. Mit dir wird das Leben einfach nie langweilig.«

Ich verdrehe die Augen. »Ich glaube, langweilig wäre zur Abwechslung tatsächlich mal ganz schön.«

Er legt die Arme um mich. »Nein. Langweilig ist langweilig.« Er schaut zum Bett hinüber. »Möchtest du ein Nickerchen machen? Wir sind wahrscheinlich noch ein paar Stunden allein.«

»Nur, wenn du dich neben mich legst.«

»Abgemacht.«

»Ich lege den Kleinen nur rüber ins andere Bett«, sage ich und löse mich von Thibault.

»Gute Idee. Dann wirfst du ihn nicht aus Versehen runter, wenn du dir alle Decken krallst.«

Mit einem Lächeln enthalte ich mich jeglichen Kommentars. Ich liebe es, wenn er mich neckt, aber die noch immer nicht gebannte unterschwellige Gefahr verhindert, dass ich darauf einsteige. Also schlage ich lediglich die Decke zurück, damit wir beide darunter Platz haben, und arrangiere zwei der vier Kissen so auf dem anderen Bett, dass sie eine Art großes Kinderbett für den Kleinen bilden. Ich überzeuge mich, dass er nicht wegrollen kann, auch wenn er noch zu klein ist, um sich aus eigenem Antrieb groß zu bewegen.

»Ich habe Angst, er könnte auf den Bauch rollen und ersticken«, gestehe ich und sehe auf ihn hinunter.

»Er ist noch zu klein, um das zu schaffen, aber ich kann meine Schuhe links und rechts von ihm hinstellen, damit er sich nicht versehentlich auf den Bauch dreht, wenn es dir dann besser geht.«

Ich sehe ihn mit hochgezogener Braue an. »Du willst deine Käselatschen neben mein Baby stellen?«

»Was? Meine Schuhe stinken nicht. Meine Füße riechen wie Zuckerwatte.«

Ich lache. »Junge, du bist verrückt. Niemandes Füße riechen wie Zuckerwatte.«

»Meine schon.«

»Ist ja auch egal. Gib mir einfach die Käselatschen.« Ich strecke ihm die Hand entgegen.

Er geht ins Bad und kommt mit zwei Handtüchern zurück, in die er seine Schuhe sorgfältig einwickelt. Dann stellt er sie links und rechts neben die Decken des Kleinen.

»Jetzt zufrieden?«, fragt er, legt sich aufs Bett und klopft neben sich auf die Matratze.

»Ja. Aber zu deiner Information, deine Schuhe riechen nicht wie Zuckerwatte.«

»Wie bitte?«

»Es sei denn, die Zuckerwattehersteller haben eine neue Sorte auf den Markt gebracht, die nach dreckigen Sportsocken stinkt, und ich habe es nur nicht mitgekriegt.«

»Komm sofort her, damit ich dir den Hintern versohlen kann«, sagt er und deutet auf das Bett.

Lächelnd gehe ich mit verführerischem Hüftschwung Richtung Bett. »Pass bloß auf. Ich habe einen Toyota und werde nicht zögern, ihn zu benutzen.«

Er versucht, mich zu packen, was mir ein Quietschen entlockt. Ich tänzle gerade noch rechtzeitig außer Reichweite.

»Psst!«, flüsterte er und greift jetzt viel sanfter nach mir. »Du weckst noch das Baby.«

Ich lege mich neben ihn und drücke meine Wange auf seine Brust. Dann fahre ich ihm mit den Fingern über die stahlharten Bauchmuskeln.

»Au, verdammt«, keucht er und reibt sich das Bein.

»Was ist los?« Ich schaue zu ihm auf.

»Mein Knie bringt mich um.«

»Armes Baby. Du bist vorhin ziemlich schnell gerannt. Das war ganz schön beeindruckend.«

»Ja, was soll ich sagen – ich bin voll der Hengst.«

Lächelnd verpasse ich ihm einen Rippenstoß.

»Aber ich muss zugeben, das Adrenalin war ganz schön hilfreich dabei. Jetzt muss ich wohl dafür bezahlen.«

»Morgen wird es dir leidtun.« Ich hebe den Kopf und schaue ihn an. »Hast du irgendwelche Tabletten dabei, die ich dir holen kann?« Ich wünschte, ich könnte etwas tun. Seine Verletzung hat sich verschlimmert, weil er die Fürsorge für mich über seine eigene Gesundheit und sein Wohlergehen gestellt hat.

»Ich habe schon was genommen.«

Ich kuschle mich an seine Seite. »Wann wirst du dich der Operation unterziehen?«

»Keine Ahnung. Wahrscheinlich, wenn das alles vorbei ist.«

»Hältst du es noch so lange aus?«

»Auf jeden Fall. Ich habe ein großes Durchhaltevermögen«, sagt er anzüglich und drückt mich an sich.

»Das klingt vielversprechend. *Durchhaltevermögen.*«

Er streichelt meine Taille, legt die Hand auf meinen Hintern und zieht mich enger an sich. »Wenn du brav bist, beweise ich es dir eines Tages.«

Ich seufze. »Ich war noch nie sehr gut darin, brav zu sein.«

»Das ist schon in Ordnung. Ich will eigentlich auch nicht, dass du ein allzu braves Mädchen bist.«

Wir schweigen eine ganze Weile, und ich bin nicht sicher, ob er eingeschlafen ist. »Thibault?«, flüstere ich.

»Ja?«, antwortet er leise.

»Es gibt etwas, das mir Sorgen bereitet.« Das Wissen, dass uns vielleicht nicht mehr viel Zeit bleibt und dass meine Tage möglicherweise gezählt sind, erleichtert es mir, eine meiner größten Ängste mit ihm zu teilen.

»Du meinst außer den naheliegenden Gründen besorgt zu sein?«

»Ich mache mir Sorgen wegen T.«

»Hast du Angst, du könntest das Sorgerecht verlieren? Dazu besteht meines Erachtens kein Grund. Kein Richter der Welt würde einem Kriminellen wie Pavel ein Baby anvertrauen.«

»Darum geht es nicht. Ich … er hat Pavels DNA. Was, wenn er … na ja … seine kriminelle Veranlagung geerbt hat?« Ich hole tief Luft und seufze. »Ich liebe mein Baby wirklich über alles und hasse mich dafür, dass ich so was auch nur denke. Es ist ihm gegenüber total unfair.«

Thibault zieht meinen Kopf an sich und küsst meinen Scheitel. »Nicht alle Babys sind Kinder der Liebe. Wer weiß, wie Pavel zu dem geworden ist, was er heute ist? Vielleicht hat man ihn wie ein Tier behandelt, und wenn jemand netter zu ihm gewesen wäre, hätte er sich ganz anders entwickelt. Aber egal. An ihn brauchen wir keinen Gedanken zu verschwenden. Baby T ist das Ergebnis einer Vergewaltigung, aber das bedeutet nicht, dass mit ihm etwas nicht stimmt oder dass er nicht eine absolut rosige Zukunft vor sich hat. Er ist als perfekter Unschuldsengel auf die Welt gekommen und wird von einer ganz erstaunlichen Frau großgezogen. Er wird ein großartiges Kind sein. Das ahne ich schon.«

Seine netten Worte rühren mich fast zu Tränen, denn bis ich ihn traf, habe ich so etwas selten gehört, aber stattdessen lache ich. Ich freue mich so, dass die Tränen einfach nicht fließen. »Du bist verrückt. Du hast ihn doch erst zweimal mit offenen Augen gesehen.«

»Ja, aber ich war bei seiner Geburt dabei und habe fünf Tage mit seiner Mutter verbracht, und ich kann dir sagen, das ist echt eine krasse Frau, die sich da um ihn kümmert, und sie wird ihm den Unterschied zwischen Gut und Böse eintrichtern, zwischen Liebe und Hass, zwischen Achtung und Nichtachtung. Er wird super werden. Genau wie du.«

Ich wünsche mir so, dass Thibault recht behält. »Du setzt großes Vertrauen in mich.«

»Du doch auch. Ich habe es gesehen. Du lässt dich einfach nicht unterkriegen. Dafür bist du zu stark.«

»Manchmal habe ich Vertrauen in mich und manchmal nicht.«

»Nun, wenn du mal keins hast, musst du dich nur melden, dann kriegst du von mir eine Motivationsansprache.«

Beinahe verkneife ich mir die Worte, die mir auf der Zunge liegen, doch dann denke ich: Was soll's? Warum nicht volles Risiko fahren?

»Soll ich dich dann anrufen oder einfach anstupsen?«, frage ich.

»Anstupsen reicht.«

Ich umarme ihn und drücke ihn fest an mich, lege dabei aber den Kopf in den Nacken, damit ich ihn anschauen kann.

Wir sind gemeinsam einen Schritt näher an etwas herangetreten, das mir wie eine Klippe vorkommt – ein Felssims, das so hoch ist, dass ich nicht sehen kann, was darunter ist –, aber er lächelt mich nur an. »Du bist verrückt.«

»Wir sind beide verrückt.«

»Ich stehe auf Verrückte«, flüstere ich.

»Ich auch.«

Kapitel 35

Thibault wacht auf, als die Sonne aufgeht, zieht seinen Arm unter meinem Nacken hervor und versucht, mich dabei nicht zu wecken. Ich war während der Nacht zweimal mit dem Kleinen wach und kann kaum die Augen offen halten, habe aber zu große Angst, um zu schlafen. Ich beobachte, wie er zum Fenster geht und den Vorhang zur Seite zieht.

Scheinwerfer gleiten über den Parkplatz.

»Wer ist das?«, frage ich und setze mich auf.

»Das Auto kenne ich. Es ist jemand aus meinem Team.« Er lässt den Vorhang los und geht ins Bad. Ich höre, wie er das Wasser aufdreht und sich den Mund ausspült. Eilig richte ich meine Kleidung und frisiere mich mit dem Kamm, den ich im letzten Augenblick in die Windeltasche geschmuggelt habe.

Thibault geht zur Tür und wartet auf ein leises Klopfen, das nur eine Minute später ertönt. Er klopft ganz leise einmal zurück – man könnte es für irgendein zufälliges Geräusch in der Nacht halten.

Eine tiefe Männerstimme erklingt durch die Tür. »Ich bin's.«

Thibault sieht mich an. »Ozzie.« Er öffnet die Tür, und da steht nicht nur Ozzie, sondern auch Jenny. Sie hat einen Laptop unter dem Arm.

»Überrascht, mich zu sehen?« Sie tritt zuerst ein, küsst Thibault auf die Wange und klopft ihm auf die Schulter, ehe sie weiter ins Zimmer hereinkommt. Dann legt sie ihren Rechner auf das Tischchen und klappt ihn auf, ehe sie Platz nimmt. Sie sieht sich im Zimmer um und winkt mir zu. »Hi«, flüstert sie und wirft einen Blick auf das schlafende Baby.

»Hey.« Ozzie und Thibault schütteln sich die Hand. Dann umarmt Ozzie ihn.

Sie klopfen sich ein paarmal auf den Rücken, ehe Ozzie so weit ins Zimmer tritt, dass Thibault die Tür schließen kann. Er schließt sie ab.

»Alles in Ordnung hier?«, fragt Ozzie leise.

»Ja. Wir hatten wegen des Kleinen eine unruhige Nacht, aber es geht uns gut.«

Wir schauen alle vier Richtung Bett, wo der kleine Stinker friedlich schläft. Man ahnt nicht, wie effektiv jemand, der so winzig ist, einen komplett beherrschen kann, bis man es am eigenen Leib erfährt. Ich bin noch immer ein bisschen schockiert darüber, wie schrecklich Schlafentzug sein kann.

»Ich habe ein paar Sachen für euch im Kofferraum, aber ich glaube, ihr werdet nicht mehr lange hier sein, deshalb habe ich sie nicht mit reingebracht«, erklärt Ozzie.

Jenny fügt hinzu: »Ich logge mich nur rasch per VPN in diesen Cloudaccount ein, damit niemand die Nutzung zu uns zurückverfolgen kann.«

»Hat zufällig jemand eine Zahnbürste mitgebracht?«, frage ich und mache schmatzende Geräusche mit den Lippen. Ich habe einen furchtbaren Geschmack im Mund.

Jenny nimmt ihre Handtasche von der Rückenlehne ihres Stuhls und hält sie mir hin. »Da sollte alles drin sein, was du brauchst.«

»Danke.«

Thibault will loshumpeln, um mir die Tasche zu holen, aber Ozzie hält ihn zurück. Er schnappt sich die Tasche und reicht sie mir. »Alles in Ordnung mit dir?«

Ich sehe zu ihm auf und erfasse zum ersten Mal, wie groß und breit er ist. Wirklich beeindruckend. »Ehrlich gesagt, geht es mir langsam besser.« Ich werfe Thibault einen raschen Blick zu und hoffe, dass er mir meine Worte nicht übel nimmt. »Nicht, dass ich mich nicht wohlgefühlt hätte, solange sich Thibault hier allein um mich gekümmert hat, aber je mehr, desto besser, oder?«

»Absolut.« Ozzie weist mit dem Kopf Richtung Badezimmer. »Mach ruhig dein Ding. Wir haben noch eine halbe Stunde.«

»Bis was passiert?« Ich bleibe an der Tür des Badezimmers stehen und warte auf seine Antwort.

»Ich hatte gestern Nacht nach Mitternacht ein langes Gespräch mit dem Chef des NOPD. Dann hat er einige seiner Kontakte beim FBI angerufen. Offenbar arbeitet derzeit ein Team an dem Fall, der leitende Beamte beim NOPD ist Holloway, und dieses Team möchte mit dir reden.«

»Was hast du ihnen gesagt?«, erkundigt sich Thibault.

»Nicht viel. Ich wollte erst mit euch reden. Aber ich habe einem ersten Treffen zugestimmt.« Ozzie schaut auf die Uhr. »Es soll um acht in einem Diner am Highway zehn stattfinden.«

»Wie weit ist das weg?«, fragt Thibault.

»Ungefähr dreißig Kilometer.«

»Okay«, sage ich. »Bis dahin bin ich fertig.« Ich gehe ins Bad, lasse die Tür aber angelehnt.

»Also, wie sieht es aus?«, fragt Thibault.

»Lass uns auf Mika warten. Ich will auch hören, was sie zu sagen hat«, antwortet Ozzie.

»Okay. Aber ich glaube, sie ist bereit, das durchzuziehen.«

»Ja!«, sage ich mit der Zahnbürste im Mund. »Ich bin bereit!« *Zumindest so bereit, wie ich es je sein werde.*

»Ach ja?« Ozzies Worte klingen herausfordernd. Ich unterbreche mein Zähneputzen. *Redet er mit mir?*

»Ist mir etwas entgangen?«, fragt Jenny.

»Vielleicht«, sagt Thibault. Er klingt unsicher. Langsam setze ich das Zähneputzen fort, damit mir kein Wort entgeht.

»Was ist los, Thibault?«, fragt Jenny. »Du siehst aus, als bedrücke dich etwas.«

»Stimmt, aber jetzt ist nicht der richtige Zeitpunkt, um darüber zu sprechen. Wir haben andere Prioritäten.« Für einen Moment herrscht Stille, dann spricht Thibault weiter: »Was denn?« Es klingt defensiv.

»Du bist involviert, stimmt's?«, fragt Ozzie.

Ich ersticke beinahe am Zahnpastaschaum. *Die wissen doch, dass ich sie hören kann, oder?* Ich mache einen Schritt zur Seite, damit sie mich besser sehen können, dann beuge ich mich über das Waschbecken und spucke aus. Vielleicht haben sie nicht mitbekommen, dass ich die Tür offen gelassen habe, aber das kann ihnen doch eigentlich nicht entgangen sein, sie müssen doch das Wasser rauschen gehört haben …

»Natürlich bin ich involviert. Du siehst doch, wo ich bin.«

»Das meine ich nicht, und das weißt du ganz genau.«

»Moment mal. Bist du sauer auf ihn?«, fragt Jenny nach. »Das verstehe ich nicht. Was ist denn passiert?«

»Er hat sich mit einer Klientin eingelassen. Das sehen wir bei den Bourbon Street Boys nicht gern.«

Schnell spüle ich mir den Mund aus. Ich muss Thibault verteidigen. Muss erklären …

»Ich hatte keine andere Wahl«, sagt er. »Das gibt es manchmal.« Er seufzt. »Ich habe an nichts Böses gedacht, und dann war sie plötzlich da, und gleich darauf habe ich ihr Baby auf die Welt geholt. Da bleibt eine gewisse emotionale Bindung nicht aus.«

Ich trockne mir den Mund und drehe das Wasser ab. Mir ist, als laufe alles in Zeitlupe ab. *Was denken die sich denn? Hassen sie mich, weil ich ihn mit meinem Problem belastet habe, ihn dazu gebracht habe, etwas für mich zu empfinden? Glauben sie, ich hätte irgendwelche Tricks bei ihm angewandt? Seine Zuneigung künstlich herbeigeführt? Aus niederen Motiven?*

Jennys Stimme ist sanft. »Oh, das ist so süß. Ehrlich, das hätte ich dir nie zugetraut, Thibault.«

Ihre lockere Reaktion lindert die Spannung in meiner Brust etwas. Ich verlasse das Badezimmer und räuspere mich, damit sie mich zur Kenntnis nehmen.

»Was soll das denn heißen?«, fragt Thibault.

Niemand nimmt von mir Notiz. Ich habe das unschöne Gefühl, eine Fliege an der Wand zu sein.

»Komm schon, das weißt du doch … «, sagt Jenny und wirft mir endlich einen Blick zu, ehe sie fortfährt: »Du spielst immer den harten Mann. Ich hatte dich für so etwas wie einen ewigen Junggesellen gehalten … einen Single aus Überzeugung.«

»Hörst du das?«, fragt Thibault Ozzie ungläubig.

»Ja, und ich war derselben Ansicht.«

»Was? Glaubt ihr, ich hätte ein Herz aus Stein? Ich wäre so eine Art Frauenheld?« Er dreht sich zu mir um und schaut mich an, als müsse ich eine Erklärung für ihr Verhalten haben. Ich kann nur die Achseln zucken.

»Nein, nein, nein«, sagt Jenny. Sie springt auf und tritt zu ihm. »Das habe ich überhaupt nicht gemeint. Sei nicht sauer. Du wirktest nur so auf die Arbeit konzentriert und schienst in deinem Leben keinen Platz für weitere Menschen neben

Melanie und Victor zu haben. Nicht einmal zu den Pizzapartys kommst du gern.«

»Wovon redest du eigentlich? Ich mag die Pizzapartys.« Er klingt von ihrer Anschuldigung fast verletzt.

Ozzie schnaubt. »Sei ehrlich.«

»Was denn? Ach komm, ich mag die Pizzapartys wirklich.« Er senkt die Stimme. »Okay, sie sind ein bisschen laut, und es rennen jede Menge Kinder herum … aber ich mag Kinder.«

Es entsteht eine lange Pause, in der sie zunächst sich und dann T ansehen, der die Szene vom Bett aus beobachtet.

Ausnahmsweise hat er die Augen offen.

»Mein Gott, ihr wisst doch, dass ich Kinder mag. Ich bin Melanies und Victors Lieblingsonkel.«

»Das stimmt«, bestätigt Jenny und sieht zuerst Ozzie und dann mich an. »Er ist ihr Lieblingsonkel.«

»Er ist ihr einziger Onkel«, kontert Ozzie trocken.

»Ja, aber selbst, wenn sie zehn Onkel hätten, wäre ich immer noch ihre Nummer eins.« Er klingt, als sei er darauf sehr stolz.

»Da hast du recht«, bestätigt Jenny. »Absolut. Tut mir leid, wenn ich dich falsch beurteilt habe. Das war unfair von mir.«

»Ich kenne dich schon ewig«, sagt Ozzie nach einer langen Pause.

»Ja und?«, fragt Thibault defensiv.

»Ich habe dich noch nie so sanft mit jemandem umgehen sehen wie mit diesem Mädchen.« Er schaut mich an. »Nichts für ungut.«

Ich hebe die Hände. »Kein Problem.« Das stimmt sogar. Ich weiß es zu schätzen, dass sie sich solche Sorgen um ihn machen. Wäre er mein bester Freund, würde ich auch nicht wollen, dass er mit mir herumhängt. Ich würde ihn von absolut allen schlechten Einflüssen so fern wie möglich halten wollen, weil er ein ziemlich besonderer Mann ist.

»Ich werde nicht weich, wenn du das meinst.« Thibault tritt zu mir, nimmt meine Hand und zieht mich in die Mitte des Zimmers. Mein Herz rast. Ich kann nicht glauben, dass er so für mich eintritt. »Mir sind Mika und T einfach nur wichtig. Ich habe Angst um sie und will dafür sorgen, dass es ihnen gut geht. Was ist daran falsch?«

»Aber wie soll es dann weitergehen?«, hakt Ozzie nach. »Verpisst du dich einfach, wenn das alles hier vorbei ist?« Er schaut wieder mich an. »Wie siehst du das?«

Ich öffne den Mund, um ihm zu antworten, ihm zu versichern, dass ich diesem Mann, der so nett zu mir ist, nicht wehtun werde, doch Thibault kommt mir zuvor.

»Ich weiß nicht.« Er klingt verunsichert. Schließlich lässt er meine Hand los und verschränkt die Arme vor der Brust. »Ich schätze, wir müssen einfach sehen, was dann passiert.«

Ich mache mir schlimme Vorwürfe, weil die beiden ihm dieses Gespräch aufzwingen, das er eindeutig nicht führen möchte. Plötzlich fühle ich mich furchtbar gestresst. T beginnt herumzuzappeln, er wird jetzt gleich anfangen zu quengeln.

»Ich glaube, ganz so einfach wird es nicht werden«, vermutet Ozzie. »Diesmal nicht. Nicht in dieser Situation.«

»Was meinst du damit?« Thibault klingt argwöhnisch.

»Das ist ein FBI-Fall. Die brauchen eine Aussage von ihr.«

»Ja und? Sie wird aussagen.«

»In nächster Zukunft wird ihr Leben ständig in Gefahr sein. Sie wird möglicherweise vorübergehend ins Zeugenschutzprogramm müssen.«

Ich kriege rote Ohren. Zwar weiß ich das alles schon, aber es ihn sagen zu hören und zu sehen, wie er Thibault konfrontiert, dreht mir den Magen um, und mir tut das Herz weh.

»Schön. Ich werde einfach … ach, ich weiß nicht.« Er klingt angewidert. »Vielleicht gehe ich mit ihr. Ich lasse mich beurlauben und helfe ihr, damit zurechtzukommen. Vielleicht bleibe ich auch. Ich weiß noch nicht.«

Ich muss mich bemühen, den Mund zu halten und nicht in Tränen auszubrechen. Zuerst fahre ich ihn an, und jetzt habe ich ihn auch noch in eine Zwickmühle gebracht: Er muss entweder ein Versprechen mir gegenüber brechen oder eine lebenslange Freundschaft verlieren. Für jeden anderen Mann wäre das eine leichte Entscheidung, aber nicht für ihn. Ich hasse es, ihn in diese Lage manövriert zu haben.

»Wie lange?«, fragt Ozzie. »Solche Fälle können sich über Jahre hinziehen.«

»Glaubst du wirklich, du könntest die Bourbon Street Boys für ein paar Jahre verlassen?«, will Jenny schockiert wissen.

»Ich weiß es nicht.« Er ist ganz durcheinander.

Ich habe genug gehört. Er steht unter Druck, ist gestresst, und das ist nicht fair. Wir wissen beide, dass er nicht mit mir ins Zeugenschutzprogramm gehen wird. Schließlich kennen wir uns erst seit ein paar Tagen. Es wäre nicht richtig, das von ihm zu erwarten, obwohl ich das Gefühl habe, dass zwischen uns gerade etwas sehr Besonderes erblüht.

Ich gehe zu T hinüber und hebe ihn hoch. »Ja hallo, mein kleiner Engel. Hast du Hunger?« Ich setze mich auf die Bettkante und öffne den Reißverschluss meiner Jacke. Diese Situation ist völlig entgleist. Ich muss sie in den Griff bekommen, und die einzige Möglichkeit, die mir dazu im Augenblick einfällt, ist, eine meiner Brüste zu entblößen.

»Wir besprechen das später«, sagt Thibault und macht einen Schritt zur Seite, sodass Ozzie nicht sehen kann, was ich tue.

»Ich bin in fünf Minuten aufbruchbereit«, erkläre ich und lege so viel falsche Fröhlichkeit in meine Stimme, wie ich nur kann.

»Wir warten im Auto«, sagt Ozzie und geht zur Tür.

Ein Teil von mir möchte den Mann hassen, aber es gelingt mir nicht. Er ist ein großartiger Freund und kluger Geschäftspartner. Ich würde mich an seiner Stelle ganz genauso verhalten.

Mit T auf dem Arm versuche ich, die Windeltasche zu packen.

Thibault tritt zu mir. »Komm, ich helfe dir«, bietet er an.

Ich lege die Hand auf seinen Arm, um ihn daran zu hindern. »Ich mache das schon«, sage ich. »Geh einfach. Ich komme gleich.«

»Ja, wir beide kommen nach«, mischt sich Jenny ein und nickt mir zu.

»Können wir darüber reden?«, fragt er sanft.

Der Kleine möchte nicht trinken. Er ist zu müde. Ich schüttle den Kopf und stehe auf. »Lass uns einfach gehen.«

Ich ziehe meinen Reißverschluss wieder hoch und gehe mit Jenny nach draußen, während er unseren Kram zusammenpackt. Ich habe das Gefühl, die bestmögliche Zukunft in diesem Motelzimmer zurückzulassen.

Kapitel 36

Wir parken an der Hintertür des Diners und teilen uns auf, Thibault geht mit mir und dem Baby mit, Ozzie und Jenny bilden das zweite Team. Die beiden betreten das Restaurant zuerst und schicken Thibault eine SMS, um uns wissen zu lassen, dass die Luft rein ist. Erst dann machen wir uns auf den Weg. Ich bin so nervös, dass sich Schweißperlen auf meinen Schläfen bilden und mir schlecht ist.

»Keine Sorge, Mika«, bestärkt mich Thibault, als wir seitlich entlang des Diners in Richtung Eingangstür gehen. Er hat seine Krücken nicht mitgenommen, deshalb humpelt er ziemlich schlimm. »Wir sind bei dir. Du bist nicht allein.«

»Ja, aber das ist das FBI. So hatte ich mir das eigentlich nicht vorgestellt.« Wenn im Film jemand mit dem FBI zusammenarbeitet, nimmt das nie ein gutes Ende.

»Die sind nichts Besonderes. Bullen, nur eben auf Bundesebene. Der einzige Unterschied zwischen denen und den NOPD-Polizisten, die man jeden Tag auf der Straße sieht, ist, dass sie Bundesagentenanzüge tragen. Mehr nicht.«

»Ich fühle mich wirklich vollkommen fehl am Platz.«

»Dein Platz ist bei mir, und ich bin doch hier.« Er hält mir die Tür auf und nimmt mir den Kindersitz ab, als ich an ihm vorbeigehe.

Ich wünschte, er hätte recht. Ich möchte mit ihm zusammen sein, einen Platz an seiner Seite haben, mit ihm ein neues, aufregendes Leben beginnen. Zu schade, dass das Schicksal es nicht gut mit uns meint.

»Bist du bereit?«, fragt er.

Ich nicke, obwohl ich mich kein bisschen bereit fühle. »Bringen wir es hinter uns.«

Wir gehen zu einem runden Tisch in einer Ecke des Diners, an dem Ozzie und Jenny bereits mit zwei Männern auf uns warten. Nur einer von ihnen trägt einen Anzug. Die beiden leeren Stühle sind wohl für uns bestimmt.

Als wir näher kommen, erheben sich die FBI-Agenten. Sie sitzen genau wie Ozzie mit dem Rücken zur Wand. Thibault bedeutet mir, neben Jenny Platz zu nehmen, was ich gerne tue, da sie und Thibault mich dadurch einrahmen und vor den Agenten abschirmen. Es gibt mir Kraft, mein Team in meiner Nähe zu wissen. Jenny hat Thibault sehr gern, und er hält große Stücke auf sie, also kann auch ich ihr vertrauen. Den Kindersitz stelle ich direkt neben meinen Stuhl auf den Boden, damit niemand aus Versehen dagegenstoßen kann.

Der Agent in dem Anzug hält mir die Hand hin. »Ms Cleary, nehme ich an?«

Ich schüttle ihm die Hand. »Richtig.«

»Angenehm. Special Agent Vanderwahl. Danke, dass Sie so früh am Morgen gekommen sind.«

Ich nicke und schüttle dem anderen Typen die Hand. »Special Agent Booker«, stellt er sich vor.

Agent Vanderwahl lächelt und drückt sich die Krawatte auf den Bauch, als er sich setzt. »Wir arbeiten an einem Fall, der etwas mit jemandem zu tun hat, den Sie möglicherweise kennen.« Er deutet auf meinen Stuhl. »Na los, setzen Sie sich. Sie können auch gerne Frühstück bestellen. Geht auf uns.«

»Danke«, sage ich und nehme Platz, »aber ich habe keinen Hunger.«

Thibault beugt sich ganz nah an mich heran und flüstert mir ins Ohr. »Kann ich dir Saft bestellen? Du brauchst wirklich etwas im Bauch.«

Ich nicke. »Danke.« Unter dem Tisch drücke ich seine Hand, um ihn wissen zu lassen, dass ich seine Fürsorge zu schätzen weiß. Ich gehe vielleicht gleich einen Deal mit dem FBI ein, um einen Mörder ans Messer zu liefern, aber er sorgt dennoch dafür, dass ich meine Vitamine kriege. Er ist so ein lieber Mensch … es bricht mir das Herz, dass ich ihn werde verlassen müssen.

Thibault winkt die Kellnerin herbei und bestellt Kaffee für sich, Saft für mich und Toast für uns beide. Außerdem lässt er Obst und Hüttenkäse kommen, vermutlich auch für mich. Vielleicht versuche ich sogar, ihm zuliebe etwas davon zu essen, aber ich weiß nicht, ob ich etwas herunterkriege, denn ich habe jetzt schon das Gefühl, mich jeden Augenblick übergeben zu müssen.

Als alle bestellt haben – fast alle wollen nur etwas trinken –, legen die Beamten die Unterarme auf den Tisch und beugen sich vor. Agent Vanderwahls Jackett schlägt an den Schultern Falten.

»Ich komme gleich zur Sache«, verkündet er. »Sie haben Informationen über jemanden, den wir schon lange dingfest zu machen versuchen. Wir wüssten gern, was Sie genau haben, und wenn wir dann beurteilen können, ob es uns nützt, können wir Ihnen vielleicht ein Angebot machen, das Ihnen das alles erleichtern wird.«

Ich werde sofort misstrauisch. »Mir was erleichtern wird?«

Thibault streckt den Fuß zu mir herüber und berührt sanft meinen. Ich erwidere die Geste. Es fühlt sich so gut an, seine Unterstützung zu haben!

»Ich fange noch mal von vorne an.« Vanderwahl schenkt mir ein falsches Lächeln und fährt fort: »Wir sind auf der Suche nach Pavel Baranovsky. Er ist in Moskau geboren und als Teenager in die USA emigriert. Hier in New Orleans stieg er in den lokalen Drogenhandel ein und übernahm rasch große Bereiche mehrerer Innenstadtbezirke und einige Gegenden von Baton Rouge. Wir glauben, dass sein Imperium sich inzwischen auf vierzig US- und sechs ausländische Staaten erstreckt.«

Schweigend presse ich die Lippen aufeinander. Ich habe Angst, ich könnte nicht alles haben, was sie brauchen, denn soweit ich weiß, operiert er nur in Louisiana.

»Aber wir haben nur Gerüchte. Nichts Handfestes. Vor Kurzem ist uns allerdings zu Ohren gekommen, dass eine hier ansässige junge Frau als Buchhalterin für ihn tätig ist.«

Die beiden Agenten tauschen Blicke und lächeln. Der zweite, Booker, übernimmt: »Man stelle sich das vor. Ein Russe, dessen gesamtes Netzwerk aus anderen Russen besteht, heuert ein Mädchen aus New Orleans an, um sein Geld zu verwalten.« Beide lächeln sich achselzuckend an.

Vanderwahl schaut wieder mich an. »Können Sie uns das erklären?«

Ich habe das Gefühl, auf der Anklagebank zu sitzen, aber ich habe keine Ahnung, was man mir vorwirft. »Nein.«

Thibault legt die Hand auf meine. »Reden wir hier eigentlich über Mika oder Pavel? Es klingt nämlich, als wollten Sie ihr etwas vorwerfen.«

Er hat den unterschwelligen Vorwurf auch gehört. Ich habe mir das nicht eingebildet. Erleichterung erfüllt mich, weil er mir Rückhalt gibt.

Booker zuckt nur die Achseln und gibt sich ganz unschuldig. »Nein, keineswegs. Wir fragen uns einfach nur, wie das passieren konnte.«

Sie starren mich intensiv an, und zwar nicht gerade freundlich.

Thibault dreht sich zu mir um und sagt mir leise ins Ohr, sodass es niemand anders hören kann: »Kannst du ihnen sagen, wie du in diese Position geraten bist?«

Ich schüttle den Kopf. Das geht verdammt noch mal niemanden etwas an. Ich möchte das auch nicht vor Thibaults Freunden erörtern.

»Wir wollen sie doch auf deiner Seite haben«, flüstert er. »Irgendetwas musst du sagen.«

Ich sehe ihn mit Tränen in den Augen an. Ich komme mir vor, als würde ich vor allen hier im Restaurant nackt ausgezogen und zur Schau gestellt. Mit zusammengebissenen Zähnen sage ich: »Ich will aber nicht.«

»Deine Entscheidung«, antwortet er.

Seine Augen sind voller Sanftmut. Er urteilt nicht über mich. Thibault macht mir keine Vorwürfe, weil ich meinen Körper verkauft habe, um zu überleben. Warum dann nicht darüber sprechen? All die anderen Leute hier bedeuten mir nichts. Ich schaue hinunter ins unschuldige Gesicht meines Sohnes, und plötzlich liegt mein Leben ganz klar vor mir. Mir sind nur drei Menschen an diesem Tisch wichtig: mein Kind, Thibault, der Mann, der geschworen hat, mich zu beschützen, und ich selbst. Alle anderen sind mir egal.

»Ich war nicht immer seine Buchhalterin«, sage ich und schaue zu den Beamten auf. »Anfangs habe ich zusammen mit anderen Mädchen etwas anderes für ihn getan.«

Die beiden Männer versuchen, mir zu folgen. Dann scheint dem Anzugmann ein Licht aufzugehen.

»Wollen Sie damit sagen, Sie sind Prostituierte?«

Seine Worte treffen mich wie eine Ohrfeige. Thibault legt wieder die Hand auf meine.

»Nein. Ich will damit sagen, ich war Prostituierte.«

»Oh.« Die beiden Beamten sehen sich an.

»Ist das ein Problem?«

Vanderwahl antwortet: »Nein, das würde ich nicht sagen, aber wir müssen entscheiden, wie belastbar Ihre Informationen sind.«

»Was hat … wollen Sie damit sagen, dass ich unglaubwürdig bin und Sie mir nicht glauben können, nur weil ich früher meinen Körper verkauft habe? Halten Sie alle Prostituierten für Lügnerinnen?«

Thibault drückt meine Hand. Jenny funkelt den Beamten an. Ozzies Gesicht ist ausdruckslos, ich lese in ihm keine Gefühle oder Gedanken.

»Das hat niemand behauptet. Jedenfalls nicht genau das.« Vanderwahl schaut Booker an, aber der zuckt nur die Achseln.

»Sie verkaufen sich jeden Tag, geben es aber nicht zu. Ich gehe wenigstens ehrlich damit um.«

Bookers Kopf ruckt zurück. »Was? Was soll das denn heißen?«

»Sie haben mich schon verstanden.« Ich lächle ihn träge an. »Was mussten Sie tun, um diesen Job zu kriegen?«

»Eine Ausbildung machen.« Er sieht mich sehr herablassend an.

»Ach ja? Sie sind also nie jemandem in den Arsch gekrochen? Sie haben nie Ihre Werte und Ansichten denen eines anderen untergeordnet?« Ich halte inne und lasse ihn ein wenig darüber nachdenken. Sein Gesichtsausdruck ist nicht mehr so anmaßend wie am Anfang. »Sie haben, um diesen Job zu kriegen, nie eine Entscheidung getroffen, die Ihrer Frau oder Ihren Kindern geschadet hat … und nie das Glück eines anderen

Familienmitglieds Ihren Zielen geopfert, Ihrem Ego, Ihrer Geltungssucht?«

Ich sehe Thibault an. »Bullen … alle gleich. Sie halten sich für etwas Besseres als Huren, aber im Grunde prostituieren sie sich genauso.« Mein Blick wandert zu Booker. »Jeder verkauft sich irgendwann. Selbst Sie.«

»Gut gegeben«, haucht Jenny.

Ozzie nickt mir kaum merklich zu.

Für einen kurzen Augenblick fühle ich mich fast, als gehörte ich zu ihrem Team. Da ich weiß, dass sie zu den Guten gehören, fühlt sich das ganz schön aufregend an.

Vanderwahl räuspert sich. »Ich glaube, wir kommen ein wenig vom Thema ab. Entschuldigen Sie, wenn wir den Eindruck erweckt haben, wir würden Sie oder Ihre Lebensentscheidungen nicht respektieren.«

Thibault lächelt. Aus dem Augenwinkel sehe ich seine weißen Zähne blitzen. Mein Blick aber bleibt auf Booker gerichtet. Er ist mein Problem. Er wird mir schaden. Wenn er sich nicht am Riemen reißt und mitspielt, habe ich diesen Jungs nichts zu sagen. Ich verlange ja nicht viel, aber ich verdiene zumindest einen gewissen Respekt. Schließlich opfere ich alles, um hier zu sein. Sie opfern nichts.

»Also, warum sind wir hier?«, fragt Ozzie. »Warum klären wir diese Frage nicht zuerst?«

»Das ist leicht«, sage ich und schaue in die Runde. »Ich habe Informationen, die die Jungs hier wollen. Aber was wird aus mir, wenn ich sie ihnen gebe? Denn ich schwöre, sobald Pavel erfährt, dass die Informationen, die ihm geschadet haben, von mir stammen, wird er sich auf die Suche nach mir machen. Und glauben Sie mir, er wird mich finden, und dann bin ich tot.« Mir gefriert das Blut in den Adern. Das war keine leere Drohung. Es war eine Tatsache.

Vanderwahl entgegnet: »Wenn ein Staatsanwalt die Informationen, die Sie uns geben, als wertvoll genug einstuft und sie zu einem Prozess gegen Pavel und seine Komplizen führen, sind wir bereit, Ihnen einen Platz im Zeugenschutzprogramm anzubieten.«

Ozzie schüttelt den Kopf. »Nein. Gegen Pavel *oder* seine Komplizen, nicht und.«

Ich bin froh, dass er das einwirft, denn ich habe dieses kleine Detail überhört.

Booker sieht Ozzie finster an. »Wer sind Sie? Ihr Anwalt?«

»Ein Freund. Mehr müssen Sie nicht wissen.«

Die beiden Beamten werfen sich einen Blick zu, den ich nicht zu deuten vermag.

»Darüber können wir später verhandeln«, sagt Vanderwahl. »Bleibt die Frage: Was genau haben Sie für uns?«

»Wie wäre es, wenn wir damit anfangen, dass ich Ihnen sage, was ich dafür will?« Ich setze mich aufrecht hin und verschränke die Hände auf dem Tisch.

»Wenn Ihnen das lieber ist …« Vanderwahl lehnt sich zurück und legt die Hände auf die Armlehnen seines Stuhls. »Bitte sehr. Wir sind ganz Ohr.«

»Erstens brauche ich Schutz. Ich muss mich und mein Kind in Sicherheit wissen.« Ehe Booker mir ins Wort fallen kann, hebe ich die Hand, um ihn zum Schweigen zu bringen. »Zweitens müssen Sie jemanden für mich finden.«

Die beiden Agenten tauschen Blicke, ehe sie mich wieder ansehen. »Jemanden finden?«, fragt Vanderwahl.

»Ja. Ich habe einen Freund, der mit Pavel verwandt ist. Er ist verschwunden, und Sie müssen ihn finden. Der junge Mann kann für all diesen Dreck nichts. Er ist nicht kriminell.«

»Wir werden es gerne versuchen, können aber nicht dafür garantieren«, erklärt Booker.

Achselzuckend lehne ich mich zurück. »Sobald Sie ihn gefunden haben, gebe ich Ihnen, was Sie wollen … was auch immer Sie brauchen, um Pavel hinter Gitter zu bringen. Bis dahin habe ich Ihnen nichts mehr zu sagen.«

Jenny reckt den Zeigefinger. »Ich glaube, da kann ich helfen.«

Aller Aufmerksamkeit wendet sich ihr zu. Jenny hebt den Blick und lächelt scheu, ehe sie ihren Laptop aus der Tasche neben ihrem Stuhl zieht und aufklappt. »Ich habe hier ein paar Notizen … Moment bitte.«

Unsere Gruppe verstummt. Die Geräusche aus der Küche, wo die Köche mit Töpfen und Pfannen klappern und Besteck auf Teller prallt, mischen sich mit dem Gemurmel der anderen Gäste, aber alle an unserem Tisch starren einfach nur Jenny an.

Total auf ihren Bildschirm konzentriert, berichtet sie: »Wir haben ein wenig über Alexei recherchiert, und ich habe ein paar Dinge herausgefunden.«

Ich setze mich noch aufrechter hin und beuge mich zu Jenny hinüber, mein Puls rast. »Hast du ihn gefunden?«

»Möglicherweise.« Sie hebt den Blick, schaut uns an und lächelt scheu, ehe sie sich wieder ihrem Computer zuwendet.

»Alexei Baranovsky, geboren am 8. Juli 1995. Letzter bekannter Aufenthaltsort: New Orleans, Louisiana.«

Unter dem Tisch nehme ich Thibaults Hand. Meine Handflächen sind schweißfeucht, aber das scheint ihm nichts auszumachen. Er hält meine Hand und streichelt langsam mein Handgelenk. Das beruhigt mich ungemein.

»Er hat ein Bankkonto, auf das einmal im Monat Geld von einem Offshore-Konto auf den Cayman Islands eingeht. Das scheint seine Haupteinnahmequelle zu sein. Es hat mehrere Abhebungen von diesem Konto an Geldautomaten gegeben, die beiden jüngsten erst gestern.«

»Wie kommen Sie an diese Information?«, fragt Booker.

Jenny sieht zu ihm auf, widmet sich dann aber wieder ihrem Computerbildschirm. »Alle Abhebungen erfolgten am selben Automaten, dem der Chase Bank am Jefferson Highway.«

Ich sehe sie stirnrunzelnd an. »Das ist drüben, im Westen der Stadt. Fernab von meiner Wohnung oder der, in der er mit Pavel zusammenwohnt.«

»Was wissen wir sonst noch?«, fragt Thibault.

Sie hebt den Blick und klappt ihren Computer zu. »Das ist alles. Ich habe keinen Zugang zu den Überwachungskameras dieser Geldautomaten. Wahrscheinlich könnte ich mir die Aufnahmen besorgen, aber dafür hatte ich bisher noch keine Zeit.«

»Führen Sie illegale Nachforschungen durch und verschaffen sich ohne Erlaubnis oder Vollmachten Zugang zu Servern?«, fragt Booker.

Sie deutet geziert auf sich selbst. »Wer, ich? Nein.« Sie schüttelt den Kopf. »Das würde ich niemals tun.«

Die Hoffnung trifft mich wie ein Blitzstrahl mitten ins Herz. Sie kann Alexei finden. Wenn sie das in so kurzer Zeit hingekriegt und sich augenscheinlich in Dinge eingeloggt hat, zu denen sie gar keinen Zugang haben sollte, habe ich daran keinen Zweifel. Mir schwindelt beinahe. Sie braucht nur mehr Zeit.

Ozzie mischt sich ein: »Der Punkt ist, ich glaube, wir können Alexei oder zumindest die Person, die Zugang zu seinen Konten hat, finden.« Er schaut zu mir herüber. »Reicht das für den Augenblick?«

Alle starren mich an. Es wird wieder still am Tisch.

In diesem Augenblick serviert die Kellnerin das Essen, den Kaffee und die Säfte und bricht damit die Spannung. Booker sagt zu Vanderwahl: »Ich dachte, diese Frau, Son…«

Vanderwahl funkelt ihn an und fällt ihm ins Wort: »Später. Darum kümmern wir uns später.«

Ich erstarre. *Booker hätte beinahe Sonia gesagt!* Ich bin todsicher. Ich kralle mich so fest in Thibaults Hand, dass er zusammenzuckt. Was zum Teufel hat es zu bedeuten, dass Sonia mit dem FBI redet? Es kann nur eines bedeuten, soweit ich das sehe: Sie versucht immer noch, mich anzuschwärzen, und warum sollte sie das zusammen mit diesen beiden Typen tun, wenn die beiden nicht gegen mich arbeiten? Sonia hat Pavel gesagt, wo ich war, damit er mich und den Kleinen abholen kommen konnte. Wäre ihm das gelungen, wäre ich jetzt vermutlich tot, und mein Kind wäre ganz allein bei diesem Monster. *Nein* … dass Sonia mit Booker und Vanderwahl zusammenarbeitet, kann nichts Gutes bedeuten. Das gefällt mir überhaupt nicht. Ich traue ihnen nicht.

»Haben die hier Popcorn?«, platze ich heraus.

Jenny sieht mich stirnrunzelnd an. »Popcorn? Ich weiß nicht. Nicht, dass ich wüsste.« Sie schaut Ozzie an. »Hast du Popcorn auf der Karte gesehen?«

Ozzie mustert mich mit übertriebener Geduld. »Popcorn?«

Ich nicke heftig. »Von Zeit zu Zeit habe ich diese Gelüste.« Ich schaue hinunter auf T und sehe dann alle anderen an. »Möglicherweise so ein Post-Schwangerschafts-Ding?«

Thibault löst seine Hand aus meinen Krallen und erhebt sich, wobei er seinen Stuhl zurückschiebt, während er auf einem Bein balanciert. »Ich glaube, der Kleine braucht eine neue Windel. Er stinkt. Popcorn können wir später bestellen.«

Ich bin so erleichtert, dass mir ganz schwindlig wird. Ich habe halb damit gerechnet, dass er mich anschaut, als wäre ich verrückt oder mich zu überzeugen versucht, mich zu beruhigen. Aber er steht auf und verlässt ein Treffen mit dem FBI, nur weil ich das Wort *Popcorn* gesagt habe. Ich könnte heulen vor Glück.

Alle mustern jetzt den Kindersitz, in dem Baby T friedlich schläft. Der arme Kleine, damit wir entkommen können, müssen sie denken, er hätte die Windeln voll – er ist jetzt schon ein kleiner Superheld.

Ich schiebe ebenfalls meinen Stuhl zurück und stelle mich neben Thibault. »Du hast recht.« Ich wedle mit der Hand vor meinem Gesicht herum und versuche, die Ausrede mit der vollen Windel so gut wie möglich zu verkaufen. »Puh! Ich dachte, ich wäre die Einzige, die es riecht. Tut mir furchtbar leid.« Dann schaue ich zu Thibault auf. »Ich möchte den anderen nicht das Frühstück verderben. Könntest du mir helfen? Du weißt, ich bin im Windelwechseln immer noch nicht gut.« Ich sehe die Beamten an und versuche, zu wirken wie ein Schwachkopf. »Frischgebackene Mutter, Sie verstehen. Ich weiß immer noch nicht so recht, was ich tue.« Hoffentlich rechnen sie nicht nach und kommen zu dem Ergebnis, dass ich bereits ungefähr fünfzig der verdammten Dinger gewechselt haben muss.

Thibault deutet in Richtung WC. »Nach dir.«

»Du nimmst die Windeltasche, ich den Kleinen«, sage ich.

Thibault hebt kurz das Kinn in Richtung Ozzie und Jenny. »Ich bin gleich wieder da. Besprecht nichts Wichtiges, während ich weg bin, okay?«

»Nichts Wichtiges«, bestätigt Ozzie. »Alles klar.« Er nickt Jenny zu, und sie erwidert die Geste. Bei ihm sieht es viel cooler aus als bei ihr. Ich bin kein Bourbon Street Boy, aber ich bin ziemlich sicher, sie haben eben einen Code ausgetauscht.

Wir gehen so entspannt wie möglich Richtung Toiletten. Ich schaue ein paarmal über die Schulter, und tatsächlich sehen Vanderwahl und Booker uns nach, bis wir die Tür zur Damentoilette erreichen, doch dann wirft Jenny ihr Saftglas um, und die Flüssigkeit ergießt sich über den gesamten Tisch.

Alle springen auf, um nicht nass gespritzt zu werden, und in der Verwirrung schiebt mich Thibault Richtung Küchentür. Ich eile hindurch, ohne eine Frage zu stellen. Er folgt mir und schaut durch das kleine, in der Tür eingelassene Fenster, als diese sich schließt.

»Haben sie es gesehen?«, frage ich.

»Niemand hat etwas mitbekommen. Sie wischen immer noch den Saft auf, und jetzt steht die Kellnerin zwischen unseren Beobachtern und den Türen.«

»Was jetzt?«, frage ich, als er mich eilig zur Hintertür begleitet, vorbei an zwei gelangweilt aussehenden Köchen und mehreren Regalen mit Töpfen und Pfannen.

»Wir gehen. Du wolltest doch weg, oder?«

»Ja, verdammt. Die beiden kennen Sonia. Booker hätte beinahe ihren Namen gesagt. Irgendwas stimmt hier nicht. Vielleicht sind das gar keine Beamten, sondern Maulwürfe. Vielleicht arbeiten sie für Pavel. Vielleicht hintergeht Sonia auch irgendjemanden. Ich habe keine Ahnung, und es ist mir auch egal. Ich traue den beiden nicht.«

An der Hintertür bleibe ich stehen und lege die Hand auf seinen Arm. »Du vertraust mir.« Dieses Wissen rührt mich zu Tränen, ich bin voller Emotionen.

»Natürlich.«

»Du bist einfach aufgestanden und hast, ohne eine einzige Frage zu stellen, getan, was ich wollte.« Ich kann es kaum glauben.

»Das tut man, wenn man sich vertraut, oder?«

Ich drücke ihn kurz an mich. »Danke.«

Er tätschelt meinen Rücken und macht dann einen Schritt zur Seite, um die Tür zu öffnen. »Das können wir aber noch besprechen, wenn wir hier weg sind. Steig einfach ins Auto, so schnell du kannst. Ich bin direkt hinter dir.«

Kapitel 37

»Wir fahren nicht zurück zum Motel?«, frage ich, als Thibault eine Auffahrt zum Highway nimmt, die uns in die entgegengesetzte Richtung bringt.

»Nein«, erwidert Thibault und bestätigt damit meinen Verdacht.

»Das FBI hat viel zu viele Ressourcen, um dieses Risiko einzugehen, und falls wirklich einer der beiden Beamten geschmiert ist, habe ich es lieber etwas unbequem, als tot zu sein.« Er greift quer über das Armaturenbrett und legt einen Schalter um.

»Was hast du gerade gemacht?«

»Das Navigationssystem des Wagens ausgeschaltet, damit niemand, der es mit Computern draufhat, uns orten kann. In normalen Fahrzeugen kann man das GPS nicht so leicht blockieren, aber wir haben an unseren ganz schön herumgeschraubt.«

»Oh! Wohin fahren wir jetzt?« Ich vergewissere mich, dass mit T alles in Ordnung ist. Er schläft tief und fest.

»Wir werden in einem anderen Hotel absteigen. Toni kann uns die Kreditkartendaten geben, die wir dafür brauchen.« Er sieht mir durch den Rückspiegel in die Augen. »Mach dir keine Sorgen. Wir kriegen das hin.«

Ich ringe mir ein halbherziges Lächeln ab. »Ich kann nicht glauben, dass wir tatsächlich abgehauen sind.«

»Ich auch nicht.«

»Ich schwöre, er war kurz davor, Sonias Namen zu sagen. Das ist meine Mitbewohnerin. Die, die mich nicht ausstehen kann und etwas mit Pavel am Laufen hat. Warum sollten sie mit ihr gesprochen haben? Aber wenn sie das haben, warum sollte sie mich verraten?«

»Keine Ahnung. Vielleicht wollte er ja gar nicht Sonia sagen. Vielleicht sollte das Sonny oder Sony werden.«

Ich lache. »Meinst du das ernst?«

Er lächelt schwach. »Nein, eigentlich nicht. Aber ist auch egal. Du hast dich nicht wohlgefühlt, und sie waren nicht gerade respektvoll – Ende Gelände. Wenn du willst, können wir irgendwann einen zweiten Anlauf nehmen.«

»Glaubst du, sie arbeiten zusammen?«, frage ich. Auch wenn es ihm nicht passt, ich kann das nicht einfach so vergessen. Es macht mich fertig, dass ihr Name zur Sprache kam, als wir über Alexei geredet haben.

Er zuckt die Achseln, und wir fahren eine Nebenstraße entlang, die nicht so gut in Schuss ist wie der Highway, wo wir aber mit einer geringeren Wahrscheinlichkeit Bundesagenten begegnen werden. »Schwer zu sagen. Es könnte auch nur ein unschuldiger Kommentar gewesen sein. Vielleicht heißt ihre Vorgesetzte Sonia. Oder vielleicht haben sie über jemand anderen mit einem ähnlichen Namen geredet. Egal. Vorsicht ist die Mutter der Porzellankiste, und ich vertraue deinen Instinkten. Ich vertraue *dir.*«

Wir lächeln uns an. Wir fahren an einer Wegmarke am Straßenrand vorbei, und es kommt mir vor, als sei dasselbe gerade in meinem Leben geschehen.

»Ich mir auch, und dir auch. Voll und ganz.«

Er streckt die Hand nach hinten aus, und für ein paar Sekunden halten wir Händchen.

Dann klingelt sein Handy, und er lässt mich los, um den Anruf anzunehmen. »Es ist Ozzie.« Er drückt den grünen Knopf und hält sich das Handy ans Ohr. »Hallo. Tut mir leid, dass wir abgehauen sind.«

Ozzie sagt etwas, das ich nicht höre. Das Geräusch der Reifen auf der Straße ist zu laut, und der Kleine beginnt zu quengeln. Ich bemühe mich, T zu beruhigen, während ich Thibaults Hälfte des Gesprächs belausche. »Nein, keine kalten Füße. Einer dieser Typen hat möglicherweise etwas über Sonia gesagt. Der andere hat ihn aber nach der Hälfte des Namens unterbrochen. Das hat sie erschreckt. Sonia ist ihre Mitbewohnerin – Pavels Freundin oder frühere Freundin. Wenn sie irgendwie an deren Ermittlung beteiligt ist, kann das für Mika nicht gut sein … wir suchen uns erst mal ein Versteck.«

Er unterbricht die Verbindung und schaut mich im Spiegel an. »Ozzie ist cool. Er versteht unser Handeln.«

»Was werden sie jetzt tun?«

»Sie werden mit dem Team reden und sich einen Plan B einfallen lassen.«

Zehn Minuten vergehen, bis T wieder schläft und ich mich erneut auf Thibault konzentrieren kann.

»Weißt du, ich habe kein Problem damit, mit dem FBI zu reden, solange ich weiß, dass die Agenten nicht von Pavel geschmiert sind.«

»Das verstehe ich, wirklich.« Er greift wieder nach hinten und tätschelt mein Bein. »Wir kriegen das schon hin. Mein Team ist gut.«

»Wirklich krass, dass Jenny Alexei bereits gefunden hat, oder zumindest jemanden, der Zugang zu seinem Konto hat. Sie ist wirklich gut, was?«

»Ja, ist sie.«

»Sind sie auch nicht sauer auf uns, weil wir einfach abgehauen sind?«

»Wir halten einander den Rücken frei. Immer. Natürlich sind sie nicht sauer. Warum sollten sie? Sie vertrauen mir, und ich vertraue dir. Manchmal laufen die Dinge blöd. Wir wären keine guten Sicherheitsfachleute, wenn wir nicht improvisieren könnten.«

Der Kleine fängt wieder an zu quengeln. »Seine Wangen kommen mir ziemlich gerötet vor. Findest du das auch?«

Er stellt den Rückspiegel anders ein, um ihn betrachten zu können. »Solange der Kindersitz so herum befestigt ist, kann ich sein Gesicht nicht sehen.«

Ich lege die Hand auf Ts Stirn. »Er kommt mir warm vor. Ich glaube, er hat Fieber.«

»Na toll, das hat uns gerade noch gefehlt«, seufzt er kopfschüttelnd.

»Sei nicht sauer.« Ich fühle mich furchtbar. Seit der ersten Sekunde war ich ihm nichts als eine Last.

Thibault sieht mich im Spiegel an. »Ich bin nicht sauer. Nur besorgt um ihn. Um dich übrigens auch.«

Ich lege ihm die Hand auf die Schulter, um ihm zu zeigen, wie gut mir seine Fürsorge tut. »Ohne dich wäre ich echt aufgeschmissen. Es tut mir leid, dass ich dich da reingezogen habe, aber ich bin froh, nicht mehr allein zu sein.«

»Dir muss gar nichts leidtun. Ich bin freiwillig hier.«

»Hoffentlich tut dir das nicht eines Tages noch mal leid.«

»Mir würde es nur leidtun, wenn ich dich und T im Stich lassen würde. Ich bin sicher, das wäre der größte Fehler meines Lebens.«

Dazu sage ich nichts. Seine Hingabe an mich und mein Kind – das, da bin ich sicher, ziemlich krank ist – nimmt mir den Atem. Thibault hatte recht … ich habe Ts Geburtsurkunde nicht ausgefüllt und kann nicht beweisen, dass er mein Sohn ist. Wie sollen wir einen Arzt finden, der sich um ihn kümmert? Was, wenn er das Jugendamt anruft und man mir den Kleinen wegnimmt? Dann wird Pavel auftauchen, und alles wird verloren sein.

Kapitel 38

Eine Stunde später, nach mehreren Neben- und Landstraßen, finden wir ein heruntergekommenes kleines Hotel, in dem man bar bezahlen kann. Thibault ruft Ozzie an, sobald wir in unserem Zimmer sind. Ich versuche, den Kleinen zu stillen, aber er will nicht. Er ist sehr unruhig und hat hohes Fieber.

»Ich bin ungern der Überbringer schlechter Nachrichten, denn die Rolle habe ich in letzter Zeit für meinen Geschmack ein wenig zu häufig gespielt, aber der Kleine ist krank«, sagt Thibault in sein Handy. »Wir brauchen einen Arzt, der Hausbesuche macht.«

Er hält inne.

»Ich weiß. Das brauchst du mir nicht zu erzählen.«

Ozzie sagt etwas, das ich nicht höre.

»Ich weiß es nicht. Er hat Fieber und ist sehr unruhig.«

Thibault humpelt mit seinem verletzten Bein vom Bad zur Zimmertür.

»Ich weiß. Außerdem hat Mika noch keine Geburtsurkunde für das Baby ausgefüllt, wenn es also irgendwelche Probleme gibt, kann sie nur mithilfe eines DNA-Tests beweisen, dass er ihr Kind ist. Das könnte sich zu einem echten Albtraum entwickeln.« Er hält erneut inne. »Hat dein Freund Teddy vielleicht zufällig Zeit? Dein alter Kumpel?« Thibault schaut aus dem Fenster. »Wir sind hier am Arsch der Welt. Ich bin sicher, wir finden irgendwo ein Feld. Wir könnten zu ihm kommen.«

Thibault nickt zu dem, was Ozzie sagt. »Ich warte auf deinen Anruf.«

Ich mache mir zu sehr Sorgen um den Kleinen, um irgendetwas, was sie sagen oder planen, infrage zu stellen. Aber ich vertraue darauf, dass sich Thibault um uns kümmern wird, also konzentriere ich mich darauf, T dazu zu bringen, etwas zu sich zu nehmen, während Thibault im Hintergrund agiert.

Kapitel 39

»Ich soll, was?«, frage ich, als ich seinen Plan gehört habe.

Thibault lacht. »Du schaust mich an, als wäre mir gerade ein zweiter Kopf gewachsen, und ich hätte dich gebeten, mit mir zum Zirkus durchzubrennen.« Er hält inne und nimmt meine Hände. »Es geht nicht anders. Das Kinderschmerzmittel wirkt nicht.« Wir schauen beide auf das Baby in meinen Armen. Sein Gesicht ist krebsrot, und seine Augen sind vom Weinen geschwollen. Die kalten Waschlappen auf seiner Stirn helfen auch überhaupt nicht. »Wir müssen schnell zu einem Arzt, und wenn wir fahren, dauert das Stunden. Du weißt, wir können nicht einfach so in ein Krankenhaus marschieren. Das ist zu riskant. Wir müssen zu unserem Arzt. Er wird sich um T kümmern und ihn im Handumdrehen wieder gesund machen.«

»Ja, aber …«

»Vertraust du mir?« Sein Lächeln verschwindet, als er auf meine Antwort wartet.

Ich funkle ihn an. »Das ist unfair.«

»He, ich habe dir nur eine Frage gestellt. Vertraust du mir oder nicht?«

Ich jammere: »Ja, ich vertraue dir … aber ein Hubschrauber?«

»Es ist wirklich kein Problem. Wir fahren ein Stück raus, bis wir ein freies Feld finden, schicken Ozzie und Teddy die Geokoordinaten, und eine halbe Stunde später sind sie da. Kinderleicht, das geht wie's Brezelbacken.«

»Wer ist Teddy?«

»Der Pilot. Er ist super. Teddy wird dir gefallen. Er hat in Übersee mit Ozzie gedient. Der Typ ist einfach der Beste.«

»Ja, aber ich soll ja auch in diesen Hubschrauber. Damit habe ich ein Problem … es mag kinderleicht sein, aber ich habe jetzt eine Heidenangst.«

»Bist du noch nie in einem Hubschrauber geflogen?«

»Ich bin überhaupt noch nie geflogen, und Flugzeuge haben wenigstens wirklich viele Sitzplätze und wirklich große Flügel und echt viel Kerosin und Motoren und so …«

»Du hast Angst vor einem Absturz? Ist das dein Problem?«

»Ja. Macht sich darüber nicht jeder Sorgen, der in ein Fluggerät steigt?«

»Schätze schon. Aber dieses wird nicht abstürzen.«

»Als ob du das garantieren könntest. Klar, du weißt das einfach. In deiner Welt ist das eine Tatsache.« Ich schaue ihn an, als sei er wahnsinnig, denn genau das ist er offenbar.

»Ja. Ich kann es garantieren. Denn selbst wenn der Motor ausfällt, drehen sich die Rotorblätter weiter, und der Pilot kann eine ruhige Notlandung hinlegen.«

»Du bist verrückt.«

Er legt die Arme um mich und zieht T und mich an sich, berührt meine Stirn mit seiner. »Ich bin verrückt. Du machst mich verrückt. Würdest du jetzt bitte ausnahmsweise mal einfach auf mich hören und tun, was ich sage, ohne zu widersprechen?«

»Das kannst du vergessen.«

Er küsst mich sanft auf die Lippen. »Ich weiß. Aber du musst in diesen Hubschrauber steigen.«

»Gut«, seufze ich. »Aber wenn er abstürzt, werde ich dich heimsuchen, und der Kleine auch.«

»Okay. Einverstanden.« Er löst sich von mir und zückt sein Handy. »Los geht's«, sagt er. Keine Begrüßung, kein weiteres Wort. Er unterbricht die Verbindung und lässt das Handy in seine Tasche zurückgleiten.

»Ozzie redet nicht viel, was?«

»Könnte man so sagen.«

»Mit ihm gehst du anders um als mit mir.«

»Das hoffe ich doch.« Er nimmt mein Gesicht in beide Hände und küsst mich erneut.

»Was meinst du damit?« Ich schaue zu ihm auf.

»Na ja, Ozzie ist mein Freund, nicht die Frau, die ich liebe, also gehe ich mit ihm natürlich anders um als mit dir.«

Ich möchte das mit dem Lieben noch ausführlicher erörtern, aber der Kleine quengelt wieder, also gehe ich im Zimmer auf und ab und versuche, ihn anzulegen. Er beginnt zu saugen, dreht dann den Kopf zur Seite und weint. Das stresst mich schlimmer als alles andere, was ich je erlebt habe. »Es geht ihm nicht gut. Jetzt trinkt er nicht mal mehr.«

»Keine Sorge. Wir kriegen das wieder hin.« Thibault sieht auf die Uhr. »Wir müssen einen Landeplatz suchen, wo sie uns einsammeln können.«

Ich gehe zur Tür, all meine Aufmerksamkeit gilt dem Kleinen. »Ich vertraue dir.«

Er schnappt sich die Windeltasche und seine Reisetasche und hinkt zur Tür. Dort warten seine Krücken auf ihn. Er nimmt sich auch sie und stützt sich darauf, nachdem er sich beide Taschen umgehängt hat.

»Bleib hier und lass mich nachschauen, ob die Luft rein ist.« Er öffnet die Tür und streckt den Kopf hinaus. Dann zieht er ihn zurück und lächelt. »Da draußen sind nur Zikaden und Staub.«

Ich folge ihm rasch zum SUV und steige mit T ein. Wir fahren, bis Thibault ein Feld findet, das ihm geeignet erscheint – groß genug als Landeplatz für einen kleinen Hubschrauber. Er schickt eine SMS mit den Geokoordinaten an Ozzie.

»Was nun?« Ich schaue mich auf dem freien Feld um. Ich bin traurig, ängstlich, und mich plagt die Sorge, dass alles, was wir durchgemacht haben, zunichte gemacht wird, wenn Pavel mich findet und mir T wegnimmt. *Was, wenn T schwer krank ist? Was, wenn dieser Arzt es nicht in den Griff kriegt?*

»Nun warten wir – und hoffen, dass niemand Ozzies Handy verwanzt hat.« Er zieht seine Reisetasche näher zu sich heran und entnimmt ihr sein Holster und seine Knarre. Dann schnallt er sich beides um.

Ihn mit der Waffe zu sehen verdeutlicht mir die Realität unserer Situation. »Langsam machst du mir Angst.«

Er schaut mich über die Rückenlehne des Fahrersitzes hinweg an. »Keine Angst. Ich bin bei dir, und ich bin einer der Guten.«

Ich versuche zu lächeln. »Das ist wahrscheinlich naiv von mir, aber allein wegen dieser Tatsache fühle ich mich schon besser.«

Er erwidert mein Lächeln. »Nicht naiv. Positiv.«

»Ja. Du stimmst mich positiv.«

»Du mich auch.« Er wendet sich ab und beobachtet durch die Windschutzscheibe den Horizont, auf der Suche nach einem sich nähernden, winzigen schwarzen Fleck. Ich starre sein Profil an und frage mich, womit ich das Glück verdient habe, falsch in jene Einbahnstraße abgebogen zu sein.

Kapitel 40

Thibault macht der Helikopterflug überhaupt nichts aus, ich hingegen verliere fast den Verstand. Durch das runde Fenster kann ich viel zu viel sehen, und mein Blickwinkel lässt mich keine Sekunde vergessen, dass wir in schwindelerregender Höhe quasi an einem seidenen Faden hängen. Die Umgebung rauscht viel zu schnell an uns vorbei – Gebäude, Felder, Traktoren, Tiere, Autos –, es fühlt sich an, als hätte ich beim Filmschauen aus Versehen auf Schnellvorlauf gedrückt, außerdem habe ich Angst vor dem Ende. *Werden wir abstürzen? Werden wir in einer Feuersbrunst sterben?*

Ich überlebe den Flug, doch die Landung ist mit Abstand der schlimmste Teil. Danach werde ich nicht müde, Thibault wütende Blicke zuzuwerfen, während wir durch den großen, fast leeren Hangar schreiten. »Ich werde nie, wirklich nie wieder mit einem Hubschrauber fliegen. Hast du mich verstanden? Du hast behauptet, die Landung würde ganz ruhig verlaufen, wenn der Motor ausgeht.«

Thibault unterdrückt ein Grinsen. »Der Motor ist aber nicht ausgefallen. Er hat hervorragend funktioniert.«

»Wäre ich nicht angeschnallt gewesen, dann wäre ich aus dem Ding herausgeschleudert worden und auf den Asphalt geknallt.«

»Aber du warst angeschnallt.«

Ich weigere mich, noch weiter mit ihm darüber zu diskutieren, aber er sollte sich besser ein anderes Fortbewegungsmittel suchen, in dem ich da hinkomme, wo auch immer wir hingehen, denn ich werde definitiv keinen Fuß mehr in diese Maschine setzen. Der Pilot sieht mit seinem zotteligen Vollbart aus wie ein Irrer. Er trägt einen Pelzhut, an dem noch der Schwanz und die Beine seines ehemaligen Besitzers baumeln. Es sieht aus, als halte ein Waschbär auf seinem Kopf ein Nickerchen.

Ozzie wartet im Schatten des Hangars, neben ihm steht ein Typ in einem Polohemd.

»Das ist Dr. Rainer«, informiert mich Thibault leise, als wir uns ihm nähern. »Er ist Kinderarzt. Er war schon bei Toni, um sich Melanie und Victor anzusehen.«

»Ein Arzt, der Hausbesuche macht? Wie habt ihr das denn geschafft?«

»Ozzie hat Kontakte.«

Im Büro des Managers ist alles für mich und mein Baby vorbereitet. Es ist nicht gerade sauber, aber wir bleiben auch nicht lange.

»Er hat eine Ohrenentzündung«, sagt der Arzt und räumt seine Instrumente wieder in eine schwarze Ledertasche. »Das ist bei Babys in seinem Alter völlig normal. Er wird viel weinen und Fieber bekommen. Antibiotika werden ihm helfen, die Infektion loszuwerden, außerdem bekommt er weiterhin Motrin, um das Fieber zu senken. Ich habe diverse Medikamente mitgebracht, falls Sie welche brauchen.« Er sieht mich direkt an. »Wissen Sie, ob er irgendwelche Allergien hat?«

»Nein. Er ist erst ein paar Tage alt. Aber ich habe keine.«

»Okay, probieren Sie es zuerst hiermit.« Er hält eine Flasche hoch. »Das ist Amoxicillin. Füllen Sie die Flasche bis zu diesem Strich mit Wasser, schütteln sie sie ganz kräftig und flößen Sie ihm den Inhalt mit einer Pipette ein. Unbedingt kühl lagern. Wenn das nicht hilft, oder wenn er Ausschlag oder Atemprobleme bekommt, verabreichen Sie ihm Antihistamin und probieren es mit diesem Mittel. Das verdünnen sie genauso wie das erste.«

Ich nehme beide Flaschen entgegen und sehe sie mir ganz genau an. »Was, wenn er vom zweiten Mittel auch Ausschlag bekommt?«

»Dann müsst ihr ins Krankenhaus. Mir ist klar, dass Sie in einer Ausnahmesituation sind, und ich möchte lieber gar nicht genau wissen, was hier vor sich geht, aber wenn er nach Einnahme beider Medikamente Ausschlag bekommt oder nicht richtig Luft kriegt, ist das ein ernst zu nehmender Notfall. Sie müssen ihn dann unbedingt sofort irgendwohin bringen, wo es sämtliche Medikamente und medizinischen Geräte gibt, die einem Baby mit einer allergischen Reaktion helfen.«

»Sie machen mir gerade richtig Angst.«

»Das wollte ich nicht. Ich weiß, dass Sie erst seit Kurzem Mutter sind und deshalb in besonderem Maße um Ihr Kind bangen. Meine Erfahrung als Arzt sagt mir, dass Ihr Sohn bald wieder auf dem Damm ist. Wie schon gesagt, das ist nichts Ungewöhnliches. Fast alle Babys bekommen das irgendwann. Befolgen Sie einfach die Anweisungen, die ich Ihnen auch noch mal auf diesen Zettel schreibe, und verabreichen Sie ihm zehn Tage lang Antibiotika, dann sollte es ihm auch schon wieder gut gehen. Außerdem gebe ich Ihnen eine Telefonnummer, unter der Sie mich jederzeit, Tag und Nacht anrufen können, wenn Sie Fragen haben.«

»Ihnen muss klar sein, dass ich definitiv anrufe. Ich gehöre nicht zu den übertrieben höflichen Leuten, die sich lieber nicht melden, weil sie sonst jemanden stören könnten.«

Er lächelt. »Das ist völlig in Ordnung. Ich würde Ihnen die Nummer nicht geben, wenn ich nicht gestört werden wollte.«

Ich schaue durch die offene Bürotür zu Ozzie, der ganz allein dort draußen steht und den Blick über den Parkbereich des Hangars schweifen lässt. »Danke, Ozzie.«

Er sieht zu mir herüber. »Gern.«

Thibault verlässt den Raum, um mit Ozzie zu sprechen. Er spricht so laut, dass ich ihn im abgetrennten Büro des Managers verstehen kann. Ich stehe auf und positioniere mich so im Hangar, dass sie mich sehen und nicht etwa glauben, ein Gespräch unter vier Augen zu führen. Baby T hat nicht die beste Laune, also vertreibe ich mir die Zeit damit, ihn zu beruhigen und ihm seine nächste Mahlzeit schmackhaft zu machen. Ozzies und Thibaults Gespräch ist ein Hintergrundrauschen, als würde irgendwo ein Fernseher laufen.

»Was soll ich jetzt tun?«, fragt Thibault.

»Ich glaube, du musst mit dem NOPD reden. Ich habe mit dem Polizeichef gesprochen. Sie sind bereit, sie zu sich zu holen und zu schützen. Ich weiß nicht, was mit den Typen im Diner los war. Keine Ahnung, ob das echte Agenten waren oder nicht, und im Augenblick stehen mir keine Mittel zur Verfügung, das zu überprüfen.«

»Wir kennen doch da jemanden.«

»Das weiß ich. Aber diese Typen waren gut, und wer weiß schon, ob sie echt waren oder nicht, deshalb vertraue ich im Augenblick lieber auf nichts und niemanden in diesem Verein. Dieser Typ, Pavel … ist ganz schön gut vernetzt.«

»Ja. Das ist das Risiko nicht wert.«

Ozzie sieht seinen Freund an. »Dieses Mädchen bedeutet dir etwas.« Er wirft mir einen Blick zu.

Ich glaube, es war Absicht, dass ich das gehört habe. Ich versuche, sie nicht anzuschauen, aber ich hänge an jedem Wort.

Er nickt. »Ja, tut sie.« Ich sehe seinen Gesichtsausdruck nicht, doch ich höre an seiner Stimme, dass er die Wahrheit sagt. »Sie ist etwas Besonderes. Ich werde sie nie wieder gehen lassen. Das kann ich einfach nicht.«

Als ich ihn das sagen höre, fährt ein Blitz in mein Herz. Ich wende mich ab, damit er mein Gesicht nicht sieht. Mir kommen die Tränen, doch ich lächle. Ich halte es für falsch, dass ich mich so sehr über seine Gefühle für mich freue, denn das macht alles für ihn nur noch härter, aber ich kann mir einfach nicht helfen. Ich empfinde genau dasselbe. Das Schicksal hat uns ziemlich übel mitgespielt, weil es uns zu einem Zeitpunkt zusammengebracht hat, an dem wir nicht lange zusammen sein können, doch im Augenblick bringe ich dafür kein Bedauern auf.

Ozzie klopft ihm kräftig auf den Rücken. »Das freut mich für dich, Kumpel. Tu mir nur einen Gefallen …«

»Nämlich?«

»Schenk ihr dein Herz aus den richtigen Gründen.«

»Was meinst du damit?«

Ozzie dreht sich noch ein Stückchen, sodass er Thibault direkt gegenübersteht, und ich mache mich schnell an der Decke des Babys zu schaffen, damit er nicht mitbekommt, dass ich törichtes Mädchen gerade offensichtlich ihr Gespräch belausche.

»Du bist in die außergewöhnliche Situation geraten, einer Frau bei der Geburt ihres Babys zu helfen. Und sie ist nicht einfach irgendeine Frau … sie ist die sinnbildliche Jungfrau in Nöten, denn zufällig ist sie gerade auf der Flucht vor der russischen Mafia und so weiter. Du hattest schon als Siebenjähriger einen Superman-Komplex. Ich sag's ja nur …«

Sein Freund kennt ihn also auch ziemlich gut. Thibault kann sich unheimlich glücklich schätzen, dass er so tolle Menschen in seinem Leben hat.

Das macht ihn für mich nur noch liebenswerter. Natürlich habe ich selbst meine Erfahrungen mit ihm gemacht, doch zusätzlich haben bisher sämtliche Leute bestätigt, dass er etwas ganz Besonderes ist, Menschen, denen die Polizei genug vertraut, um mit ihnen zusammenzuarbeiten.

Damit steht es fest: Er ist einer von den Guten.

»Ach, komm, fang nicht davon an. Es reicht … dieser Witz ist doch uralt.« Thibault klingt sauer.

»Welches Kostüm hast du fünf Jahre in Folge an Halloween getragen?«

Ich hebe den Blick und sehe, dass Thibault die Achseln zuckt. »Keine Ahnung … Spider-Man?«

Ozzie schüttelt den Kopf. »Nein.«

»Batman?«

Ozzie grient. »Negativ.«

»Ach, komm schon. Ich war damals erst sieben.«

»Du hast dich mit sieben, acht, neun, zehn und elf Jahren als Superman verkleidet. Und als du zwölf warst, ist es nur deshalb nicht so weit gekommen, weil wir mit elf aufgehört haben, an Halloween um die Häuser zu ziehen.«

»Lucky nicht. Dev auch nicht.«

»Ja, du aber schon. Weil du zu cool für Süßes oder Saures warst, weißt du noch?« Kopfschüttelnd starrt er wieder in die Weite des Hangars. »Du warst immer so ernst, so fokussiert. Du wusstest immer genau, was du tust und wie du es tun musst.«

»Nicht immer.«

»Stimmt, nicht als deine Großeltern gestorben sind. Daran erinnere ich mich.«

»Aber dann bist du von deinen Touren im Irak zurückgekommen und hast mich wieder aufgebaut.«

»Da warst du schon wieder auf dem Weg der Besserung. Du musstest nur zuerst deine inneren Dämonen besiegen.«

»Habe ich dir je dafür gedankt, was du für mich getan hast? Dass du mir einen Job gegeben hast, etwas, wofür es sich lohnt, jeden Morgen aufzustehen?«

»Unzählige Male. Habe ich mich je bei dir bedankt?«

»Wofür?«

Ozzie legt Thibault die Hand auf die Schulter. »Dafür, dass du schon so lange mein bester Freund bist. Dass du mir immer den Rücken stärkst. Dafür, dass du der beste Geschäftspartner und Teamgefährte bist, den ich mir vorstellen kann.«

Ich freue mich unheimlich für Thibault und Ozzie. Ich hatte nie solche Freunde. Thibault hat das allerdings auch verdient. Ich möchte Ozzie am liebsten dafür umarmen, dass er für ihn da war und ist. Wenn nicht, wäre Thibault möglicherweise an jenem Tag nicht in dieses Café gegangen, kurz darauf nicht ohne zu schauen auf die Straße gelaufen, und ich hätte ihn nicht gestreift …

Thibault stemmt die Hände in die Hüften, legt das Kinn auf die Brust und schüttelt andächtig den Kopf. »Du bist schon zu lange verheiratet, mein Freund. May färbt echt auf dich ab.«

»Hast du damit ein Problem?«

Thibault schaut auf. »Um Himmels willen, ganz und gar nicht. Du warst ein richtig harter Knochen, bevor du sie kennengelernt hast. Mal ganz abgesehen davon, hatte sie vollkommen recht, der Bart sah wirklich scheiße an dir aus.«

Ozzie legt den Kopf in den Nacken und lacht. »Ich drohe ihr häufiger damit, dass ich ihn mir wieder wachsen lasse. Jedes Mal wenn sie mich zwingen will, ein pinkfarbenes T-Shirt anzuziehen, verkünde ich, dass ich den Rasierer ein für alle Mal wegschließe.«

»Wenn ich dich je in einem pinkfarbenen T-Shirt sehe, erschieße ich dich, dann brauchst du dir auch keine Gedanken mehr um deinen Bart zu machen.«

Ozzie nimmt Thibault zum Spaß in den Schwitzkasten. »Ich bitte darum. Ich bin dann ja auch kaum zu verfehlen.«

Der Arzt nimmt seine Tasche und bleibt im Türrahmen stehen, von wo aus er zögerlich die beiden ringenden Männer beobachtet. Ich gehe zu ihnen. »Ich möchte euren Balztanz wirklich nur ungern unterbrechen, aber ich glaube, der Arzt will jetzt gehen.«

Die Jungs lassen voneinander ab, und Ozzie tritt neben mich.

»Mika, wäre es für dich in Ordnung, mit Detective Holloway zu sprechen und ihm diesen Code zu geben?« Er schaut Thibault und mich an. »Ich weiß nicht, was da beim FBI läuft. Das können wir uns mal genauer ansehen. Aber der Polizeichef des NOPD hat mir versichert, dass Holloway ein guter Mann ist.«

»Ich bin nicht sicher.« Ich schaue Thibault an. »Was meinst du, was soll ich tun?«

»Ich finde, du solltest meinem besten Freund vertrauen und mit dem Detective reden, aber ich möchte nicht, dass du etwas tust, womit du dich nicht hundertprozentig wohlfühlst. Es ist deine Entscheidung, und ganz gleich, wie sie ausfällt, ich stehe hinter dir.«

»Na schön.« Ich rühre mich nicht vom Fleck, sondern betrachte einfach nur die beiden Männer. Ich erinnere mich, wie Jenny über ihren Computer gebeugt saß und mir Informationen über meinen Freund Alexei gegeben hat, an die wiederholten Zusicherungen, dass das Team ihn suchen würde. Mir wird bewusst, dass ich den Bourbon Street Boys mehr vertraue als allen anderen. Und ich glaube Thibault, wenn er sagt, dass T und mir nichts passieren wird.

»Dann mache ich das. Ich gebe Holloway den Code, wenn ihr der Meinung seid, dass mir das hilft.«

Ozzie klatscht in die Hände und reibt sie sich. »Auf geht's. Wir nehmen meinen Wagen.«

»Was ist mit deinem SUV?«, frage ich Thibault.

»Holen wir später.«

Wir steigen alle drei in Ozzies Auto und winken dem Arzt, der in seinem eigenen Wagen davonfährt.

Thibault nimmt neben Ozzie auf dem Beifahrersitz Platz, während ich dem Baby hinten Gesellschaft leiste. Ich rolle mich neben meinem Sohn zusammen, lege den Kopf auf seinen Sitz und schließe die Augen. Im Halbschlaf sickert Ozzies Flüstern in meine Gedanken.

»Sie ist zäh. Tapfer«, sagt er so leise, dass ich es dank der Musik aus dem Radio kaum hören kann.

»Definitiv.«

»Ich habe immer gehofft, dass sie dir eines Tages über den Weg läuft.«

»Sie?«

»Die Frau, die deine harte Schale knackt und den weichen Kern zutage fördert, den du so gut versteckst.«

Thibault lacht. »Ich bin sicher, der Spruch stammt nicht von dir.«

»Na und? Er stammt von May, aber ich sehe das genauso.«

»Du stehst so was von unter ihrem Pantoffel.«

»Na dann, willkommen im Club.«

Kapitel 41

Die nächsten beiden Tage vergehen wie im Flug. Die Bourbon Street Boys haben so einiges mit dem NOPD und der regionalen FBI-Division zu klären. Sie kümmern sich um alles, während ich mit Thibault in ihrem Lagerhaus-Hauptquartier abhänge, mein krankes Baby gesund pflege und immer mehr Gründe finde, mich unsterblich in den Mann zu verlieben, der noch immer mein Superheld sein möchte.

Thibault und ich verbringen die Hälfte unserer Tage und die meisten Nächte damit, uns in den Armen zu liegen. Wir reden nicht über die Zukunft, weil in dieser Hinsicht einfach noch zu viel ungeklärt ist. Ich glaube, keiner von uns möchte das Schicksal herausfordern.

Doch ich fühle mich endlich sicher und geborgen. Ich weiß, dass mir das vielleicht nur vorübergehend vergönnt ist, aber ich gestatte mir, es so lange zu genießen, wie es andauert. Das Lagerhaus der Bourbon Street Boys gleicht einer Festung. Wir halten uns überwiegend in Ozzies Wohnräumen im Obergeschoss auf, während Dev und Lucky unten abwechselnd Wache stehen und die Monitore der Sicherheitskameras im Blick behalten, die im gesamten Gebäude und im Außenbereich angebracht sind.

T ist zwar noch nicht ganz gesund, hat aber immerhin kein Fieber mehr und wieder Appetit. Ich habe außerdem ein paar Stunden schlafen können, und seitdem Ozzie für uns kocht, speisen wir wie die Könige. Auf die gemeinsame Befragung durch NOPD und FBI könnte ich nicht besser vorbereitet sein.

Ich darf einen Zeugen mit in den Verhörraum nehmen. Nun, da sie über sämtliche Daten und die Codes zu deren Entschlüsselung verfügen, brauchen die Behörden von mir zur Verifizierung nur noch eine Aussage vor laufender Kamera. Ich muss bestätigen, dass ich die Daten selbst gesammelt, gespeichert und ihnen übergeben habe. Eigentlich hatte ich mir Thibault an meiner Seite gewünscht, doch er besteht darauf, dass ich meine Anwältin mitnehme.

»Es geht nicht anders, Süße. Ich möchte nicht, dass sie dich über den Tisch ziehen. Die Dame kennt sich mit dem Gesetz aus, ich nicht.«

»Wartest du draußen auf mich? Sie haben gesagt, es wird Stunden dauern.«

Er hält Baby T in den Armen, wir unterhalten uns auf dem Flur des Reviers. Thibault legt den Kleinen an seine Schulter. »Baby T und Big T werden genau hier auf dich warten. Wir gehen nirgendwohin.« Er zeigt auf ein Besprechungszimmer. »Ich bin gleich hinter dieser Wand. Wenn du wieder durch diese Tür kommst, wird es ein verdammt hungriges Baby kaum noch erwarten können, dich wiederzusehen.«

»Hast du schon darüber nachgedacht, was du willst?«, frage ich und werfe über die Schulter einen Blick in Richtung Verhörraum. Die Tür geht auf, und darin warten sechs Leute auf mich. Ozzie hat uns vorgewarnt: Sie werden mir anbieten, mich ins Zeugenschutzprogramm aufzunehmen, und wenn ich gut verhandle, darf jemand mitkommen.

Thibault weiß zwar darüber Bescheid, doch ich habe bisher noch nicht den Mut aufgebracht, ihn zu fragen, ob er wirklich einen Neuanfang mit mir wagen will. Er ist hier unheimlich tief verwurzelt. Ich möchte ihn nicht in die Zwickmühle bringen, sich zwischen seinem Leben und mir entscheiden zu müssen, aber ich werde gleich umgeben von all diesen Leuten auf dem heißen Stuhl sitzen, und ich brenne darauf zu wissen, ob ich danach wieder auf mich gestellt bin, oder ob er an meiner Seite bleibt.

Er nickt mit zusammengezogenen Brauen und hängenden Mundwinkeln. »Ja. Aber lass uns darüber erst sprechen, wenn du wieder rauskommst. Ich möchte dich jetzt nicht unnötig stressen. Alles wird gut.« Er hat Angst, genau wie ich.

»Wenn du … wenn du nicht … mitkommen kannst, ist das in Ordnung. Versteh mich nicht falsch, ich würde mir nichts mehr wünschen, aber dich darum zu bitten, deine Familie, deine Freunde und deinen Traumjob für mich aufzugeben … das wäre einfach zu viel verlangt.« Mir stehen die Tränen in den Augen. »Das bringe ich nicht über mich.«

»Mach dir darüber jetzt keine Gedanken … in Ordnung? Geh einfach da rein und rede mit ihnen. Eins nach dem anderen.«

»Ms Cleary? Würden Sie bitte eintreten?« Detective Holloway scheint seinen besten Anzug zu tragen. Er gestikuliert in Richtung eines leeren Stuhls am Kopfende auf der anderen Seite des Tisches.

»Ich werde hier auf dich warten.«

Thibault beugt sich vor und küsst mich. »Beeil dich. Das Baby wird bald aufwachen, und ich werde ihm nicht geben können, was es dann will.«

Ich gebe T einen Kuss auf den Kopf und wende mich ab. An der Tür drehe ich mich noch einmal zu Thibault um. »Danke. Für alles.«

»Liebe dich.« Er blinzelt ein paarmal, nachdem er das gesagt hat, und schaut vollkommen verstört. Ich glaube, die Worte sind viel lauter herausgekommen, als er geplant hatte. Vielleicht hatte er diese Liebeserklärung auch gar nicht geplant.

Wie ein heller Lichtstrahl bohrt sie sich durch die dunklen Wolken, die über meinem Leben schweben, und heitert es auf. Noch vor wenigen Sekunden war ich kurz davor, die Nerven zu verlieren, jetzt, nachdem Thibault mir mehr oder weniger willentlich sein Herz ausgeschüttet hat, betrete ich lächelnd den Raum. Mein Herz klopft zwar wie verrückt, aber damit kann ich umgehen. Ich gewöhne mich langsam an die Achterbahnfahrt der Gefühle, die seit unserer ersten Begegnung nicht enden will.

Als die Tür ins Schloss fällt, schaue ich ihn durch das kleine quadratische Fenster darin an: »Du bist so verrückt.« Ich liebe ihn so … so sehr. Aber das werde ich ihm jetzt nicht sagen, weil es ihn dazu verleiten könnte, etwas zu tun, das er gar nicht will. Er muss selbst für sich entscheiden, wie es mit uns weitergeht, frei von Schuld, frei von Erwartungen, und ohne sich irgendwelchen Illusionen hinzugeben.

Kapitel 42

Das Baby ist endlich eingeschlafen, und Thibault und ich liegen zusammen im Bett. Wir haben meine Lieblingsposition eingenommen: die Arme umeinander geschlungen und den Duft des anderen riechend. Davon könnte ich nie genug bekommen. Allein der Gedanke, wie sehr er mir fehlen wird, tut schrecklich weh.

»Bist du mit dem Ausgang eures Gesprächs zufrieden?«, fragt er. Er klingt so nett. So entspannt. Wir tun beide so, als wäre es keine große Sache, dass T und ich bald weg sind.

»Ja.« Ich kann nicht in Worte fassen, wie traurig es mich macht, ihn bald verlassen zu müssen. Ich muss einfach so tun, als hätte ich alles bekommen, was ich wollte.

»Haben sie dir gesagt, wie lange du untertauchen musst?«

»Sie meinten, das könne man nicht wissen. Vielleicht ein paar Jahre. Vielleicht für immer. Das hängt vollkommen davon ab, wie der Prozess verläuft und wie viele von Pavels Leuten sie im Zuge der verdeckten Ermittlungen dingfest machen können.«

»Das wird sich in den nächsten paar Wochen herausstellen«, sagt Thibault. »Sie haben die Daten. Dank dir kennen sie all seine Verbindungsmänner und Kontakte. Jetzt ist es an den vereinten Kräften aus FBI und NOPD, den Sack zuzumachen.«

»Genau.« Ich möchte nicht mehr darüber sprechen. Ich will einfach vergessen, was mir bevorsteht. Ich kann unmöglich so tun, als wäre es mir egal, dass wir uns wahrscheinlich nie mehr wiedersehen.

»Ich habe dir vorhin gesagt, dass ich dich liebe«, flüstert er.

Ich spüre, dass meine Wangen erröten, und mein Herz klopft schneller. »Ja, hast du.«

»Und du hast mich verrückt genannt.«

»Ja, habe ich.« Er ist ja auch verrückt. Ich bin es dummerweise auch.

»Ist das bescheuert? Sich in jemanden zu verlieben, obwohl man ihn erst eine Woche kennt?«

»Finde ich nicht.« Ich streichle ihm zärtlich die Brust. »Das passiert so einigen. Viele Leute glauben an die Liebe auf den ersten Blick.«

»Du auch?«

»Schon möglich.«

Er hebt mein Kinn mit dem Zeigefinger ein Stück an. »Du machst mich verrückt, weißt du das?«

Meine Hand erstarrt. »Soll ich aufhören?«

»Du weißt genau, dass ich das nicht gemeint habe.«

Ich rolle mich weg und setze mich mit dem Rücken zu ihm auf. Ich bemühe mich wirklich, das alles leichter für ihn zu gestalten, doch er macht es unmöglich.

»Was ist los?«, fragt er.

Ich schüttle den Kopf. »Nichts.«

Er streichelt meinen Rücken. »Bitte rede mit mir.«

Tränen brennen in meinen Augen, und mir tut schon der Hals weh, weil ich sie so vehement unterdrücke. »Ich kann nicht. Das ist alles zu viel.«

Er richtet sich auf und setzt sich neben mich. Wir starren beide auf die Wand am Kopfende des Bettes. Er nimmt meine Hand und legt sie auf seinen Oberschenkel. »Du hast mir noch nicht verraten, ob du einen dritten Sitzplatz in dem Flugzeug heraushandeln konntest.«

Das alles tut mir so dermaßen weh, dass mein Herz jeden Augenblick zerspringt. »Ich halte das für keine gute Idee.«

»Warum?«, fragt er.

Der Schmerz, der in seiner Stimme mitschwingt, überrascht mich. Ich schaue auf und sehe seinen gequälten Blick.

»Ist es eben nicht!« Ich reiße die Hände in die Höhe. »Schau dich doch mal um! Du gehörst hierhin. Das sind deine Leute. Du hast genau den richtigen Job!«

»Aber den kann ich doch von jedem Ort auf der Welt aus machen.«

»Was ist mit deinen Freunden? Deiner Familie?«

Ihm entgleiten die Gesichtszüge, Tränen schimmern in seinen Augen. »Die werde ich vermissen.«

Ich starre ihn kopfschüttelnd an. »Du würdest deine besten Freunde, die du schon ein Leben lang kennst, und deine Familie aufgeben … für mich?«

Er stützt den Kopf auf die Hände. So sitzt er ganz lange einfach da. Ich wage es nicht, mich zu rühren. In diesem Augenblick steht alles auf dem Spiel. Ich werde morgen früh abreisen und dann entweder allein ein neues Leben beginnen oder als Mitglied eines Teams. Beide Optionen sind schrecklich, denn sie werden dem Mann, den ich lieben gelernt habe, unsagbar wehtun. Die Entscheidungen, die ich fünf Jahre zuvor getroffen habe, richten heute schreckliches Unheil an, und es gibt rein nichts, das ich dagegen tun kann.

Er hebt den Kopf und sieht mich mit klaren Augen an. »Ich stehe zu meiner Aussage. Ich liebe dich. Ich liebe den kleinen

Thibault. Aber meine Familie und meine Freunde liebe ich auch.«

Ich nicke. »Ich verstehe.« Es zerreißt mir das Herz, und ich ziehe die Hand zurück.

»Nein, das glaube ich nicht.« Er nimmt meine Hand wieder. »Ich habe jahrelang nichts hinterfragt. Einfach funktioniert. Getan, was getan werden musste. Einfach nur gemacht, was alle von mir erwartet haben.«

»Wie wir alle.«

»Vielleicht. Ich habe mich für den Außenseiter meiner Familie gehalten. Derjenige, der nur am Rand steht und miterlebt, wie die anderen heiraten und Kinder kriegen. Ich war zufrieden damit, den Lieblingsonkel zu spielen.«

»Du kannst toll mit Kindern umgehen.« Jetzt weine ich. Es geht einfach nicht mehr.

»Aber ich habe wieder angefangen nachzudenken. Ich habe das eine ganze Weile nicht gemacht. Die Probleme meiner Schwester haben mich ganz schön aus der Bahn geworfen. Mehr als mir klar war.«

»Verständlich.«

»Und ich habe etwas über mich verstanden.«

»Nämlich?«

Er sieht mich an. »Ich will nicht nur zuschauen, wie alle anderen eine Familie gründen.«

»Musst du doch auch nicht. Es gibt sicherlich hunderte Mädchen in N'Orleans, die überglücklich wären, dich zu heiraten und dir so viele Kinder zu schenken, wie du willst.« Es bringt mich um, das zu sagen, doch ich will ihm gegenüber fair sein.

»Aber ich will keine von ihnen.«

»Ach nein?« Mein Herz fühlt sich an, als stehe es in Flammen.

»Nein. Ich will das Mädchen, das den falschen Weg nimmt und als Geisterfahrerin in Einbahnstraßen fährt. Das Nudelsoße mit Ketchup macht. Das sich immer erst um alle anderen sorgt statt um sich selbst.«

Mit bebendem Kinn zeige ich auf mich. Er kämpft um mich. Er rettet mich. »Dieses Mädchen?«

Er nimmt meinen Finger und küsst ihn. »Ja, du Dummerchen. Dich. Ich will dich.«

Ich schüttle den Kopf, weil ich nicht fassen kann, dass das gerade passiert. Allerdings scheint er es ziemlich ernst zu meinen

»Deine Familie wird mich hassen.«

»Nein. Sie werden es verstehen.«

»Toni wird mich mit bloßen Händen erwürgen.«

»Toni wird sich für mich freuen. Du wirst schon sehen.« Er legt sich wieder aufs Bett. »Komm her und kuschle mit mir, Weib.«

Ich betrachte ihn, mustere seine freundlichen Augen, seine breite Brust, sein Lächeln … und zögere keine Sekunde. Selbst wenn sich die ganze Welt gegen uns verschwört, mit ihm würde ich auch durch die Hölle gehen.

»Vertrau mir«, haucht er, als ich mich an ihn kuschle, und streichelt mir den Rücken. »Alles wird sich zum Besten wenden.«

»Ich vertraue dir. Voll und ganz.« Ich schließe die Augen und stelle mir mein Leben mit diesem Mann und meinem Kind vor, dem Baby, das er mit auf die Welt geholt hat. Das erfüllt mich mit solch einer Wärme und tiefen Liebe, dass es mir fast Angst macht.

Kapitel 43

»Das ist doch verrückt«, blafft Toni. Sie ist richtig sauer. »Ich kann nicht fassen, dass euch nichts Besseres eingefallen ist, als auf unbestimmte Zeit ins Zeugenschutzprogramm zu gehen.«

Wir stehen um den Konferenztisch herum im Büro der Bourbon Street Boys, Thibault und ich halten Händchen, während seine Familie und seine Freunde uns ungläubig anstarren. Baby T liegt aufbruchbereit in seinem Kindersitz, der zu meinen Füßen steht.

Lucky legt seiner Frau den Arm über die Schultern. »Du musst das alles nicht noch komplizierter machen, als es ohnehin ist, Baby. Die beiden müssen verschwinden. Ihnen bleibt gar nichts anderes übrig.«

Sie schüttelt seinen Arm ab. »Ich mache hier gar nichts komplizierter. Ich spreche nur aus, was wir alle denken. Natürlich bleibt ihnen etwas anderes übrig.«

Jenny sieht Toni kopfschüttelnd an. »Süße … nicht.«

Toni funkelt ihre Freundin stinksauer an. »Nenn mich nicht Süße.« Sie wischt sich wütend die Tränen aus den Augen, die das einzige Zeichen dafür sind, dass sie tief drinnen doch einen weichen Kern haben muss.

»Es tut mir leid«, sage ich. Die Worte kommen aus tiefstem Herzen.

Thibault legt mir eine Hand auf den Arm. »Du musst dich für nichts entschuldigen.« Er sieht seine Schwester an. »Ich wünsche, es gäbe eine andere Lösung, aber die gibt es nicht.«

May kommt um den Tisch und umarmt Thibault und mich. »Wir verstehen das. Toni ist wütend und traurig, aber sie versteht es auch.«

»Nein, ich verstehe es nicht. Du kannst nicht für mich sprechen, May. Das ergibt alles überhaupt keinen Sinn.« Sie funkelt ihren Bruder wütend an. »Du kennst dieses Mädchen doch erst seit einer Woche. Ich kenne dich dein ganzes Leben ...« Sie macht eine ausladende Geste in Richtung der anderen. »... und sie kennen dich alle, seit du ein Kind warst, und trotzdem ziehst du sie uns vor? Wie ist das möglich?«

»Das ist nicht die Wahl, die ich treffe. Denk doch so was nicht.« Er fährt sich mit einer Hand durchs Haar. Er ist maximal gestresst, das spüre ich deutlich. Ich fühle mich wie ein Monster, weil ich ihn in diese Situation gebracht habe.

»Dann erklär es mir bitte noch mal, ich kapiere nämlich rein gar nichts.«

»Ich habe es dir schon fünfmal gesagt. Meine Gefühle kann ich nicht kontrollieren. Ich werde auf keinen Fall zulassen, dass Mika und ihr Baby einfach irgendwohin verschwinden, wo ich sie nie wiedersehen werde. Das kann ich nicht.«

»Aber umgekehrt kannst du das uns anderen antun? Du verschwindest einfach so, und wir werden nie wieder mit dir reden können? Ist mit mei en? Was ist mit Melanie und Vic ...?« Ihr versagt die Stimme, und sie bringt nichts mehr heraus. Lucky nimmt sie in die Arme.

Ich habe Tränen in den Augen, stehe auf und wende mich ab, damit niemand sie sieht. Das ist das Schrecklichste, was ich je getan habe – schlimmer, als meinen Körper zu verkaufen, schlimmer, als für einen Verbrecher zu arbeiten. Ich hasse die Tatsache, dass die Umstände Thibault zu dieser Entscheidung zwingen – ich, ein Mädchen, das er gerade erst kennengelernt hat, oder sie, seine Familie und Freunde. Wie kann ich das auch nur ansatzweise wert sein? Niedergeschlagen lasse ich die Schultern hängen.

»Vielleicht sollten wir das nicht tun«, sage ich und wende mich wieder zu ihnen um. »Es wird sie umbringen. Das ist deiner Familie gegenüber nicht fair.«

Thibault springt auf und verzieht gequält das Gesicht, als daraufhin Schmerzen durch sein Knie zucken. »Blödsinn, Mika. Ich komme mit dir. Du wirst nicht für sie die Märtyrerin spielen.« Er wendet sich seiner Schwester zu und funkelt sie an. »Daran wird sich nichts ändern. Ich weiß, es passt dir nicht, Toni. Es tut dir weh, und wenn ich das verhindern könnte, würde ich es tun.«

»Das könntest du, aber du tust es nicht.« Sie verschränkt die Arme vor der Brust.

»Das reicht«, sagt Lucky in einer Lautstärke, die uns alle überrascht.

Alle im Raum verstummen und sehen zu, wie sich Toni ihrem Mann zuwendet.

»Du weißt, ich liebe dich. Mehr als alles andere auf der Welt. Aber im Moment verhältst du dich furchtbar egoistisch, und damit musst du aufhören.«

Ihr bleibt der Mund offen stehen. »Wie bitte?«

Er nimmt ihr Gesicht in seine starken Hände. »Ich liebe dich. Sieh mich an.«

Sie schließt die Augen und beginnt zu weinen.

»Sieh mich an«, wiederholt er sanfter.

Auf seinen Befehl hin öffnet sie die Augen. Sie sind blutunterlaufen und tränenfeucht. Toni vergießt weitere Tränen.

»Ich liebe dich. Du liebst mich. Wir stehen auf jeden Fall zu Thibault. Er ist ein kluger, liebevoller Mann und handelt nie, ohne alles durchdacht zu haben.«

»Du tust, als wüsste ich nicht, dass es hier um meinen eigenen Bruder geht.«

»Dann weißt du auch, dass er sein eigenes Leben führen muss. Im Augenblick findet dieses Leben nicht hier statt, sondern woanders. Aber eines Tages wird er zurückkommen. Deine Liebe … unsere Liebe wird ihn zu uns zurückbringen.«

Toni klammert sich an seine Hände. »Das kannst du mir nicht versprechen.«

Er nickt. »Doch. Das habe ich gerade. Glaub an mich wie ich an dich.«

Der einzige Trost dafür, dass ich Thibault von seiner Schwester trenne, ist das Wissen, dass sie diesen großartigen Typen an ihrer Seite hat. Luckys Worte wecken in mir wieder den Wunsch, mein Leben noch einmal von vorne anfangen zu können, sodass es nicht darauf hinausläuft, dass ich heute hier bin und sie alle zwinge, sich zu verabschieden.

Toni sieht aus, als wolle sie widersprechen, dann nickt sie knapp. Er zieht sie an sich und legt ein paar Augenblicke das Kinn auf ihren Kopf. Dann wenden sie sich langsam ab und begeben sich in eine Ecke des Zimmers. Es tut mir weh, ihnen das anzutun.

Thibault räuspert sich. »Ich liebe euch alle von ganzem Herzen, und es war wunderbar, all die Jahre mit euch zu arbeiten. Die meisten von euch kenne ich, seit ich ein Kind war und eine von euch seit ihrer Geburt.«

Er schaut zu Toni hinüber. Ich glaube, sie hat ihn gehört. Zumindest hoffe ich es.

»Für viele Jahre war dies hier so etwas wie meine zweite Heimat. Ich habe mich jeden Morgen darauf gefreut, gleich jeden Einzelnen von euch zu treffen, Seite an Seite mit euch für New Orleans zu arbeiten.«

Sein Blick fällt auf den Hünen zu meiner Rechten. »Ozzie, wir haben nicht dieselbe Mutter, aber du bist trotzdem mein Bruder.« Er sieht Dev und Lucky an, der sich umgedreht hat. »Ihr auch. Daran wird sich auch nichts ändern. Egal wie weit ich weg muss, wie ich am Ende heiße und was mir in meinem neuen Leben widerfährt, daran wird sich nichts ändern.« Er hält inne. »Wenn ich kann, werde ich zu euch zurückkommen. Versprochen.«

»Wir wissen, dass du das wirst«, wirft May ein. Sie sieht ihre Schwester an. »Vor uns kann sich sowieso niemand verstecken, den wir wirklich finden möchten.«

Ozzie sieht sie kopfschüttelnd an und bedeutet ihr, still zu sein. Sie senkt scheinbar gehorsam den Kopf, doch ich glaube, ich kenne sie inzwischen besser.

»Ich weiß, ihr haltet mich alle für verrückt, und ich weiß auch, dass ihr mich liebt und euch deshalb um mich sorgt. Doch ich möchte, dass ihr jetzt die Person anschaut, die ihr liebt und euch fragt: Wenn die Welt euch vor die Wahl zwischen den Bourbon Street Boys und dieser Person neben euch stellen würde, wofür würdet ihr euch entscheiden?«

Bis zu diesem Augenblick war mir nicht wirklich klar, was das alles hier für ihn bedeutet, welche Frage er sich gestellt hat, bevor er sich entschlossen hat, mit T und mir zu kommen. Als ich mich im Raum umsehe und erkenne, wen und was er – für meinen Sohn und mich – zurücklässt, bin ich sprachlos. Ich weiß, ich sollte den Blick nur nach innen richten, wenn es darum geht, meinen eigenen Wert zu erkennen, aber es ist schon etwas Besonderes, wenn ein Mann wie Thibault mich einem schönen Leben voller wunderbarer, toller Menschen vorzieht. Ich kann nur versuchen, mich dessen würdig zu erweisen, jeden Tag daran zu arbeiten, eine Frau zu sein, die diese Liebe verdient.

Es wird totenstill im Raum. Er lässt seine Worte einen Augenblick wirken, ehe er fortfährt: »Ich weiß, ihr alle liebt mich ebenso sehr wie ich euch, und ich weiß auch, dass ihr diesen Job und *Ozzie* ebenso liebt wie ich … aber ich glaube keine Sekunde lang, dass auch nur einer von euch all das hier der Person vorzöge, die er liebt. Deshalb hoffe ich, ihr versteht, dass ich nicht anders kann.«

Noch ehe jemand antworten kann, läutet es unten an der Eingangstür des Lagerhauses.

Ozzie geht zur Gegensprechanlage und schaltet deren Bildschirm ein. Detective Holloway steht unten. Von der anderen Seite des Raumes aus sehe ich, wie er in die Kamera schaut.

»Kann ich raufkommen? Es gibt Neuigkeiten.«

Ich habe das Gefühl, als setze mein Herz ungesund lange aus. Ängstlich massiere ich mir die Brust. Es fühlt sich an, als würde ich gleich einen Herzinfarkt bekommen. Das kann nicht gut sein.

»Neuigkeiten?«, fragt May. »Was heißt das?« Sie sieht ihre Schwester an. »Reden wir über gute oder schlechte Neuigkeiten?«

Jenny macht eine unbestimmte Geste in Richtung May. »Wir werden es gleich herausfinden. Still jetzt.«

Ozzie deutet auf die Tür. »Dev, übernimmst du das?«

»Positiv.« Er schlägt Thibault auf die Schulter, als er an ihm vorbeieilt und zwinkert uns auf dem Weg zur Tür zu. Innerhalb von weniger als einer Minute öffnet sich die riesige Lagerhaustür, und wir sehen auf dem Bildschirm, wie Dev den Detective ins Gebäude führt.

»Möchtest du etwas trinken?«, fragt Thibault und berührt mich sacht am Arm.

Kopfschüttelnd lehne ich ab. Mir ist zu schlecht, als dass ich jetzt etwas trinken könnte. Mein Magen schlägt Salti, und mein Herz fühlt sich an, als würde es gleich platzen.

Er humpelt in die Küche, um sich einen Kaffee zu machen. Nach dem ersten Schluck verzieht er das Gesicht. Er kommt wieder herüber, setzt sich und bedeutet mir, neben ihm am Tisch Platz zu nehmen. Ich tue es und lege die Hand auf seine, die auf seiner Armlehne ruht.

Holloway erscheint im Türrahmen und verschwendet keine Zeit. Er setzt sich nicht einmal. »Haben Sie schon die Nachrichten gesehen?«

Kapitel 44

Wir sehen uns kopfschüttelnd an.

»Na gut, dann hören Sie es eben von mir zuerst.« Er wirkt unglücklich. »Das FBI und das NOPD haben eine gemeinsame Arbeitsgruppe eingerichtet, um gegen Pavel Baranovskys Organisation vorzugehen. Die Operation begann heute Morgen um sieben. Wir wollten so viele wie möglich von ihnen im Schlaf erwischen, um eine höchstmögliche Zahl von Festnahmen zu erreichen. Leider ist uns jemand zuvorgekommen.«

»Was?« Ozzie kommt näher.

»Ja. Es ist jemandem gelungen, bei ihm einzudringen und ihn umzulegen. Als wir seinen Wohnsitz betraten, war die Leiche schon kalt.«

»Umzulegen?« May sieht Ozzie an. »Mit einer Schusswaffe?«

Holloway sieht sie an, als habe sie einen schlechten Witz gemacht. »Ja, mit einer Schusswaffe. Fünfzehn Schüsse, habe ich gehört. Der Leichenbeschauer zählt noch die Löcher.«

Meine Hände werden eiskalt, und mir schwindelt. *Pavel ist tot? Wirklich tot?* »Wer hat ihn getötet?«, frage ich. In meinem Kopf hallt meine eigene Stimme nach. *Wer hat ihn getötet? Wer hat ihn getötet? Wer hat ihn getötet?*

»Das wissen wir nicht. Aber wir hatten schon das Gefühl, dass etwas Großes in der Luft lag, als wir anfingen, diesen Fall zu erörtern. Deshalb wollten wir über Mika an ihn herankommen.« Er deutet auf mich. »Sie stand auf unserer Liste möglicher Quellen, aber wir haben auch mit anderen Insidern gesprochen.«

»Sonia«, sage ich.

»Ja. Sonia. Ihrer Mitbewohnerin.«

»Aber sie hat mich an Pavel verraten. Von ihr wusste er, wo ich war.«

Er schüttelt den Kopf. »Nein. So war das nicht. Er hat ihr Handy überprüft und sie gezwungen, ihm Ihren Aufenthaltsort zu verraten.«

»Oh.« Jetzt fühle ich mich schrecklich. Sie hat mich nicht verraten.

Er nickt. »Nun, es hat ihr nicht geholfen. Sie ist auch tot.«

Ich wünschte, ich hätte niemals an ihr gezweifelt. »Aber wer war das?«, frage ich. »Wer würde so etwas tun?« Ich schaue die Leute um mich herum an. »Er hatte viele Feinde, aber er war auch gut bewacht. Niemand hätte es gewagt …«

»Haben Sie irgendwelche Spuren?«, erkundigt sich Thibault.

»Keine verwertbaren. Aber ich habe noch weitere gute Nachrichten für Sie. Oder schlechte. Wie man's nimmt.« Er schaut mich stirnrunzelnd an.

»Nämlich?«, fragt Ozzie.

»Erinnern Sie sich an den Code für dieses Programm, den Sie uns gegeben haben?«

»Ja.« Ich beuge mich zu Thibault hinüber, möchte ihm und der Sicherheit, die er mir bietet, näher sein.

»Er funktioniert nicht mehr. Wir haben ihn genau so eingesetzt, wie Sie es uns erklärt haben, aber jetzt funktioniert er nicht mehr.«

»Aber Sie haben doch sicher beim ersten Zugang alle Beweise ausgedruckt, warum müssen Sie denn überhaupt ein zweites Mal an die Daten heran?«, will Jenny wissen.

»Ja, wir haben alles ausgedruckt. Aber jetzt, wo alle sich auf diese Beweise stürzen, um Dinge zu überprüfen, stoßen wir auf aufgelöste Konten, nicht mehr existente Firmen und Namen, die es nicht mehr gibt. Es ist, als sei all das nie passiert.« Er sieht uns alle an. »Wir sind mit unserem Latein am Ende. Sicher sind wir nur, dass Mika nichts mit all dem zu tun hat.«

Ich bin so erleichtert, dass mir schon wieder schwindlig wird.

»Wie kommen Sie darauf?«, fragt Toni. »Wieso sind Sie sich da so sicher?«

»Sie hat uns alles gezeigt. War völlig offen. Wir haben gegraben, das können Sie mir glauben. Aber es hat alles gepasst. Wir haben auch mit dem Programmierer gesprochen, den sie angeheuert hatte. Er hat ihre Aussagen bestätigt.« Kopfschüttelnd senkt er den Blick. »Wir sind angeschmiert.«

»Vielleicht können wir helfen«, sagt Jenny.

Alle Anwesenden wenden sich zu ihr um. Sie lächelt zögernd. »Wir kennen den Aufbau der Organisation. Ich meine, diese Waffen- und Mädchenhändler sind ja nicht plötzlich vom Erdboden verschluckt. Sie werden einfach ihre Namen ändern. Aber wissen Sie, jeder hinterlässt Spuren. Selbst online.«

»Spuren?«, fragt Holloway. »Was meinen Sie damit?«

»Leute, die wissen, wie man sich online bewegt … haben alle ihren eigenen Stil. Nach einer Weile, wenn man sich eine Zeit lang mit ihrer Arbeit beschäftigt hat, erkennt man den wieder. Das ist wie eine Art Fußabdruck, den sie überall hinterlassen, wo sie auftauchen, sodass man nachvollziehen kann, wo sie gewesen sind. Wenn man diesen Fußabdruck immer wieder sieht, wird es immer leichter, ihn zu erkennen.« Sie zuckt die Achseln. »Ich glaube, mit ausreichend Zeit und Ressourcen könnten wir diese Leute wahrscheinlich aufspüren.«

»Ressourcen in welcher Höhe?«, fragt Holloway.

Jenny sieht Ozzie an. »Wir könnten ja mal rechnen.«

Ozzie nickt. »Ja, könnten wir. Wenn Sie wollen, schicke ich Ihnen einen Kostenvoranschlag.«

»Ja. Tun Sie das. Schicken Sie ihn direkt an den Polizeichef.«

»Bleibt es bei unserem Aufbruch um 16.00 Uhr?« Thibault schaut auf die Uhr und wartet auf Holloways Antwort.

Der schüttelt den Kopf. »Nein.«

»Warum nicht?«, fragen Thibault und ich wie aus einem Munde.

»Das ist doch klar. Wie gesagt, die ganze Sache ist erledigt. Vom Tisch. *Nada comida.* Wir brauchen kein Zeugenschutzprogramm mehr, weil es keinen Prozess geben wird.«

Bei seinen Worten bleibt mir kurz das Herz stehen. Ich lege die Hand an meine Brust, als es wieder zu schlagen beginnt.

»Aber ... Mika könnte immer noch in Gefahr sein.« Thibault legt den Arm um mich.

»Von wem denn?« Er sieht sich im Raum um. »Es gibt nichts mehr von dem, was sie über die Organisation wusste. Wer auch immer dahintersteckt, ist ein verdammtes Genie.« Er wendet sich ab und geht Richtung Tür. »Ich muss zurück aufs Revier. Der Polizeichef wird Sie noch offiziell informieren. Er hat mich aber gebeten, schon mal hier vorbeizufahren und Sie in Grundzügen ins Bild zu setzen.«

Meine Ohren brennen. *Wer? Wer ist dafür verantwortlich?* Der erste Name, der mir einfällt, ist der von Sebastian. Er ist am stärksten involviert, der vertrauteste Komplize, der klügste und fähigste.

Aber es könnte auch jemand sein, den ich gar nicht kenne. Pavel hat Waffenhandel betrieben, und ich hatte keine Ahnung davon.

Dev begleitet Holloway hinaus. An der Tür zum Raum jenseits der Küche bleibt der Detective noch einmal stehen und wendet sich zu uns um. »In all meinen Jahren bei der Polizei war ich noch nie so dicht an einem so großen Fall dran und bin so brutal auf die Schnauze gefallen … ich sollte in Pension gehen. Ich schaffe das einfach nicht mehr.«

Er geht, und wir sitzen da und schauen uns an. Thibault und ich erheben uns, vermutlich beide ein wenig verstört.

»Nun, Problem gelöst, schätze ich«, sagt Toni. Sie wirkt erschöpft.

Lucky kommt herüber, umarmt Thibault und klopft ihm mehrfach ziemlich heftig auf den Rücken. »Ich bin froh, dass du bleibst, Mann.«

»Ich auch.« Endlich lächelt Thibault, und es sieht aus, als sei ihm eine große Last von den Schultern genommen worden.

Als nächstes umarmt Lucky mich.

»Ich weiß nicht, was ich sagen soll.« Ich wage noch nicht zu glauben, dass es wahr ist. Mir ist danach, gleichzeitig zu schreien, zu weinen und zu singen, aber ich bin zu verblüfft, um auch nur eines von den dreien zu tun.

Er tritt einen Schritt zurück und schaut mich an. »Sag einfach gar nichts. Das ist nicht nötig.« Er lächelt mich charmant an und tritt dann beiseite, damit alle anderen Thibault ebenfalls umarmen können.

Als Letzte kommt Toni. Sie hält ihren Bruder wirklich lange umschlungen. Langsam bekomme ich das Gefühl, ich sollte besser einfach gehen, doch als ich mich gerade entfernen will, packt sie meinen Arm.

»Nicht so schnell«, knurrt sie.

Ich entziehe ihr meinen Arm, bleibe aber stehen. Dann recke ich das Kinn und warte auf die hasserfüllten Worte, die ich jetzt zweifellos gleich zu hören bekomme.

»Sei bloß gut zu ihm.«

»Natürlich.«

»Toni, lass mal gut sein«, sagt Thibault.

Ich hebe die Hand, bringe ihn zum Schweigen, ohne den Blickkontakt mit Toni zu unterbrechen. »Nein, schon gut.« Ich halte inne, registriere ihre Körperhaltung, ihren Gesichtsausdruck, ihre ganze Attitüde. Ja, sie ist hart, aber sie ist auch verletzlich. Das habe ich heute mit eigenen Augen gesehen, aber ich werde es nicht ausnutzen. »Ich respektiere deine Beziehung zu deinem Bruder und die Liebe, die ihr alle füreinander empfindet. Dem werde ich nicht im Weg stehen.«

Sie nickt knapp. »Wäre auch besser.«

»Aber glaub bloß nicht, du kannst mir respektlos begegnen, nur weil ich ein netter Mensch bin. Ich liebe deinen Bruder, aber deswegen hast du noch lange keinen Freifahrtschein für schlechtes Benehmen. Verstanden?«

Ihr Mundwinkel zuckt. »Ja, verstanden.«

»Okay!« Thibault klatscht in die Hände. »Na, dann ist ja jetzt alles gesagt. Möchte jemand zur Feier des Tages ein Bier?«

»Ich darf nicht. Ich bin schwanger«, sagen mehrere Stimmen im Chor.

Alle Männer im Raum erstarren und sehen die drei Frauen ungläubig an, die gerade gesprochen haben: Jenny, May und Toni.

Ich hebe einen Finger. »Ich stille noch, deshalb …«

»Heilige Scheiße, das ist ja mal ein ganzer Haufen Östrogen«, sagt Dev mit ängstlichem Blick.

Kapitel 45

Thibault hält mich und T mitten im Konferenzraum in den Armen und wiegt sich zu einem inneren Rhythmus, der uns verbindet. Ich habe die Augen geschlossen, sauge dieses gute Gefühl in mich auf und versuche, mit dem emotionalen Sturm fertigzuwerden, der in mir tobt. Er war bereit, alles für mich aufzugeben, aber jetzt muss er das nicht mehr. Wir kriegen das volle Programm. Es ist überwältigend. Einfach zu viel.

Jemand räuspert sich, eine Frau, die sehr dicht bei uns steht. Ich öffne die Augen und sehe May direkt hinter Thibault. Sie grinst breit.

»Können wir dir irgendwie helfen?«, fragt Thibault und dreht sich zu ihr um.

»Ihr seid zu der Pizzaparty eingeladen, die in etwa einer halben Stunde beginnt.«

»Pizzaparty?« Thibault klingt, als hätte sie ihn gerade zu einer Knie-OP ohne Betäubung eingeladen.

»Ich liebe Pizzapartys«, sage ich begeistert. Ich löse mich von Thibault und lächle May an. Mein Herz schwebt himmelwärts. Zum ersten Mal im Leben bin ich überzeugt, dass das Schicksal mich nicht hasst.

May kommt noch näher und kitzelt den Kleinen im Nacken. »Juchhu! Endlich habe ich mal all die Babyliebe nur für mich.«

»Nicht so voreilig«, ruft Jenny hinter ihr. »Hier wird schwesterlich geteilt.«

May funkelt ihre Schwester an. »Du hast bald ein eigenes. Das hier gehört mir. Hau ab.«

»Du hast doch auch bald ein eigenes.«

»Ja, aber deins kommt zuerst auf die Welt.« Sie kitzelt wieder T.

Lächelnd schaue ich zu Thibault auf. Ich kann nicht glauben, dass er sich nicht mehr wird entscheiden müssen. Jetzt werde ich tatsächlich an einer der Partys teilnehmen, die ich in seinem Fotoalbum gesehen habe. Mir ist, als träumte ich.

»Du magst Pizzapartys auch, oder?«

Er verzieht das Gesicht. »Ich liebe sie. Mit all ihrem Lärm und dem Kindergeschrei und dem Hundegebell …«

Ich stelle mich auf die Zehenspitzen und küsse ihn sanft auf die Lippen. »Ja, du magst sie tatsächlich.«

Seufzend legt er den Arm um mich. »Ab jetzt schon.«

Kapitel 46

Die Männer trinken im Garten zusammen ein paar Bier, und wir Mädchen lachen in der Küche über den Unsinn, den unsere Männer machen, wenn sie müde und zu erschöpft vom nächtlichen Aufstehen für die Kinder sind, um einen klaren Gedanken zu fassen. Alle Kinder, auch T, der neben einem Babyphon tief schläft, sind oben. Die Empfangsstation steht auf der Arbeitsfläche in der Küche und gibt keinen Mucks von sich.

Glückseligkeit.

Ich höre, wie sich die Haustür öffnet und schließt, dann beginnt sich Mays winziger Hund Felix die Seele aus dem Leib zu bellen. Der größere Hund ist draußen im Garten, kommt angerannt, um seine Schnauze gegen die Glasschiebetür zu drücken und hinterlässt dabei einen großen Sabberfleck.

»Wer ist das denn?«, fragt May und schaut sich um. »Es sind doch schon alle da.«

Toni bewegt sich als Erste. Sie verlässt schnell die Küche, dicht gefolgt von Jenny und May.

Als ich zu ihnen aufschließe, schreit Toni bereits, und Möbel fliegen. Ein Beistelltischchen aus der Eingangshalle landet im Wohnzimmer, und gleich darauf taumelt Toni in den Raum. Sie stürzt zu Boden und rollt sich in Fötusstellung zusammen.

»Felix, aus!«, brüllt May ihren Hund an, der bellt und knurrt wie eine wahnsinnige, blutrünstige Bestie. Sie und Jenny halten sich umschlungen und kommen langsam rückwärts den Gang entlang auf mich zu. Ich stehe erstarrt in der Tür und versuche zu verarbeiten, was ich da sehe.

Der winzige Chihuahua schnappt unablässig nach den Knöcheln eines Mannes, beißt in sein Hosenbein und zerrt mit aller Kraft daran. Ich kenne diesen Mann.

»Lasst Tamika mit mir kommen, dann gehen wir einfach. Ich werde niemandem wehtun.« Der unverkennbare russische Akzent weckt so viele Erinnerungen. Nicht nur schlechte. Ich bin völlig verwirrt.

»Alexei?« Ich gehe ein paar Schritte auf ihn zu, und irrationale Freude darüber, ihn zu sehen, erfüllt mein Herz. »Wo warst du die ganze Zeit, Süßer? O mein Gott, ich dachte, du wärst verschollen!« Ich gehe schneller, will ihn in die Arme schließen, um mich zu überzeugen, dass er wirklich da ist und ihm klarzumachen, dass es mir gut geht und er sich um mich keine Sorgen machen muss. Der arme Kerl denkt offenbar, er müsse mich retten.

»Geh nicht zu ihm hin.« Jenny hält mich am Arm zurück.

»Felix, hierher!«, schreit May.

Der Hund hört auf zu bellen und verzieht sich ins Wohnzimmer.

Ich löse mich aus Jennys Griff. »Schon okay. Er wird niemandem etwas tun. Alexei ist nur verwirrt.« Ich gehe an den Frauen vorbei, während sich Toni aufrappelt. Sie sieht aus, als wolle sie ihn töten, als sie sich mit dem Handrücken Blut aus dem Mundwinkel wischt.

Als ich das hellrote Blut sehe, wird mir klar, dass er bereits jemandem etwas getan hat. Ich bleibe stehen und sehe wieder zu Toni hinunter. Auf ihrer Wange bildet sich ein Hämatom. Sie ist nicht gestolpert, er hat sie gestoßen.

Ich schaue zu Alexei hinüber. Einen solchen Gesichtsausdruck habe ich bei ihm noch nie gesehen. Er ähnelt Pavel so sehr, dass mir das Blut in den Adern gefriert.

»Was läuft hier?«, frage ich ihn. »Was hast du getan? Woher weißt du, dass ich hier bin?« Misstrauen verdrängt die Erleichterung darüber, ihn am Leben zu wissen.

»Du kommst mit mir«, fordert er und funkelt mich an.

Ich habe ihn noch nie so reden hören. Er war immer so glücklich, wenn er bei mir war.

Manchmal war er verwirrt, aber nie wütend. Verzweifelt suche ich nach einer sinnvollen Erklärung. Ich habe Jahre damit verbracht, diesen Mann näher kennenzulernen. Er kann nicht hier sein, um jemandem wehzutun. *Wer auch immer Pavels Imperium an sich gerissen hat, hat ihm gesagt, was mit mir passiert ist. Er hat von Pavel erfahren, wo ich bin, ehe Pavel getötet wurde. Jetzt hat er keine Familie mehr und sucht jemanden, der sich um ihn kümmern wird.* So muss es sein. Alexei ist nicht wie Pavel.

»Warum beruhigen wir uns nicht alle und holen erst mal tief Luft?«, frage ich und hebe beschwichtigend die Hände.

Von oben ertönt das Geräusch rennender Füße. Ich hebe in panischer Angst, die Kinder könnten in diese Sache verwickelt werden, den Blick. Alexei ist schon verwirrt genug. Es fehlt gerade noch, dass die Kinder mit ihrem Chaos alles verschlimmern.

Jennys Stimme klingt leicht hysterisch. »Kinder! Bleibt oben! Niemand kommt herunter. Wer es doch tut, kriegt keinen Nachtisch!«

»Okay, Mom!«, antworten die Kinder im Chor. Einige von ihnen kichern.

Das Geräusch rennender Füße, die sich in die andere Richtung entfernen, ist wie eine Droge, ich bin wie berauscht vor Erleichterung. Das Surren von Jacobs Rollstuhl mischt sich mit ihren Schritten.

Ich gehe einen weiteren Schritt auf ihn zu. »Alexei, was ist los? Was ist mit dir passiert? Wo warst du? Ich habe dich vermisst.«

Toni verlässt langsam durch die gegenüberliegende Tür das Wohnzimmer und verschwindet aus meinem Blickfeld.

»Mach dir keine Sorgen um mich, Tamika. Mach dir lieber Sorgen um dich. Du hast Informationen für mich.« Sein Gesichtsausdruck und seine Stimme werden regelrecht finster. »Die werden wir unter vier Augen besprechen.«

Das klingt überhaupt nicht nach Alexei. Es ist, als sei ein anderer Mann in ihn gefahren. »Alexei, ich weiß überhaupt nichts. Was ich gewusst habe, das gibt es nicht mehr.« Ich starre ihn an und versuche, die Puzzleteile zusammenzufügen. *Ist er in jemandes Auftrag hier?* So muss es sein. Er hat seinen Text auswendig gelernt. Schließlich liebt er es, Dinge zu wiederholen, die er gehört hat.

»Das ist gelogen.« Er lacht. Das Geräusch erinnert mich an einen bösen Clown in einem Gruselkabinett. Es ist völlig emotionslos. »Du hast ein gutes Gedächtnis«, sagt er. »Du wirst mir alles erzählen.«

Ich rede weiter und hoffe, die ganze Situation wird bald mal Sinn ergeben. »Alexei, wir sind Freunde. Ich werde dir alles sagen, was du wissen willst. Schließlich habe ich nichts zu verbergen.«

»Wir sind keine Freunde«, erwidert er. »Wir gehen jetzt. Du kommst mit mir.« Er streckt die Hand aus. »Komm.«

Er nähert sich mir, doch ich weiche zurück, dränge die anderen Frauen in die Küche. Ich möchte nicht mit ihm gehen. Er scheint durchgedreht zu sein. Etwas Schreckliches ist ihm widerfahren. Vielleicht hat er wegen des Verlusts seines Cousins den Verstand verloren. Ich muss ihn hinhalten.

»Aber ich will die Party noch nicht verlassen.« Ich versuche, fröhlich zu klingen, in der Hoffnung, ihn umzustimmen. »Es ist eine Pizzaparty. Du magst doch Pizza. Wir können dir Ketchup drauftun.«

»Nie wieder Ketchup!«, brüllt er so laut, dass es mir in den Ohren wehtut. »Dein Ketchup macht mich krank! An allem, was du kochst, ist Ketchup.« Er lächelt höhnisch, wobei seine Unterlippe fast sein Kinn berührt.

»Aber ich dachte, du magst Ketchup.« Ich habe das Gefühl, in einem völlig durchgeknallten Albtraum gefangen zu sein, aus dem es keinen Ausweg gibt. Nichts ist, wie es sein sollte.

»›Ich dachte, du magst Ketchup‹«, äfft er mich nach. »Du dachtest auch, ich wäre dumm. Ich schätze, du bist nicht halb so clever, wie du denkst.«

Mein Herz setzt kurz aus, als mir ein furchtbarer Gedanke kommt. *Könnte ich wirklich so ahnungslos gewesen sein?*

»Ich beobachte dich die ganze Zeit«, sagt er. »Ich sehe dich. Ich höre dich. Pavel hatte recht. Du gehörst nicht zur *semja*. Wir können dir nicht trauen.« Er lächelt, ist offenbar stolz auf sich. »Ich bin der *schpion*, der auf deiner Couch schläft.«

Mir wird schwindlig. *Ach du lieber Gott.* Offenbar *war* ich so ahnungslos. Alexei hat mich die ganze Zeit ausspioniert.

Die Enttäuschung schlägt über mir zusammen, bis ich das Gefühl habe, daran zu ersticken. Dieser Mann, der mir wichtig war, für den ich die Sicherheit meines Kindes und meine eigene aufs Spiel gesetzt hätte, hat mich die ganze Zeit verarscht.

Er war Pavels Augen und Ohren, und ich habe es nicht gemerkt. Kein einziges Mal hat sein Verrat durch die Fassade geschimmert, die er sich aufgebaut hatte.

Bitterkeit regt sich in mir und prägt meine nächsten Worte. »Ich wollte nie zu eurer schrecklichen *semja* gehören, Alexei, aber ich schätze, das weißt du schon.« Ich habe im Laufe der Jahre viele negative Dinge über seine Familie vor mich hin gemurmelt, wenn er bei mir war. Wahrscheinlich hat er das alles an Pavel weitergegeben. Schrecklich. Ich habe Glück, dass ich noch lebe.

»Ja. Als Pavel sieht, dass du schwanger bist, er mich weggeschickt. Er kennt all deine Geheimnisse, selbst die, die du nicht mit mir teilst. Dann bist du ihm nicht mehr wichtig. Nur Baby. Zu schade, dass du Kind bekommst und Krankenhaus verlässt, ehe er es holen kann. Dein Glück vielleicht, denn sonst wärst du jetzt tot und Baby bei ihm.« Er lächelt höhnisch. »Aber Baby ist mir egal. Babys machen zu viel Ärger. Baby bleibt hier, du kommst mit mir.«

Es klingelt in meinen Ohren. Ich kann nicht glauben, was ich da gerade gehört habe. »Pavel wusste, dass ich schwanger bin? Woher?«

Er zuckt mit den breiten Schultern. »Du bist fett und krank. Das ist nicht schwer zu sehen.«

»Aber … er hat nie ein Wort gesagt.« Ein herzloser russischer Gangster wusste, dass ich schwanger bin, obwohl ich selbst keine Ahnung hatte.

Das haut mich ganz offiziell um.

Aus dem Augenwinkel sehe ich rechts in der Küche eine Gestalt stehen. *Thibault.* Er hat etwas in der Hand, das er über die Schulter erhebt. *Seine Krücke.* Ich weiche einen weiteren Schritt zurück. Wenn ich Alexei hinter mir her locken kann, kann Thibault sie ihm überziehen. Ich beiße die Zähne zusammen und treffe eine Entscheidung: Thibault und ich sind ein Team. Gemeinsam können wir diesen Hurensohn Alexei ausschalten.

»Wir können draußen über Pavel reden«, meint der. »Komm.« Er streckt die Hand aus.

»Ähm, nein danke. Ich glaube, ich bleibe hier.« Wieder weiche ich einen Schritt zurück.

»All diese Leute hier«, sagt Alexei und schaut an mir vorbei, »sie laden dich zu Pizzaparty ein? Hast du ihnen gesagt, dass du nicht loyal bist?«

»Wovon redest du? Ich war loyal.« Nach einer kurzen Pause fahre ich fort: »Eine Weile lang.« Ja, wenn Pavel noch lebte, würde er mich wahrscheinlich für ganz und gar nicht loyal halten.

»Du hast Fremdem geholfen, die Geschäfte meines Cousins zu übernehmen. Du hast nicht an mich gedacht.« Er deutet mit dem Finger auf sich selbst.

Jetzt bin ich wieder verwirrt. »Was? Ich habe keine Ahnung, wovon du redest.«

»Sebastian! Er hat Pavels und mein Geschäft übernommen. Er gehört nicht zur *semja*, er ist Fremder. Du hast ihm Tür geöffnet.«

»Ich habe nichts dergleichen getan! Er hatte Kontakt mit Pavel, nicht mit mir!«

»Aber was ist mit mir?«, brüllt er und deutet wieder auf seine Brust. »Du hast mich ganz vergessen!«

Alle verschwinden aus unserem Sichtbereich. Ich habe das seltsame Gefühl, mit einem Irren allein in diesem Haus zu sein. »Alexei, wie kannst du mir das vorwerfen? Du hast immer getan, als sei dein Lego für dich das Wichtigste auf der Welt. Ich hatte keine Ahnung, dass du die Firma leiten wolltest. Ich hätte es dir nicht einmal zugetraut.« Das ergibt alles keinen Sinn. *Wie konnte er nur denken, er könne ein Unternehmen von der Größe von Pavels Firma leiten?*

Wieder lächelt er höhnisch. »Ich habe meinen Job gemacht. Pavel hat zu mir gesagt: ›Beobachte Tamika‹, und so ging das gut. Du bist immer so paranoid. Nie sagst du irgendwas zu irgendwem, nie machst du irgendwas mit irgendwem, immer hältst du dich raus. Aber zu einem Mann, der ein Kind ist, sagst du alles. So dumm.«

Ich schüttle den Kopf über unser beider Naivität. »Fünf Jahre lang hast du getan, als hättest du eine Entwicklungsstörung, um mich auszuspionieren, und doch sollte ich annehmen, du wärst in der Lage, eine millionenschwere Firma zu übernehmen?« Ich schnaube ungläubig. »Nein, ich bin ziemlich sicher, dass nicht ich die Dumme in diesem Raum bin.«

Er schlägt sich mit der Faust an die Brust. »Das ist ein großer Job. Ein großer Job für einen großen Mann.«

Es ist fast wie ein Rausch, als seine Worte endlich auf eine schräge Art und Weise Sinn zu ergeben beginnen: Alexei hat versucht, Pavel seinen Wert und seine Loyalität zu beweisen, und als Pavel sah, dass Alexei nicht das schärfste Messer in der Schublade war, ihm aber dennoch nützlich sein konnte, übertrug er ihm eine einfache Aufgabe, von der er wusste, dass er ihr gewachsen war, und hat dem armen Kerl dabei die ganze Zeit vorgegaukelt, dass er sich durch seine Opfer einen Platz am Erwachsenentisch erkaufen würde. Pavel hat Alexei genauso übel mitgespielt wie mir.

»Du hast das alles getan, um Pavels Vertrauen zu erringen, damit er dich richtig in die Firma aufnimmt.«

»Wir tun alle, wir tun müssen. Es ist für die *semja.* Familie und Loyalität. Davon verstehst du nichts. Du gehörst nicht zu *semja.*«

Der arme, verwirrte Drecksack tut mir beinahe leid. »Aber das hatte er in Wirklichkeit nie vor, Alexei. Er wollte immer alles für sich behalten.«

»Das weißt du gar nicht! Halt die Schnauze!« Er springt mich an und zieht eine Waffe hinter dem Rücken hervor.

Plötzlich scheint alles wie in Zeitlupe vor sich zu gehen. Ich stolpere rückwärts und schaue hinüber zu Thibault, der zu meiner Rechten steht, wo Alexei ihn nicht sehen kann.

Der hebt die Waffe und zielt auf mein Gesicht.

Alexeis Finger krümmt sich um den Abzug, und dann …

Saust Thibaults Krücke in weitem Bogen von oben herab, an mir vorbei. Ich gehe zu Boden …

Die Aluminiumkrücke trifft den Lauf der Waffe und schlägt sie Alexei aus der Hand.

Die schwere Waffe knallt auf den Boden und geht los, ein lauter Knall, dann schlittert die Waffe seitwärts Richtung Treppe.

Mehrere Schreie ertönen, einer davon ist meiner.

Mein Bein brennt wie Höllenfeuer.

Ich knalle auf den Rücken und berühre mein Bein. Da ist etwas Warmes, Nasses.

Ich drehe mich auf die Seite, als jemand meine Hand nimmt und mich über den Boden zieht. Es ist May, sie zerrt mich von den beiden Männern weg, die auf dem Flur miteinander ringen – Thibault und Alexei.

»O Scheiße, du bist angeschossen«, stellt Jenny fest. Sie zerrt ein Küchenhandtuch von der Arbeitsfläche und knüllt es zusammen.

»Ich brauche einen Gürtel«, ruft sie.

Toni reißt ihren aus den Schlaufen ihrer Hose und lässt sich neben mir auf die Knie fallen.

Weitere Körper fliegen durch die Küche, gefolgt von einem galoppierenden Wesen, das wie ein Höllenhund aussieht, dann folgt viel Knurren, Grunzen und Scheppern.

»Messer!«, brüllt Ozzie.

Dann höre ich weiteren Lärm und tiefes Bellen.

Alexei schreit schrill: »Er beißt mich! Pfeift ihn zurück!«

Ich schaue mein Bein an, und die Kampfgeräusche treten in den Hintergrund, als mir klar wird, wie schlimm es um mich steht.

»Werde ich sterben?« Beim Anblick des sich schnell rot färbenden Geschirrhandtuchs wird mir schlecht. »Mein Gott, ist das viel Blut.«

»Nein. Du darfst nicht sterben«, sagt Toni.

»Warum nicht?«, frage ich, denn jetzt ist offenbar genau der richtige Zeitpunkt für weitere dumme Konversation.

Sie funkelt mich an. »Weil mein Bruder dich liebt, du Idiotin.« Sie legt ihren Gürtel eng um das Geschirrtuch, das das Loch in meinem Bein bedeckt. »Wenn du stirbst, werde ich dir das niemals verzeihen.«

Ich lache und weine gleichzeitig.

May berührt meine Wange. »Alles in Ordnung, Süße?«

»Ich glaube, sie mag mich«, sage ich immer noch weinend.

»Sie hat einen Schock«, diagnostiziert May. »Ruft einen Notarzt!« Sie steht auf und lässt mich mit Jenny und Toni allein.

Ich ergreife Tonis Arm und zwinge sie, mich anzusehen. »Wenn ich sterbe, trag bitte Thibaults Namen in der Geburtsurkunde ein.«

»Ich bin sicher, der steht da schon«, sagt sie.

»Nein, ich meine den Namen deines Bruders. Trag ihn als Vater ein.«

»Ist es dafür nicht schon zu spät?«, fragt sie mich stirnrunzelnd.

Ich schüttle den Kopf. »Nein. Ich habe mich im Krankenhaus geweigert, das Formular auszufüllen.«

Nun schüttelt sie den Kopf. »Nein. Das werde ich nicht tun. Mika, das machst du mal schön selbst.«

Mir bleibt der Mund offen stehen, als sie sich erhebt und davongeht. Ich sehe Jenny unglücklich an. »Sie ist so grausam.«

Lächelnd wischt Jenny den Boden sauber. »Das bedeutet, dass sie dich mag. Nimm es als Kompliment.« Sie klopft mir auf die Schulter. »Kopf hoch … wenn du deine Karten richtig spielst, wird sie eines Tages deine Schwägerin sein.«

Ich lege mich wieder auf den Boden und starre an die Decke. »O Gott, steh mir bei.«

Kapitel 47

»Ich bin erschöpft.« Über die Schulter schaue ich auf den Rücksitz. »Der Kleine auch.« T schläft schon seit drei Stunden, das arme Würmchen.

»Ich auch.« Thibault gähnt laut. »Ich könnte eine Woche lang nur schlafen.«

»Kannst du glauben, dass das wirklich alles in den letzten vierundzwanzig Stunden passiert ist?«, frage ich.

»Nein.«

Ich seufze und berühre vorsichtig mein bandagiertes Bein. »Alexei, der bei der Pizzaparty auftaucht und die Fresse poliert bekommt, fünf Stunden im Krankenhaus wegen eines Durchschusses im Bein, unser zweiter Besuch bei der Polizei in weniger als einer Woche …«

»Unglaublich«, sagt Thibault.

»Hättest du mir irgendwann während der fünf Jahre, die ich Alexei kannte, zu erzählen versucht, er sei nicht geistig behindert, hätte ich dich geohrfeigt. Ich meine, er hat die Rolle perfekt gespielt.«

Thibault schüttelt den Kopf. »Nun, er kam mir nicht besonders clever vor, aber ich verstehe, was du damit meinst.

Pavel war offenbar eine Art böses, verrücktes Genie, sonst wäre er niemals auf diese Idee gekommen.«

»Ja, genau. Ich schätze, wenn man nicht zur Familie, ihrer dummen *semja* gehört, bringen sie einem einfach kein Vertrauen entgegen.«

»Das kommt auf die Familie an …« Er schaut zu mir herüber.

Ich versuche zu lächeln. »Glaubst du, deine wird mich je akzeptieren?«

»Das hat sie doch schon.«

»Aber deine Schwester ist sauer, weil wir zusammen sind.« Obwohl sie auf dem Küchenboden laut Jenny nette Dinge zu mir gesagt hat, bin ich davon nach wie vor überzeugt.

»Meine Schwester ist immer über irgendwas sauer. Sie ist gern mürrisch. Ist ihre Lieblingsstimmung. Nimm es nicht persönlich.«

»Du hast gesagt, ich erinnere dich an sie.«

»Nur in mancher Hinsicht. Meine Schwester ist wirklich loyal, wirklich zäh, wirklich klug … in dieser Beziehung erinnerst du mich an sie. Aber ich glaube, im Allgemeinen bist du positiver und fröhlicher als sie.«

»Im Augenblick fühle ich mich nicht gerade sehr fröhlich.«

»Solltest du aber.«

»Bist du verrückt? Ich habe gerade herausgefunden, dass mich fünf Jahre am Stück jemand ausspioniert hat, von dem ich dachte, er sei auf dem geistigen Level eines Zehnjährigen. Das lässt nur einen Schluss zu – dass ich komplett ahnungslos bin.«

»Nein, ich denke, man kann mit Fug und Recht behaupten, du warst eine Marionette in einem sehr komplexen Ränkespiel, an dem mehrere Parteien beteiligt waren, die alle nach der Kontrolle über ein illegales Imperium strebten.« Er zuckt die Achseln. »Wer weiß, ob die Polizei das je alles entwirren wird?«

»Alexei hat Sebastian an allem die Schuld gegeben, aber die Polizei und die FBI-Agenten haben gesagt, der sei verschwunden. Glaubst du, er ist auch tot?«

»Keine Ahnung, aber ich bin sicher, wir werden der Sache auf den Grund gehen. Für den Augenblick ist es wichtig, dass er von der Bildfläche verschwunden ist, genau wie Alexei. Der kommt nicht so schnell wieder aus dem Gefängnis, zumal die Polizei annimmt, ihn aufgrund von DNA-Spuren mit allen Morden in Verbindung bringen zu können. Pavel ist tot. Was für ein Imperium er sich da auch immer aufgebaut hatte, es ist zerfallen, und jemand hat es reorganisiert, der von dir nichts zu befürchten hat, du kannst den neuen Drahtziehern also scheißegal sein. Gegen dich vorzugehen würde ihnen nur Gegendruck und Aufmerksamkeit bescheren, und beides können sie nicht brauchen. Du bist außer Gefahr.«

»Ich wünschte trotzdem, ich könnte etwas unternehmen. All diese Mädchen …«

Thibault sieht mich an und tätschelt meinen Arm. »Noch sind wir im Spiel. Jenny hatte recht. Wir können uns mal diese digitalen Fußabdrücke ansehen und ein Bewegungsmuster der Mädchenhändler erstellen. Auf die eine oder andere Weise werden diese Mädchen die Hilfe kriegen, die sie brauchen. Aber wenigstens stehst du jetzt nicht mehr im Mittelpunkt der ganzen Sache. Wenigstens trägst du keine Zielscheibe mehr auf dem Rücken.«

Ich lasse den Kopf gegen das Polster des Sitzes sinken und lächle. »Das ist das erste Mal seit vielen Jahren, dass ich mich sicher fühle.« Ich lege den Kopf schief und sehe Thibault an. »Das verdanke ich dir.«

»Nicht nur. Du hast auch selbst einiges dazu getan, und mein Team hat natürlich auch eine entscheidende Rolle gespielt.«

»Ja. Dein Team ist wirklich erstaunlich. Du kannst dich wirklich glücklich schätzen. Ich kann nicht glauben, dass du all das und die Menschen, die du liebst, für mich aufgegeben hättest.« Der Gedanke verursacht mir immer noch Schmetterlinge im Bauch.

»Das tut man eben, wenn man jemanden liebt.«

»Du liebst mich?«

»Ich glaube, das sagte ich schon.« Er sieht mich mit einem spielerischen Stirnrunzeln an.

»Ja, auf dem Flur des Polizeireviers. Aber nicht so richtig offiziell.«

»Vielleicht sage ich es später noch mal.« Er versucht, nicht zu lächeln.

»Nun, wenn du mich je nackt sehen möchtest, solltest du das besser tun.«

Er schaut zu mir herüber und grinst. »Ich liebe dich, ich liebe dich, ich liebe dich, ich liebe dich.«

»Ich dich auch, Thibault.«

Er nimmt meine Hand, und ich überlasse mich meiner Müdigkeit, während er uns heimfährt. Ehe ich komplett wegdämmere, durchdringt seine Stimme noch einmal die Wattewolken, in die mein Gehirn gelagert ist.

»Was meinst du, wann genau kriege ich dich denn jetzt nackt zu sehen?«

Ich lächle müde. »Ziemlich bald, denke ich …«

Kapitel 48

Nachdem ich Baby T bei Toni und Lucky abgegeben habe, finde ich einen Zettel auf der Arbeitsfläche vor. Sie passen heute Nacht auf ihn auf. Jetzt, wo mein Baby offiziell vier Wochen alt ist und durchschläft, können Thibault und ich endlich mal einen Abend allein verbringen. Ich ziehe die Schuhe aus und lese Thibaults Handschrift:

Komm nach oben. Wenn Du es wagst ... (Erinnerst Du dich an die Sache mit dem Durchhaltevermögen? Ja. Jetzt hast Du ein Problem.)

Mein Herz setzt für einen Augenblick aus, dann erröte ich am ganzen Körper. Ich hole ein paarmal tief Luft, versuche, meinen rasenden Puls ein wenig herunterzuschrauben, aber es hilft nichts. Nervöser als im Augenblick könnte ich vermutlich gar nicht sein.

Wir werden es endlich tun.

Ich mache kehrt und gehe zur Treppe. Ich fand ihn schon in dem Augenblick heiß, als er vor meinem Auto stand und ich ihn gerade mit der Stoßstange gestreift hatte. Sobald er sah, dass ich an diesem Tag eine hilfsbedürftige Frau war, verschwand sein wütender Gesichtsausdruck, er ging in den Superheldenmodus über und rettete mir das Leben. Schritt für Schritt, Tag für Tag bewies er mir, dass er der Richtige für mich ist. Jetzt kann ich dank ihm und seinem Team ein neues Leben anfangen, und diesmal mache ich alles richtig.

Ich arbeite immer noch mit Zahlen, aber diesmal bin ich als Buchhalterin bei den Guten beschäftigt, nicht bei den Bösen. Thibault dankt mir immer noch jeden Tag, dass ich die Lohnbuchhaltung der Bourbon Street Boys übernommen habe. Mit dem Kleinen neben mir von zu Hause aus zu arbeiten macht mein Leben beinahe schon leicht. Beinahe. Wie alle Neugeborenen macht T manchmal viel Arbeit, aber durch sein fröhliches Wesen und die viele Hilfe, die ich von den anderen Mädels des Teams bekomme, ist das ein Kinderspiel im Vergleich zu dem, was mich erwartet hätte, wenn ich New Orleans ohne einen Blick zurück verlassen hätte.

Langsam gehe ich die Treppe hoch und frage mich, was Thibault mit mir vorhat. Er hat bewiesen, dass er sehr romantisch und fürsorglich sein kann, wenn er will. Immer stehen irgendwo im Haus frische Blumen, und darin steckt ein Liebesbriefchen. Manchmal kocht er sogar für mich, wenn wir nicht drüben bei Toni essen oder etwas bestellen. Aber das ist mir alles nicht wichtig. Ich lebe für die wenigen Augenblicke, in denen wir eng umschlungen allein im Bett liegen und endlos über die Zukunft sprechen.

Ich höre leise Musik aus unserem Schlafzimmer. Als ich die Tür öffne, sehe ich, dass Kerzen den Raum erhellen. Rosenblätter bedecken den Boden und das Bett. Thibault ist nirgends zu sehen.

Ich trete ein und ziehe mich aus. Mein Körper, den die Schwangerschaft auf eine seltsame Art und Weise, die ich mir vorher gar nicht hätte vorstellen können, verändert hat, ist mir nicht mehr peinlich. Mein Bauch ist größer und nicht mehr so straff, mein Hintern breiter und weicher, meine Brüste sind schwer und hängen ein wenig. Thibault sagt, er findet mich perfekt, und ich neige dazu, ihm das abzunehmen, da es uns beiden schwergefallen ist, die Hände voneinander zu lassen. Vier Wochen, in denen nur heftiges Petting passiert ist, haben unsere Geduld auf eine schwere Probe gestellt. Ich bin so was von bereit …

»Da bist du ja«, sagt er und tritt aus dem Bad. Er ist nackt. Wunderschön. Seine Männlichkeit liegt dunkel und schwer auf seinem Oberschenkel.

Ich warte, dass er sich mir nähert, und bin plötzlich nervös. Wir haben viel über diesen Augenblick gesprochen, aber über etwas zu reden und es zu tun sind zwei völlig verschiedene Dinge.

Er nimmt mich in die Arme und schaut auf mich herab. »Angst?«

Ich nicke. »Große Angst.« Ich erschauere.

»Wir lassen es langsam angehen.«

»Okay«, flüstere ich, als er die Lippen auf meine drückt.

Wir küssen uns langsam und innig. Ich schlinge ihm die Arme um den Nacken. Seine Hände wandern zu meiner Taille und dann zu meinem Hintern. Er drückt mich sanft an sich. Ich spüre, wie er hart wird, als wir uns aneinanderpressen.

Kleine Lustschauer durchzucken mich, als seine Hände über meinen Körper wandern und er meinen Hals zu küssen beginnt. Sein heißer Atem auf der frisch geküssten Haut lässt mich erschauern. Meine Brustwarzen sind hart, und er kneift leicht hinein.

»Die Mädels lässt du heute Nacht besser in Ruhe«, sage ich, besorgt, ich könnte laktieren und deshalb einen BH anziehen müssen.

Er legt die Hand wieder auf meinen Hintern. »Kein Problem. Ich liebe deinen Arsch.« Er kneift hinein und presst sich wieder gegen mich.

Ich umschließe seinen harten Schwanz mit der Hand, streichle ihn, genieße seine Größe und Hitze. »Ich kann es kaum erwarten, dich in mir zu spüren«, flüstere ich mit dem Mund an seinem Hals.

Er stöhnt. »Ich gebe mir große Mühe, langsam zu machen, aber das ist echt schwer.«

Ich trete einen Schritt zurück und sehe zu ihm auf. »Meinetwegen musst du nicht langsam machen.«

Er grinst teuflisch, beugt sich vor und hebt mich mit einer schwungvollen Bewegung hoch.

Ich schreie überrascht auf und lache dann. »Pass auf dein Bein auf, du Verrückter!«

Er humpelt zum Bett hinüber. »Meinem Bein geht's gut. Nächste Woche ist die OP, da können sie alles reparieren, was wir heute Nacht kaputt machen.«

Er legt mich auf die Rosenblätter und schaut auf mich herab. Sein prächtiger Schwanz ragt senkrecht aus seinem Körper hervor, seine Muskeln sind wohldefiniert und trainiert und seine Augen dunkel und voller süßer Verheißung.

Ich lege die Arme über den Kopf und winkle die Hüfte an. »Na, was siehst du?«

Er schüttelt den Kopf. »Die schärfste Frau der Welt.«

Ich versuche, nicht zu lächeln. »Ach ja? Warum kommst du nicht her und sagst das noch mal? Willst du nicht wissen, was dann passiert?«

Er tritt ans Fußende des Bettes.

Ich folge ihm mit Blicken.

Er hebt den Kopf und sieht mich an. »Spreiz die Beine.«

Ich bewege die Hüfte, sodass ich flach auf dem Rücken liege. Dann nehme ich die Knie leicht auseinander. »So?«

»Weiter.«

Ich spreize sie ein wenig mehr. »Wie ist das?«

»Weiter. Mach die Beine ganz breit für mich.«

Ich öffne sie ganz weit, und ein klein wenig Verletzlichkeit mischt sich in mein Selbstvertrauen. »So?«

Er nickt. »Lass mich dich einfach für ein paar Sekunden anschauen.«

Diese Sekunden vergehen quälend langsam. Ich könnte jetzt darüber nachgrübeln, was wohl in seinem Kopf vor sich geht, aber das lasse ich. Denn dies ist Thibault, und ich vertraue ihm mehr als jedem anderen menschlichen Wesen auf Erden.

»Du bist so schön«, sagt er.

Mein Körper verwandelt sich in flüssiges Feuer. Ich lege die Hand zwischen die Beine und berühre mich. »Du kommst besser bald mal her, sonst fange ich ohne dich an.«

Er legt die Hand auf seinen Schwanz, als er näher ans Bett tritt. Dann stützt er sein unverletztes Knie auf die Matratze und nähert sich mir. Zwischen meinen Beinen hält er inne und leckt sich die Lippen. »Bist du bereit für mich?« Seine Eichel berührt meine Schamlippen. Sie findet keinen Widerstand. Ich war schon bereit für ihn, bevor ich die Treppe heraufgekommen bin.

Schweigend nicke ich.

»O ja, du bist bereit.« Er begibt sich in die richtige Position. »Vielleicht möchtest du dich irgendwo festhalten.«

Ich kralle mich am Kopfende des Bettes fest, als er Zentimeter für Zentimeter ganz in mich eindringt. Mir fallen unwillkürlich die Augen zu, und ich stöhne. Dann kommen mir die Tränen. Es fühlt sich wundervoll an … schön … heiß … als müsse es so sein.

Sein Körper presst sich gegen meinen, als er sich auf mich legt. »O mein Gott, das fühlt sich so verdammt gut an«, flüstert er.

Ich hebe den Blick und sehe einen Gesichtsausdruck, der durchaus Schmerz sein könnte, doch ich weiß, es ist Lust.

»Alles in Ordnung mit deinem Knie?«, frage ich.

»Mach dir keine Gedanken um mein Knie. Ich spüre es nicht mal. Ich spüre nur dich.« Er zieht sich zurück und stößt wieder in mich, diesmal schneller. Härter. Die Muskeln an seinem Hals spannen sich an, die Adern treten hervor. Er sieht wild und teuflisch sexy aus.

Ich stöhne, lasse das Kopfende des Bettes los und klammere mich stattdessen an ihn. Was er mit mir macht, bringt mich um, er gleitet in mich, dehnt mich, und ich will immer noch mehr.

»Mach das noch mal«, bettle ich.

Er tut es. Ich klammere mich mit Armen und Beinen an ihn, während er in mich stößt und sich wieder zurückzieht, einen Rhythmus findet, der zuerst quälend langsam ist, dann aber so schnell, dass ich das Gefühl habe, nicht mithalten zu können. Ich kralle ihm die Fingernägel in die Haut, und sie rutschen an seinem Schweiß ab und hinterlassen Kratzspuren.

Zwischen meinen Beinen beginnt ein Beben, das in mein Innerstes vordringt. Hitze baut sich auf. Es kitzelt beinahe, und dann fühlt es sich fast an, als würde ich meinen Körper verlassen, während es zwischen uns immer heißer wird.

»Thibault!«, schreie ich, versuche verzweifelt zu verstehen, was mit mir geschieht.

»Gleich, Babe!«, stöhnt er mir ins Ohr.

Schweiß tropft von seiner Brust, mischt sich mit meinem. Ich schreie und wimmere, kann mich nicht mehr beherrschen. »Ich glaube, ich komme …«

Dann schreie ich auf, als mein Körper explodiert und sich fast aufzulösen scheint. In mir pulsiert es vor befriedigter Lust. Er bewegt sich weiter in mir, entreißt mir dieses Gefühl, ringt es mir ab, fordert es, nimmt es sich. Auch er brüllt, sein Rücken biegt sich durch, und er stößt mit aller Kraft in mich. Mir schwindelt. Ich habe das Gefühl zu fallen. Weinend klammere ich mich an ihn.

Als ich schließlich das Gefühl habe, es keine Sekunde länger aushalten zu können, werden seine Bewegungen langsamer, und ich muss ihn loslassen. Meine Muskeln schmerzen, und ich bin völlig entkräftet.

»Alles in Ordnung?«, fragt er und küsst mich sanft auf die Stirn. Dann hält er inne und wartet meine Antwort ab.

»Ja.« Ich wische mir über die Augen. »Ich habe nur gerade eben ein bisschen den Verstand verloren.« Mir ist, als wäre ich anderthalb Kilometer in vollem Tempo gerannt. Ich bin euphorisch und ein wenig benommen.

Er lächelt. »Du hast Tränen des Glücks geweint.«

Ich kann ein Grinsen nicht unterdrücken. »Ja.«

»Vielleicht sollten wir mich doch Superman nennen.«

Ich packe ihn und küsse ihn heftig auf den Mund. »Ja, vielleicht.« Ich schaue nach unten. »Ich glaube, es wäre gar nicht so falsch, dich den Stählernen zu nennen.«

Er kichert und schmiegt sich in meine Halsbeuge. »Du liebst mich.«

Ich haue ihm spielerisch auf den Hintern. »Ja.«

Kalte Luft streicht über meine Haut, als er sich von mir löst und sich neben mir aufs Bett fallen lässt.

»O Scheiße«, seufzt er und schaut zur Decke, die Hand auf dem Bauch.

Ich lasse mir einen Augenblick Zeit, um meine Emotionen in den Griff zu bekommen, ehe ich mich auf die Seite drehe, damit ich ihn anschauen kann.

»Was denn?«, frage ich. *Gott, ich liebe diesen Mann so sehr.* Er sieht geradezu verboten gut aus.

Thibault dreht den Kopf und schaut mich an. »Du machst mich wirklich glücklich.« Er runzelt die Stirn.

»Warum schaust du dann so traurig?«

Er verzieht das Gesicht und schaut für einen Augenblick hinunter auf sein Bein. »Mein Knie bringt mich um.« Er sieht entschuldigend zu mir auf. »Ich fürchte, das können wir erst wiederholen, wenn ich mich von meiner OP erholt habe.«

Ich krabble auf allen vieren auf ihn zu. »Du meinst, es tut dir im Knie weh, wenn ich das mache?« Ich setze mich auf ihn und positioniere mich genau über seinem bereits reagierenden Schwanz.

Langsam breitet sich ein Lächeln über sein Gesicht aus. »Mmm, ich denke, so könnte es gehen.« Er bewegt ein paarmal suggestiv die Hüfte, um seiner Erektion auf die Sprünge zu helfen. »O ja, definitiv.« Seine Kiefermuskeln spannen sich an, als er die Zähne zusammenbeißt und die Hände auf meine Hüften legt. Ich finde es großartig, wie er praktisch von einer Sekunde auf die andere von liebevoller Freund auf sexy Liebhaber umschalten kann.

Ich lächle auch. »Nun gut. Beweis mir dieses Stehvermögen, von dem du erzählt hast.«

»Sehr wohl, Ma'am.«

Er gleitet in mich und verbringt die nächsten Stunden damit, auf unterschiedliche Weise zu beweisen, dass er tatsächlich Superman ist, nicht nur außerhalb des Schlafzimmers, sondern auch darin.

FSC
www.fsc.org
MIX
Papier aus verantwortungsvollen Quellen
Paper from responsible sources
FSC® C141904

Druck:
Customized Business Services GmbH
im Auftrag der
KNV Zeitfracht GmbH
Ein Unternehmen der Zeitfracht - Gruppe
Ferdinand-Jühlke-Str. 7
99095 Erfurt